Uni-Taschenbücher 1183

Eine Arbeitsgemeinschaft der Verlage

Wilhelm Fink Verlag München
Gustav Fischer Verlag Jena und Stuttgart
Francke Verlag Tübingen
Paul Haupt Verlag Bern und Stuttgart
Hüthig Verlagsgemeinschaft
Decker & Müller GmbH Heidelberg
Leske Verlag + Budrich GmbH Opladen
J. C. B. Mohr (Paul Siebeck) Tübingen
Quelle & Meyer Heidelberg · Wiesbaden
Ernst Reinhardt Verlag München und Basel
F. K. Schattauer Verlag Stuttgart · New York
Ferdinand Schöningh Verlag Paderborn · München · Wien · Zürich
Eugen Ulmer Verlag Stuttgart
Vandenhoeck & Ruprecht in Göttingen und Zürich

Grundprobleme der großen Philosophen

Die Reihe umfaßt bisher folgende Bände:

Philosophie des Alterums und des Mittelalters (UTB 146)
Philosophie der Neuzeit I (UTB 903)
Philosophie der Neuzeit II (UTB 464)
Philosophie der Neuzeit III (UTB 1252)
Philosophie der Neuzeit IV (UTB 1401)
Philosophie der Neuzeit V (UTB 1623)
Philosophie der Neuzeit VI (UTB 1654)
Philosophie der Gegenwart I (UTB 147)
Philosophie der Gegenwart II (UTB 183)
Philosophie der Gegenwart III (UTB 463)
Philosophie der Gegenwart IV (UTB 1108)
Philosophie der Gegenwart V (UTB 1183)
Philosophie der Gegenwart VI (UTB 1308)

Grundprobleme der großen Philosophen

Herausgegeben von Josef Speck

Philosophie der Gegenwart V

Jaspers · Heidegger · Sartre · Camus
Wust · Marcel

2., durchgesehene Auflage

Vandenhoeck & Ruprecht in Göttingen

JOSEF SPECK, Dr. phil., geb. 1927, ord. Prof. für Philosophie an der Universität Dortmund. Wichtigste Veröffentlichungen: Die anthropologische Fundierung erzieherischen Handelns (1968); Karl Rahners theologische Anthropologie (1967); Artikel „Person", in: J. Speck/G. Wehle (Hrsg.): Handbuch päd. Grundbegriffe (1970); Pädagogik und Anthropologie, in: J. Speck (Hrsg.): Problemgeschichte der neueren Pädagogik (1976); M. Buber, in: J. Speck (Hrsg.): Geschichte der Pädagogik des 20. Jahrh. (1978); Artikel „Erklärung", in: J. Speck (Hrsg.): Handbuch wissenschaftstheoretischer Begriffe, 3 Bde. (1980); M. Buber: Die Aporetik des Dialogischen, in: Grundprobleme der großen Philosophen, Gegenwart IV (1981); A. Camus: Die Grundantinomien des menschl. Daseins, in: Grundprobleme d. großen Philosophen, Gegenwart V (1982).

Die Deutsche Bibliothek – CIP-Einheitsaufnahme

Grundprobleme der grossen Philosophen / hrsg. von Josef Speck. –
Göttingen : Vandenhoeck und Ruprecht.
(UTB für Wissenschaft : Uni-Taschenbücher ; ...)
NE: Speck, Josef [Hrsg.]
Philosophie der Gegenwart.
5. Jaspers, Heidegger, Sartre. Camus, Wust, Marcel. –
2., durchges. Aufl. – 1992
Philosophie der Gegenwart / hrsg. von Josef Speck. –
Göttingen : Vandenhoeck und Ruprecht.
(Grundprobleme der grossen Philosophen)
NE: Speck, Josef [Hrsg.]
5. Jaspers, Heidegger, Sartre, Camus, Wust, Marcel. –
2., durchges. Aufl. – 1992
(UTB für Wissenschaft : Uni-Taschenbücher ; 1183)
ISBN 3-525-03309-5
NE: UTB für Wissenschaft / Uni-Taschenbücher

© 1982; 1992 Vandenhoeck & Ruprecht in Göttingen
Printed in Germany
Einbandgestaltung: A. Krugmann, Stuttgart
Satz: Tutte Druckerei GmbH, Salzweg-Passau
Druck: Hubert & Co., Göttingen
Bindearbeit: Hubert & Co., Göttingen

Vorwort des Herausgebers

Die bisher erschienenen Bände der „Grundprobleme der großen Philosophen" haben eine sehr freundliche Aufnahme gefunden. Dies zeigt, daß der Versuch einer neuartigen Darstellung der Philosophie-Geschichte berechtigt war und gelungen ist. Diese Darstellung verzichtet auf Vollständigkeit und setzt Akzente: Sie behandelt nur diejenigen Denker, die die Entwicklung der abendländischen Geistesgeschichte entscheidend beeinflußt haben bzw. in der gegenwärtigen Philosophie bedeutsam sind. (Der Schwerpunkt des Gesamtwerkes liegt eindeutig auf der Philosophie der Gegenwart). Auch bei der Behandlung dieser Denker geht es nicht um eine möglichst umfassende Darstellung des jeweiligen Denkgebäudes, die zwangsläufig zu einer Nivellierung der Probleme, zur Vermittlung formelhaften Wissens und zur Rezeption von Schlagworten führen würde, die gerade philosophischen Fragen inadäquat sind. Statt dessen konzentriert sich die Behandlung der einzelnen Philosophen auf das jeweilige Grundproblem bzw. – falls ein einzelnes Grundproblem sich nicht isoliert darstellen läßt – auf einen möglichst eng begrenzten Bereich weniger zentraler Probleme, die für den betreffenden Denkansatz eine fundierende und erschließende Funktion haben. Durch diese strenge thematische Konzentration auf ein Problem wird dem Leser eine Hinführung zu dem jeweils behandelten Philosophen geboten, die einen Problemzusammenhang erschließt, das Mitdenken des Lesers provoziert und ihn zu weiterer Beschäftigung anregt.

Die Eigenart des hier praktizierten Ansatzes bringt – außer den erstrebten didaktischen Vorzügen – allerdings einige unvermeidliche Schwierigkeiten mit sich. Die Auswahl der behandelten Denker muß notwendig willkürlich sein. Der Band Altertum/Mittelalter beispielsweise beschränkt sich auf Sokrates, Platon, Aristoteles, Augustinus, Thomas v. Aquin und Cusanus. Natürlich wird man hier Philosophen wie Plotin, Seneca und Duns Scotus vermissen, und selbst die Möglichkeit, daß die Genannten in einem späteren Band behandelt werden, führt nicht an der Schwierigkeit vorbei, daß die in diesem Werk erstrebte Konzentration die Auswahl als subjektiv erscheinen lassen muß.

Ähnliches gilt für die „Grundprobleme". Zwar fiel ihre Auswahl voll in die Kompetenz der einzelnen Autoren; diese waren sich aber alle darin einig, daß die Auswahl die Gefahr einer künstlichen Isolierung bzw. einseitigen Akzentuierung bedeutete. Einige Autoren standen vor der schwierigen Aufgabe, aus mehreren gleichrangigen Problemen ein bestimmtes herauszugreifen; andere Autoren waren mit Denkansätzen konfrontiert, die sich in mehreren Etappen mit relativ selbständigen Problemzusammenhängen entwickelt hatten. Daß unter diesen Aspekten auch die Gruppierung der Denker in den einzelnen Bänden nur ein Notbehelf sein kann, leuchtet ein.

Die zahlreichen Bedenken, die sich hieraus ergaben, wurden von den Autoren trotzdem zurückgestellt, weil sie die hier versuchte Art der Darstellung für sinnvoll und nützlich hielten. Der Herausgeber ist ihnen hierfür zu Dank verpflichtet, ebenso dem Verlag, der wesentlich dazu beitrug, daß dieses Projekt realisiert werden konnte. Zahlreichen Fachkollegen, die durch wertvolle Ratschläge die Arbeit des Herausgebers erleichtert und gefördert haben, sei ebenfalls herzlich gedankt.

Josef Speck

Hinweis zu den Literaturangaben

Zu jedem Beitrag gehört ein Literaturverzeichnis, das eine Auswahl aus der Primär- und Sekundärliteratur darstellt. Einführende Werke sind durch * gekennzeichnet, Werke mit ausführlichen Bibliographien durch den Zusatz *Bibliographie*.

Literaturhinweise im Text erfolgen durch Angabe von Kurztiteln, die in den Literaturverzeichnissen durch Kursivierung hervorgehoben sind.

Inhaltsverzeichnis

P. Wust: Christliches Existenzbewußtsein
(von Hermann Westhoff)

G. Marcel: Die Metaphysik der schöpferischen Treue
(von Vincent Berning)

Karl Jaspers:
Existenzverwirklichung in der Kommunikation

Von Kurt Salamun, Graz

1. Leben und Werk

Karl Jaspers wurde am 23. 2. 1883 in Oldenburg als Sohn eines freiheitlich-libe-
ralen Juristen und Sparkassenleiters geboren und besuchte dort das humanisti-
sche Gymnasium. Nach einem kurzen Jus-Studium wechselte Jaspers zum Studium der Medizin, das er in Berlin, Göttingen und Heidelberg absolvierte. Der
Entschluß, Medizin zu studieren, wurde nicht zuletzt durch einen Umstand aus-
gelöst, der das ganze Leben und auch das Philosophieren von Jaspers nachhaltig
geprägt hat: Jaspers mußte als 18-jähriger erfahren, daß er an einer äußerst sel-
tenen, unheilbaren Lungenkrankheit litt und daß ihm von der damaligen Medizin nur eine sehr geringe Lebenserwartung zugesprochen wurde. Er hat den entscheidenden Einfluß der Krankheit auf sein Leben, zu deren Behandlung er selbst
Methoden erfand, in autobiographischen Schriften des öfteren beschrieben (vgl.
z. B. Autobiographie, 5). Es ist durchaus denkbar, daß die krankheitsbedingte,
extreme körperliche Gefährdung von Jaspers einen Einfluß auf die Konzeption
von den Grenzsituationen des menschlichen Lebens in seiner Existenzphilosophie gehabt hat. Ein zweites Ereignis, das eigenen Aussagen zufolge sein Leben
und Philosophieren stark geprägt hat (u. zw. seine Philosophie über die zwischenmenschliche Kommunikation), war die Heirat mit Gertrud Mayer, der
Schwester eines Studienfreundes (vgl. Autobiographie, 6).
Nach dem Abschluß des Medizin-Studiums arbeitete Jaspers einige Jahre als
freiwilliger Assistent an der Psychiatrischen Univ.-Klinik in Heidelberg. Er
brachte in dieser Zeit sein erstes Buch, „Allgemeine Psychopathologie" (1913),
heraus. Jaspers habilitierte sich dann aber für Psychologie an der Philosophischen Fakultät der Universität Heidelberg, an der er 1921 auf einen Lehrstuhl für
Philosophie berufen wurde. Inzwischen war das Buch „Psychologie der Weltanschauungen" (1919) erschienen, das später verschiedentlich als das erste Werk
der Existenzphilosophie im 20. Jh. bezeichnet worden ist. Jaspers hat darin u. a.
Gedanken von Kierkegaard rezipiert und vor allem seine Konzeption von den
Grenzsituationen erstmals dargelegt. In die Zwanzigerjahre fallen auch frucht-
bare Gespräche und Kontakte mit Heidegger, der die „Psychologie der Weltanschauungen" ausführlich rezensiert hat.
Das existenzphilosophische Hauptwerk von Jaspers, „Philosophie" (1932),
umfaßt die drei Bände „Philosophische Weltorientierung", „Existenzerhellung"

und „Metaphysik". Zum Bekanntheitsgrad von Jaspers trug in dieser Zeit auch ein Taschenbuch bei, das 1931 unter dem Titel „Die geistige Situation der Zeit" als 1000. Göschen-Bändchen erschienen ist. Dieses Buch bietet eine Analyse der sittlich-geistigen Situation dieser Zeit, ohne dabei aber auf die realpolitische Situation Bezug zu nehmen. 1935 und 1938 publizierte Jaspers mit „Vernunft und Existenz" und „Existenzphilosophie" noch zwei Vorlesungssammlungen. Nachdem er mit dem Anbruch der NS-Ära zunächst aus der Universitätsverwaltung ausgeschlossen und 1937 zwangspensioniert worden war, wurde ihm ab 1938 ein inoffizielles, ab 1943 ein offizielles Publikationsverbot auferlegt. Der Umstand, daß seine Frau Jüdin war, bedeutete vor allem gegen Ende des Krieges für beide eine ständige Lebensgefahr.

Nach dem Krieg erwarb sich Jaspers zunächst große Verdienste um den Wiederaufbau der Universität Heidelberg, nahm aber dann im Jahr 1948 einen Ruf an die Universität Basel an, an der er bis 1961 gelehrt hat. Zur reichen publizistischen Tätigkeit, die Jaspers nach 1945 entfaltete, gehört vor allem die Veröffentlichung des umfangreichen Buches „Von der Wahrheit" (1947). In diesem Buch wird der Entwurf einer „philosophischen Logik" versucht, in deren Rahmen Jaspers seine Lehre vom Umgreifenden ausführlich entwickelt. Für die Periode nach 1945 ist im Denken von Jaspers charakteristisch, daß er sich auch mit aktuellen politischen Fragen engagiert beschäftigt. Seine bekanntesten Bücher zu politischen Zeitproblemen sind „Die Schuldfrage" (1946), „Die Atombombe und die Zukunft des Menschen" (1958), „Freiheit und Wiedervereinigung" (1960) und „Wohin treibt die Bundesrepublik?" (1966). Die Auseinandersetzung mit religiösen Glaubenspositionen hat in den Büchern „Der philosophische Glaube" (1948) und „Der philosophische Glaube angesichts der Offenbarung" (1962) ihren Niederschlag gefunden. Eine Geschichtstheorie, in der eine „Achsenzeit" der Menschheitsgeschichte angenommen wird, hat Jaspers in „Vom Ursprung und Ziel der Geschichte" (1949) vorgelegt.

Neben einem Nietzsche- und einem Descartes-Buch (1936 und 1937) verfaßte Jaspers Monographien über Schelling (1955) und Nicolaus Cusanus (1964) und plante darüberhinaus auch eine Weltgeschichte der Philosophie. Aus dem umfangreichen Material, das er für dieses Projekt gesammelt hat, ist vor seinem Tod (am 26. 2. 1969) nur das Buch „Die großen Philosophen" (1957) erschienen. Ein Großteil der Manuskripte liegt noch unpubliziert im Jaspers-Archiv in Basel. Ein Teil davon, zwei Bände zu den großen Philosophen, wurde im Herbst 1981 von Hans Saner herausgegeben.

2. Jaspers' Auffassung von Philosophie

Obwohl Jaspers neben Heidegger allgemein als einer der zwei großen deutschen Existenzphilosophen anerkannt wird, hat seine Philosophie im Vergleich zum Werk von Heidegger bisher nur eine relativ geringe Resonanz gefunden. Dies mag nicht zuletzt an einer methodischen

Grundschwierigkeit liegen, die mit dem Philosophieverständnis von
Jaspers zusammenhängt und die hier einleitend kurz erörtert werden
muß. Denn je nachdem, wie man sich zu diesem methodischen Grundproblem stellt, wird man rekonstruierende Darlegungen und kritische
Erörterungen der existenzphilosophischen Gedanken von Jaspers als
sinnvolle Interpretationsbemühungen ansehen, oder man wird der
Meinung sein, daß jede inhaltliche, kritische Diskussion über diese Gedanken von vornherein an der philosophischen Grundabsicht von Jaspers vorbeigeht.

Während Heidegger in seinem Philosophieren darum bemüht ist, eine
Daseinsanalytik zu geben und die Existentialien menschlichen Daseins
im Rahmen einer Fundamentalontologie herauszuarbeiten, betrachtet
es Jaspers gar nicht als Aufgabe der Philosophie, informationshaltige,
inhaltliche Aussagen über die existentielle Dimension des Menschen zu
machen. Diese Dimension liegt für ihn nämlich von vornherein jenseits
alles objektiv Denkbaren und in informationshaltigen Aussagen For-
mulierbaren. Im I. Band seines existenzphilosophischen Hauptwerkes
„Philosophie" umreißt er sein Philosophieverständnis folgendermaßen:
„Philosophie ist das denkende Vergewissern eigentlichen Seins. Weil
kein Sein, das als erforschbarer Gegenstand gegeben wäre, als das eigentliche Sein haltbar ist, muß Philosophie über alle Gegenständlichkeit
transzendieren" (Philosophie I, 37).

Die Philosophie muß also über jenes Sein hinausgehen, es „transzendieren", das als erforschbarer Gegenstand gegeben ist, u. zw. auf ein anderes Sein hin, das Jaspers in einem durchaus wertenden Sinn das „eigentliche Sein" nennt. Das eigentliche Sein ist nicht nur kein wissenschaftlich erforschbarer Gegenstand, sondern es ist überhaupt nicht „wißbar", d. h. in inhaltlichen Kategorien denk- und objektivierbar. Es entzieht sich empirisch-rationaler Erkenntnis und auch der direkten Mitteilung an andere Individuen. Letztlich ist dieses eigentliche Sein, das
Jaspers vor allem mit den Begriffen „Existenz" und „Transzendenz"
umschreibt, nur für jeden Einzelnen in einem rational nicht zugänglichen existentiellen Vollzug erlebbar. In einem solchen Vollzug kann einem dieses Sein „gegenwärtig" werden, man kann seiner „inne werden", seiner „gewiß" werden, dieses Sein kann einem „offenbar" werden, wie es bei Jaspers u. a. heißt.

Die zentrale methodische Frage, die sich in Anbetracht einer derartigen
Auffassung stellt, ist die Frage, in welcher Weise sich Jaspers selbst in
seinem Philosophieren mit jenem Sein beschäftigt, das er von vornherein als ungegenständlich und als in unseren Denk- und Sprachkategori-
en nicht erfaßbar annimmt. Er gibt darauf einmal folgende Antwort:

„Wenn das möglich ist, so jedenfalls nur indirekt. Da unser Denken in jedem Augenblick an Gegenstände gebunden ist, kann von diesem Ungegenständlichen nur am Leitfaden gegenständlichen Denkens gesprochen werden" (Antwort, 789).

Jaspers will sein Philosophieren nur als „Leitfaden" oder indirekten „Zeiger" auf das eigentliche Sein, die Existenz und die Transzendenz, hin verstanden wissen und nicht als inhaltliche Aussagen über dieses Sein. Er will dieses Sein nur in „Denkvollzügen umkreisen", die Existenz bloß „erhellen" und nicht beschreiben. Seine Philosophie soll nicht als Denksystem, sondern als eine Philosophie in der „Schwebe" aufgefaßt werden, die an den Einzelnen zwar „appelliert", sich der Möglichkeit seiner Existenz bewußt zu werden, die aber keine inhaltlichen Aussagen über die Existenz machen will und kann, weil diese der eingangs erwähnten Grundannahme zufolge gänzlich ungegenständlich und in den Kategorien unseres Denkens nicht objektivierbar ist. Aus diesem Grund fordert Jaspers seine Leser auf, seine eigenen philosophischen Aussagen nicht in ihrem „Wissensinhalt" ernst zu nehmen, sondern ihren kognitiven Informationsgehalt zu transzendieren. „Allgemein für Existenzerhellung und für Metaphysik und für die transzendierende philosophische Weltorientierung... gilt der Satz: Was philosophisch anzeigt, appelliert, beschwört, innewerden läßt, gegenwärtig macht, das wird, wenn es in der bloßen Verstandesform wie Wissensinhalt behandelt wird, gerade den Gehalt, der im Philosophieren gemeint war, verlieren" (Vernunft, 97).

Um jede „Verfestigung" ins Gegenständliche philosophischer Aussagen zu verhindern, hält es Jaspers für notwendig, „negative, zirkelhafte und dialektische Aussagen" zu verwenden. Die in solchen Aussagen vorkommenden logischen Widersprüche und Aporien sollen jegliche Fixierung in den „Wissens"- und Informationsgehalt seiner Aussagen verhindern, sie sollen bewirken, daß „... das Gesagte als vermeintliche Erkenntnis einer bestimmten Sache sich wieder aufhebt" (Vernunft, 91).

Es ist hier nicht der Ort, den historischen Wurzeln des Philosophieverständnisses von Jaspers im Detail nachzugehen. Hier sei dazu nur soviel angedeutet, daß die *Kant*ische Philosophie, vor allem Kants Ideenlehre und die Unterscheidung zwischen phenomenon und noumenon, das Denken von Jaspers nachhaltig geprägt hat (zu diesen und weiteren Kant-Einflüssen auf Jaspers vgl. Richli, 42 ff.). Aus der Existenzphilosophie Sören *Kierkegaards* ist vor allem die Ansicht über die prinzipielle Nichtobjektivierbarkeit der menschlichen Existenz und die Unterscheidung zwischen einem abstrakten, objektiven Denken und einem konkreten, subjektiven Denken, das zugleich „Aneignung der eigenen Innerlichkeit" ist (vgl. Kierkegaard, Nachschrift, 65), mehr oder weniger unmittelbar in Jaspers' eigene Existenzphilosophie eingegangen. Neben gewissen Einflüssen von Nietzsche, Schelling, Hegel u. a., darf vor allem der Einfluß Max *Webers* nicht unterschätzt werden, auf dessen Bedeutung Jaspers selbst in autobiographischen Schriften mehrfach hingewiesen hat (vgl. Autobiographie, 43 ff.; Schicksal, 32 ff.). Jaspers war nicht nur von den Gedanken Webers stark beeindruckt, sondern vor allem auch von dessen Persönlichkeit. So schätzte er an Weber besonders die intellektuelle Redlichkeit, mit der dieser gegen jegliche harmonisierende Vermischung des Bereichs der wissenschaftlichen Tatsachenerkenntnisse mit dem Bereich der Weltanschauungen und Werte auftrat. Daß Weber dabei in seinem Bemühen, diese verschiedenen Ebenen möglichst sauber auseinanderzuhalten (vgl. Weber, 146 ff., 489 ff.), die Grenzen der rationalen Diskutierbarkeit von Wertstandpunkten letzten Endes zu eng gezogen hat, ist eine Einsicht, die erst die neuere Methodologiediskussion in den Sozialwissenschaften deutlich gemacht hat. Es wurde gezeigt, daß Max Weber sogenannte „letzte Wertstandpunkte" zu Unrecht allzu vorschnell in den Bereich des Irrationalen gerückt hat, obgleich sie durchaus noch in rationalen Überlegungen im Hinblick auf ihre Implikationen, ihre möglichen Konsequenzen und ihre Nebenfolgen diskutiert werden können (vgl. Albert, 67 ff.).

Es spricht einiges dafür, daß Webers „Irrationalisierung" von letzten Wertstandpunkten, zusammen mit einem aus der Kantischen Ideenlehre stammenden verengten Wissensbegriff (vgl. Reding, 108), wesentlich mit dazu beigetragen hat, daß jene irrationalistische Komponente in der Philosophie von Jaspers entstanden ist, die etwa Stegmüller mit folgender Feststellung hervorhebt: „Die Philosophie von Jaspers ist dagegen zwar kein Irrationalismus in dem radikalen Sinn, daß die wissenschaftliche Wahrheit als solche verworfen wird, aber sie ist doch in dem Sinne *irrationalistisch*, als sie über die wissenschaftlich erreichbare Wahrheit hinausgeht, alles wissenschaftlich Erkennbare von einer ‚höheren' Warte aus zu relativieren versucht und die tiefste erreichbare Wahrheit in das existentielle Erleben des Einzelnen verlegt, das nicht mehr mitgeteilt werden kann" (Stegmüller, 234).

Dieser irrationalistische Zug hat u. a. zur Folge, daß Jaspers den so zentralen Begriff der Existenz in seiner Existenzphilosophie nirgends explizit näher bestimmt hat, was in der bisherigen Diskussion über seine Philosophie auch immer wieder angeprangert worden ist. So hat man in diesem Zusammenhang z. B. bemängelt, daß Jaspers, weil er der Existenz jede „Wesensstruktur" aberkenne, die Klärung des Verhältnisses

zwischen den Begriffen „mögliche Existenz" und „wirkliche Existenz"
innerhalb seines Philosophierens erschwere (vgl. Reding, 56), oder daß
er weder das „uneigentliche" noch das „eigentliche" Sein (als eigentliches Selbstsein) „wirklich analysiert" habe und daß der Leser deshalb
Schwierigkeiten habe, die Bedeutung dieser Ausdrücke zu erfassen (vgl.
Heinemann, 67).

Was die appellative Absicht seines Philosophierens betrifft, wurde in
diesem Zusammenhang die nicht unberechtigte Frage gestellt, was zu
werden wir denn durch die appellative Philosophie von Jaspers aufge-
fordert werden? Werden wir nicht zu „unverständlichen Aufgaben"
aufgerufen, wenn wir auf Appelle hören sollen, etwas zu werden, was
nicht gesagt, erkannt oder rational diskutiert werden kann? „Was zu
werden fordert man uns denn auf? So wird der auffordernde Aspekt in
Jaspers' Sprache durch die gleiche Idee entwertet, die auch seinen kognitiven oder objektiven Aspekt zerstört. Mit dem Verschwinden des
Objekts überläßt er uns zwar sehr intensiven, aber bedeutungslosen
Worten. Wir werden dringend zu unverständlichen Aufgaben aufgerufen" (Earle, 529).

Das methodische Dilemma, in das die irrationalistische Komponente
und die damit zusammenhängende Auffassung von einem Philosophieren führt, in welchem die kognitiven Inhalte der gemachten Aussagen
transzendiert werden müssen und das bloß „erhellen, beschwören, gegenwärtig machen, innewerden lassen" will, hat schon sehr früh Otto
Friedrich Bollnow prägnant ausgesprochen: „In dem Augenblick, wo
die Philosophie sich von jeder Möglichkeit, sie auf eine bestimmte inhaltliche Meinung festzulegen, zurückzieht, wo sie sich selbst nur noch
als appellierendes Denken nimmt, gibt sie die Möglichkeit einer fruchtbaren Auseinandersetzung überhaupt preis. Jede Auseinandersetzung
setzt nämlich voraus, daß sich der Gegner überhaupt stellt. Mit dem
Rückzug auf die Nichtfixierbarkeit jeder einzelnen Aussage ist dagegen
eine so gesicherte Position bezogen, daß damit zugleich jede Möglichkeit einer wirklichen Auseinandersetzung, ja die Möglichkeit eines
sinnvollen Gesprächs überhaupt genommen ist" (Bollnow, Existenzerhellung, 211).

Will man sich dennoch auf eine kognitiv sinnvolle Weise mit der Philosophie von Jaspers beschäftigen, dann ist dies nur möglich, wenn man
die Begriffe und Aussagen dieser Philosophie in ihren Bedeutungsgehalten ernst nimmt. Entgegen Jaspers' eigener Intention müssen die Begriffe seiner Philosophie nicht als „schwebende", sondern als in ihren
Bedeutungsgehalten zumindest vorläufig festgelegte Begriffe und Aussagen betrachtet werden. Nur auf diesem Weg ist eine sinnvolle Inter-

pretation und kritische Auseinandersetzung mit den Gedanken von Jaspers möglich. Aus einer solchen Perspektive lassen sich dann in seiner Existenzphilosophie eine ganze Fülle von subtilen Einsichten in emotionale Grundstimmungen, Gefühle (z.B. Glauben, Liebe, Schuld, Leiden, usw.) finden, die auf sorgfältigen psychologischen und phänomenologischen Analysen beruhen.

Obgleich es Jaspers aufgrund der oben erwähnten zweifelhaften methodischen Grundannahme abgelehnt hat, eine explizite Ethik oder philosophische Anthropologie zu entwickeln, enthält sein Philosophieren dennoch implizit eine ganze Reihe von ethisch-humanistischen Grundeinsichten und Wertvorstellungen, die gerade in einer Zeit der moralischen und weltanschaulichen Orientierungskrisen als überlegenswert erscheinen. Vor allem aus seinen Erörterungen um den Begriff der Kommunikation, den Saner „vielleicht als das Grundwort von Jaspers' Philosophie überhaupt" bezeichnet hat (vgl. Saner, Jaspers, 101), läßt sich eine Vorstellung rekonstruieren, die man als eine idealtypische Möglichkeit menschlicher Selbstverwirklichung deuten kann.

Jaspers selbst hat wiederholt betont, daß das Ziel seines gesamten Philosophierens letzten Endes die Vermittlung einer bestimmten „Denkungsart", einer „Bewußtseins"- oder „Denkhaltung", einer „inneren Haltung" (Philosophie I, xxii, 37, 42) sei. Gerade im Zusammenhang mit dem Kommunikationsbegriff kommen bei ihm gewisse Merkmale eines menschlichen Selbstverwirklichungsideals zum Ausdruck, das als impliziter normativer Bezugsrahmen seines Philosophierens angesehen werden kann. Wenn er diesen Bezugsrahmen nie als philosophisch-anthropologisches Konzept oder als normatives Verhaltensideal explizit ausgesprochen und herausgearbeitet hat, war dafür nicht zuletzt ein zu rigoros verstandenes Prinzip der intellektuellen Redlichkeit verantwortlich. Aus diesem Prinzip heraus war Jaspers der Ansicht, daß jedes inhaltliche Entwerfen eines normativen Sinn-, Verhaltens- oder Existenzkonzeptes immer schon für andere Menschen eine ungerechtfertigte „Fixierung" und damit eine Einschränkung der Möglichkeiten ihrer individuellen Selbstverwirklichung mit sich bringen müsse. Wie irrig diese Meinung ist, zeigt allein schon die Überlegung, daß man durchaus Selbstverwirklichungsideale entwerfen und als inhaltliche „Sinnentwürfe ohne Sicherheitsgarantien" (vgl. Lenk, 4) anbieten kann, ohne deshalb andere Individuen in ihren Selbstverwirklichungsmöglichkeiten irgendwie einzuschränken. Man muß dabei nur hinreichend deutlich machen, daß der angebotene Entwurf bloß als *ein* mögliches Selbstverwirklichungskonzept unter anderen zu verstehen ist, das in kriti-

scher Diskussion und im Vergleich mit anderen Konzepten, mit eigenen
Lebenserfahrungen usw. jederzeit wieder revidiert werden kann.
Nach diesen einleitenden Überlegungen zu methodischen Aspekten von
Jaspers' Existenzphilosophie soll im folgenden seine Kommunikations-
vorstellung herausgearbeitet werden. Damit werden zugleich einige nähere Bestimmungen für seinen Existenzbegriff gegeben. Denn wie eng
bei Jaspers „Kommunikation" und „Existenz" miteinander zusammenhängen, wird u. a. aus der Feststellung deutlich, daß „Existenz sich
nur in Kommunikation verwirklicht" (Philosophie II, 242) oder auch
aus folgender Äußerung: „Existenz ist erst da, wenn ich in der jeweils
einmaligen Kommunikation stehe, deren existentielle Glieder unvertretbar und unantastbar sind. Ich bin und bleibe Existenz nur in Kommunikation, und andere Existenz ist gar nicht da für mein Bewußtsein
überhaupt, sondern für mich als Existenz in dieser Kommunikation"
(Wahrheit, 740). Bei der Darstellung verschiedener Aspekte des Kommunikationskonzepts werde ich mich weitgehend auf das existenzphilosophische Hauptwerk von Jaspers, die „Philosophie", stützen. Die
Rolle, die der erst später in seinem Denken relevant gewordene Ver-
nunftbegriff hinsichtlich dieses Konzepts spielt, bleibt hier unberück-
sichtigt.

3. Die objektiven Seinsweisen des Menschen

Ein erster wichtiger Aspekt von Jaspers' Kommunikationskonzept ist
eine Vorstellung, die man das philosophisch-anthropologische Grund-
gerüst seiner Existenzphilosophie nennen könnte. In Analogie zu traditionellen philosophisch-anthropologischen Auffassungen, in denen der
Mensch als ein Wesen gesehen wird, das durch verschiedene miteinander in Wechselbeziehung stehende Seinsschichten oder Seinsstufen (z.B.
Körper-Seele-Geist oder Körper-Leib-Seele-Geist) gekennzeichnet ist,
unterscheidet Jaspers vier Seinsweisen oder Verwirklichungsdimensio-
nen des Menschen: das bloße Dasein, das Bewußtsein überhaupt, den
Geist und die Existenz.
Bevor auf diese Seinsweisen, in denen sich das Menschsein verwirklicht,
näher eingegangen werden kann, sind aber noch zwei Vorbemerkungen
notwendig. Die erste betrifft das *Verhältnis der vier Seinsweisen zueinander.* Obgleich Jaspers mehrfach betont hat, daß er bezüglich dieser
Seinsweisen keine vergleichende Bewertung vornehmen möchte, vermitteln seine Ausführungen dennoch den Eindruck, daß sein philosophisch-anthropologisches Konzept letzten Endes an der Idee einer auf-

steigenden Stufenfolge orientiert ist. Dafür spricht u. a. auch folgende Feststellung: „Eine *Rangordnung* aber besteht, und zwar etwa die der Existenz vor dem bloßen Dasein und die der Existenz vor dem Geist, die des Geistes vor dem Bewußtsein überhaupt" (Vernunft, 84). Obwohl diese Rangordnung von Jaspers ausdrücklich als eine „Seinsfrage" bezeichnet wird und nicht als eine Frage vergleichender Bewertung der Seinsweisen, enthält die hier vorgenommene Anordnung der Seinsweisen dennoch eindeutige Wertungsgesichtspunkte. Nicht zuletzt deshalb, weil die Stufenfolge auf eine „Existenz" hin ausgerichtet ist, die Jaspers immer wieder mit dem „eigentlichen Selbstsein" oder dem eigentlichen Menschsein gleichsetzt und die letztlich als das Höchste und sittlich Beste erscheint, das für den Menschen in seinem Leben erreichbar ist. Die „unter" der eigentlichen Seinsweise liegenden Seinsweisen sind nur die Bedingungen oder *Vor*stufen, über die diese ausgezeichnete Seinsweise erreicht werden kann. Die in diesem philosophisch-anthropologischen Konzept implizierte Bewertungsperspektive kommt nicht zuletzt auch in dem Umstand zum Ausdruck, daß die unterste Stufe dieses Konzepts von Jaspers mehrfach als das „bloße" Dasein bezeichnet wird. Die hervorgehobene Bewertungsperspektive tritt mit der Entwicklung der Lehre vom Umgreifenden in einer späteren Denkphase von Jaspers zwar merklich in den Hintergrund, sie ist aber auch dort nicht gänzlich eliminiert. Auch dann nicht, wenn Jaspers die genannten Seinsweisen nun als „Weisen des Umgreifenden" versteht, d. h. als „Räume", die sich gegenseitig durchdringen und die allesamt notwendige Bedingungen der menschlichen Selbstverwirklichung darstellen.

Die zweite klärende Vorbemerkung, die in diesem Zusammenhang erforderlich ist, betrifft den *Begriff des Daseins*. Um Mißverständnissen vorzubeugen, ist es zweckmäßig, wenn man in Jaspers' Existenzphilosophie von vornherein mindestens drei verschiedene Bedeutungen des Wortes „Dasein" auseinanderhält: 1. In einem sehr weiten Sinn wird von „Dasein" gesprochen, wenn Jaspers damit alles das bezeichnet, was in der „Welt" ist und Gegenstand der Erfahrung werden kann. In diesem Sinne hat alles, was „Weltsein" hat, für Jaspers auch „Dasein". 2. Schon in einem eingeschränkteren Sinne wird das Wort Dasein gebraucht, wenn Jaspers vom „Dasein" des Menschen spricht und damit jenes menschliche Sein meint, das von den einzelnen sich mit dem Menschen befassenden Wissenschaften (Biologie, Psychologie, Soziologie u. a.) erforscht wird. Diese Bedeutung ist vor allem als Gegensatz zum Begriff der „Existenz" zu verstehen, mit dem Jaspers die grundsätzlich nicht objektiv werdende Seinsweise des Menschen bezeichnet, die nicht Gegenstand einer wissenschaftlichen Betrachtung werden kann. 3. Die

engste Bedeutung von „Dasein" findet sich in einer Unterscheidung, die
Jaspers innerhalb des wissenschaftlich erforschbaren, menschlichen
Daseins macht. Er gliedert dieses in drei spezifische Seinsweisen, von
denen er eine wiederum „Dasein" nennt (die anderen beiden, wie schon
erwähnt, „Bewußtsein überhaupt" und „Geist"). Wie weit mit der späteren Entwicklung der Lehre des Umgreifenden eventuell noch weitere
Bedeutungen von „Dasein" in der Philosophie von Jaspers unterschieden werden müssen, kann hier nicht näher untersucht werden.

Aus einer ontologischen Betrachtungsperspektive, die Jaspers jedoch
nicht angewandt haben möchte, würden die drei hier unterschiedenen
Begriffe von „Dasein" Bereiche treffen, von denen der erste den zweiten, und dieser den dritten einschließt. Der umfassendste Bereich, alles
empirisch erfahrbare Weltsein (Dasein 1), schließt den zweiten Bereich,
alles am Menschen empirisch Erfahrbare (Dasein 2), in sich. Der zweite
Bereich umfaßt den dritten (Dasein 3), der, neben „Geist" und „Bewußtsein überhaupt", eine jener drei spezifischen menschlichen Seinsweisen ist, die der empirisch-rationalen Erkenntnis zugänglich sind.

Bloßes Dasein:

Im philosophisch-anthropologischen Grundkonzept von Jaspers bildet
das „bloße Dasein" sozusagen die unterste menschliche Seinsschicht.
Diese Weise menschlichen Seins, auf der die anderen aufbauen, ist die
trieb- und instinktbedingte, körperlich-vitale Ebene. Jaspers spricht
auch vom „biologischen Dasein", weil die Wissenschaft, die ihr For-
schungsgebiet in diesem Bereich hat, im besonderen die Biologie ist. Als
biologisches Dasein ist der Mensch für Jaspers „nur Leben", und zwar
in dem Sinne, daß sich sein Menschsein wesentlich auf die Erfüllung vitaler Funktionen beschränkt. Triebe und Instinkte beherrschen ihn, er
fühlt sich geborgen „... in einer unbefragten Unmittelbarkeit der
dumpfen Instinktivität ..." (Philosophie II, 40).

Das Selbstbewußtsein erschöpft sich auf dieser Ebene weitgehend in der
Identifikation mit der „Körperlichkeit". Das intentionale Bewußtsein
ist primär auf nächstliegende Zwecke der „Daseinserhaltung und Da-
seinsausbreitung" gerichtet. Auf dieser Stufe dominiert „der *rück-
sichtslose vitale Daseinswille*. Mit engem Gesichtsfeld, das aber gerade
sichtbar macht, was Macht, Geltung und Genuß in der Welt verschafft
– will er nur sich. Er schiebt gewaltsam beiseite, was ihm in den Weg
kommt" (Philosophie III, 108). Ein charakteristisches Merkmal dieser
Seinsweise ist auch jenes, daß der Mensch darin in einem Zustand „naiver Unmittelbarkeit" und „fragloser Unbekümmertheit" lebt (Philoso-

phie II, 24, 39). Dies äußert sich u. a. in einem Gefühl der Sicherheit und
Geborgenheit in der Welt. Auf dieser Stufe des Menschseins gibt es kein
Selbstbewußtsein, das auf Selbstreflexion beruhen würde. Der Mensch
ist sich daher auch der Möglichkeit seines Selbstbewußtseins nicht bewußt. Jaspers vergleicht diese Seinsweise einmal mit der Lebensform
des Kindes, das in einem „naiven Daseinsbewußtsein" lebt, „. . noch
ohne entschiedenes Ich, aber doch als mögliches Ich; noch ohne Selbstreflexion, aber schon als Wesen, das ich sagt; . . . bewegt von Affekten,
war ich vergeßlich von einer Stimmung zur anderen" (Philosophie II,
25).

Von der Seinsweise des „bloßen Daseins" ist bei Jaspers verschiedentlich eine Vorstellung nicht klar abgegrenzt, die mit dieser Seinsweise
zwar einige Bestimmungen gemeinsam hat, aber dennoch deutlich von
ihr unterschieden werden muß. Diese Vorstellung ist jene eines Urzustandes, oder, wie Jaspers auch sagt, eines „Ursprungs", in dem der
Mensch mit den anderen Menschen und der Welt noch eine „Einheit"
bildet. Diese Vorstellung gleicht der in Mythologie, Religion und Philosophie immer wieder auftretenden Idee von einem prae-existenten oder
sehr frühen Stadium des Menschseins, in dem die Spaltung von Ich
und Welt noch nicht erfolgt ist. Demnach hat sich das bewußte Ich
in diesem Frühstadium noch nicht aus der alles umgreifenden Einheit
des „Urgrundes" herausgelöst, weil sein Bewußtsein erst keimhaft vorhanden und noch zu schwach ist, um schon die Subjekt-Objekt-Spaltung bewirken zu können.

Das dunkle und halbbewußte Erinnern des Menschen an dieses frühe
Stadium der Einheit findet im Rahmen dieser Vorstellung seinen Ausdruck in Mythen von verlorenen Paradiesen oder etwa im Platonischen
Mythos der Anamnesis als der Wiedererinnerung der Seele an die vor
ihrem Erdendasein geschauten Ideen. Mitgegeben mit dem undeutli-
chen Wiedererinnern des einheitlichen Urzustandes ist immer auch die
unreflektierte Gewißheit der Ungefährdetheit und Geborgenheit darin.
Diese Gewißheit hat zur Folge, daß sich der Mensch nach der konflikt-
losen, ursprünglichen Einheit zurücksehnt. Jaspers vertritt im Zusammenhang mit dieser Vorstellung die Ansicht, daß alles menschliche Er-
kenntnisstreben letztlich auf das Wiedererreichen der verlorenen Einheit (u. a. auch der Einheit von „Denken und Sein", „Aktivität und Pas-
sivität") abziele, „. . . in der ich und alle Gegenstände noch gar nicht getrennt waren, darum Dunkelheit herrschte und noch kein Sein gewußt
wurde" (Wahrheit, 265, 358, 606 f). Die Erinnerung an den Urzustand,
um dessen Wiedererreichen sich der Mensch vergeblich bemüht (er
„scheitert" immer wieder in diesem Bemühen), nennt Jaspers eine „ver-

dunkelte Mitwissenschaft mit der Schöpfung" (Wahrheit, 104), die nur
in „hohen Augenblicken" des Lebens auftretend, im Menschen die ver-
schwommene Vorstellung wachruft, in seinem „Grunde dabeigewe-
sen" zu sein, „. . . beim Ursprung aller Dinge". Dies sei ihm nur „ver-
schleiert und vergessen in der Enge seiner Welt" (Wahrheit 175 f., vgl.
auch: Existenzphilosophie, 24).

Neben eher mythischen Äußerungen, aus denen der Einfluß der Platonischen Ideenlehre auf Jaspers ersichtlich ist, finden sich bei ihm auch
Feststellungen, in denen biologische und psychologische Aspekte in die
Erörterung des Urzustandes hineinvermengt sind. Dies macht es oft
schwierig, den Urzustand von der Seinsweise des bloßen Daseins abzugrenzen, weil diese Seinsweise, vor allem in der „Philosophie", durch
biologische und psychologische Aspekte bestimmt wird. Ein wichtiges
Unterscheidungskriterium zwischen diesen beiden Vorstellungen von
Jaspers liegt aber letztlich darin, daß den Menschen als biologisch-vita-
les Dasein ein Bewußtsein auszeichnet, das auf bestimmte Zwecke gerichtet ist. Im Urzustand sind Bewußtsein und Gegenstände noch nicht
voneinander getrennt. Daher ist auch noch kein „Erkennen von etwas"
möglich, sondern, wie Jaspers meint, nur ein kontemplatives Innewerden des Ganzen (vgl. Wahrheit, 358). Durch die noch nicht erfolgte Ab-
spaltung des Bewußtseins vom Ganzen des Seins ist der Mensch im Urzustand nicht distanzfähig, während er dies im bloßen Dasein kraft seines intentionalen Bewußtseins sehr wohl ist. Er kann sich mit dessen
Hilfe von der ihn umgebenden Welt distanzieren, indem er sie vergegenständlicht.

Bewußtsein überhaupt:

Die zweite Seinsdimension des Menschen, die Jaspers nach der trieb-
haft-vitalen Körperlichkeit hervorhebt, ist die Verstandesebene, das
„Bewußtsein überhaupt". „Wir sind Bewußtsein überhaupt als *das in
allen eine und gleiche Bewußtsein*, mit dem wir auf das gegenständlich
gewordene Sein, auf identische Weise es meinend, wahrnehmend, füh-
lend, gerichtet sind derart, daß uns in jedem seiner Akte ein Allgemeingültiges aufleuchtet" (Wahrheit, 65).

Während im „bloßen Dasein" das Bewußtsein nur in jenem Sinne ein in-
tentionales ist, als es dem Menschen nächstliegende, seinem Leben dien-
liche Zwecke „vorstellt", dominiert auf der Stufe des Bewußtseins
überhaupt ein „klares und zwingendes, allgemeingültiges *logisches*
Denken" (Philosophie II, 52). Der Mensch ist aus seiner dumpfen Naivität und Fraglosigkeit erwacht, die ihn als „bloßes Dasein" kennzeich-

net. „*Fragen* ist die Krise, durch die ich mich löse aus einem Dasein, in dem ich meine Welt wie selbstverständlich weiß, ohne zu reflektieren. Ich erwache aus einem *Dasein als einem bloßen Dasein in einer Welt* zu einem *Erkenntnisdasein*... Statt nur in meiner Welt zu leben, werde ich Forscher... Jetzt ist die Welt für mich das empirische Dasein in Raum und Zeit, nachweisbar durch sinnliche Wahrnehmung in wiederholbarer Erfahrung, oder durch Schlüsse auf etwas, das nach Regeln mit sinnlicher Erfahrung zusammenhängt" (Philosophie I, 72; vgl. auch: Wahrheit, 64).

Jaspers nennt die Seinsweise des Bewußtseins überhaupt auch einmal das „Ichsein überhaupt, das die Subjektivität als Bedingung allen Objektseins bedeutet" (Philosophie I, 13). Hier zeigt sich wohl einer der augenfälligsten Kant-Einflüsse, denn der Begriff des Bewußtseins überhaupt ist dem Begriff des „transzendentalen Ich" oder des „transzendentalen Bewußtseins" aus der Kantischen Erkenntnislehre sehr ähnlich. Kant hat bekanntlich in seinem Entwurf der Transzendentalphilosophie die apriorischen Strukturen der Konstitution der Gegenstände und ihrer Erkenntnis herauszuarbeiten versucht und dabei als Prinzipien a priori die reinen Formen der sinnlichen Anschauung (Raum und Zeit) und die reinen Verstandesbegriffe oder Kategorien hervorgehoben. Diese sind für ihn die Bedingungen der Möglichkeit jeder Erfahrung und bilden zusammen mit dem Vermögen der Einbildungskraft die Grundlage für jegliche Gegenstandserkenntnis.

Genauso wie für Kant die Anschauungsformen und Verstandesbegriffe die formalen Strukturelemente des Bewußtseins sind, die, abgesehen von allem Inhaltlichen der Erfahrung und aller individuell-subjektiven Besonderheit, jedes erkennende Subjekt auszeichnen, ist für Jaspers das „Bewußtsein überhaupt" die notwendige Bedingung dafür, daß Menschen überhaupt etwas als identisch meinen und als allgemein gültig akzeptieren können. In der Seinsweise des Bewußtseins überhaupt offenbart sich der Mensch als Verstandeswesen. Die hier hervorgehobene Kant-Parallele wird angesichts der Konzeption des Bewußtseins überhaupt als einer Weise des Umgreifenden in „Vernunft und Existenz" und in „Von der Wahrheit" natürlich noch deutlicher als in der teilweise noch ontologisierenden Betrachtungsperspektive der „Philosophie".

Geist:

Die dritte menschliche Seinsweise im philosophisch-anthropologischen Konzept von Jaspers, die auf den beiden bisher genannten, dem „bloßen

Dasein" und dem „Bewußtsein überhaupt", aufbaut, ist die Dimension des Geistes. „Denn der Mensch ist nie nur ein formales Ich des Verstandes und nie nur Dasein als Vitalität, sondern er ist Träger eines Gehaltes, der entweder in dem Dunkel einer primitiven Gemeinschaftlichkeit bewahrt oder durch eine *geistige*, bewußt werdende und nie zu erreichende gewußte Ganzheit verwirklicht wird" (Philosophie II, 53). Unter einer solchen geistigen Ganzheit versteht Jaspers eine *Idee*, „. . . die Zusammenhang schafft in den vielfachen endlichen Zwecken meines Tuns, begrenzende Formung bringt in die Endlosigkeit des Bewußtseins überhaupt, Einheit in die Zerstreutheit des Wißbaren und Erfahrbaren" (Wahrheit, 71 f.).

Die beiden zitierten Stellen machen deutlich, daß die Seinsweise des Geistes für Jaspers die Dimension der Sinnvorstellungen und Ideen bedeutet. Als Träger von Ideen schafft sich der Mensch Sinnzusammenhänge, er gestaltet oder ordnet seine Erfahrungen und Sinneseindrücke durch umfassende Wertvorstellungen und weltanschauliche Orientierungsrahmen. Diese dienen ihm als ordnende Sinnbezüge für die Vielfalt seiner Erfahrungen.

Die drei bisher erwähnten Seinsweisen, „bloßes Dasein", „Bewußtsein überhaupt" und „Geist", machen für Jaspers den Menschen als empirisch-rational erfahrbares Wesen aus. In diesen Dimensionen ist der Mensch von den verschiedenen Wissenschaftsdisziplinen erforschbar. Über diese drei Seinsweisen hinaus unterscheidet Jaspers, wie bereits kurz erwähnt, noch eine weitere menschliche Seinsweise, u. zw. die „Existenz". Sie ist für ihn im Denken nicht mehr objektivierbar. „Der Mensch ist grundsätzlich mehr, als er von sich wissen kann" (Einführung, 50; Philosophie I, 202). In dieser transobjektiven Dimension verwirklicht der Mensch sein „eigentliches Selbstsein", seine „Existenz", er wird ganz „er selbst". Der „Aufschwung" oder „Sprung", wie Jaspers auch sagt, von den drei genannten empirisch-rational zugänglichen Seinsweisen zur nicht objektivierbaren „Existenz" ist genausowenig bewußt planbar, wie er empirisch-rational nachweisbar ist.

4. Die objektiv werdenden Weisen der Kommunikation

Jaspers unterscheidet analog zu den genannten Seinsweisen des Menschen ganz bestimmte Formen der Kommunikation, die für diese Seinsweisen charakteristisch sind. Die erste Seinsweise, das „bloße Dasein", ist Medium der Kommunikationsform der „primitiven Gemeinschaftlichkeit" (Philosophie II, 54).

4.1 Kommunikation in primitiver Gemeinschaftlichkeit:

In diese Kommunikation tritt der Mensch ein aus „egozentrischer Interessiertheit" (Philosophie II, 53), um Zwecke der Daseinsförderung und Daseinserweiterung anzustreben. Darunter versteht Jaspers in erster Linie Zwecke „... im Felde der Sinne, des Reichtums, der Macht" (Vernunft, 64). Wenn in bezug auf solche Zwecke eine Interessenübereinstimmung zwischen Menschen herrscht, bilden sie Zweck- und Interessengemeinschaften. Sie treten um des Erreichens dieser Zwecke willen miteinander in Kommunikation. Jaspers schreibt über diese Kommunikationsform u. a.: „Als *Dasein* spricht ein zweckhaft für sich uneingeschränkt interessiertes Leben, das alles unter die Bedingung der eigenen Daseinsförderung stellt, nur in diesem Sinne sympathisch und antipathisch fühlt, Gemeinschaft in diesem Interesse eingeht. Die Mitteilung ist hier entweder Kampf oder Ausdruck einer Interessenidentität. Sie ist nicht grenzenlos, sondern bricht zweckhaft ab, bedient sich der List mit dem Feind und dem möglichen Feind im Freunde. Es kommt ihr ständig auf die Daseinswirkung des Gesagten an. Sie will überreden, suggerieren, will stärken oder schwächen" (Existenzphilosophie, 32). In einer derartigen Kommunikation geht es jedem Einzelnen bloß um seine eigenen Interessen und Bedürfnisse. Sobald z. B. der Selbsterhaltungstrieb, der Geschlechtstrieb, der Wille zur Macht usw. befriedigt sind, wird die Kommunikation wieder abgebrochen. Was das Merkmal des Kampfes in dieser Kommunikationsform betrifft, heißt es bei Jaspers: „Im Daseinskampf ... gilt alle Mitteilung als Kampfmittel, d. h. es gilt Verschweigen, List, Zweideutigkeit, es gilt Lüge und Täuschung, sofern nur alles dieses der eigenen Daseinsbehauptung dient" (Wahrheit, 548). Daraus wird ersichtlich, daß Jaspers der Kommunikation im bloßen Dasein noch keinen positiv-sittlichen Wertakzent beimißt, wie im Falle der existentiellen Kommunikation. In der vitalen Daseinsdimension wird nicht danach gefragt, ob die Mittel, mit denen man Zwecke verfolgt, einem sittlichen Maßstab entsprechen oder nicht. Es dominieren Erfolgs- und Nützlichkeitsgesichtspunkte beim Anstreben der intendierten vitalen Interessen und Bedürfnisse. Die kommunikativen Beziehungen sind Mittel-Zweck-Verhältnisse, in denen andere Menschen um der Erfüllung eigener vitaler Interessen willen „instrumentalisiert" werden. In diesen Beziehungen sind die Kommunikationspartner für Jaspers beliebig austauschbar, weil nur das Erreichen des intendierten lebenserhaltenden oder lebensfördernden Zweckes zählt. Jedermann, der den entsprechenden Erfolg gewährleisten kann, wird als Kommunikationspartner akzeptiert.

4.2 *Kommunikation in sachlicher Zweckhaftigkeit und Rationalität:*

Der zweiten Seinsweise, die Jaspers in seinem philosophisch-anthropologischen Grundkonzept hervorgehoben hat, dem Bewußtsein überhaupt, entspricht eine Kommunikationsform, die er einmal eine Beziehung „der sachlichen Zweckhaftigkeit und Rationalität" (Philosophie
II, 54) genannt hat. In der Dimension des Bewußtseins überhaupt oder
des Verstandes ist es möglich, auf Grund allgemein gültiger Regeln und
Denkkategorien mit anderen Menschen zu einer Übereinstimmung in
bezug auf irgendwelche Sachverhalte zu gelangen. Urteile über Sachverhalte sind für die jeweiligen Menschen dann entweder wahr oder
falsch, u. zw. sowohl im logischen als auch im empirischen Sinn. In der
bloß auf Allgemeingültigkeit von Denkregeln und Denkgesetzen beruhenden Übereinstimmung über die formale Richtigkeit oder Falschheit
von Sätzen und auch über die empirische Wahrheit oder Falschheit von
Tatsachenbehauptungen sieht Jaspers eine weitere objektiv werdende
Weise der Kommunikation.
Sie würde z. B. in einer Diskussion vorliegen, in der die Diskussions-
partner in bezug auf die Beurteilung eines Sachverhalts argumentierend
Gründe und Gegengründe darlegen, die anhand allgemein gültiger logischer Grundsätze (Widerspruchssatz, Identitätssatz) und gleicher Sin-
neserfahrungen geprüft und schließlich gemeinsam akzeptiert oder
verworfen werden. Es geht dabei ausschließlich um die Wahrheit oder
Falschheit von Aussagen über den in Frage stehenden Sachverhalt. Die
Diskussion ist eine rein „sachliche", „ohne Einsatz des Selbstseins"
(Philosophie II, 100). Die Kommunikationspartner wären dabei durch
beliebige andere Partner ersetzbar, die nach den gleichen logischen Regeln, Denkkategorien und methodischen Standards (z. B. Wahrheitskri-
terien) urteilten. „Als *Bewußtsein überhaupt* spricht ein vertretbarer
Punkt bloßen Daseins. Er ist als das Denken überhaupt, nicht als dieses
Dasein oder als Selbstsein der Existenz" (Existenzphilosophie, 32).
„Diese Gemeinschaften sind unpersönlich, in ihnen ist jedes Ich trotz
seiner formalen Eigenständigkeit durch ein anderes Ich im Prinzip ver-
tretbar, alle Ichpunkte auswechselbar" (Philosophie II, 52). Der
Mensch ist als Bewußtsein überhaupt also nur ein formales, vertretba-
res Ich. Er ist als Kommunizierender noch genauso wenig „er selbst"
wie in der auf die Erfüllung vitaler Interessen ausgerichteten Mittel-
Zweck-Gemeinschaft des bloßen Daseins.
Kommunikation als Bewußtsein überhaupt ist in den Augen von Jaspers noch keine *persönliche* Beziehung im strengen Sinn, weil der
letzte Einsatz des Menschen fehlt, der ihn seinen jeweils einzigen,

persönlichen Gehalt in eine kommunikative Beziehung einbringen läßt und ihn dadurch in dieser Beziehung unvertretbar macht. Jaspers meint auch, daß aus der nur auf Übereinstimmung formaler Gesetzmäßigkeiten des Verstandes beruhenden Kommunikation des Bewußtseins überhaupt schließlich ein „Ungenügen" erwachse, „eine Öde des Richtigen weil Endlosen und an sich Unwesentlichen" (Philosophie II, 55; Existenzphilosophie, 33).

4.3 Kommunikation in ideenbestimmter Geistigkeit des Gehalts:

Der dritte Bereich, in dem der Mensch für Jaspers in ein objektiv aufweisbares, kommunikatives Verhältnis zu anderen Menschen treten kann, ist die Dimension des Geistes. Jaspers spricht in diesem Zusammenhang von Beziehungen in „der ideenbestimmten Geistigkeit des Gehalts" (Philosophie II, 54). Diese dritte Weise kommunikativen Kontakts ist für Jaspers, zum Unterschied von den beiden bisher genannten, eine *gehaltvolle* Kommunikation: „Die Gemeinschaft in der Idee eines Ganzen – dieses Staates, dieser Gesellschaft, dieser Familie, dieser Universität, dieses Berufes – bringt mich erstmalig in eine *gehaltvolle Kommunikation*" (Philosophie II, 53). Mit „gehaltvoll" ist hier offensichtlich gemeint, daß das Mitteilen und Verstehen aus dem Ganzen eines Sinnzusammenhanges erfolgt, dem die Kommunizierenden durch ihr gemeinsames Teilhaben an der gleichen Idee angehören. Dieser Sinnzusammenhang ermöglicht es den Kommunizierenden zum Beispiel erst, Mitteilungen oder Handlungen von Partnern als sinnvoll zu verstehen, die für einen nicht an ihrer Ideengemeinschaft Teilhabenden als sinnlos erscheinen.

Auch von dieser Kommunikationsweise meint Jaspers, daß sie „ungenügend" sei, weil darin der kommunizierende Mensch noch nicht sein eigentliches Selbstsein verwirkliche, das ihn in einer kommunikativen Beziehung unvertretbar macht: „Doch bleibt die Identifizierung meiner mit mir auch in dieser Kommunikation noch aus ... Die Kommunikation in der Idee und ihrer Verwirklichung durch Existenz, bringt zwar den Menschen in eine größere Nähe zum Anderen als Verstand, Zweck und primitive Gemeinschaft, aber eine absolute Nähe des ‚ich selbst' mit dem anderen Selbst, in der schlechthin keine Vertretbarkeit mehr möglich wird, und die vom Standpunkt der Idee vielleicht als private gering geachtet werden könnte, wird so nicht möglich" (Philosophie II, 53 f.).

Diese drei objektiv nachweisbaren Formen der Kommunikation, die Jaspers analog zu den genannten drei menschlichen Daseinsweisen unterscheidet, bilden in seinem Kommunikationskonzept sozusagen das objektiv feststellbare Gehäuse jener Kommunikationsform, die ihm als idealtypische existentielle Verwirklichungsweise des Menschen vorschwebt. Sie sind die notwendigen Voraussetzungen jener höchsten Kommunikationsform, der existentiellen Kommunikation, in der die Kommunikationspartner jeweils ihr „eigentliches Selbstsein" oder ihre „Existenz" verwirklichen. Diese Kommunikationsform liegt für Jaspers in einer transempirischen Dimension, die sich jedem empirisch-rationalen Nachweis entzieht, d. h. in den Kategorien unseres vergegenständlichenden Denkens nicht faßbar und infolgedessen auch nicht mittels kognitiver Aussagen beschreib- und mitteilbar ist. Man kann sie nur im eigenen Lebensvollzug „erfahren" und eventuell auch noch in bloß erhellenden philosophischen Denkvollzügen „umkreisen".

5. Merkmale der existentiellen Kommunikation

Jaspers hat im II. Band der „Philosophie" zahlreiche Aussagen über die existentielle Kommunikation gemacht. Nimmt man diese Aussagen in ihrem deskriptiven Gehalt ernst, kann man daraus, wie oben im Abschnitt über Jaspers' Philosophie-Auffassung schon angedeutet wurde, Grundzüge eines menschlichen Selbstverwirklichungsideals rekonstruieren, das als philosophisch-anthropologische Hintergrundvorstellung der Existenzphilosophie von Jaspers angesehen werden kann. Diese Vorstellung bildet gleichsam den normativen Bezugsrahmen dieser Philosophie.

Jaspers hat sie u. a. deshalb nicht explizit ausgesprochen, weil er befürchtete, daß jeder explizite Entwurf eines Sinn-, Verhaltens- oder Existenzkonzeptes andere Menschen zu sehr auf dieses Konzept hin „fixieren" und damit in den Möglichkeiten ihrer Selbstverwirklichung einschränken könnte. Bevor ich hier einzelne Merkmale von Jaspers' Idee der menschlichen Selbstverwirklichung hervorhebe, sei noch kurz darauf hingewiesen, daß man Jaspers in bezug auf den Status dieser Merkmale verschieden interpretieren kann. Von einem sehr immanenten Gesichtspunkt aus, bei dem die Annahme von der gänzlichen Nicht-Objektivierbarkeit der Existenz und der existentiellen Kommunikation voll akzeptiert wird, wären diese Merkmale nicht Kennzeichen der existentiellen Kommunikation, sondern bloß Kennzeichen von objektiv aufweisbaren Formen der Kommunikation. Sie würden nicht den Menschen in seiner existentiellen Dimension betreffen, sondern bloß den Menschen als „empirisches Ich" und als „mögliche Existenz". Aus dieser Perspektive könnte man diese Merkmale als notwendige (und nicht

hinreichende) Vorbedingungen für den Aufschwung zur nicht-objektivierbaren Existenzverwirklichung in der existentiellen Kommunikation
deuten. So etwa als psychische Vorbedingungen, die in Form von Ein-
stellungsdispositionen empirisch-rational aufweisbar sind.

Aus einer weniger immanenten Perspektive könnte man die im folgenden herausgestellten Merkmale auch als direkte Kennzeichen der existentiellen Kommunikation verstehen. Dies würde notwendig die Kritik
an Jaspers beinhalten, daß er jene zwischenmenschlichen Interaktions-
phänomene, die er mit der idealtypischen Vorstellung von der „existentiellen Kommunikation" vor Augen hat, zu Unrecht gänzlich aus dem
Bereich des erkenntnismäßig und sprachlich Objektivierbaren ausgeschlossen hat. Entgegen seiner Ansicht ließen sich über die existentielle
Kommunikation dann nicht bloß „erhellende", sondern auch objektivierende Aussagen deskriptiver Art machen.

Mit einer solchen Auffassung ist es durchaus vereinbar, Jaspers soweit
recht zu geben, daß das Phänomen der existentiellen Kommunikation
nicht zur Gänze kognitiv erfaßbar und verbal mitteilbar ist. Jaspers
hätte dann nur die Grenze der Objektivierbarkeit und rationalen Diskutierbarkeit dieses Phänomens zu eng gezogen. Die existentielle Kommunikation hätte auch aus dieser Perspektive neben objektiv angebbaren Merkmalen stets noch eine transobjektive Dimension. Diese könnte
nur von den daran beteiligten Kommunikationspartnern in einem
nichtrationalen, intuitiven Akt „erfahren", aber nicht beschrieben und
verbal mitgeteilt werden. In dieser Dimension hätte anstatt der verbalen
Mitteilung jenes transrationale und transverbale „offenbare" oder „erfüllte Schweigen" seinen Ort, von dem Jaspers mehrfach im Zusammenhang mit der existentiellen Kommunikation gesprochen hat (vgl.
Philosophie II, 75, Offenbarung, 117).

Ein solcher Interpretationsstandpunkt, der von einer partiellen Objektivierbarkeit der existentiellen Kommunikation ausgeht, hat u. a. den
Vorteil, daß man verschiedenen Einwänden begegnen kann, die hinsichtlich der Unbestimmtheit und Leerheit des Jaspers'schen Existenz-
begriffes vorgebracht worden sind (vgl. dazu oben, S. 13 f.). Da in der
existentiellen Kommunikation die Verwirklichung des eigenen Selbstseins oder der menschlichen Existenz erfolgt, bedeutet dann nämlich
jede genauere inhaltliche Bestimmung der „existentiellen Kommunikation" zugleich auch eine genauere Bestimmung der „Existenz" oder des
„eigentlichen Selbstseins".

Ich möchte die im folgenden hervorgehobenen Merkmale der existentiellen Kommunikation als philosophisch-anthropologische Bestimmungen verstehen, die jenen Menschen auszeichnen müssen, der seine

Existenz in der existentiellen Kommunikation verwirklicht. Eine solche Interpretation von Jaspers' Kommunikations- und Selbstverwirklichungskonzept bringt den normativen oder „appellativen" Aspekt dieses Konzepts sehr deutlich zum Ausdruck. Wenn in traditionellen philosophisch-anthropologischen Konzepten vom „Wesen" des Menschen oder von einem „wahren Menschsein" die Rede ist, haben diese Begriffe in der Regel eine deskriptiv-normative Doppelbedeutung. Sie sollen nicht nur darüber informieren, wie der Mensch seinem Wesen nach ist oder sein könnte, sondern auch darüber, wie er bestimmten (moralischen, politischen usw.) Zielvorstellungen nach sein sollte. In diesem Sinne haben auch die folgenden Merkmale einen deskriptiv-normativen Doppelaspekt. Sie weisen nicht nur deskriptiv auf Möglichkeiten des Menschseins hin, sie sind auch an gewissen Zielvorstellungen orientiert. Ihre normativen Komponenten ließen sich zum Großteil sogar in Form von moralischen Postulaten rekonstruieren, was hier jedoch nicht geleistet werden soll (zu einer möglichen philosophisch-anthropologischen Deutung von Jaspers vgl. auch: Richli, 174).

5.1 Das Wagnis der meditativ-schöpferischen Einsamkeit und Selbstbesinnung:

Ein erstes Merkmal, das man im Kommunikationskonzept von Jaspers als eine notwendige Bedingung der existentiellen Kommunikation und des eigentlichen Selbstseins betrachten kann, spricht Jaspers in folgenden Stellen aus: „Kommunikation findet jeweils zwischen Zweien statt, die sich verbinden, aber zwei bleiben müssen – die zueinander kommen aus der Einsamkeit und doch Einsamkeit nur kennen, *weil* sie in Kommunikation stehen. Ich kann nicht selbst werden, ohne in Kommunikation zu treten und nicht in Kommunikation treten, ohne einsam zu sein . . . Ich muß die Einsamkeit wollen, wenn ich selbst aus eigenem Ursprung zu sein und darum in tiefste Kommunikation zu treten wage" (Philosophie II, 61). „Entweder wage ich immer von neuem die Einsamkeit, um Selbstsein in Kommunikation zu gewinnen, oder ich habe mich endgültig in einem anderen Sein aufgehoben" (Philosophie II, 63). In diesen Äußerungen kommt eine Vorstellung zum Ausdruck, die sich in der existenzphilosophischen und der neueren kultur- und gesellschaftskritischen Literatur öfters findet, so u. a. bei Sören Kierkegaard, bei Martin Buber oder auch bei Herbert Marcuse.

Marcuse beklagt in „Der eindimensionale Mensch", daß die Verdinglichungstendenzen, wie Verwaltungs- und Bürokratisierungszwänge, manipulative Zwänge der Massenmedien und der Massenproduktion, bereits in den „Innenraum der Privatsphäre" eingedrungen seien und „die Möglichkeit jener Isolierung ausgeschaltet" haben, „in der das Individuum, allein auf sich zurückgeworfen, denken, fragen und etwas herausfinden kann" (Marcuse, 255). „Einsamkeit, diejenige Bedingung, die dem Individuum gegen seine Gesellschaft und jenseits ihrer Stärke verlieh, ist technisch unmöglich geworden" (Marcuse, 91).

In *Kierkegaards* Existenzphilosophie ist die „Ich-Einsamkeit" eine zentrale Komponente jener existentiellen Grundstimmung der Verzweiflung, die sich für ihn aus dem Umstand ergibt, daß der Mensch in seiner anthropologischen Grundstruktur ein antithetisches oder paradoxes Wesen ist, in dem so gegensätzliche Momente wie Endlichkeit und Unendlichkeit, Zeitlichkeit und Ewigkeit, Notwendigkeit und Freiheit, eine Synthese bilden sollen (vgl. Kierkegaard, Krankheit, 8). Nur aus dem Wagnis der Einsamkeit und dem Aufsichnehmen der Verzweiflung kann der Aufschwung zu jener persönlichen Gottesbeziehung erfolgen, in der für Kierkegaard die eigentliche Selbstverwirklichung des Menschen im Augenblick liegt.

Auch bei *Buber* findet sich in einer noch stärker dichterisch-metaphorischen Sprache dieses Einsamkeits-Motiv ausgesprochen, wenn es z. B. in der Schrift „Ich und Du" (1923) heißt: „Ist Einsamkeit der Ort der Reinigung, wie sie auch dem Verbundenen nottut, ehe er das Allerheiligste betritt, wie sie ihm aber auch mitten in seinen Proben, zwischen dem unvermeidlichen Versagen und dem Aufstieg zur Bewährung nottut: dazu sind wir beschaffen. Ist sie jedoch die Burg der Absonderung, wo der Mensch mit sich selbst Zwiesprache führt, nicht um sich für das Erwartende zu prüfen und zu meistern, sondern im Selbstgenuß seiner Seelenfiguration: dies ist der eigentliche Abfall des Geistes zur Geistigkeit" (Buber, 148 f.).

Marcuse, Kierkegaard und Buber betonen genauso wie Jaspers die Einsicht, daß es für die menschliche Selbstverwirklichung immer wieder notwendig auch des Momentes der Innerlichkeit, der schöpferischen Sammlung und Meditation, der einsamen Selbstbesinnung bedarf und daß dieses Moment in einer Zeit, die durch Vermassungs-, Nivellierungs- und Entpersönlichungstendenzen gekennzeichnet ist, wie sie auch Jaspers in „Die geistige Situation der Zeit" beschrieben hat (Situation, 30 ff.), auf das höchste gefährdet ist. Man könnte das Innerlichkeitsphänomen, um das es Jaspers in diesem Zusammenhang geht und das er nicht mit „bloßem soziologischen Isoliertsein" verwechselt wissen möchte, auch als persönlichen Mut zur meditativ-schöpferischen Einsamkeit und Selbstbesinnung bezeichnen.

5.2 Gegenseitige Offenbarkeit:

Als ein weiteres Merkmal der existentiellen Kommunikation nennt Jaspers die „Offenbarkeit" oder das „Offenbarwerden" (Philosophie II, 64). Mit diesen Kategorien nimmt er auf eine Vorstellung Bezug, die in der Geschichte der Philosophie eine reiche Tradition hat. Sie liegt als spekulativer Bezugsrahmen u. a. auch dem Entäußerungs- oder Vergegenständlichungskonzept Hegels zugrunde. Dieser bestimmt den Menschen letzten Endes als ein Wesen, das sich entäußern, d. h. sich durch schöpferisches Bearbeiten der Natur vergegenständlichen muß, um sich an den nach seinen Plänen geformten Naturdingen als schöpferisch-geistiges („Vernunft"-)Wesen erkennen und bestätigen zu können.

Die Idee, daß der Mensch sich gegenüber der Welt und den anderen Menschen „öffnen" muß, um sein Selbst zu gewinnen, findet sich in der philosophisch-anthropologischen Diskussion etwa auch bei Autoren wie Max Scheler, Romano Guardini oder Theodor Litt. Guardini schreibt über den Menschen, der „er selbst" ist, in einem Aufsatz zum Problem der „Begegnung": „Der Mensch besteht nicht in sich selbst und für sich selbst, sondern ‚auf-hin', im Wagnis auf das Andere, vor allem den Anderen hin" (Guardini, 20). Über ein „Sichöffnen" zur Welt, als Bedingung des Selbstwerdens, heißt es bei Litt: „Nur wenn das Ich, indem es den Weltgehalt bei sich einläßt, nicht bloß hinnimmt und nachgibt, sondern auch zugreift und handelt – nur dann kann es geschehen, daß die Öffnung zur Welt zugleich Rundung zum Selbst bedeutet ... Weil es (das Ich) dem Gegenüber sich hingebend, zugleich zu höchster Eigentätigkeit angespannt ist, darum und nur darum ist es möglich, daß es, indem es nur bei der Welt zu verweilen scheint, an der Form seiner selbst modelt" (Litt, 96).

Auch Jaspers sieht das eigentliche Selbstwerden oder „Wirklichwerden als Existenz" notwendig mit einem „Offenbarwerden", u. zw. gegenüber anderen Menschen, verbunden. „In der Kommunikation werde ich mir mit dem Anderen offenbar. Dieses Offenbarwerden ist jedoch zugleich erst Wirklichwerden des Ich als Selbst" (Philosophie II, 64). Über den „Willen zur Offenbarkeit" sagt Jaspers gleich anschließend: „Dieser Wille zur Offenbarkeit wagt sich ganz in der Kommunikation, in der er allein sich verwirklichen kann: er wagt, alles Sosein hinzugeben, weil er darin die eigene Existenz als erst zu sich kommend weiß" (Philosophie II, 64).

Man könnte den Willen zur Offenbarkeit in einer etwas anderen Terminologie auch als die Bereitschaft bezeichnen, die eigenen Ansichten, Überzeugungen, Wertvorstellungen usw. einem anderen Menschen bedingungslos mitzuteilen und von ihm in Frage stellen zu lassen, d. h. sie ohne tarnende Rückversicherungen, Taktik und Verschleierungsmanöver der Kritik auszusetzen. Daß dieses Sichinfragestellenlassen nicht destruktive Konsequenzen für einen der Kommunikationspartner hat, weil der andere ihn bloß zur Verfolgung egoistischer Ziele instrumentalisiert und die eigenen tarnenden Rückversicherungen nicht preisgibt, dafür sollen im Kommunikationskonzept von Jaspers eine Reihe von moralischen Implikationen und vor allem auch der Umstand sorgen, daß er den Prozeß des Offenbarwerdens in der existentiellen Kommunikation von vorn herein als einen gegenseitigen bestimmt. „Dieser Prozeß des Wirklichwerdens als Offenbarwerdens vollzieht sich nicht in isolierter Existenz, sondern nur mit dem Anderen. Ich bin als Einzelner für mich weder offenbar noch wirklich" (Philosophie II, 65). „Selbst zu werden, verlangt den Eintritt in den Prozeß, in welchem der Eine mit dem Anderen offenbar wird, um gemeinsam abzustoßen zum Aufschwung absoluten Verbundenseins" (Philosophie II, 70).

Auf die moralischen Implikationen dieses Kommunikationskonzepts weisen Äußerungen bei Jaspers hin, in denen im Zusammenhang mit dem „Offenbarwerden" von „Wahrhaftigkeit" die Rede ist oder in denen es etwa heißt: „Der *Prozeß des Offenbarwerdens* in der Kommunikation ist jener einzigartige *Kampf*, der als Kampf zugleich *Liebe* ist. . . Als Liebe ist diese Kommunikation nicht die blinde Liebe, gleichgültig welchen Gegenstand sie trifft, sondern die kämpfende Liebe, die hellsichtig ist. Sie stellt in Frage, macht schwer, fordert, ergreift aus möglicher Existenz die andere mögliche Existenz. Als Kampf ist diese Kommunikation der Kampf des Einzelnen um Existenz, welcher ein Kampf um die eigene und andere Existenz in einem ist. Während es im Daseinskampf die Nutzung aller Waffen gilt, List und Trug unvermeidbar werden und ein Verhalten gegen den Anderen als Feind – der nur das schlechthin Andere gleich der Widerstand leistenden Natur ist -, handelt es sich im Kampf um Existenz um ein davon unendlich Verschiedenes: um die restlose Offenheit, um die Ausschaltung jeder Macht und Überlegenheit, um das Selbstsein des Anderen so gut wie um das eigene. In diesem Kampf wagen beide rückhaltlos sich zu zeigen und infragestellen zu lassen. Wenn Existenz möglich ist, so wird sie erscheinen als dieses Sichgewinnen (das nie objektiv wird) durch kämpfendes Sichhingeben" (Philosophie II, 65).

5.3 Uneigennütziges Engagement für den Anderen:

Man kann diesen liebenden, solidarischen Kampf auf der existentiellen Ebene, den Jaspers hier im ausdrücklichen Gegensatz zum betrügerisch-egoistischen Daseinskampf hervorhebt, als ein uneigennütziges gegenseitiges Bemühen von Kommunikationspartnern deuten, im anderen Partner und in sich selbst gegen Formen der „Verschlossenheit" und andere kommunikationshemmende Hindernisse anzukämpfen. Jaspers nennt als solche Hindernisse „berechnende Zurückhaltung", „Masken", „Das Vorbauen von Sicherungen" oder „Festigkeiten", die „als Bedingungen vorgeschoben werden" und dadurch zu einer „Mauer" werden, „... die mich von dem Anderen und mir selbst trennen" (Philosophie II, 64, 77). Er hat dabei anscheinend auch jegliche Art von Vorurteilen und Vorbehalten, erziehungsbedingten Umgangsformen, internalisierten Gewohnheiten usw. vor Augen, die abgelegt werden müssen, wenn sie dem verstehenden Näherkommen zum Kommunikationspartner im Wege stehen.

Die subtilen psychologischen Einsichten, die Jaspers in diesem Zusammenhang formuliert, mögen nicht zuletzt aus jenen Erfahrungen stammen, die er als Psychopathologe gesammelt hat. Ein besonders wichtiger Gesichtspunkt ist für Jaspers beim „liebenden Kampf" der Umstand, daß es sich dabei um einen gemeinsamen Kampf gegen kommunikationshemmende Faktoren in sich selbst und im Anderen handeln muß. In diesem Kampf ist der jeweils Andere nicht Mittel zum eigenen Selbstwerden, er wird nicht für die eigene Selbstverwirklichung instrumentalisiert, sondern er ist Selbstzweck. Im Bemühen um das Selbstwerden des jeweiligen Anderen verwirklichen die miteinander Kommunizierenden ihre jeweils eigene Existenz. In einer weniger immanenten Terminologie könnte man sagen, daß in der existentiellen Kommunikation ein gegenseitiges Engagement für den Kommunikationspartner und seine Probleme bestehen muß, das uneigennützig („selbstlos") ist und in dem der Partner nicht für irgendwelche Zwecke und egoistische Interessen instrumentalisiert wird.

5.4 Niveaugleichheit:

Ein weiteres Kennzeichen der Kommunikationsform, in der Jaspers die Verwirklichung der Existenz sieht, findet sich bei ihm in Stellen ausgesprochen, in denen davon die Rede ist, daß die existentielle Kommunikation nur auf „gleichem Niveau" stattfinden kann (Philosophie II, 66, 85, 92, f., 95; Vernunft, 86, 97; aber auch schon: Psychologie, 126). Mit Niveaugleichheit ist dabei nicht eine Gleichheit gemeint, die empi-

risch nachweisbar ist, wie etwa eine Gleichheit in bezug auf die soziale
Stellung von Menschen, den Bildungsgrad, die Fertigkeiten auf einem
bestimmten Gebiet usw. Diese Arten von Gleichheit beruhen immer auf
einem Vergleich zweier empirisch feststellbarer Tatsachen. Sie treffen
nach Jaspers immer nur Aspekte des empirischen Ich des Menschen und
nicht sein Selbstsein.

Das Phänomen, das Jaspers mit „Niveaugleichheit" im existentiellen
Bereich vor Augen hat, hat Bollnow in einem Beispiel, das die Begegnung zwischen Lehrer und Schüler betrifft, einmal die „. . . völlige
Gleichberechtigung ihres menschlichen Verhältnisses jenseits aller Al-
ters- oder Standesunterschiede. . ." genannt (vgl. Bollnow, Pädagogik,
130). Karl Löwith meint das gleiche Phänomen, wenn er den Versuch
macht, den Unterschied zwischen bloßem Mitsein und einem Mit-Ein-
ander-sein herauszuarbeiten und dabei in bezug auf letzteres von einem
„ebenbürtig-einheitlichen Einander" spricht (vgl. Löwith, 56).

Bei Jaspers selbst findet sich dazu einmal folgende Stelle: „Es ist vielmehr Ausdruck des Existenzbewußtseins. . ., daß ich mich wesentlich
nicht vergleiche, sondern mit den Anderen als Anderer bin, mit jedem,
sofern ich Kommunikation suche, auf gleiches Niveau trete, mag er
sonst in vergleichbaren Dingen weit über mir oder unter mir stehen;
denn in jedem, wie in mir, setze ich Ursprung und Eigensein voraus"
(Philosophie II, 85). Das Wesentliche ist hier die Aussage, daß ich mit
dem Anderen deshalb auf gleiches Niveau trete, weil ich in ihm, wie in
mir, Ursprung und Eigensein voraussetze. Jaspers spricht in diesem Zusammenhang auch einmal von „existentieller Solidarität" (Philosophie
II, 69) unter Kommunikationspartnern. Sie besteht in der Anerkennung
des Anderen als gleichrangiger Partner in der Möglichkeit der Existenzverwirklichung. In der existentiellen Kommunikation, würde Jaspers
argumentieren, respektieren sich die Kommunikationspartner vor allem auch in ihrem Anderssein in empirisch vergleichbaren Belangen. Sie
akzeptieren einander z. B. in ihren Eigenarten und individuellen Beson-
derheiten, ohne sich gegenseitig darin mit anderen Menschen abwägend
zu vergleichen. „Sofern ich ein Wesen als Ganzes abschätze, die Summe
ziehe und Bilanz nehme, ist es für mich keine Existenz mehr, sondern
nur ein psychologisches oder geistiges Objekt" (Philosophie II, 95). Daß
der Andere mich genauso in meinem Anderssein bejaht, bin ich mir
fraglos gewiß, weil er sonst mit mir nicht kommunizieren würde.
„. . . im Kampf liegt als solchem schon Anerkennung, in der Infrage-
stellung schon Bejahung" (Philosophie II, 66).

Ein wichtiger Aspekt der hier gemeinten Anerkennung des Anderen als
Anderen könnte aus einer psychologischen Deutungsperspektive auch

darin gesehen werden, daß im liebenden Kampf des Kommunizierens ein Kommunikationspartner den anderen nicht soweit unterstützen darf, daß er ihm Möglichkeiten der Selbstbewährung und Selbstbestätigung durch übertriebene Fürsorge, falsch verstandene Ritterlichkeit usw. versperrt. Dies wäre z. B. dann der Fall, wenn ein Kommunikationspartner ständig darum bemüht ist, dem anderen möglichst jeden schwer zu fassenden Entschluß oder jede schwierige Entscheidung abzunehmen. Eine solche Hilfe wäre nur die Fürsorge und Ritterlichkeit des Überlegenen, der den Anderen nicht als ebenbürtig in der Verwirklichung seiner Seinsmöglichkeit betrachtet, sondern ihm als dem von vorn herein „Schwächeren" alle Schwierigkeiten und Bewährungsproben ersparen will. Die rückhaltlose Bejahung der Eigenpersönlichkeit des Kommunikationspartners wäre in einer solchen zwischenmenschlichen Beziehung ebensowenig gegeben wie in folgenden Fällen: „Der liebende Kampf hört auf bei der geringsten Anwendung von Gewalt, z. B. auch der intellektuellen Übermacht oder der suggestiven Wirkung. Er gedeiht nur bei vollständiger Gewaltlosigkeit, wenn jeder seine Kräfte dem anderen so gut als sich selbst zur Verfügung stellt, daher auch nur bei Ausschaltung des Rechthabenwollens, das nach Kampfmitteln statt nach Objektivität sucht" (Philosophie II, 243).

Faßt man die hier hervorgehobenen Merkmale der existentiellen Kommunikation zusammen, könnte man aus einer etwas anderen Betrachtungsperspektive auch sagen, daß die menschliche Existenzverwirklichung im Kommunikationskonzept von Jaspers notwendig an folgende Haltungs- oder Einstellungskomponenten gebunden ist: 1. Mut zu meditativ-schöpferischer Einsamkeit und Selbstbesinnung; 2. „Willen zur Offenbarkeit" als der Bereitschaft, sich von anderen Menschen ohne tarnende Rückversicherungen in seinen Ansichten und Überzeugungen infragestellen zu lassen; 3. Bereitschaft zu einem nicht-egoistischen Engagement für Andere; 4. Bereitschaft, einen anderen Menschen in der Möglichkeit seiner Selbstverwirklichung als prinzipiell gleichrangig anzuerkennen, u. zw. trotz seiner Verschiedenheit in miteinander vergleichbaren äußeren Umständen (sozialer Stellung usw.).

Daß diese Komponenten im Kommunikationskonzept von Jaspers nur als notwendige und nicht schon als hinreichende Bestimmungen der Existenzverwirklichung angesehen werden dürfen, geht u. a. aus folgendem hervor: 1. aus der hier schon diskutierten These von der (zumindest partiellen) Nicht-Objektivierbarkeit der Existenz, 2. aus dem Umstand, daß Jaspers immer wieder auch die prinzipielle Unplanbarkeit des „Aufschwungs" zur Existenz betont und 3. aus der Tatsache, daß Jaspers im existentiellen Vollzug auch eine Beziehung zu einer völlig ungegenständlichen Transzendenz gegeben sieht.

6. Existenz – Transzendenz – Grenzsituationen

Jener Philosoph, der Jaspers in seinem existenzphilosophischen Denken wohl am stärksten beeinflußt hat, ist Sören *Kierkegaard*. Dies zeigt nicht nur die Tatsache, daß Jaspers die Existenz genauso wie Kierkegaard als ein höchst subjektives Moment ansieht, das sich dem objektivierenden Denken grundsätzlich entzieht. Darauf weisen u. a. auch die strukturellen Ähnlichkeiten eines Gedankens hin, der in folgender Feststellung von Jaspers zum Ausdruck kommt: „*Existenz* ist das Selbstsein, das sich zu sich selbst und darin zu der Transzendenz verhält, durch die es sich geschenkt weiß, und auf die es sich gründet" (Existenzphilosophie, 17).

Kierkegaard spricht diesen Gedanken, der den Menschen als ein doppeltes Verhältnis deutet, in folgenden Worten aus: „Das Selbst ist ein Verhältnis, das sich zu sich selbst verhält; ... Ein solches Verhältnis, das sich zu sich selbst verhält, ein Selbst, muß entweder sich selbst gesetzt haben, oder durch ein Andres gesetzt sein. Ist das Verhältnis, das sich zu sich selbst verhält, durch ein Andres gesetzt, so ist das Verhältnis freilich das Dritte, aber dies Verhältnis, dies Dritte, ist dann doch wiederum ein Verhältnis, verhält sich zu demjenigen, welches das ganze Verhältnis gesetzt hat. Ein solches abgeleitetes, gesetztes Verhältnis ist des Menschen Selbst, ein Verhältnis, das sich zu sich selbst verhält, und, indem es sich zu sich selbst verhält, zu einem Andern sich verhält" (Kierkegaard, Krankheit, 8 f.). Dieses „Andre" im Existenz-Verhältnis ist für Kierkegaard der christliche Gott, der den Menschen als Verhältnis zu sich selbst (als „Synthese von Endlichkeit und Unendlichkeit, von Zeitlichkeit und Ewigkeit, von Freiheit und Notwendigkeit") gesetzt hat. „...Gott, der den Menschen zum Verhältnis machte, läßt ihn gleichsam aus seiner Hand" (Kierkegaard, Krankheit, 11). Der Gottesbegriff Kierkegaards ist dabei ein höchst subjektiver, den er von allen bildlich-inhaltlichen Gottesvorstellungen ausdrücklich abgrenzen möchte. Die Beziehung zu diesem Gott als Ausdruck des wahren christlichen Glaubens muß sich der Einzelne immer von neuem in der Einsamkeit seiner Innerlichkeit erringen, ohne daß er dabei auf die Sicherheit von Dogmen und kirchlichen Lehrmeinungen bauen kann. Diese Beziehung ist letztlich das Geheimnis jedes Einzelnen, sie liegt jenseits jedes objektivierenden Denkens.

Jaspers interpretiert den Menschen, ebenso wie Kierkegaard, als ein

Existenz- oder Selbst-Verhältnis, das von einem „Anderen" gesetzt ist und sich im Vollzug der Existenzverwirklichung von diesem her als geschenkt erfährt. Allerdings nennt Jaspers – und hier liegt ein erster wichtiger Unterschied zu Kierkegaards Existenz-Verständnis – jenes „Andere", das im existentiellen Vollzug „gegenwärtig" wird, die „Transzendenz". Während Kierkegaard mit seinem im existentiellen Vollzug ganz persönlich erlebten Gott jene Gottesidee vor Augen zu haben meint, die dem wahren christlichen Glauben entspricht, will sich Jaspers mit dem Begriff der Transzendenz von jeder christlichen und überhaupt jeder konfessionellen Glaubenstradition distanzieren. Der Glaube, aus dem heraus er philosophiert und den er vermitteln möchte, ist kein konfessioneller religiöser Glaube, sondern ein „*philosophischer Glaube*". Als solcher ist er kein durch Offenbarungswahrheiten gesicherter Glaube, der über religiöse Dogmen eine Glaubensgewißheit vermitteln kann. Dieser Glaube ist vielmehr ein stets ungesichertes, nie objektiv mitteilbares, trotz aller Erfahrung der „Aufgespaltenheit" und „Zerrissenheit" des Seins dennoch optimistisches „. . . Zutrauen, daß das Sein und seine Erkennbarkeit im Grunde ‚in Ordnung' und im Prinzip widerspruchslos vollendbar sei" (Wahrheit, 297). „Glaube ist *Vertrauen* als die unzerstörbare Hoffnung. In ihm löst sich das Bewußtsein der Ungewißheit von allem in der Erscheinung als Vertrauen in den Grund des Seins. Die in ihm vollzogene Seinsgewißheit weiß sich angesichts der Transzendenz, ohne daß eine sinnliche reale Beziehung zu ihr sich täuschend Wahrheit geben könnte" (Philosophie II, 281).
Der philosophische Glaube, der zugleich auch der Glaube des Menschen an die Möglichkeit des Selbstseins und an Kommunikation ist (Glaube, 40, 59), erfährt seine Bestätigung und seinen immer neuen „Ursprung" in jenen Augenblicken der Existenzverwirklichung, in denen der Mensch sich seiner Bezogenheit auf Transzendenz „vergewissert" bzw. in denen er sich in seinem Selbstsein und seiner Freiheit von der Transzendenz her als „geschenkt" erlebt.
Was den *Begriff der Transzendenz* betrifft, betont Jaspers immer wieder, daß das damit Gemeinte ungegenständlich, nicht wißbar, nicht zwingend und nicht allgemein sei. „Jenseits aller Chiffern und Kategorien steht die Transzendenz – und dieses Wort Transzendenz ist als Bezeichnung schon wieder unangemessen. Es besagt das Hinausgehen über alle Gegenstände und alle Chiffern, das Überschreiten, das Übersteigen, meint aber nicht den Überschritt, den Überstieg, sondern das, wohin er gelangt und was gerade nicht mehr in der Aussage zu treffen ist" (Offenbarung, 419).
Wenn Jaspers synonym für „Transzendenz" des öfteren Bezeichnungen

wie „eigentliches Sein", „eigentliche Wirklichkeit", „Gottheit" oder „Gott" verwendet, so will er diese Bezeichnungen nur als Begriffe verstanden wissen, die nichts über ein Seiendes aussagen, sondern nur auf ein in innerer Erfahrung berührtes ganz Anderes hinweisen. Diese Begriffe sind gehaltlos und leer, wenn sie nicht von einem inneren Gewahrwerden der Transzendenz, einer existentiellen Betroffenheit durch sie, begleitet sind.

„Jaspers hat die Transzendenz gelegentlich (in den Spätwerken häufiger) Gott genannt. Es ist dann aber ein verborgener Gott (deus absconditus), der sich nicht offenbart. Die Transzendenz hat absolut nichts von einem empirischen Wesen, bei dem man sich fragen könnte, ob es wirklich ist – in welchem Raum? In welcher Zeit?... Transzendenz ist das Sein, das absolut Umgreifende" (Hersch, 36).

Einen konsequenten Versuch, die Ungegenständlichkeit und inhaltliche Unbestimmbarkeit der Transzendenz zu verdeutlichen, bietet im philosophischen Werk von Jaspers die *Lehre vom Umgreifenden*. In dieser Lehre, die hier nicht im Detail dargelegt werden kann (vgl. Hersch 50 ff., Knauss, 130 ff.), unterscheidet er verschiedene Weisen des Umgreifenden, in das sich das eine, alles umgreifende, ungegenständliche Sein aufspaltet, sobald man es philosophisch zu erhellen trachtet. Jaspers nennt letztlich sieben Weisen des Umgreifenden: Das Umgreifende, „das wir sind", umfaßt die Weisen: Dasein, Bewußtsein überhaupt, Geist und Existenz; das Umgreifende, das „das Sein selbst ist", die Weisen: Welt und Transzendenz. Schließlich bildet die Vernunft, als das „Band aller Weisen des Umgreifenden" (Vernunft, 57 ff.), ebenfalls eine eigene Weise des Umgreifenden. Aus einer anderen Perspektive stellt Jaspers in der Lehre vom Umgreifenden das Sein als immanentes Sein (Dasein, Bewußtsein überhaupt, Geist, Welt) jenem Sein gegenüber, das nur durch einen „transzendierenden Sprung" zu erreichen ist: Existenz und Transzendenz. Auch aus dieser Sicht ist die Vernunft das umfassende Band der Weisen des Umgreifenden.

Die Weisen des Umgreifenden werden von Jaspers als „Räume" oder „Horizonte" verstanden, in denen uns das Sein in seinen unterschiedlichen inhaltlichen Erscheinungsformen und Ausprägungen entgegentritt. „Das philosophische Erdenken des Umgreifenden... ist ein Erhellen der Räume, aus denen das Ursprüngliche uns entgegentritt. Es sind Räume, in denen erst Wissen möglich ist, die aber selbst nicht gewußt werden" (Wahrheit, 158).

In diesem Zusammenhang werden Parallelen zur transzendentalen Fragestellung Kants offensichtlich, wenn die Weisen des Umgreifenden gleichsam als ungegenständliche Horizonte oder Rahmenbedingungen hingestellt werden, in denen alle Gegenständlichkeit erscheint. Für unseren Gedankengang ist hier jedoch nur bedeutsam, daß die einzelnen Weisen des Umgreifenden wiederum nur indirekt auf etwas hindeuten sollen, das selbst nicht mehr als „Raum" oder „Horizont" vergegenständlichbar ist. „Wir nennen Transzendenz im eigentlichen Sinne jedoch nur das Umgreifende schlechthin, das Umgreifende aller Umgreifenden. Sie ist von einem ursprünglichen einzigen Gehalt. Sie ist gegenüber der allgemeinen, jeder Weise des Umgreifenden zukommenden Transzendenz die Transzendenz aller Transzendenzen" (Wahrheit, 109). Alle Weisen des Umgreifenden wurzeln sozusagen in dieser Transzendenz der Transzendenzen, die dem Menschen im Existenzvollzug in einem nicht rationalen, intuitiven Erlebnisakt zumindest für Augenblicke gegenwärtig wird.

Daß es Jaspers trotz aller Bemühungen letzten Endes nicht gelungen ist, den Begriff der Transzendenz gänzlich von inhaltlichen Merkmalen religiöser Gottesvorstellungen und von Denkmotiven aus der traditionellen christlichen Theologie zu reinigen, haben in der Diskussion um Jaspers' Metaphysik u.a. Paul Ricoeur (631 f.), Hans Kunz (511) und Wolfgang Stegmüller hervorgehoben. So sieht z.B. Stegmüller (241) in der Idee des „Sichgeschenktwerdens durch Transzendenz" eine säkularisierte Form des religiösen Begriffs der Gnade.

Wurde in der bisherigen Darstellung als Unterschied zwischen den Existenz-Begriffen von Kierkegaard und von Jaspers der Umstand hervorgehoben, daß Jaspers im Existenz-Verhältnis den christlichen Gott Kierkegaards durch die Transzendenz ersetzt hat, so muß nun noch auf einen weiteren Unterschied hingewiesen werden. Während Kierkegaard das Selbst des Menschen durch das Verhalten zu sich selbst und das Verhalten zu Gott bestimmt sieht, gibt es für Jaspers ein eigentliches Selbstsein des Menschen erst in der Kommunikation mit dem mitmenschlichen Du. Für ihn verwirklicht der Mensch seine Existenz erst dann, wenn er sich nicht nur zu sich selbst und darin zur Transzendenz, sondern zugleich auch zu einem anderen Selbst verhält. „Existenz ist nur, wenn sie bezogen ist auf andere Existenz und auf Transzendenz, vor der als dem schlechthin Anderen sie sich bewußt wird, nicht durch sich selbst allein zu sein" (Philosophie II, 2). Die Erweiterung des Verhältnisses, das Kierkegaard als konstitutiv für die menschliche Existenz ansieht, um die Dimension des Zwischenmenschlichen, ist bei Jaspers ein Entwicklungsschritt, der in seinem Denken ein früheres Konzept der menschlichen Existenzverwirklichung zu überlagern scheint, das noch stärker an Kierkegaard orientiert war, nämlich das Konzept der Existenzverwirklichung in den Grenzsituationen.

Jaspers vertritt wie die meisten anderen Existenzphilosophen die Ansicht, daß das menschliche Leben notwendig situationsgebunden ist. Der Mensch findet sich in jedem Augenblick seines Lebens schon immer in eine Situation gestellt, die er sich nicht ausgesucht hat. Er kann aus dieser Situation zwar oft heraustreten, indem er sie nach seinen Vorstellungen und Plänen verändert, aber er tritt damit wiederum nur in eine neue Situation ein. Unter den Situationen, die das menschliche Leben bestimmen, gibt es für Jaspers nun auch solche, über die wir grundsätzlich nicht hinaus können. Er nennt diesen Typus von Situationen „Grundsituationen unseres Daseins" oder „Grenzsituationen". In der „Psychologie der Weltanschauungen" hat Jaspers die *Grenzsituationen* einmal folgenderweise charakterisiert: „Deren Gemeinsames ist, daß ...*nichts Festes* da ist, kein unbezweifelbares Absolutes, kein Halt, der jeder Erfahrung und jedem Denken standhielte. Alles fließt, ist in ruheloser Bewegung des in Fragegestelltwerdens, alles ist relativ, endlich, in Gegensätze zerspalten..." (Psychologie, 229). In der „Philosophie" heißt es in bezug auf die Grenzsituationen: „*Sie wandeln sich nicht,* sondern nur in ihrer Erscheinung; sie sind, auf unser Dasein bezogen, endgültig. Sie sind *nicht überschaubar;* in unserem Dasein sehen wir hinter ihnen nichts anderes mehr. Sie sind wie eine Wand, an die wir stoßen, an der wir scheitern. Sie sind durch uns nicht zu verändern, sondern nur zur Klarheit zu bringen, ohne sie aus einem Anderen erklären und ableiten zu können" (Philosophie II, 203).

Die Grenzsituationen sind Situationen im menschlichen Leben, in denen alle gängigen und eingeübten Verfahren der Bewältigung von Situationen versagen. Sie sind unaufhebbar und mit der Endlichkeit des menschlichen Daseins unvermeidlich mitgegeben. Jaspers nennt als einzelne Grenzsituationen: Kampf, Tod, Zufall, Schuld, Leiden und darüberhinaus die unabänderliche Tatsache, daß der Mensch ein geschichtliches Wesen ist, d.h. aus seiner Situationsgebundenheit nicht heraustreten kann (vgl. Psychologie, 256 ff.; Philosophie II, 210 ff.).

Für uns ist an der Konzeption der Grenzsituationen nun von Bedeutung, daß Jaspers in diesem Zusammenhang auch davon spricht, daß der Mensch im Erleben von Grenzsituationen „er selbst" werden kann. „Auf Grenzsituationen reagieren wir daher sinnvoll nicht durch Plan und Berechnung, um sie zu überwinden, sondern durch eine ganz andere Aktivität, das *Werden der in uns möglichen Existenz;* wir werden selbst, indem wir in die Grenzsituationen offenen Auges eintreten... Grenzsituationen erfahren und Existieren ist dasselbe" (II, 204). In Anbetracht dieser Feststellung erhebt sich die Frage, wie diese Auffassung vom Selbstwerden in Grenzsituationen mit dem anderen hier behandel-

ten Selbstverwirklichungskonzept von Jaspers zusammenhängt, nämlich der Ansicht, daß der Mensch sein eigentliches Selbstsein nur in der
Kommunikation verwirkliche. Sind diese Auffassungen so miteinander
vereinbar, daß wir es nur mit *einem* Existenzverwirklichungskonzept zu
tun haben, oder handelt es sich dabei um zwei verschiedene theoretische
Ansätze, die Jaspers in seiner Existenzphilosophie bloß nicht deutlich
genug voneinander abgegrenzt hat?

Die nächstliegende Argumentation zur Vereinheitlichung dieser beiden
Ansätze wäre wohl jene, die Grenzsituationen als mögliche Vorstufen
der Selbstverwirklichung in der existentiellen Kommunikation zu deuten. Aus dieser Sicht würde das Erfahren von Grenzsituationen wie
Tod, Zufall, Schuld, Leiden usw. den Menschen in einer Art erschüttern, daß er auf die Möglichkeit der Selbstverwirklichung in der zwischenmenschlichen Kommunikation verwiesen wird. Das Erfahren von
Grenzsituationen würde ihn zur „möglichen Existenz" werden lassen
und damit für die Selbstverwirklichung in der existentiellen Kommunikation „offen" machen.

Dieser naheliegenden Deutung steht allerdings die oben zitierte Feststellung von Jaspers entgegen, daß Grenzsituationen erfahren und existieren dasselbe sei. Damit ist ohne Zweifel gesagt, daß das Erfahren von
Grenzsituationen mit der Verwirklichung von Existenz identisch sei
und nicht bloß mit dem Bewußtwerden der Möglichkeit von Existenz.
Dann aber können Grenzsituationen auch nicht als bloße Vorstufen der
Selbstverwirklichung in der existentiellen Kommunikation angesehen
werden. Eine Deutungshypothese, welche die Selbstverwirklichung in
Grenzsituationen als identisch betrachtet mit der Selbstverwirklichung
in der existentiellen Kommunikation, ist wohl ebenfalls auszuschließen.
Zwar ist jede existentielle Kommunikation insofern stets eine Grenzsituation als sie Kampfcharakter (liebender Kampf) hat (vgl. Philosophie
II, 242 f.), aber man kann nicht von jeder Grenzsituation sagen, daß mit
ihr notwendig auch eine zwischenmenschliche Beziehung vom spezifischen Charakter der existentiellen Kommunikation verbunden sein
muß. Die Beschreibung der einzelnen Grenzsituationen, wie sie Jaspers
vor allem im II. Band der „Philosophie" gibt, schließt zwar zwischenmenschliche Kommunikationen im weiteren Kontext des Erlebens von
Grenzsituationen nicht aus. Jaspers betont aber nirgends, daß diese
Kommunikation im Kontext von Grenzsituationen jene spezifische
Form der existentiellen Kommunikation ist, die seinem Kommunikationskonzept zufolge zugleich auch die menschliche Existenzverwirklichung bedeutet.

In Anbetracht dieser Sachlage kommt man zu dem Ergebnis, daß bei

Jaspers mit dem Konzept der Grenzsituationen und dem Konzept der existentiellen Kommunikation doch zwei verschiedene Vorstellungen von Selbstverwirklichung verbunden sind. Für diese Deutung sprechen nicht zuletzt auch die verschiedenen Phasen der Denkentwicklung von Jaspers. Edwin Latzel hat den Begriff der Grenzsituation „die philosophische Ur-Intention des jungen Jaspers" genannt, die dann in der weiteren Entwicklung seines Denkens von „... der das ganze reife Philosophieren von Jaspers tragenden Grunderfahrung der ‚existentiellen Kommunikation' übergriffen..." wird (Latzel, 173). Damit weist Latzel mit Recht darauf hin, daß das Konzept der Grenzsituationen bereits 1919 in der „Psychologie der Weltanschauungen" entwickelt ist, während sich das Konzept der existentiellen Kommunikation erst in der „Philosophie" von 1932 ausgearbeitet findet.

Hält man sich die Darstellung der Grenzsituationen vor Augen, die Jaspers in der „Psychologie der Weltanschauungen" gegeben hat, so steht die Konzeption der Grenzsituationen dort in enger Beziehung mit der Erörterung von Geistestypen und Weltanschauungen, die für den Menschen ein „festes Gehäuse" bilden. Das Erfahren von Grenzsituationen trägt zur Auflösung von fixierten Gehäusen bei, d.h. von „objektiv selbstverständlichen Lebensformen, Weltbildern, Glaubensvorstellungen". „Mit den festen weltanschaulichen Gehäusen sucht der Mensch z.B. dem Leiden der Grenzsituationen zu entrinnen, indem er sie verdeckt; er will Ruhe suchen statt der unendlichen Bewegung; er will objektive Rechtfertigungen aus einem Rationalen heraus statt absoluter Verantwortung der lebendigen Kräfte und ihres Wählens" (Psychologie, 283).

Jaspers sieht eine positive Funktion der Grenzsituationen in dem Umstand, daß sie die „festen Gehäuse" der nur scheinbaren Halt gebenden objektiven Weltanschauungen auflösen und den Menschen in die Tiefendimension seines objektiv nicht fixierbaren Selbstseins verweisen. Aus dieser Dimension, in der „eine Berührung mit dem Unendlichen unobjektivierbar erlebt" wird, stammt jener lebendige „Impuls", „... der hier wie überall in der Aktivität des Daseins die Grenzsituation überwindet, der ein positives Bewußtsein an den Grenzsituationen schafft, der das Erleben von Sinn, von Halt, von Notwendigkeit gibt, der daraus Kräfte für konkrete Lebensaktionen schöpft, sie aber nie verbindlich und zureichend in gegenständlicher Form für andere aussprechen kann" (Psychologie, 241, 272 f.). Für Jaspers wird der Mensch durch das Erfahren von Grenzsituationen sozusagen auf einen innersten, nicht-objektivierbaren Kern seines Wesens zurückgeworfen, aus dem heraus er den Erschütterungen durch die Grenzsituationen standhalten kann. Er gewinnt dort einen letzten transzendenten Halt und eine neue „Kraft des Lebens", aus der er neue „Lebenseinstellungen und Lebensgesinnungen" zur Überwindung der jeweiligen Grenzsituationen entwickelt.

Im Grenzsituationen-Kapitel der „Philosophie" finden sich einige nähere inhaltliche Bestimmungen der Lebenseinstellungen, die Jaspers dabei im Blickfeld hat. So ist z.B. im Zusammenhang mit der Grenzsituation des Todes davon die Rede, daß man das „Verschwinden" darin weder passiv beobachten noch absichtlich herbeiführen darf, sondern es „in innerer Aneignung ergreifen" muß, daß angesichts des Todes eine „tiefere Heiterkeit" möglich sei, „die auf dem Grunde unauslöschlichen Schmerzes ruht" oder eine „Gelassenheit" und „Tapferkeit". „*Tapferkeit* ist in der Grenzsituation die Haltung zum Tode als unbestimmte Möglichkeit des Selbstseins" (vgl. Philosophie II, 220 ff.). In Anbetracht der Grenzsituation des Leidens spricht Jaspers davon, daß es das Leiden nach Kräften zu bekämpfen und, wenn dies nicht möglich ist, tapfer zu ertragen gilt und daß man trotz des Leidens wagen müsse, glücklich zu sein (Philosophie II, 231 f.). Was die Grenzsituation des Kampfes betrifft, stellt Jaspers als idealtypische Haltung den „liebenden Kampf" um Offenbarkeit vor Augen. In bezug auf die Grenzsituation der Schuld verlangt er das Aufsichnehmen von „Verantwortung" (Philosophie II, 248 f.). Wenn Jaspers in der Verwirklichung solcher Einstellungen Möglichkeiten des Selbstwerdens in den Grenzsituationen sieht, dann hat er dabei ein anderes Ideal der Existenzverwirklichung vor Augen, als es das Ideal der Selbstverwirklichung der existentiellen Kommunikation ist.

Die Vorstellung von der Existenzverwirklichung in den Grenzsituationen ist stärker an einem Menschenbild orientiert, in dem der Mensch als ein Wesen gesehen wird, das seine Kräfte, Einstellungen und Fähigkeiten relativ autonom aus sich heraus entwickelt. Dieser Mensch erlebt im Erfahren von Grenzsituationen eine „Erschütterung", durch die er „. . . in der Wurzel betroffen" ist und „den Anspruch" fühlt, daß etwas entscheidend auf ihn ankommt (vgl. Philosophie II, 25). Er wird in den Grenzsituationen „er selbst" durch eine „innere Umkehr" und das Verwirklichen von Einstellungen und Verhaltensweisen, die ihn tapfer gegenüber dem Tod sein lassen, liebend im Kampf, geduldig im Leiden und verantwortungsbewußt in der Schuld.

Das Selbstverwirklichungskonzept der existentiellen Kommunikation korrespondiert dagegen eher mit einem Menschenbild, in dem der Dimension der zwischenmenschlichen Beziehung von vornherein eine weit größere Bedeutung für die individuelle Selbstverwirklichung eingeräumt wird, als im oben genannten Menschenbild. Mit dem Kommunikationskonzept steht Jaspers jener „dialogischen Philosophie" sehr nahe, wie sie von Martin Buber, Gabriel Marcel u. a. vertreten worden ist (zu Unterschieden und Gemeinsamkeiten zwischen Jaspers und der Dialog-Philosophie vgl. Theunissen, 476 ff.).

7. Zur Extension des Kommunikationsbegriffes

Eine nicht unwichtige Frage, die sich in bezug auf Jaspers' Konzept der Existenzverwirklichung in der Kommunikation erhebt, ist die Frage nach der Extension des Kommunikationsbegriffes in diesem Konzept. Diese Frage stellt sich nicht zuletzt auch in Anbetracht ähnlicher Konzeptionen der Selbstverwirklichung, so vor allem der Dialog-Konzeption von Buber, oder auch in Anbetracht von hermeneutischen Überlegungen über die existentielle „Begegnung" mit Kunstwerken. In Bubers Dialog-Konzept ist die „Ich-Du-Beziehung", in der der Mensch sein eigentliches Menschsein verwirklicht, so weit gefaßt, daß sie über den Bereich des Zwischenmenschlichen weit hinausgeht. Buber unterscheidet neben Ich-Du-Beziehungen zwischen Mensch und Mensch auch solche zwischen Mensch und Natur und zwischen Mensch und „geistigen Wesenheiten". Ein Naturobjekt oder ein Naturereignis, wie ein Baum, ein Sonnenuntergang usw., und auch ein geistiges Produkt, wie ein literarisches oder bildnerisches Kunstwerk, können für einen Menschen zum Du werden. Solche Beziehungen sind in Bubers Dialog-Konzept genauso konstitutiv für Aufschwünge zu jenen Augenblicken wahren Menschseins, wie zwischenmenschliche Ich-Du-Beziehungen. In ihnen wird ebenfalls das „ewige Du" gegenwärtig (vgl. Buber, 81 ff., 146 ff.). Im Rahmen der hermeneutischen Denktradition hat sich vor allem Bollnow mit der Frage beschäftigt, wieweit die existentielle Dimension der zwischenmenschlichen Begegnung mit der existentiellen Aneignung von Kunstwerken vergleichbar ist. Er kommt dabei zum Ergebnis, daß die Bestimmungen, die für eine existentielle Begegnung mit einem Mitmenschen charakteristisch sind, auch auf die Begegnung mit dem Werk eines Dichters, Philosophen oder bildenden Künstlers zutreffen. Solche Bestimmungen sind für Bollnow „... die schicksalhafte Zufälligkeit dieses Ereignisses, und die jeweils an das Eine gebundene Ausschließlichkeit, die Erschütterung des Menschen in dem innersten Kern seiner Person und zugleich die inhaltliche Unbestimmtheit des Appells" (Bollnow, Pädagogik, 126 f.).
Bei Jaspers ist nun zwar vereinzelt von einer „Kommunikation mit ...

geschichtlich aus der Überlieferung begegnenden Menschen" die Rede,
von einer Kommunikation mit den Werken großer Philosophen oder
mit den „. . . großen Erscheinungen der Vergangenheit" (vgl. Philosophie II, 182 ff., 393 ff.; Wahrheit, 744, 1011). Letzten Endes geht aber
sein Standpunkt in dieser Frage wohl eindeutig aus der Stellungnahme
zu einer Arbeit hervor, die Fritz Kaufmann im Schilpp-Band über Jaspers geschrieben hat. Kaufmann versucht dort, dem Jaspers'schen
Kommunikationsbegriff eine weitere Fassung zu geben, indem er von
einer unpersönlichen Kommunikation zwischen den Dingen spricht, einer persönlichen Kommunikation zwischen Menschen und einer über-
persönlichen Kommunikation, d. h. einer Kommunikation zwischen
Mensch und Transzendenz (vgl. Kaufmann, 193 ff.).
Jaspers hat diesen Versuch einer Ausweitung seines Kommunikations-
konzeptes ausdrücklich abgelehnt. ‚Wirkliche Kommunikation' gibt es
nur von Mensch zu Mensch in der Gegenseitigkeit. Nur zwischen Menschen gibt es den Prozeß, in dem das Selbst mit dem anderen Selbst erst
eigentlich es selbst wird. Ohne reale Antwort des Anderen ist die Kommunikation als einseitige nicht die lebendige von Selbst zu Selbst. Es ist
ein Dichten des Gegenüber, eine stumme Kommunikation. Das Sprechen der Natur, Dichtung, Kunst zu mir kann nur in Analogie zur eigentlichen Kommunikation Wirklichkeit haben. Es fehlt die Bestätigung durch den anderen. Diese wirkliche Kommunikation dient nur als
Gleichnis für jene faktisch einseitigen Beziehungen zur Natur und zur
Transzendenz. Diese sind zwar unendlich wesentlich, aber ohne die
Realität des anderen persönlichen Selbst" (Antwort, 783).
Im Rahmen dieser Klarstellung der Extension seines Kommunikationsbegriffes warnt Jaspers auch davor, die Sprache der Natur, der Dichtung, der Kunst und des „spekulativen Eindringens in die Transzendenz" als „Scheinkommunikation" zu mißbrauchen, um der „echten
realen Kommunikation zwischen Menschen" auszuweichen (Antwort,
784). Angesichts dieser Äußerungen ist offensichtlich, daß Jaspers mit
dem Konzept der Existenzverwirklichung in der Kommunikation stets
nur die zwischenmenschliche Kommunikation vor Augen hat. Alle jene
Beziehungen, die er nur gleichnishaft als Kommunikation bezeichnet,
wie z. B. Beziehungen zu „großen Geistern der Vergangenheit" usw.,
sind nicht Kommunikation im Sinne der existentiellen Kommunikation. Sie konstituieren nicht „eigentliches Selbstsein". Solche Beziehungen können bestenfalls die inhaltlichen Voraussetzungen bilden für die
existentielle Kommunikation.
Faßt man die wichtigsten Komponenten des Konzepts der Existenzverwirklichung in der Kommunikation bei Jaspers noch einmal zusam-

men, so kann man aus der hier gewählten philosophisch-anthropologischen Betrachtungsperspektive folgende Merkmale einer Denk- und Lebenshaltung hervorheben, zu der Jaspers mit seinem appellierenden Philosophieren hinführen will:

1. ein gewisser Mut zu meditativ-schöpferischer Einsamkeit und Selbstbesinnung gegenüber dem pseudokommunikativen, hektischen Alltagsgetriebe in der modernen Lebenswelt; 2. ein „Wille zur Offenbarkeit" als die prinzipielle Bereitschaft, sich von anderen Menschen ohne tarnende Rückversicherung, Taktik und Verschleierungsmanöver in seinen Ansichten, Wertvorstellungen, Verhaltensweisen usw. infragestellen zu lassen; 3. die Bereitschaft zu einem nicht-egoistischen Engagement für Andere; 4. eine Grundeinstellung, aus der heraus man bereit ist, einen anderen Menschen als prinzipiell gleichrangig in seiner Selbstverwirklichungsmöglichkeit zu akzeptieren, u. zw. trotz seines Verschiedenseins in vielen äußeren Belangen (sozialer Status, Bildungsgrad usw.).

Diese Merkmale bilden bei Jaspers die notwendigen Bedingungen der menschlichen Selbstverwirklichung in der existentiellen Kommunikation; sie sind die zentralen Bestimmungen seines idealtypischen Konzeptes eines „wahren Menschseins". Wieweit und in welchen Punkten dieses Konzept und auch noch andere Begriffe (wie etwa der Begriff der „existentiellen Freiheit") aus der existenzphilosophischen Denkperiode von Jaspers mit seinen nach 1945 vertretenen politischen Vorstellungen und Ideen in Beziehung stehen, ist in der bisherigen Auseinandersetzung mit dem Gesamtwerk von Jaspers entweder überhaupt noch nicht oder erst in Ansätzen diskutiert worden (etwa in: Saner, 103 ff.; Wisser, 17 ff.; Hager-Schneider, 54 ff.; Pieper, 3 ff.; Gerlach, 100 ff.; Schwan, 68 ff.). Erst wenn diese Frage hinreichend geklärt ist, wird man ein begründetes Urteil darüber abgeben können, bis zu welchem Grad die Existenzphilosophie von Jaspers ein im Vergleich zu seiner späteren politischen Philosophie „esoterisches" philosophisches Denken (vgl. Pieper, 1) darstellt.

Literaturverzeichnis

Schriften von K. Jaspers (Auswahl)

Psychologie der Weltanschauungen. Berlin ¹1919, Berlin/Heidelberg/New York ⁶1971, Neuauflage München 1985.

Die geistige *Situation* der Zeit. Berlin ¹1931, ¹¹1965 (z. T. neu bearb. Auflage).

Philosophie I, II, III. (Philosophische Weltorientierung, Existenzerhellung, Metaphysik). Berlin ¹1932, Berlin/Göttingen/Heidelberg ⁴1973.

Vernunft und Existenz. 5 Vorlesungen. Groningen [1]1935, München [5]1973.
Existenzphilosophie. Drei Vorlesungen. Berlin [1]1938, [3]1964.
Von der *Wahrheit*. Philosophische Logik. Erster Band. München [1]1947, [4]1990.
Der philosophische *Glaube*. Gastvorlesungen. Zürich [1]1948, München [7]1981.
Vom Ursprung und Ziel der Geschichte. Zürich [1]1949, München [8]1983.
Einführung in die Philosophie. Zwölf Radiovorträge. Zürich [1]1950, [13]1983.
Die großen Philosophen. München 1957.
Philosophische *Autobiographie*. In: Schilpp, 1–81.
Antwort. In: Schilpp, 750–852.
Die Atombombe und die Zukunft des Menschen. Politisches Bewußtsein in unserer Zeit. München [1]1958, [6]1982.
Der philosophische Glaube angesichts der *Offenbarung*. München 1962.
Kleine Schule des philosophischen Denkens. München [1]1965, [7]1980.
Hoffnung und Sorge. Schriften zur deutschen Politik 1945–1965. München 1965.
Wohin treibt die Bundesrepublik? Tatsachen – Gefahren – Chancen. München 1966.
Schicksal und Wille. Autobiographische Schriften. Hrsg. v. Hans Saner. München 1967.
Notizen zu Martin Heidegger. Hrsg. v. Hans Saner. München/Zürich 1978.

Sekundärliteratur

Albert, Hans: Theorie und Praxis. Max Weber und das Problem der Wertfreiheit und der Rationalität. In: Hans Albert: Konstruktion und Kritik. Hamburg 1972, 41–73.
Bollnow, Otto:*Existenzerhellung* und philosophische Anthropologie. Versuch einer Auseinandersetzung mit Karl Jaspers. In: Blätter f. deutsche Philosophie 11 (1938). Wiederabgedr. in: Hans Saner (Hrsg.): Karl Jaspers in der Diskussion. München 1973, 185–223.
–, Existenzphilosophie und *Pädagogik*. Stuttgart 1959.
Buber, Martin: Ich und Du. In: Buber, Martin: Werke. Bd. I: Schriften zur Philosophie. München 1962, 79–170.
Earle, William: Die Anthropologie in der Philosophie von Karl Jaspers. In: Schilpp, 515–532.
Gerlach, Hans-Martin: Existenzphilosophie und Politik. Kritische Auseinandersetzung mit Karl Jaspers. Berlin (Ost) 1974.
Guardini, Romano: Die Begegnung. In: Romano Guardini/Otto Friedrich Bollnow (Hrsg.): Begegnung und Bildung. Würzburg 1960, 9–24.
Hager-Schneider, Helga: Die Bedeutung des Politischen bei Karl Jaspers. (Diss.) Freiburg 1967.
Heinemann, Fritz: Existenzphilosophie lebendig oder tot? Stuttgart 1954.
Hersch, Jeanne: Karl Jaspers. Eine Einführung in sein Werk. München 1980.
Hersch, Jeanne/Lochman, Jan M./Wiehl, Reiner (Hrsg.): Karl Jaspers – Philosoph, Arzt, politischer Denker. München 1986.
Hybašek, Elisabeth: Das Menschenbild von Karl Jaspers. Graz 1985.

Kaufmann, Fritz: Karl Jaspers und die Philosophie der Kommunikation. In: Schilpp, 193–284.

Kierkegaard, Sören: Abschließende unwissenschaftliche *Nachschrift* zu den philosophischen Brocken. 2. Teil. In: Sören Kierkegaard, Ges. Werke, 16. Abt., Düsseldorf 1958.

–, Die *Krankheit* zum Tode. In: Sören Kierkegaard, Ges. Werke, 24. u. 25. Abt., Düsseldorf 1958.

Knauss,ʾGerhard: Der Begriff des Umgreifenden in Jaspers'Philosophie. In: Schilpp, 130–164.

Kunz, Hans: Versuch einer Auseinandersetzung mit der Transzendenz bei Karl Jaspers. In: Schilpp, 493–514.

Latzel, Edwin: Die Erhellung der Grenzsituationen. In: Schilpp, 164–192.

Lenk, Hans: Pragmatische Vernunft. Stuttgart 1979.

Litt, Theodor: Mensch und Welt. Grundlinien einer Philosophie des Geistes. München 1948. Heidelberg [2]1961.

Löwith, Karl: Das Individuum in der Rolle des Mitmenschen. München 1928. Darmstadt [2]1969.

Marcuse, Herbert: Der eindimensionale Mensch. Neuwied 1967.

Pieper, Heidrun: Selbstsein und Politik. Jaspers' Entwicklung vom esoterischen zum politischen Denker. Meisenheim 1973.

Reding, Marcel: Die Existenzphilosophie. Heidegger, Sartre, Gabriel Marcel und Jaspers in kritisch-systematischer Sicht. Düsseldorf 1949.

Richli, Urs: Transzendentale Reflexion und sittliche Entscheidung. Zum Problem der Selbsterkenntnis der Metaphysik bei Kant und Jaspers. In: Kant-Studien, Erg.-Heft 92, Bonn 1967.

Ricoeur, Paul: Philosophie und Religion bei Karl Jaspers. In: Schilpp, 604–636.

Salamun, Kurt: Karl Jaspers. München 1985.

Salamun, Kurt (Hrsg.), Karl Jaspers – Zur Aktualität seines Denkens. München 1991.

Saner, Hans: Karl *Jaspers* in Selbstzeugnissen und Bilddokumenten. Hamburg [2]1984.

Saner, Hans (Hrsg.): Karl Jaspers in der Diskussion. München 1973.

Schilpp, P. A. (Hrsg.): Karl Jaspers. Stuttgart 1957.

Schneiders, Werner: Jaspers in der Kritik. Bonn 1965.

Schwan, Alexander: Existentielle und politische Freiheit. Zur politischen Philosophie von Karl Jaspers. In: Jb. der Österr. Karl-Jaspers-Gesellschaft 1 (1988), 68–88.

Stegmüller, Wolfgang: Existenzphilosophie: Karl Jaspers. In: Stegmüller, W.: Hauptströmungen der Gegenwartsphilosophie Bd. 1. Stuttgart [6]1978, 195–245.

Theunissen, Michael: Der Andere. Berlin 1965.

Weber, Max: Gesammelte Aufsätze zur Wissenschaftslehre. Tübingen [3]1968.

Wisser, Richard: Verantwortung im Wandel der Zeit. Einübung in geistiges Handeln: Jaspers, Buber, C.F. v. Weizsäcker, Guardini, Heidegger. Mainz 1967.

Martin Heidegger: Zeit und Sein

Von Otto Pöggeler und Friedrich Hogemann, Bochum

1. Leben und Werk

Martin Heidegger wurde am 26.9.1889 in Meßkirch als Sohn des dortigen Meßners und Küfermeisters geboren. Er besuchte die Gymnasien in Konstanz und Freiburg. Durch seinen Förderer, den späteren Freiburger Erzbischof Conrad Gröber, lernte er 1907 Brentanos Dissertation „Von der mannigfachen Bedeutung des Seienden" kennen. Beim Studium dieser Schrift – so hat Heidegger später behauptet – sei er von der leitenden Frage seines Denkens, der Frage nach dem Sein, getroffen und so auf den Weg seines Denkens gebracht worden. Wichtig für ihn wurde auch die Schrift des Freiburger Dogmatikers Carl Braig: „Vom Sein. Abriß der Ontologie", deren größere Abschnitte jeweils am Schluß längere Textstellen aus Aristoteles, Thomas von Aquin und Suarez, außerdem die Etymologie der Wörter für die ontologischen Grundbegriffe enthalten. 1909/10 begann er in Freiburg mit dem Studium der katholischen Theologie. Die Hauptarbeit für die Theologie ließ ihm genug Zeit für die ohnehin zum Stundenplan gehörige Philosophie; so studierte er intensiv Husserls „Logische Untersuchungen". Nach vier Semestern gab er das theologische Studium auf und wechselte zur Philosophie, Mathematik und den Naturwissenschaften über, ohne die Geisteswissenschaften zu vernachlässigen. Was ihm diese Jahre weiterhin gebracht haben, hat er später durch eine auswählende Aufzählung angedeutet: er fand zu Hölderlin, Rilke und Trakl; er las die zweite, um das Doppelte vermehrte Ausgabe von Nietzsches „Willen zur Macht", die Übersetzung der Werke Kierkegaards und Dostojewskis sowie Diltheys „Gesammelte Schriften", die damals zu erscheinen begannen. Carl Braig machte ihn in persönlichen Gesprächen auf die Bedeutung Schellings und Hegels für die spekulative Theologie aufmerksam. Diese Thematik trat jedoch zeitweilig gegenüber einer anderen in den Hintergrund: Heinrich Rickert behandelte in seinen Seminaren die Schriften seines Schülers Emil Lask über Logik und Kategorienlehre. Heidegger promovierte 1913 mit der Dissertation „Die Lehre vom Urteil im Psychologismus". 1916 habilitierte er sich mit einer Schrift über einen Traktat, der damals noch dem Duns Scotus zugeschrieben wurde, dessen Verfasser aber Thomas von Erfurt ist: „Die Kategorien- und Bedeutungslehre des Duns Scotus". Im Wintersemester 1916/17 nahm er die philosophischen Lehraufgaben für die katholischen Theologen wahr. Jedoch schrieb er im Januar 1919 an den mit ihm befreundeten Dogmatiker Engelbert Krebs, erkenntnistheoretische Einsichten hätten ihm das System des Katholizismus problematisch und unannehmbar gemacht, wenn auch nicht das Christentum und die in einem neuen Sinne verstandene Metaphysik.

Seit 1919 war Heidegger Husserls Assistent. In Husserls Nähe übte er lehrend-lernend das phänomenologische Sehen ein und erprobte zugleich ein gewandeltes Aristoteles-Verständnis. 1922/23 wurde er aufgrund eines Berichts über eine große Aristotelesdarstellung, die freilich nicht zur Veröffentlichung kam, auf Betreiben Natorps auf ein Marburger Extraordinariat berufen. Später hat er seine Marburger Zeit die am meisten erregende, gesammelte und ereignisreiche genannt. Obwohl er seit Habilitationsarbeit und -vortrag nichts mehr veröffentlicht hatte, galt er bald – wie es Hannah Arendt später rückblickend formulierte – als der „heimliche König" im Reich des Denkens. Zwischen dem Theologen Bultmann und ihm entstand eine enge Freundschaft. Mit ihm, N. Hartmann, P. Friedländer, dem Archäologen Jacobsthal und dem Kirchenhistoriker Hans von Soden verband er sich zu einer „Graeca", in der Homer, die Tragiker, Pindar und Thukydides gelesen wurden. Mit dem Erscheinen von „Sein und Zeit" (1927) trat er mit einem Schlage an die Spitze der phänomenologischen Bewegung. Ein Jahr später wurde er nach Freiburg auf Husserls Lehrstuhl berufen.

Um diese Zeit änderte Heidegger seinen Ansatz grundlegend. Er verzichtete auf die Phänomenologie, um sich den Fragen, die ihn bedrängten, ungeschützt stellen zu können. Daher kam es nicht mehr zu einer Zusammenarbeit mit Husserl. 1931 brach Husserl den Kontakt zu ihm schroff ab. 1933 stellte sich Heidegger als Rektor der Freiburger Universität in den Dienst des nationalsozialistischen „Aufbruchs". Aber bereits im Februar 1934 legte er das Amt nieder. Sein Weg führte mehr und mehr in die Vereinsamung; zu größeren Publikationen kam es nicht. Die „Beiträge zur Philosophie", die Heidegger 1936–38 aus tagebuchartigen Aufzeichnungen zusammenstellte, sind wohl Heideggers Hauptwerk; sie sind aber unveröffentlicht und nur aus Berichten bekannt.

Von 1945 bis zur Emeritierung im Jahre 1951 belegten die Besatzungsmächte Heidegger mit einem Lehrverbot. Doch 1949 konnte er in Bremen durch die Vorträge „Einblick in das, was ist" seinen neuen Ansatz, eine Analyse des Zeitalters der Technik, vortragen. Der „Brief über den Humanismus", an einen jungen französischen Freund gerichtet, stellte ihn wieder in die Mitte aktueller Diskussionen und damit auch in die Auseinandersetzung mit dem französischen Existentialismus. Was Heidegger veröffentlichte, griff zumeist auf die Vorlesungen der dreißiger Jahre zurück. Seine Schüler begannen eine Besinnung auf die philosophische Tradition; besonders stark war wiederum seine Wirkung auf die Theologie. So konnte er ein zweites Mal das Denken in Kontinentaleuropa, Japan und Südamerika prägen. Mitte der sechziger Jahre wurde er in Deutschland aus der Diskussion gedrängt. Dagegen stieß sein Denken in den Vereinigten Staaten von Amerika auf ein steigendes Interesse. Erhalten blieb ihm das Gespräch mit japanischen und französischen Freunden, hier vor allem mit Dichtern und Künstlern.

Martin Heidegger starb am 26. Mai 1976. Seine letzte Ruhestätte fand er in seiner Heimatstadt Meßkirch; von ihm selbst ausgewählte Verse Hölderlins wurden über seinem Grabe gesprochen.

2. Zeit und Ewigkeit in der Tradition

In seiner ersten philosophischen Veröffentlichung: „Das Realitätsproblem in der modernen Philosophie", sieht Heidegger die Philosophie zu Beginn dieses Jahrhunderts geprägt von Kant, aber nicht minder beeinflußt von den Tendenzen des französischen und englischen Empirismus. Doch Konszientialismus wie Phänomenalismus seien unhaltbar: der unabweisbare Tatbestand der Naturwissenschaft habe das Problem der Realität in den Blickpunkt des Interesses gerückt. Am Ende des Aufsatzes gibt Heidegger zu erkennen, von welcher Position aus er damals argumentiert. Er schreibt, die aristotelisch-scholastische Philosophie, die von jeher realistisch gedacht habe, werde die von Külpe ins Leben gerufene Bewegung des kritischen Realismus nicht aus dem Auge verlieren; positiv fördernde Arbeit müsse ihr angelegen sein.

In seinen Hinweisen auf „Neuere Forschungen über Logik" berücksichtigt Heidegger sowohl Freges mathematisch-logische Arbeiten wie Russells Logistik, die neukantische Position wie Husserls „Logische Untersuchungen". Heidegger selbst will (mit Lask) über das Technische der formalen Logik hinaus zu Fragen der Kategorienlehre kommen. – Seine Dissertation untersucht die Lehre vom Urteil, weil gerade dieses Urelement der Logik eine Entscheidung im „Psychologismusstreit" bringen könne. Über die psychologischen Verschiedenheiten der gefällten Urteile hinweg entdeckten wir etwas Beharrendes, Identisches. Zur Kennzeichnung seiner Wirklichkeitsform habe Lotze den entscheidenden Begriff „Geltung" gefunden. Dieses Statische sei der Sinn des Urteils. Er stehe im engsten Zusammenhang mit dem, was wir allgemein mit Denken bezeichneten. Vom Denken gelte, was seit Aristoteles auch das Urteil kennzeichne: es könne wahr oder falsch sein. Dagegen habe es keinen Sinn, vom Wahrsein oder Falschsein einer psychischen Urteilstätigkeit zu sprechen. Heidegger wirft dem Psychologismus vor, daß er den Gegenstand der Logik nicht nur *ver*kennt, sondern gar nicht kennt. Freilich könne dem Psychologismus gegenüber nicht bewiesen werden, daß es neben dem Psychischen noch das Logische als einen ganz anderen Wirklichkeitsbereich gebe. „Wirkliches" könne überhaupt nicht *be*wiesen, sondern allenfalls *auf*gewiesen werden. – Erst nach dem Auf- und Ausbau einer reinen Logik werde man die Fragestellungen der Erkenntnistheorie mit größerer Sicherheit aufnehmen „und den Gesamtbereich des ‚Seins' in seine verschiedenen Wirklichkeitsweisen gliedern" können (Frühe Schriften, 128). – Die Habilitationsschrift über die mittelalterliche grammatica speculativa unterscheidet in diesem Sinn die logischen Gebilde von ihrem sprachlichen Ausdruck. Satz und Sinn, Wort und Bedeutung gehörten verschiedenen Wirklichkeitsbereichen an. Das Sprachgebilde sei ein sinnliches Zeichen, das dadurch zum Ausdruck werde, daß ihm durch einen bedeutungsverleihenden Akt etwas mitgeteilt wird. Die Analyse lasse ein Aufeinander-angewiesen-sein der modi essendi, intelligendi und significandi erkennen.

Der Habilitationsvortrag „Der Zeitbegriff in der Geschichtswissenschaft" unterscheidet im Sinne des südwestdeutschen Kantianismus Naturwissenschaften und Geschichtswissenschaften. Dabei wird die Zeit zum Unterscheidungskriterium: sie ist in der Physik eine homogene Stellenordnung, in den Geschichtswissenschaften qualitativ bestimmt durch einen Wertbezug („nach Christi Geburt . . ."). Diesem Vortrag stellt Heidegger ein Motto aus Meister Eckhart voran: „Zeit ist das, was sich wandelt und mannigfaltigt, Ewigkeit hält sich einfach." Der Unterscheidung Eckharts zwischen Ewigkeit und Zeit liegt zugrunde, was die philosophische Tradition in zwei Jahrtausenden erarbeitet hat. Nach Platons „Timaios" ist die Zeit Bild der Ewigkeit. Boethius hat die philosophische Ausrichtung der Vernunft auf das Ewige und das christliche Heilsverlangen zusammengedacht und den Begriff der Vorsehung über den Begriff des Schicksals als der Verflochtenheit in die Zeit gestellt. Was in der Zeit zerstreut und isoliert ist, ist in der Ewigkeit oder aeternitas auf einmal da in einem geordneten Zusammenhang. Der junge Heidegger übernimmt diese metaphysische Tradition; ja er will sie von der modernen Philosophie her neu aufbauen: mit der Tübinger katholischen theologischen Schule möchte er Hegels Zusammenschau von Geschichte und System zurückgewinnen und mit seinem Lehrer Rickert die Wertgestaltung in der Zeit zurückbinden an das Begreifen ewiger Wertgeltung.

In dem Schlußkapitel, das Heidegger seiner Habilitationsschrift nachträglich beigefügt hat, zeigt er, daß Metaphysik und Mystik, Aristoteles und Hegel, aber auch sein Lehrer Rickert Philosophie in der gleichen Weise bestimmen: sie begreifen die Aufgabe der Philosophie als das Unterscheiden von Wirklichkeitsbereichen. Alle philosophische Problematik müsse aber letztlich in den Vollgehalt des Geistes hineingestellt werden; Geist sei aber geschichtlich. Hier „liegt das Problem des Verhältnisses von Zeit und Ewigkeit, Veränderung und absoluter Geltung, Welt und Gott vor, das sich wissenschaftstheoretisch in *Geschichte* (Wertgestaltung) und *Philosophie* (Wertgeltung) reflektiert" (Frühe Schriften, 352). Am Schluß seiner Abhandlung weist Heidegger auf die Notwendigkeit einer Auseinandersetzung mit der Philosophie Hegels hin, „dem an Fülle wie Tiefe, Erlebnisreichtum und Begriffsbildung gewaltigsten System einer historischen Weltanschauung, als welches es

alle vorausgegangenen fundamentalen philosophischen Problemmotive
in sich aufgehoben hat, ..." (353). System und Geschichte, Wertgeltung und Wertgestaltung, Ewigkeit und Zeit konvergieren.

In seinen ersten Arbeiten nimmt der junge Heidegger jene Tradition auf,
von der er sich alsbald distanziert, die er dann überwinden und verwinden will. Dieser Tradition wird zuerst einmal Recht gegeben, wenn sie
Zeit auf Ewigkeit bezieht, im Sinn und seiner Geltung ein statisches
Phänomen sieht. Die Frage bleibt, ob nicht Heidegger die philosophische Tradition und die wissenschaftliche Arbeit von diesen Anfängen
her nur in einer verkürzenden Sicht und einem unzulänglichen Ansatz in
den Blick bekam.

3. Ontologie als Hermeneutik der Faktizität

Als Edmund Husserl 1917 nach Freiburg kam, trat Heidegger zu ihm in
enge Beziehung. Husserls Phänomenologie wollte die metaphysische
Tradition mit ihren mannigfachen Voraussetzungen und Systemkon-
struktionen, damit auch die genannte Bestimmung des Verhältnisses
von Zeit und Ewigkeit, zurücklassen zugunsten einer Erforschung der
„Sachen selbst", der Phänomene, die immer nur Phänomene-für-das-
Bewußtsein sind. Die Entscheidung des Psychologismusstreites in der
Logik war ein phänomenologisches Modell: ihr zufolge darf die Geltung des Logischen nicht kurzschlüssig auf Psychisches reduziert werden; die phänomenologische Philosophie und Forschung muß vielmehr
die Eigenständigkeit des logischen und des psychischen Bereiches festhalten. Was Husserl erstrebte, war eine universale und radikale Phänomenologie als Beginn einer neuen Philosophie überhaupt. Hier be-
rührte er sich mit Wilhelm Dilthey, der überdies gegenüber dem „blut-
leeren" transzendentalen Bewußtsein das volle denkend-wollend-füh-
lende „Leben" in den Ansatz brachte und darauf achtete, daß dieses Leben nur in seinem Vollzug *ist*. Dilthey hat sich schon vor dem Ersten
Weltkrieg zu Husserls Ausführungen über die Wesensschau im Logos-
artikel „Philosophie als strenge Wissenschaft" notiert: „Echter Plato!
der erst die werdenden fließenden Dinge im Begriff festmacht und dann
den Begriff des Fließens zur Ergänzung danebensetzt" (Dilthey, Bd. V,
CXII). Als Heidegger 1928 Husserls „Vorlesungen über das innere
Zeitbewußtsein" herausgab, merkte er an, Husserl habe in den „Logischen Untersuchungen" die „höheren" Akte der Erkenntnis analysiert
und setze nun die Zeit zu den „zuunterstliegenden intellektiven Akten"
in Bezug; das aber war ein Ansatz, den Heidegger damals in seinem

Kant-Buch zu unterlaufen suchte. Heidegger hat sich von Anfang an gegen diese Ausrichtung der Husserlschen Phänomenologie gestellt: der
Beginn mit logischen Untersuchungen war für ihn kein Modell, sondern
zufällig; zur theoretischen Wahrheit wollte er gleichgewichtig die praktische und die religiöse Wahrheit stellen. So glaubte er, die eidetisch-
transzendentale Philosophie erst dadurch zu ihrem Ursprung zurückzuführen, daß er das transzendentale Ich als endliches und so als fak-
tisch-historisches Leben faßte.

Dieses Leben dachte Heidegger mit Kierkegaard als Existenz; so konnte
er sich mit seinem Freunde Karl Jaspers treffen. Dessen „Psychologie
der Weltanschauungen" ist von Heidegger in einer großen Rezension
einer Kritik unterzogen worden, die im Freundeskreis diskutiert wurde,
aber erst nach fünfzig Jahren erschien.

Noch als Assistent Husserls hat Heidegger in den Jahren nach dem Er-
sten Weltkrieg in Freiburg Vorlesungen gehalten, die von Husserl als
Ausgestaltung der eigenen Phänomenologie aufgefaßt wurden, von
hellhörigen Hörern aber schon als Aufbau einer Position, die sich zu
Husserl kritisch verhielt. Nachschriften dieser Vorlesungen, z.B. von
Husserls anderem Assistenten, Oskar Becker, befinden sich heute im
Deutschen Literatur-Archiv in Marbach.

Nach der Vorlesung „Grundprobleme der Phänomenologie" vom Winter 1919/20 will Heidegger wie Husserl Phänomenologie als Wissenschaft vom Ursprung betreiben. Sinn der Phänomenologie, wie Heidegger sie versteht, ist aber die Selbstauslegung des faktischen Lebens, das
sich in seiner Ursprünglichkeit ergreift, wenn es sich als historisch versteht. Wenn vom transzendentalen Ich die Rede sein soll, muß die transzendentalphilosophische Ausrichtung auf das Schema „dingliches Objekt – Subjekt" rückgängig und die Unaufhebbarkeit der Anschauung
gegenüber dem Rückbezug auf das „konstituierende" Ich geltend gemacht sein. Das Haben des Selbst, auf das es im Leben ankommt, ist
nicht das Haben eines isolierten Subjekts und gewiß nicht das Haben
des Ichs als eines Objekts, sondern der Prozeß des Gewinnens und Ver-
lierens einer gewissen Vertrautheit des Lebens mit sich selbst, wobei das
Leben ein Leben-in-der-Welt ist. Das Leben lebt in die Welt hinein; es ist
nicht das Ich, von dem her erst noch die Brücke zu den Dingen geschla-
gen werden müßte, sondern immer schon Leben in der Welt. Die Problematik des Logischen und der Sprache erhält nun eine andere Fundierung. Dem faktischen Leben wird Selbstgenügsamkeit zugesprochen: es
gibt auf seine Fragen nur Antwort in seiner eigenen Sprache. Es versteht
sich selbst; Ausdruck, Erscheinung, Bekundung gehören ihm zu. Der
„Sinn" ist nicht eine eigene Welt, die als statisch in sich ruhende gefaßt

werden müßte; er ist vielmehr das Ureigene des faktischen Lebens und muß seiner Struktur nach aus dem Leben begriffen werden. Dieses ist in seiner Tatsächlichkeit ein Bedeutsamkeitszusammenhang. Zwar kann die Bedeutsamkeit durch die menschliche Tendenz zur Verdinglichung oder „Objektivierung" nivelliert werden, doch muß die Objektivierung als „Entlebung" des Lebens gefaßt werden: durch sie wird das Leben um sein „Leben", um seine „tendenziöse" Struktur und um die Bedeutsamkeitsbezüge seiner Welt gebracht. Das Leben, das sich in seiner Tatsächlichkeit in Bedeutsamkeitszusammenhängen vollzieht, steht in „Situationen". Es schöpft den Grundsinn seiner selbst, wenn es sich in seinem Vollzug ergreift; so aber versteht es sich als „historisches" Leben und ist auf dem Weg zu seinem Ursprung.

Aus Husserls Briefen geht hervor, daß er von dem jungen Heidegger vor allem eine Phänomenologie der Religion erwartete. Er berichtet, zu deren Ausarbeitung beziehe sich Heidegger z. B. auf den Galaterbrief. – In seiner Freiburger Vorlesung „Einführung in die Phänomenologie der Religion" (Winter 1920/21) verweist Heidegger auf die „faktische Lebenserfahrung", wie sie sich in den Briefen des Apostels Paulus ausspricht. Er zieht jene Stelle aus dem 4. und 5. Kapitel des ersten Briefes an die Thessalonicher heran (4,13 ff.), in der Paulus von der Hoffnung spricht, auf die das Leben des Christen gegründet sei: von der Hoffnung auf die Wiederkunft Christi. Paulus, darauf weist Heidegger hin, macht keine Zeitangaben für die Wiederkunft; er lehnt sogar eine Zeitangabe ausdrücklich ab. Er gibt nicht „chronologische", sondern „kairologische" Zeitcharaktere. Der Kairos stellt auf des Messers Schneide, in die Entscheidung. Die kairologischen Charaktere berechnen und meistern nicht die Zeit, sie stellen vielmehr in die Bedrohung durch die Zukunft. Sie gehören in die *Vollzugs*geschichte des Lebens, das nicht objektiviert werden kann. Nach Heidegger ist die urchristliche Lebenserfahrung gerade deshalb eine faktische und historische, weil sie im Vollzugssinn, nicht im Gehaltssinn die dominante Struktur des Lebens sieht.

In seiner Vorlesung „Augustinus und der Neuplatonismus" vom Sommer 1921 sucht Heidegger zu zeigen, daß Augustin aus der faktischen Lebenserfahrung denkt, aber diese durch die Übernahme neuplatonischer Begrifflichkeit verfälscht. Augustin glaubte, die Gedanken des Platonismus als coniecturae, als fragende Entwürfe auf die Wahrheit der christlichen Botschaft hin verstehen zu können. Weiter als er ging in dieser Auffassung die sonstige patristische und scholastische Tradition. Sagt nicht der Apostel Paulus im Römerbrief (1,20), Gottes unsichtbares Wesen, seine ewige Kraft und Gottheit, könnten an seinen Werken, an seiner Schöpfung ersehen werden? Durch diesen Satz sahen Patristik und Scholastik ihre Übernahme des griechisch-metaphysischen Denkens legitimiert, da ja auch dieses Denken von der Schöpfung Gottes zu Gott selbst komme. Martin Luther dagegen suchte zu zeigen, daß diese Ausdeutung des Paulinischen Satzes ein grundsätzliches Mißverständnis sei. Deshalb verweist Heidegger in seiner Vorlesung über Augustinus und den Neuplatonismus auf Luther, und zwar auf die Thesen der Heidelberger Disputation von 1518. Luther sagt in der 19. und 20. These, nicht *der* heiße mit Recht ein Theologe, der Gottes unsichtbares Wesen durch seine Werke wahrnehme und verstehe, sondern jener, der das, was von Gottes Wesen sichtbar und der Welt zugewandt sei, als in Kreuz und Leiden dargestellt begreife. Luther sagt deshalb, die Weisheit, die Gottes unsichtbares Wesen in seinen Werken sichtbar machen will, blähe auf, mache ganz blind und verstockt. So holt Luther in seiner „Theologie des Kreuzes" die „faktische Lebenserfahrung" des Urchristentums zurück, die auf alle Gesichte und Apokalypsen verzichtet und im Aufsichnehmen der eigenen Schwäche zur Tiefe des faktischen und das heißt wesentlich „historischen" Lebens durchdringt. Freilich ist es nur der *junge* Luther, der nach der Auffassung des frühen Heidegger den christlichen Glauben allen Verdeckungen durch die Tradition zum Trotz wieder ursprünglich versteht. Der späte Luther ist nach Heideggers Meinung wieder der Tradition zum Opfer gefallen und hat zusammen mit Melanchthon einer neuen Scholastisierung des Glaubens Vorschub geleistet.

Statt vorwiegend im Bereich der Theorie sich zu orientieren, fragt der junge Heidegger, wie das faktische Leben in eine Umwelt hineinlebt und wie es sich historisch-religiös ergreift. Das Phänomen des Religiösen will Heidegger nicht (wie damals Rudolf Otto) vom Irrationalen her fassen, sondern von der faktischen Lebenserfahrung her, die historisch wird. Längst vor der Begegnung mit Rudolf Bultmann in Marburg ist Heidegger bestimmt durch die Theologie, die mit Overbeck und Schweitzer die Eschatologie als den befremdlichen Grund der urchristlichen Religiosität neu entdeckt und herausstellt. Diese Eschatologie sucht Heidegger in einem positiven Sinn als historisches Ergreifen des Lebens in der Stunde des Heils auszulegen. Die Erfahrung der Zeit, die je und je Augenblick wird und damit Stunde des Heils, soll nicht durch einen metaphysischen Begriff der Ewigkeit verdeckt werden. Auch lehnt Heidegger Versuche ab, die Einzigartigkeit des Urchristentums religionsgeschichtlich auf alttestamentliche oder gar iranische Vorformen zurückzuführen; wenn in der Vergangenheit immer wieder Züge dieses Durchbruchs aufbrachen, dann bei Augustin, der mittelalterlichen Mystik, dem jungen Luther und bei Kierkegaard. Es geht Heidegger aber nicht um Religionsgeschichte und Theologie; vielmehr will er von der zugrunde liegenden faktisch-historischen Lebenserfahrung her die Philosophie als Wissenschaft vom Ursprung umgestalten.

Dieses sollte in einem umfangreichen Werk über Aristoteles geschehen, das Husserl für sein Jahrbuch ankündigte. Heidegger glaubte, vor allem im 6. Buch der Nikomachischen Ethik eine ursprüngliche Erfahrung des Kairos zu finden. Diese Erfahrung sei jedoch durch eine bestimmte ontologische Option verdeckt worden. Sie habe Aristoteles in der Physik dazu geführt, die Zeit nur noch als etwas Vorhandenes und so als eine Reihe von Jetztpunkten zu begreifen.

Heidegger faßt die Ontologie nicht als Ausgangspunkt einer transzendentalen Phänomenologie, sondern als Inhalt einer philosophischen Forschung, die nach der methodischen Seite hin Phänomenologie ist. Diese ontologische Phänomenologie ist dann als Selbstauslegung des faktisch-historischen Lebens eine Hermeneutik der Faktizität, wie Heidegger 1923 in einer berühmt gewordenen Vorlesung sagte.

In die Jahre 1922/23 fiel eine Einsicht, die Heidegger als den Beginn seines eigentlichen Werkes betrachtet hat: man greift zu kurz, wenn man in einer lebensphilosophischen oder existenzphilosophischen Wendung sich nur *gegen* die ontologische Tradition stellt, weil diese das faktische Leben oder die historische Existenz verfehle; so kommt die Frage gar nicht mehr auf, ob nicht in die Analyse von Leben und Existenz metaphysische Voraussetzungen eingehen, deren Implikationen unbedacht bleiben und die die Untersuchung in eine der Sache unangemessene Richtung abdrängen. Da Leben und Existenz entscheidend durch die Zeit bestimmt sind, gilt es insbesondere zu fragen, von welchem Zeitwesen diese Tradition geprägt ist. Was wahrhaft ist, hat die metaphysische Tradition als ousia, später als Substanz und Subjekt bestimmt. Ihm eignet eine gewisse Zeitlichkeit: die Anwesenheit. Anwesenheit, Gegenwart ist aber nur *eine* Dimension der Zeit. Es gilt gegenüber der Tradition, die Zeit in ihrem vollen und erfüllten Sinn zu gewinnen und die Gegenwart in sie zurückzubergen.

Heidegger hat – in einem Gespräch mit einem Japaner in „Unterwegs zur Sprache" – seine frühen Vorlesungen mit historisch unzutreffenden Hinweisen als unreife „jugendliche Sprünge" abgetan. Diese Vorlesungen gehören aber nicht nur in eine entscheidende Phase der phänomenologischen Philosophie; sie legen auch die eigentlichen Motive von Heideggers Denken offen. Wenn es gar so sein sollte, daß Heideggers Ausgestaltung der genannten Fragen nach „Sein und Zeit" vorurteilsvoll und aporetisch bleibt, dann sind diese frühen Arbeiten entscheidend für eine Fortführung von Heideggers Anliegen.

4. Fundamentalontologie als temporale Interpretation

Während seiner Freiburger Lehrtätigkeit hat Husserl stets zu erkennen gegeben, daß er Heidegger für seinen bedeutendsten Schüler hielt; so hat er einmal gesagt, die Phänomenologie, das seien er selbst und Heidegger. Heidegger hat jedoch das Aristoteles-Buch, in dem er seine Weise phänomenologischen Philosophierens vorstellen wollte, nie veröffentlicht. Dafür erschien 1927 in Husserls Jahrbuch „Sein und Zeit", ein Werk, durch das Heidegger sich mit einem Schlage an die Spitze der phänomenologischen Bewegung stellte. Freilich blieb das Werk ein Fragment.

Die phänomenologische Ontologie von „Sein und Zeit" erarbeitet in apriorischer Forschung den Grundriß von drei „regionalen Ontologien": das Sein des Zuhandenen, also der Gebrauchsdinge wie z. B. Hammer und Werkbank; das Sein des Vorhandenen, also desjenigen, was etwa in einem physikalischen Experiment vorliegt; und das Sein des Menschen, des Wesens, das als einziges dadurch ausgezeichnet ist, daß es ihm in seinem Sein um dieses Sein selbst geht. Die Ausarbeitung dieser Ontologien steht aber allein im Dienste der Frage, was das Sein selbst ist. Weil das Dasein in dieser Weise ausgezeichnet ist, muß der Beantwortung dieser Frage aber eine Hermeneutik des Daseins als Fundamentalontologie vorangehen. Die beiden allein erschienenen Abschnitte von „Sein und Zeit" suchen zuerst die Grundstruktur des Daseins herauszuheben und dann diese Struktur als Zeitlichkeit zu interpretieren. Der nicht erschienene dritte Abschnitt sollte dann zeigen, wie die Zeit, nun als Temporalität bestimmt, den Horizont für jedes Verstehen von Sein darstellt. Die drei Abschnitte des zweiten Teiles sollten zu dieser phänomenologischen Konstruktion die Destruktion der Geschichte der Ontologie geben und Kants Lehre vom Schematismus und der Zeit, das cogito des Descartes und die Zeitabhandlung der aristotelischen Physik behandeln.

Da „Sein und Zeit" Fragment blieb, müssen die Vorlesungen aus Heideggers fünf Marburger Jahren zeigen, wie die leitenden Motive seines Denkens sich bildeten und wie er in Aporien geriet, die ihn schließlich auf einen neuen Weg zwangen. Die Vorlesungen zeigen auch, wie Heidegger seine Auseinandersetzung mit der transzendental-eidetischen Philosophie Husserls als Auseinandersetzung mit Platon, Descartes und Kant führt, und umgekehrt die philosophische Tradition sich vom Ansatz des phänomenologischen Philosophierens her erschließt. Das Überwiegen der „historischen" Themen zeigt unmittelbar, daß Husserls systematische Ausrichtung auf die Sachen selbst zu der Vorfrage

zurückgetrieben wird, innerhalb welcher geschichtlichen, vielleicht ver-
stellenden Offenheit sich uns die Gegenstände der Philosophie und vor
allem die eine Sache des Seins zeigen. Eine Vorlesung über die Geschichte des Zeitbegriffs bleibt bei den einleitenden Abschnitten stehen,
zeigt aber, daß sich Husserls transzendentale Phänomenologie auf den
Bahnen der neuzeitlichen Tradition bewegt und deshalb nicht zur phänomenologischen Ursprungsforschung werden kann (Bd. 20). Die Logik-Vorlesung vom Winter 1925/26 war als eine Auseinandersetzung
mit Aristoteles geplant. Doch mitten im Semester wechselt Heidegger in
einem dramatischen Bruch hinüber zur Auseinandersetzung mit Kant.
Heidegger fragt, ob die Scheidung von realem psychischen Sein des
Denkens und idealem Gehalt des Gedachten wirklich einleuchtend ist.
Und verfährt Aristoteles nicht einseitig, wenn er die Wahrheit allein an
den apophantischen Logos und damit an den Zeitmodus der Gegenwart
bindet? Von Kant erwartet Heidegger, daß er in seiner Lehre vom
Schematismus und der Zeit die einseitige Bindung an die Gegenwart
bricht. Im Winter 1927/28 wies Heidegger am Schluß seiner Kant-Vor-
lesung eindringlich auf die Bedeutung der Schematismuslehre hin: „Als
ich vor einigen Jahren die „Kritik der reinen Vernunft" erneut studierte
und sie gleichsam vor dem Hintergrund der Phänomenologie Husserls
las, fiel es mir wie Schuppen von den Augen, und Kant wurde mir zu einer wesentlichen Bestätigung der Richtigkeit des Weges, auf dem ich
suchte" (Bd. 25,431).
Heidegger suchte mit Husserl durch den Ausgang von der Intentionalität den Subjektivismus eines mißverstandenen Cartesianismus zu brechen, der glaubte, von einem objektlosen Subjekt erst zum Objekt gehen
zu müssen. Die Intentio ist immer schon bei ihrem Intentum. Sie kann
jedoch einen unterschiedlichen Auffassungs- und Richtungssinn haben,
so daß Seiendes sich in einem unterschiedlichen Sein zeigt. Anders als
Husserl und unter dessen Protest verwurzelt Heidegger aber die Intentionalität in der Transzendenz, dem Überstieg vom Seienden zum Sein.
Diese Transzendenz steht in unterschiedlicher Weise ek-statisch in einen Horizont hinaus. Die Analyse der Intentionalität muß nicht nur die
unterschiedliche Gespanntheit im Denken, Wollen, Fühlen, sondern
auch die ekstatische Grundstruktur dieser Transzendenz herausheben.
Heidegger betont, die Phänomenologie bestehe zu Recht auf dem An-
schauungscharakter des Denkens; deshalb will er Anschauung und Verstand, wie sie von Kant unterschieden wurden, auf die einheitliche
Wurzel der Einbildungskraft zurückführen, überdies deren theoretische
Ausformung mit dem Gefühl der Achtung auf dem praktischen Feld zusammenbringen.

Heidegger glaubt in seinem Buch „Kant und das Problem der Metaphysik", die Strukturbestimmungen der Einbildungskraft, wie Kant sie analysiert, den Ekstasen der Zeit (Gewesenheit, Gegenwart, Zukunft) zuordnen zu können. Da nach Kant die Zeit als die Anschauungsform des inneren Sinnes eine Bedingung a priori auch der äußeren Erscheinungen ist, kann Kant Anschauung und Verstand durch die Lehre von der Schematisierung der Begriffe überbrücken. Heideggers These ist nun, daß Begriffe und Urteile erst den Schemata entspringen, die ihrerseits den Ekstasen der Zeit als des Transzendenzgeschehens zuzuordnen seien. Die Analyse der Zeit als Temporalität, die das Zusammenspiel dieser Schemata in den Blick nimmt, muß also zur Begründung von Ontologie führen und ist deshalb der eigentliche Inhalt der Fundamentalontologie.

Die Fundamentalontologie behandelt die Aufgaben der Philosophie keineswegs erschöpfend; die speziellen Ontologien bauen sich erst auf ihr auf. So muß z.B. die Fundamentalontologie das Sein zum Tode in ihre Analyse einbeziehen, aber sie gibt weder eine Biologie des Todes noch gar eine Metaphysik des Todes, welche fragt, warum der Tod in der Welt sei. Im Anschluß an die „Psychologie der Weltanschauungen" von Jaspers konzipiert Heidegger als apriorische Ontologie des Menschen eine existenziale Anthropologie (Sein und Zeit, 246 ff., 301). Von Schelers Frage nach der Stellung des Menschen im Kosmos her entwirft die Logik-Vorlesung vom Sommer 1928 den Gedanken einer Metontologie. Wenn die Fundamentalontologie als Analyse des Transzendenzgeschehens des Daseins existenziale Analytik ist, dann geht es ihr nicht um das Ontische und Positive und damit zum Beispiel auch nicht um existenzielle Glaubensentscheidungen. So hat Heidegger in einem Vortrag von 1927/28 Phänomenologie und Theologie voneinander abgegrenzt. Die Theologie hat etwas Positives, das der Philosophie fehlt. Das Positum der Theologie ist der Glaube. Er ist nicht nur die enthüllende Vorgabe des Positums, das die Theologie vergegenständlicht, sondern fällt selbst in ihre Thematik. Mehr noch: die Theologie kann nur im Glauben selbst ihr zureichendes Motiv haben; ihren Sinn und ihr Recht hat sie nur dadurch, daß sie zum Geschehen der Glaubensgeschichte ihren Teil beiträgt. Durch ihre spezifische Positivität ist die Weise ihrer Wissenschaftlichkeit vorgezeichnet: sie ist Wissenschaft des im Glauben Enthüllten, eins damit Wissenschaft vom glaubenden Verhalten selbst, sie entspringt aus dem Glauben, sie bildet die Gläubigkeit an ihrem Teil mit aus. Sie ist eine historische Wissenschaft; aus dieser Kennzeichnung läßt sich verstehen, wieso sie sich in eine systematische, historische (im engeren Sinne) und praktische Disziplin gliedert. Nicht der

Glaube, wohl aber die Wissenschaft des Glaubens als positive Wissenschaft bedarf der Philosophie, denn alle ontische Auslegung bewegt sich immer schon in einem zunächst und zumeist unthematisch bleibenden ontologischen Rahmen. Soll z. B. der Begriff der Sünde theologisch ausgelegt werden, so bedarf dies des Rückgangs auf den Begriff der Schuld. Dieser ist aber eine existenzialontologische Bestimmung des Daseins. Allerdings vermag aus dieser Bestimmung nicht einmal die faktische Möglichkeit der Sünde einsichtig gemacht zu werden. Vielmehr ist aus ihr lediglich ein formal anzeigendes ontologisches Korrektiv des ontischen, vorchristlichen Gehaltes der theologischen Grundbegriffe zu gewinnen. Sein Gehalt dagegen entstammt immer dem Glauben.

Was Heidegger in der Bemühung um den phänomenologischen Neuansatz und in der Auseinandersetzung mit der philosophischen Tradition an leitenden Motiven zur Grundlegung der Philosophie zugewachsen ist, soll in „Sein und Zeit" im systematischen Zusammenhang ineins mit der Destruktion der Überlieferung dargestellt werden. Das Dasein soll als jener Bereich aufgewiesen werden, in dem das Seiende auf sein Sein hin überstiegen wird und dieses Sein sich in einen Horizont stellt, dessen Gliederung in der temporalen Interpretation erfolgt.

Im Rahmen dieser Aufgabe stellt der erste Abschnitt von „Sein und Zeit" als die Grundstruktur des Daseins das In-der-Welt-sein heraus, das nach seinen verschiedenen Momenten hin auseinandergelegt und schließlich in seiner Einheitlichkeit als Sorge begriffen wird. In-der-Welt-sein, das meint nicht: im All des Seienden vorkommen wie andere Dinge auch. Das In-sein im In-der-Welt-sein bedeutet vielmehr „wohnen bei", „vertraut sein mit". Sowenig es ein Objekt ist, das im All des Seienden vorkommt, sowenig ist es ein weltloses Subjekt, von dem aus man erst die Brücke zur Welt zu schlagen hätte, wie es seit Descartes immer wieder versucht worden ist. Das Dasein ist als In-der-Welt-sein vielmehr immer schon bei den Dingen. Es ist auch kein Ich, das erst noch die Beziehungen zu anderen Menschen aufnehmen müßte, sondern primär Mitsein mit anderen.

Die Welt des Daseins in seiner Alltäglichkeit, die „natürliche" Welt, ist die „Umwelt". Das Seiende, das uns alltäglich begegnet, ist kein abgerücktes „Vorhandenes", sondern ein „Zuhandenes", ein „Zeug", mit dem es jeweils eine bestimmte Bewandtnis hat. Das Zeug dient zu etwas; das eine verweist auf das andere und hat so eine „Bedeutung". Das Ganze des Verweisungs- und Bedeutsamkeitszusammenhanges ist die Welt als die Umwelt. Sie ist festgemacht in jenem letzten „Umwillen", als welches das Dasein ist. Die Existenz, der es in ihrem Sein um dieses

Sein geht, ermöglicht das „Umwillen", und so gründet die Weltlichkeit der Welt im Existenzcharakter des Daseins.

Welt ist zwar nicht nur Umwelt, doch gibt die Umweltlichkeit den ersten entscheidenden Hinweis auf die Struktur der Welt: wird die Welt erfahren vom Verweisungs- und Bedeutsamkeitszusammenhang her, wie er für die Existenz ist, dann kann sie gedacht werden als der Bereich eines Sinngeschehens. Hatte Heidegger in seinen frühen Schriften Sinn als etwas Statisches begriffen, so erkennt er jetzt, daß diese Annahme auf einer ungegründeten metaphysischen These beruht. Mit der Welterfahrung, die er in „Sein und Zeit" artikuliert, setzt er sich zum traditionellen Weltverständnis in Gegensatz: dieses versucht, Welt vom innerweltlich Vorhandenen her zu verstehen und verfehlt so gleichermaßen das Phänomen der Welt und die Struktur des Daseins. Schon bei Parmenides ist das Weltphänomen übersprungen. Im Zuge dieser Entwicklung findet Descartes die Grundbestimmung der Welt in der Ausgedehntheit der Naturdinge. Auf cartesianischem Boden verbleibt auch noch die Philosophie der Werte, die diese Weltanalyse durch die Zuhilfenahme des Wertphänomens zu vervollständigen sucht. Anders als Descartes versucht Heidegger, das Ausgedehntsein des Dinges als abkünftiges Phänomen in der Räumlichkeit des Daseins und damit im Umhaften der Umwelt zu verwurzeln. Damit ist aber der Vorrang, den das pure Sehen „seit den Anfängen der griechischen Ontologie bis heute" (358) im Erkennen hat, aufgehoben; Erkennen heißt nunmehr zunächst: sich Auskennen in den Bewandtnisbezügen und Verweisungszusammenhängen der Welt, und erst abkünftig Vorstellen eines ständig Vorhandenen.

Nachdem Heidegger das In-der-Welt-sein auch als Mit- und Selbstsein expliziert hat, macht er das In-sein des In-der-Welt-seins eigens zum Thema. Das Dasein ist ein In-sein in der Welt, indem es immer schon in die Welt „geworfen" ist, diese Geworfenheit aber im „Entwurf" übernimmt und den geworfenen Entwurf zu einem gegliederten Bedeutungsganzen „artikuliert". Geworfenheit (Faktizität), Entwurf (Existenz) und Artikulation sind jeweils erschlossen in der Gestimmtheit (Befindlichkeit), im Verstehen und in der Rede. Das befindliche Verstehen, das sich artikuliert, macht die Erschlossenheit, das In-der-Wahrheit-sein der Existenz, aus.

Die sich in diese Momente auseinanderlegende einheitliche Seinsverfassung des Daseins nennt Heidegger „Sorge". In der Sorge meldet sich zwar der Sinn vom Sein des Daseins, doch bleibt er noch verdeckt, weil das Dasein in seiner Durchschnittlichkeit und Alltäglichkeit die Tendenz hat, sich seinem eigentlichen Sein zu versagen und sich in die Be-

nommenheit durch das, was in der Welt ist und was sich als das selbstverständliche Mitdasein anderer aufdrängt, hineinwirbeln zu lassen. So
bereitet das Dasein „ihm selbst die ständige Versuchung zum Verfallen"
(177): nicht als es selbst zu leben, sondern gelebt zu werden durch die
„Diktatur" des Man. Es hat Furcht vor diesem oder jenem, nicht aber
die eigentliche Angst, in der ihm das Daß des In-der-Welt-seins zur
Frage wird. Die Rede wird zum „Gerede", das in der „Zweideutigkeit"
verbleibt und eine eigentliche Erschlossenheit des In-der-Welt-seins
nicht aufkommen läßt. So versinkt das Dasein in die Uneigentlichkeit.
Aber daß es überhaupt darin versinken kann, zeigt, daß es seinem Sein
nach modifizierbar ist: daß es uneigentlich, aber auch eigentlich sein
kann. Nur in der Eigentlichkeit wird es den Sinn seines Seins verstehen
können.
Im zweiten Abschnitt des ersten Teils von „Sein und Zeit" („Dasein und
Zeitlichkeit") versucht Heidegger, den Sinn des Seins des Daseins zu
verstehen. Als Sorge ist das Dasein durch ein Sich-vorweg-sein charakterisiert und so immer etwas noch nicht. Wie aber ist es dann überhaupt
als Ganzes zu fassen? Heidegger stellt heraus, wie das Sein im Vorlaufen
zum Tode jeweils „ganz" ist. Als Seinkönnen ist das Dasein Möglichkeit, aber es ist diese Möglichkeit in Eigentlichkeit nur, wenn es ständig
in die äußerste, unüberholbare Möglichkeit vorläuft. Diese äußerste
Möglichkeit ist der Tod. Daß das Dasein in eigentlicher Weise es selbst
sein kann, bezeugt das Gewissen. Durch den „Ruf" des Gewissens ruft
das Dasein sich vor in sein eigenstes Seinkönnen, in die „Entschlossenheit". So gibt es sich zu verstehen, daß es „schuldig" ist. „Schuldigsein"
meint hier nicht eine moralische Verschuldung, sondern ganz formal:
„Grundsein für ein durch ein Nicht bestimmtes Sein – das heißt Grundsein einer Nichtigkeit" (283). Diese Nichtigkeit entspringt nach ihrer
ersten Seite hin daraus, daß das Dasein seine Geworfenheit, die sein
Grund ist, nicht selbst geworfen hat und sie doch übernehmen muß. Das
Dasein ist aber nicht nur überhaupt infolge seiner Geworfenheit nichtig,
sondern auch, insofern es das eine wählen kann, das andere aber lassen
muß. Die Geworfenheit hat immer schon einen Umkreis des Wählbaren
ausgegrenzt. Das „Man" glaubt diesen Umkreis als das Selbstverständliche hinnehmen zu können; erst die Entschlossenheit, in die das Gewissen vorruft, entdeckt die gegebenen Möglichkeiten als faktische. Sie erschließt das Da des Daseins als „Situation". Das Da-sein in seiner Eigentlichkeit weiß, daß die Wahrheit, in der es steht, beortet ist und in
diesem Sinne ihr „Da" hat.
Die Sorge ist in ihrer Eigentlichkeit Erschlossenheit als vorlaufende Entschlossenheit. Als solche ist sie ein Zukünftig-sein, das in den Tod vor-

läuft, so aber auf sich zurückkommt und entschlossen die „Schuld" des
Schon-seins-in-der-Welt übernimmt. Im entschlossenen Vorlaufen in
den Tod kommt das Dasein aus seiner Zukünftigkeit auf seine Gewesenheit zurück; so ist es das, was es je schon war, eigentlich. Nur als zukünftige Gewesenheit ist das Dasein Gegenwart und kann gegenwärtigen, was ihm in der Situation begegnet. Dieses einheitliche Phänomen
der gewesend-gegenwärtigen Zukunft nennt Heidegger Zeitlichkeit. Sie
enthüllt sich als „der Sinn der eigentlichen Sorge" (326). Daher gilt es,
die einzelnen Momente der Sorge aus der Zeitlichkeit zu verstehen,
ohne die Sorge in einem dinglich gedachten Selbst zu gründen.

In einer Wiederholung der Analysen des ersten Abschnittes parallelisiert Heidegger deshalb die drei Momente Entwurf, Geworfenheit, Artikulation oder Verstehen, Befindlichkeit, Rede/Verfallen mit den drei
Ekstasen der Zeit: Zukunft, Gewesenheit, Gegenwart. Artikulation
und Rede werden nur dann nicht zu einem Verfallen der Uneigentlichkeit auf das Gegebene, wenn die Gegenwart durch die Entschlossenheit
aus der Zerstreuung in das nächste Beste zurückgeholt wird und als
„Augenblick" in Zukunft und Gewesenheit einbehalten wird. Die Zeitigung der Zeit erweist sich als modifikabel: als eigentliche Zeitigung ist
sie Geschichtlichkeit, als uneigentliche Zeitigung Innerzeitigkeit als
selbstvergessenes Sichvorfinden in der Zeit. Der Grundverfassung der
Geschichtlichkeit, die im Augenblick gründet, steht die vulgäre „welt-
geschichtliche" Auffassung der Geschichte aus dem weltlich Begegnenden gegenüber. Wenn Heidegger sich auch bei der Exposition der Geschichtlichkeit von Dilthey leiten läßt, stellt er sich doch mit Diltheys
Gesprächs- und Brieffreund Yorck die Aufgabe, über die Differenzierung zwischen Ontischem und Historischem oder zwischen Natur und
Geschichte hinauszukommen zum fundierenden einen Sein. — Wird der
existenziale Ursprung der Historie aus der Geschichtlichkeit des Daseins abgeleitet, so der Ursprung der Physik aus dem Umschlag des
selbstvergessenen Umgangs mit dem Zuhandenen in das Sehen des nur
noch Vorhandenen und die objektivierende Thematisierung dieses
Vorhandenen (363).

Das alltägliche Dasein versteht sich nicht als Geschichtlichkeit oder eigentliche Zeitigung der Zeit selbst, sondern findet die Zeit vor am innerweltlich begegnenden Zuhandenen und Vorhandenen. Die Innerzeitigkeit ist nicht zukünftig-gewesend-augenblickliche Zeitigung der
Zeit, sondern gewärtigend-behaltendes Gegenwärtigen oder auch, in
ihrer Unentschlossenheit, ungewärtigend-vergessendes Gegenwärtigen
und damit so an das Gegenwärtige verloren, daß sie die „Zeit" nicht

mehr zur Ganzheit endlicher Existenz zusammenbringen kann. Da auch
sie aus der Zeitlichkeit des Daseins „stammt" und mit der Geschichtlichkeit „gleichursprünglich" ist, erhält die Uneigentlichkeit des Daseins ein relatives Recht. Als eine seiner Seinsweisen gehört sie unab-
dingbar zu ihm. Es kann nur eigentlich sein, indem es sich ihr immer von
neuem entreißt. – Aus der Innerzeitigkeit geht die vulgäre Auslegung
der Zeit hervor, die die Zeit als Jetztfolge ohne Datierbarkeit und Bedeutsamkeit versteht, wie Heidegger sie von Aristoteles bis Hegel verfolgt.

„Sein und Zeit" bricht nach dem zweiten Abschnitt von sechs geplanten
Abschnitten unvermittelt ab. Um der Seinsfrage willen hat es wenigstens exemplarische Seinsweisen des Daseins und damit Weisen der Offenheit von Sein vor Augen geführt: das Sehen des Vorhandenen, das
durch Thematisierung zur Theorie hochstilisiert werden kann, den Umgang mit Zuhandenem und das Existieren des Menschen.

Der dritte Abschnitt sollte zeigen, wie diese Bereiche sich innerhalb eines transzendentalen Horizonts ausgliedern und wie die Zeit als Temporalität dieser transzendentale Horizont und damit auch das Krite-
rium für die Unterscheidung verschiedener Bereiche des Seins ist. Der
Unterschied zwischen dem Sein der Existenz einerseits und dem Zuhandensein und Vorhandensein andererseits ergibt sich, wenn die Geschichtlichkeit als eigentliche Zeitigung von Zeit zur Innerzeitigkeit
modifiziert wird. Damit wird die Gegenwart zum führenden Zeitmodus; sie ist nicht mehr (als Augenblick) in Zukunft und Gewesenheit
einbehalten. Die Vorlesung vom Sommer 1927 spricht deshalb von einem Vorherrschen des präsenzialen Sinnes des Seins beim Zuhandensein und Vorhandensein. Der Schuster, der in seiner Werkstatt selbst-
vergessen seiner Arbeit nachgeht, übernimmt nicht eigens im Vorlaufen
zum Tode sein endliches Existieren; die Zukunft ist ihm nur noch Gewärtigen eines Ziels, die Gewesenheit nur noch die längst zur Selbstverständlichkeit gewordenen Fertigkeiten des Handwerks. Dieser Umgang
mit Gebrauchsdingen kann noch einmal zum Sehen des nur noch Vorhandenen umschlagen; hierbei wird sogar noch das Gewärtigen eines
Zieles als die Zukunft in der Weise des Verfallens weitgehend eliminiert. Dieses Umschlagen des einen Seins in das andere soll nun aus der
Zeit verständlich gemacht werden, nämlich aus dem unterschiedlichen
Zusammenspiel der Ekstasen der Zeit und der entsprechenden Schemata. Wie der veröffentlichte Teil von „Sein und Zeit" immer schon Vor-
blicke auf die Destruktion der ontologischen Überlieferung gibt, so
auch auf den nicht veröffentlichten dritten Abschnitt – zum Beispiel

dann, wenn die Schematalehre zur Erläuterung des Umschlagens vom
Zuhandenen zum Vorhandenen herangezogen wird (§ 69).
Werden die Ekstasen der Zeit zu Schemata in Bezug gesetzt, deren Zusammenspiel die Gliederung des Sinnes von Sein zum Sein der Existenz,
zum Zuhandensein und Vorhandensein verständlich macht, dann wird
die Zeit zur Temporalität. Vorlaufen, Wiederholung, Augenblicklich-
sein sind die Existenzialien der eigentlichen Zeitigung; Gewärtigen,
Vergessen oder Behalten des Gewesenen und Gegenwärtigen sind die
Ekstasen der uneigentlichen Zeitigung der Zeit als Innerzeitigkeit. Dasein existiert umwillen seiner; so ist das Umwillen Schema der Zukunft.
Dem Umwillen kann ein Wozu? entspringen; diese Frage und die Antwort auf sie: dazu! lenkt auf das Wobei einer Bewandtnis. Das Umwillen und die eigentliche Zeitigung können dabei vergessen werden. Das
Schema der Gewesenheit ist das Wovor, vor das das Dasein sich bringt,
oder das Woran, dem sich das Dasein überläßt; dem Wovor und dem
Woran entspringt das Womit der Bewandtnis. Das Schema der Gegenwart ist das Umzu. Diesem Umzu entspringt bei der Modifikation der
eigentlichen Zeitigung zur uneigentlichen jenes „als", in dem etwas als
etwas genommen wird. Das Zuhandene, das in der Werkstatt etwa eines Schusters begegnet, ist dadurch Zuhandenes, daß es von den Schemata der uneigentlichen Zeitigung her verstanden wird.
Im Gegenzug gegen die „Hermeneutik" des Aristoteles unterscheidet
Heidegger zwischen dem apophantischen „als" der Aussage, die etwas
als etwas sehen läßt und so Grundlage der Theorie ist, und dem hermeneutischen „als" des Umgehens mit dem in einer Umwelt erschlossenen
Zuhandenen. Zur Hermeneutik der Umwelt tritt noch jene Hermeneutik, von der die theologische Tradition bei der Auslegung des Wortes
der Heiligen Schrift Gebrauch macht, das in eine geschichtliche Situation eingreift und sie zur Stunde des Heils verwandelt. Was hat solche
Hermeneutik noch mit Philosophie zu tun? Philosophie kann in eine
solche Situation einweisen, muß aber jede religiöse oder politische Entscheidung formal anzeigend in der Schwebe und so außer sich halten.
Vor allem macht sie als Analytik des Daseins deutlich, daß es neben der
Wahrheit des Vorhandenen und der Erschlossenheit des Zuhandenen in
der Umwelt auch die Wahrheit des Existierens gibt. „Im Unterschied
von Wahrheit über Vorhandenes ist Wahrheit über Existierendes
Wahrheit für Existierendes. Diese Wahrheit besteht nur im Wahrsein
qua Existieren. Und dem entsprechend ist auch das Fragen zu fassen:
nicht als Nachfragen über, sondern als Fragen für, worin schon gefragt
wird, wie es mit dem Fragenden bestellt ist" (Bd. 26,239).
Durch den differenzierten Aufweis der Ekstasen der Zeit und ihrer

Schemata will Heidegger das leitende Vorurteil der ontologischen Tradition brechen, das in der phänomenologischen Destruktion der letzten
drei Abschnitte eigens herausgestellt werden sollte: Sein sei seinem leitenden Sinn nach ousia und parusia, eine stete Anwesenheit, die einseitig von der Gegenwart her gedacht sei. Die phänomenologische De-
skription und Konstruktion der ersten drei Abschnitte ist von dieser
Zielsetzung der phänomenologischen Destruktion her konzipiert.

„Sein und Zeit" gelingt es jedoch nicht, diesen hermeneutischen Zirkel
auszuschreiten. So fällt die Bedeutung von „Geschichtlichkeit" in zwei
Bedeutungen auseinander, die nicht genügend zusammengedacht werden: Geschichtlichkeit kommt einmal vor als eigentliche Zeitigung von
Zeit und damit als „Prinzip" der Unterscheidung der Verhaltensweisen
des Daseins, dann aber auch im Vorblick der einleitenden Paragraphen
als das Medium, in dem sich jede ontologische Untersuchung immer
schon bewegt, in dem sich also auch ein Aufweis der Geschichtlichkeit
als der eigentlichen Weise der Zeitigung von Zeit schon aufhält.

„Sein und Zeit" verbleibt hinsichtlich dieses Problems aber nicht nur in
einer Unklarheit, sondern verfängt sich in einer Aporie: ist die Geschichtlichkeit das herausstellbare Prinzip zur Unterscheidung der Verhaltensweisen des Daseins, dann kann dieser Geschichtlichkeit nicht
nachträglich (in der „Destruktion") eine Geschichtlichkeit oder Histo-
rizität zugesprochen werden; ist die Geschichtlichkeit das Medium, in
dem sich jede Frage nach dem Sinn von Sein bewegt, dann kann die
Frage nach dem Sinn von Sein nicht zu der Geschichtlichkeit als dem
letzten Prinzip für die Entfaltung des Sinnes, der „Idee" von Sein führen.
Ferner ist die Geschichtlichkeit, um die es Heidegger geht, nicht mehr
die Geschichtlichkeit jener Geschichte, die wir von der Natur unterscheiden, und doch analysiert Heidegger diese Geschichtlichkeit im Anschluß an jene Untersuchungen Diltheys, die sich an dem orientieren,
was wir „Geistesgeschichte" nennen. Zwar wird nicht nur das „existenziale" Entspringen der Historie aus der Geschichtlichkeit des Daseins abgeleitet, sondern auch der Umschlag in die „Entweltlichung"
des mathematisch-naturwissenschaftlichen Erkennens; aber dieser Umschlag wird als eine Privation betrachtet. So bleibt der Anschein, als
habe die Geschichte einen Vorrang gegenüber der Natur. Die Privation
wird von der Analogie aus, nämlich der Ausrichtung auf eine erfüllte
Bedeutung von Sein aus gedacht; aber dieser Gebrauch der Analogie
widerspricht der Erfahrung der Geschichtlichkeit. Fraglich bleibt
schon, ob zur Entfaltung der Seinsfrage nicht auch andere exemplarische Seinsbereiche in Anschlag gebracht werden müßten, etwa die Bereiche der Kunst und die Sphäre des objektiven Geistes.

Vor allem bleibt an „Sein und Zeit" die Frage zu stellen, ob das Werk überhaupt das gibt, was für seine Absichten unumgänglich ist: eine zureichende Phänomenologie der Zeit. Als Heidegger nach der Publikation von „Sein und Zeit" auf Husserls Wunsch hin dessen Phänomenologie des inneren Zeitbewußtseins veröffentlichte, blieb Husserl mit beiden Büchern unzufrieden und suchte in den dreißiger Jahren mit Eugen Fink seine Bernauer Manuskripte über Zeit zur Publikation zu bringen.

In der Tat bleibt zu fragen, ob Heidegger denn überhaupt eine zureichende phänomenologische Beschreibung etwa des Verhältnisses von Zeit und Raum gegeben habe. Geht „Sein und Zeit" nicht allzu voreilig vom Vorrang der Zeit vor dem Raum aus, obwohl es diesen Vorrang nicht wie Kant vom Verhältnis der äußeren zur inneren Anschauung herleiten kann? Wenn aber der Raum als Einräumen des Daseins und als dessen Modifikation verstanden wird, dann widerspricht diese Raumauffassung solcher Unterordnung unter die Zeit.

Fraglich ist auch, ob man für die Ekstasen der eigentlichen Zeitigung die drei genannten Modalitäten verwenden darf. Ist diese Zeitigung nicht eher ein Ganzes mit zwei Dimensionen: dem Offenstehen zur Zukunft und ihrem Vorenthalt und zur Vergangenheit mit ihrem Sichentziehen? Wenn Heidegger die Grundmomente der Daseinsstruktur mit den Zeitekstasen parallelisiert, drängt sich gegenüber der Artikulation und Rede so sehr das Verfallen vor, daß er zu vier Grundmomenten kommt (obgleich das Verfallen doch eine Modifikation der ganzen Struktur ist). Dieses Sichvordrängen gibt einen Fingerzeig darauf, daß für Heidegger in einer gleichsam gnostischen Weise der Augenblick der eigentlichen Zeitigung weltlos bleibt und nur negativ charakterisiert wird. Verdeckt bleibt, wie jeder einzelne gerade im eigentlichen Existieren das Du eines Anderen ist und jede Epoche im Zusammenhang der Geschichte steht; so hat auch die Übernahme der Polemik des Grafen Yorck gegen die ästhetische Geschichtsschau Rankes nur ein begrenztes Recht.

Zu fragen bleibt schließlich, ob das Motiv, das Heidegger bei der Destruktion der Überlieferung leitet, überzeugt. Wenn in der Tat das Sein als Anwesenheit gedacht worden ist, ist es dann einseitig vom Zeitmodus Gegenwart her gedacht? Anwesenheit braucht ja nicht nur Gegenwart zu meinen; selbst bei der Rede von der Gegenwart könnte der Raum ebenso im Spiele sein wie die Zeit, so z. B. bei dem Ausdruck: „In Gegenwart zahlreicher Gäste". Auch der Hinweis, die grundlegende philosophische Rede vom Apriori meine doch das „Frühere" und damit den Zeitcharakter des Seins, könnte auf einer Täuschung beruhen. Wenn Heidegger die ontologische Tradition seit den Griechen einem

Sehen des stets Anwesenden, d. h. hier: Vorhandenen, verfallen sieht,
dann könnte er seinen eigenen Ausgang vom phänomenologischen Sehen in die Tradition hineinprojizieren; mit solcher Projektion verbindet
sich dann die christliche Polemik gegen die antike Neugier, wie sie von
den lebensphilosophischen Tendenzen wieder aufgenommen worden
ist. Heidegger verweist in „Sein und Zeit" (423) darauf, daß Platon im
„Timaios" die Zeit das Abbild der Ewigkeit nennt. Nach Heidegger ist
dabei die Zeit als eine Folge von vorhandenen Jetztpunkten gedacht, in
der das Vorhandensein der Punkte trotz ihres Wechsels auf das stehende
Jetzt der Ewigkeit verweist. Platon könnte jedoch die Ewigkeit von der
Lebenskraft her denken, die in sich gesammelt und immer wiederkehrend in sich selbst steht, so aber durch die Zahl strukturiert ist wie das
Reich der musikalischen Töne durch ganzzahlige Verhältnisse. Wenn
Heidegger die aristotelische Zeitabhandlung zum entscheidenden Dis-
crimen der ontologischen Tradition macht, dann geht er trotzdem nicht
auf die kontroversen Auslegungen der aristotelischen Auffassung von
Zeit und Zahl ein.

Es gehört zu den viel beklagten Mängeln der neuen Heidegger-Gesamt-
ausgabe, daß sie etwa an diesem Punkt durch unzulängliche Textgestal-
tung die entscheidenden Dinge verwirrt: Heideggers Übersetzung von
„Physik" 220a15 folgt der alten Textherstellung durch Bekker, die vom
Zeitpunkt ausgeht, der nach der Seite der Vergangenheit und der Seite
der Zukunft hin offen, gegebenenfalls zählbar ist. Zu dieser Übersetzung ist der Text von Ross gestellt (der später als Heideggers Vorlesung
erschien); dieser Text ersetzt den Zeitpunkt durch die Linie, die an beiden Enden begrenzt ist. Zeit ist nach dieser zweiten Auffassung der Tag
oder das Jahr, also eine begrenzte Dauer. So erscheint vor Heideggers
Übersetzung ein griechisches Original, das etwas ganz anderes vorträgt
als der von Heidegger übersetzte Text (Bd. 24, 354).

Es läßt sich also schwerlich davon sprechen, daß Heidegger das leitende
Vorurteil der philosophischen Überlieferung freigelegt habe; vielmehr
ist seine Übernahme der Tradition vorurteilsvoll gerade im Hinblick auf
die leitende Frage nach Sein und Zeit.

5. Sein als Ereignis

Als Edmund Husserl 1927 im achten Band seines Jahrbuchs für Philosophie und phänomenologische Forschung von Heidegger die Abhandlung „Sein und Zeit" und von Oskar Becker die Abhandlung „Mathematische Existenz" veröffentlichte, schien er an das Ziel seiner Freibur-

ger Lehrtätigkeit gekommen zu sein, nahm er doch an, daß seine beiden
einstigen Assistenten nichts weiter taten, als seine transzendentale Phänomenologie auf unterschiedliche Regionen anzuwenden: der eine auf
die Bereiche der Mathematik und der Naturwissenschaften, der andere
auf den des Geschichtlichen.

Husserl machte dann die Erfahrung, daß seine Schüler in Wahrheit den
Boden der transzendentalen Phänomenologie verlassen hatten. In einem Berliner Vortrag aus dem Jahre 1931: „Phänomenologie und Anthropologie", rechnete er sie ohne Namensnennung zusammen mit
Scheler und Dilthey zu jenem „Anthropologismus", der das Fundament
der Philosophie sowie der Wahrheit und Geltung wiederum fälschlich
im Menschen oder im „konkret weltlichen Dasein" suche. Während
man von seiten der dialogischen Philosophie oder des Marxismus bald
zu sehen glaubte, daß Heidegger die Konkretion des Daseins gar nicht
erreiche, verstand Becker Heideggers Hermeneutik als Konkretisierung
des transzendentalen Ansatzes; da er in dieser Hermeneutik jedoch eine
Blindheit für die Phänomene der Natur und des idealen Seins zu finden
glaubte, stellte er dem angeblichen Heideggerschen Prinzip des Daseins
ein Dawesen gegenüber. In dem Augenblick, in dem die Phänomenologie durch bedeutende Arbeiten zur maßgeblichen philosophischen Bewegung in Deutschland wurde, zersplitterte sie also in unvereinbare
Ansätze.

Heidegger hat die weitere Entfaltung seiner Fragestellung nicht mehr als
eine Auseinandersetzung um den rechten phänomenologischen Ansatz
verstanden, schienen ihm die unterschiedlichen Phänomenologien doch
nur Positionen der metaphysischen Tradition zu wiederholen. So stellte
er 1928, als er den Lehrstuhl Husserls übernahm, in seiner Freiburger
Antrittsrede die Frage: „Was ist Metaphysik?" Dabei wollte er die Metaphysik nicht einfach neu vergegenwärtigen, sondern fragen, aus welchen Wurzeln Metaphysik entspringe. So wird der Überstieg über das
Seiende zu dessen Sein selber noch einmal in Frage gestellt in der Frage:
„Warum ist überhaupt Seiendes und nicht vielmehr Nichts?" Wenn das
Sein der Grund dafür ist, daß Seiendes so ist, wie es ist, gibt es dann ei-
nen angebbaren Grund dieses Grundes? Dieser Grund bleibt aus; der
Mensch erfährt das Grundsein als Abgrund in der Stimmung, in der er
sich an das, was ist, kehrt oder sich von ihm abkehrt. Als ausgezeichnete
Stimmung betrachtet Heidegger hier wie schon in „Sein und Zeit" die
Angst.

Eine solche Fassung der philosophischen Grundlegungsproblematik
konnte für Husserl nur die Zerstörung seiner Phänomenologie bedeuten. Heidegger konnte sich auf Dilthey berufen, der im zweiten Buch

seiner „Einleitung in die Geisteswissenschaften" in der Schlußbetrachtung zu einer Geschichte der Metaphysik darlegt, es sei unmöglich, für alle Vernunft- und Tatsachenwahrheiten einen Grund anzugeben, wie es Leibniz gefordert hatte. Im fünfzehnten Stück seiner Schrift: „Die Geburt der Tragödie aus dem Geiste der Musik" nennt es der junge Nietzsche einen „erhabenen metaphysischen Wahn", am Leitfaden der Kausalität in die „tiefsten Abgründe des Seins" gelangen zu wollen; er selbst sucht das sokratische und metaphysische Denken durch eine tragische Welterfahrung zu überholen.

Heidegger erörtert von seiner Abhandlung „Vom Wesen des Grundes", die 1929 in der Festschrift für Husserl erschien, bis zu seiner Vorlesung „Der Satz vom Grund" aus den Jahren 1955/56 die Problematik des Grundes in der Weise der Selbstüberwindung der Metaphysik. Seiendes kann in sein Sein als in seine Offenheit und Wahrheit finden; Sein kann seinen unterschiedlichen Bedeutungen nach und damit in seiner Wahrheit entfaltet werden. Daß aber überhaupt die Wahrheit des Seins aufbricht, dafür können wir keinen Grund angeben. Dieses Aufbrechen ist zudem geschichtlich. So ist die Wahrheit des Seins ein abgründiger Grund und auch ein ungründiger Grund, ein Entbergen und Verbergen zugleich, das die eine Offenheit gewährt und die andere verstellt. Die seinsgeschichtliche Erörterung muß eigens herausheben, wie etwa Platon und wie in anderer Weise Kant und Hegel sich dadurch in die Geschichte des Seins fügen, daß sie die Bedeutung von Sein in einer bestimmten einseitigen Weise jeweils festgelegt haben.

Im Wintersemester 1931/32 interpretiert Heidegger in seiner Vorlesung „Vom Wesen der Wahrheit" Platons Höhlengleichnis; anschließende Erläuterungen zum Dialog „Theaitetos" thematisieren das Verhältnis von Wahrheit und Unwahrheit. Es ist nicht mehr die Kosmologie des „Timaios", von der her das Verhältnis von Zeit und Ewigkeit bedacht wird; vielmehr verschwindet die Thematik der Zeit oder der Temporalität nunmehr in die Geschichte der Wahrheit.

Platon denkt nach Heideggers Auslegung die Wahrheit von der Unverborgenheit her, wenn er ihr Wesen in einem *Höhlen*gleichnis verdeutlicht. Aber Platon wendet seine Aufmerksamkeit nicht auf das Widerspiel von Verbergung und Entbergung, sondern auf die Unverborgenheit als die bloße Unverborgenheit, als bloßes Entbergen. Nun kommt alles auf die Richtigkeit (orthótes) des Erblickens der Idee an. Dadurch daß Platon die Wahrheit unter das Joch der Idee bringt, wird das Denken zur „Philosophie": zu einem Sichauskennen, das in sich Freundschaft und Vorliebe für die Ideen ist, die das Unverborgene gewähren. Die Philosophie wird das, als was Platon sie schon vorgeprägt hatte: sie wird „Metaphysik", ein Hinausgehen über das schattenhafte Seiende zum Sein des Seienden, zur Idee. Die Vorliebe für die Ideen erfordert die richtige Anmessung an sie; so erhält die „Bildung" als Bemühen um die Richtigkeit der Anmessung einen ausgezeichneten Rang: zusammen mit der Philosophie und der Metaphysik entsteht der „Humanismus", die Bemühung um den Menschen.

Eine Vorlesung zur Metaphysik des Aristoteles setzt nicht mehr in der Nachfolge von Brentanos scholastisierender Aristoteles-Interpretation die ousía als den leitenden Sinn von Sein an, sondern die enérgeia. Damit nähert sich Heidegger der aristotelischen Physik, die er als einen Nachklang der vorsokratischen Erfahrung der physis versteht. Bei Anaximander, Parmenides und Heraklit glaubt er eine Spur jenes vollen Wesens der Wahrheit zu finden, das in Platons Orientierung an der Bildung des Menschen und am maßgebenden, immer gleichen eidos verstellt werde.

In der neuzeitlichen Philosophie ist Kant nicht mehr der erste Gesprächspartner; er gehört vielmehr in eine übergreifende Bewegung, die seit Leibniz das Sein in einem einheitlichen spekulativen Ansatz als Kraft zu denken sucht und in unterschiedlichen Weisen bei Fichte, Schelling, Hegel und Nietzsche ihre Fortführung findet.

So bringt Heidegger die philosophische Tradition von Platon bis Nietzsche in eine einheitliche Gestalt, die er Metaphysik nennt. Diese Metaphysik befragt das Seiende auf sein Sein hin. Indem sie das Sein als Anwesenheit begreift, unterscheidet sie an ihm das Was-Sein und das Daß-Sein; zugleich unterscheidet sie das Sein verschiedener Bereiche, wie Natur und Geschichte. Als völlig Anwesendes ist das Sein der verfügbare Grund, über den die Vernunft Rechenschaft ablegt. Die Metaphysik gründet Seiendes in seinem Sein, dieses Sein aber in einem höchsten Seienden oder in einer letzten Selbstgewißheit. Damit ist sie Ontotheologie: logisch als Rechenschaftsablage, Ontologie als Gründen des Seienden im Sein, Theologie als Gründen des Seins in einem Höchsten oder Letzten. Wenn Seiendes vorgestellt wird, wird es von seinem Sein her zugestellt; in diesem Stellen verbirgt sich ein Wollen, das endlich ganz hervortreten muß, so daß Schelling das Ursein als Wollen bestimmt und Nietzsche vom Willen zur Macht als dem sich selbst Wollen des Willens spricht. Die Metaphysik kann in die Ausgestaltung des christlichen Glaubens als Weltanschauung eingebracht werden; dann wird alles endliche Wollen in das ewige Wollen aufgehoben, das in der Einheit Gottes gesammelt ist. Sie kann aber auch auslaufen in den Willen zur Macht, der als ewig wiederkehrend sich selbst will und in seine Beständigkeit bringt.

Von dieser Position aus versteht Heidegger in steigendem Maße nicht
nur das Tun der Wissenschaften, die für ihn nichts als die Nachzügler
der Metaphysik sind, sondern auch den Eintritt des Menschen in eine
einheitliche Weltzivilisation, in der unter dem Vorrang von Wissenschaft und Technik der Kampf um die Erdherrschaft geführt wird. So
wird für ihn Nietzsches Satz leitend: „Die Zeit kommt, wo der Kampf
um die Erdherrschaft geführt werden wird, – er wird im Namen *philosophischer Grundlehren* geführt werden. (XII, 207)" (Nietzsche II,
261).

Heidegger erörtert die Geschichte des Seins, um die Erfahrung vorzubereiten, daß die Wahrheit des Seins selbst in ihrem verbal zu verstehenden Wesen unverfügbares und geschichtliches Ereignis ist: sie erbringt
eine Offenheit, indem sie sich in ihrer Abgründigkeit entzieht und die
erbrachte Offenheit ihrer ungründigen und mißverständlichen Einge-
grenztheit überläßt.

Zugleich mit dieser seinsgeschichtlichen Erörterung entfaltet Heidegger
in den „Erläuterungen zu Hölderlins Dichtung" und den Vorträgen
„Der Ursprung des Kunstwerks" eine Besinnung auf das Wahrheitsge-
schehen in der bildenden Kunst und in der Dichtung. An jedem großen
Werk der Kunst kann sichtbar werden, daß Wahrheit, auch wenn sie eigens in ein Werk eingerichtet wird, unerschöpflich ist. Mag ein griechischer Tempel die Bahnen öffnen und ausrichten, auf denen sich das Leben der Polis abspielt, mag ein Gemälde von van Gogh in einer Über-
gangszeit vornehmlich die einzelnen ansprechen: die Wahrheit des Seins
ist hier Ereignis; das Geheimnis ihres Aufbrechens geschieht in dem An-
stoß, den das Werk dem Betrachter gibt; die gewährte Offenheit bleibt
geborgen in einem Sichverschließen.

Das Baugefüge dieses Wahrheitsgeschehens ist das Ineinander der sich
verschließenden Erde und der offenen Welt oder des Himmels, wie Heidegger später – den phänomenologischen Begriff des Horizontes vertie-
fend – sagt. Da es in solcher Wahrheit immer auch um Heil und Unheil
geht, kann sie auch zur Dimension des Heiligen und damit des Göttlichen werden. Das Göttliche ist nicht jenseits der Offenheit der Dinge,
sondern die Tiefe dieser Offenheit, sofern sie als heilvoll oder unheilvoll
erfahren wird. Das Baugefüge der Wahrheit ist deshalb in einer anderen
Hinsicht das Miteinander der Sterblichen und der Unsterblichen, in denen sich die Wahrheit und das Heilige zu einem konkreten Anspruch
sammeln.

Heidegger erfährt aber mit Hölderlins Hymne „Germanien", die er in
der ersten Hölderlin-Vorlesung interpretiert, die Götter als die Gewesenen. Hölderlin sagt, alles Himmlische sei schnell vergänglich und der

Gott ganz Zeit; Heidegger spricht von der Vergänglichkeit, dem Vorbeigang des Ewigen. Das Ewige ist kein stehendes und vollendetes Jetzt, es bringt die Erfüllung des Augenblicks in der Einmaligkeit und hat seine Freiheit darin, daß es mit dem Augenblick verschwinden kann. Die dritte Hölderlin-Vorlesung vom Sommer 1942 (vgl. Pöggeler, 220 ff.), in der Heidegger das tragische Geschehen in der Sophokleischen Antigone und Hölderlins Ister-Hymne interpretiert, fragt genauer, wie die Wahrheit und damit das Heilige eigentlich geschehe; dabei erhält die Rede vom Strom des Bewußtseins oder der Zeit ihren genaueren Sinn: der Ister scheint rückwärts zu fließen, weil er als obere Donau die untere Donau bei sich hat; so hat Hölderlins eigene Zeit die Zeit der Griechen bei sich und sucht von deren Anfang her einen anderen Anfang.

Heideggers Denken erreicht in der Einsamkeit der dreißiger Jahre seinen Höhepunkt. Das Hauptwerk dieser Zeit sind die „Beiträge zur Philosophie", die den Untertitel „Vom Ereignis" tragen und bisher nur aus Berichten bekannt sind. Die „Beiträge" entfalten im Stil von Nietzsches Aphorismen-Büchern, aber doch in einem geschlossenen Gedankengang, das Denken als eine geschichtliche Besinnung und damit als Übergang. Dieser Gedankengang vollzieht sich nach dem Vorblick und nach der erneuten Erörterung der Seinsfrage in den Schritten der sechs Kapitel. „Was gesagt wird, ist gefragt und gedacht im ‚Zuspiel' des ersten und des anderen Anfangs zueinander aus dem ‚Anklang' des Seyns in der Not der Seinsverlassenheit für den ‚Sprung' in das Seyn zur ‚Gründung' seiner Wahrheit als Vorbereitung der ‚Zukünftigen' ‚des letzten Gottes'" (Pöggeler, 144).

Wenn der Nihilismus jedes Fragen nach dem Sein vergißt und diese Seinsvergessenheit schließlich auch noch als Notlosigkeit erscheinen läßt, dann gibt es in ihm doch den „Anklang" der Frage nach dem Sein, wenn diese Not als Not erfahren wird. So können auch die Metaphysik und die Wissenschaft ein „Zuspiel" dieser Frage werden; doch nicht die Potenzierung des Gründens, sondern nur der „Sprung" führt zur Erfahrung des Seins und seiner Wahrheit als Ereignis. Aber gerade das Ereignis der Wahrheit des Seins muß in einem neuen Sinn gegründet werden, nämlich im Dasein als dem abgründig-ungründigen Da des Seins oder dem Zeitspielraum und der Augenblicksstätte des Ereignisses. Zeit und Raum werden nunmehr gleichursprünglich in Ansatz gebracht: als Entrückung in die Gleichzeitigkeit der Ekstasen der Zeit und als Berückung durch den Umhalt des Raumes. Wenn die Zeit in dieser Weise erfahren wird, dann ist die Ekstatik Entrückung in die Wahrheit des Seins, die nun an ihr selbst erfahren ist als Lichtung für das Sichverbergen.

Der Ansatz von „Sein und Zeit" muß zu diesem Ansatz hin umgedacht werden, der die Wahrheit des Seins nicht nur als Horizont dem verstehenden Dasein zuspielt, sondern auch als das andere ihrer selbst von ihr selbst her zur Sprache kommen läßt und nach ihrem Sichentziehen hin „erschweigt". „Sein und Zeit" ist daher kein Ideal und kein Programm, sondern der sich vorbereitende Anfang der Wesung des Seins selbst – nicht was wir erdenken, sondern was uns, gesetzt, daß wir dafür reif geworden, in ein Denken zwingt, das weder eine Lehre gibt noch ein moralisches Handeln veranlaßt noch die Existenz sichert, das vielmehr nur die Wahrheit gründet als den Zeitspielraum, in dem das Seiende wieder seiend, d. h. zur Verwahrung des Seins werden kann. „Weil es dieser Verwahrungen manch einer und auszeichnender bedarf, um überhaupt das Seiende in sich erstehen zu lassen, muß die Kunst sein, die in ihr *Werk* die Wahrheit setzt" (Vietta, 130).

Die Menschen, die diese Gründung der Wahrheit des Seins übernehmen, sind die „Zukünftigen". Sie sind die Zukünftigen für den „Vorbeigang" des letzten Gottes, der alles erschienene Göttliche in sein eigens erfahrenes Wesen, Vorbeigang und damit Zeit oder Geschichte zu sein, sammelt. „Das Er-eignis und seine Erfügung in der Abgründigkeit des Zeit-Raumes ist das Netz, in das der letzte Gott sich selbst fängt, um es zu zerreißen und in seiner Einzigkeit enden zu lassen – gottlich und seltsam und das Fremdeste in allem Seienden" (Pöggeler, 264). Dieser Gedanke eines „letzten Gottes" – auch für die Schelling-Vorlesung und den Römischen Hölderlin-Vortrag von 1936 grundlegend – muß von Heidegger in dem Augenblick aufgegeben werden, in dem er Geschichte nicht mehr als etwas Letztes und damit doch wieder metaphysisch faßt. Schon die Arbeit „Das Ereignis" aus dem Jahre 1941 setzt noch einmal neu an, mit einer anderen Erörterung des Wortfeldes von „Ereignis". Sicherlich wird man auf den neuen Denkansatz Heideggers nach „Sein und Zeit" nicht ohne Kritik eingehen können. Hölderlin hatte in seinem Brief an Ebel vom 9.11.1795 von der Vereinigung der Geister das große „Kind der Zeit", den „Tag aller Tage" erwartet, den der so mißverstandene Apostel Paulus die „Zukunft des Herrn" genannt habe. Heidegger sucht nun mit Hölderlin jene grundlegende Erfahrung, die er einst den Thessalonicherbriefen entnommen hatte, nicht mehr in der Korrektur der Tradition griechischer Philosophie durch die christliche Geschichtserfahrung, sondern in den vergessenen Erfahrungen der griechischen Frühe.

Nicht die Kosmologie des platonischen „Timaios", aber auch nicht Bildung und Geschichte im Sinne des Höhlengleichnisses, sondern der Aion Heraklits, der die Götter und Menschen auf das Spiel setzt, soll zur

Erfahrung der Zeit hinführen. Schon Nietzsche hat diese Interpretation des heraklitischen Weltlaufs als eines spielenden Kindes gegeben, doch fragt es sich, ob der eigentlich zum Opferkönig bestimmte Heraklit nicht in Wirklichkeit die neue Händlerpolitik seiner Heimatstadt als unsinnig hat abtun wollen. Trägt Heidegger nicht das „ohne Warum" der Mystik in Heraklits „Weltspiel" hinein? Fragwürdig ist auch Heideggers Behauptung, daß Mythos und Logos bei den frühen Denkern der Griechen keineswegs aus- und gegeneinandertreten (Denken, 7). Auf jeden Fall hält auch Heraklit, wenn auch in anderer Weise als die Milesier, die „spezifische Differenz zwischen Denken und Dichten" fest (Perpeet, 47, 73).

Wenn Heidegger nach dem Geheiß fragt, „das unser abendländisches Denken dem ihm eigenen Beginn anbefiehlt und aus diesem her noch das Denken unseres Zeitalters auf seinen Weg weist" (Denken, 105), interpretiert er ein Fragment des Parmenides. Von strukturalistischer Seite ist hierzu gesagt worden, er suche „die ganze westliche Tradition umzuwerfen" (Eco, 405). Dennoch bleibt zu fragen, ob nicht Heidegger Parmenides in der neuplatonischen Interpretation aufnimmt und den Neuplatonismus, den er nie eigentlich rezipiert hat, mit der geschichtlichen Erfahrung verbindet. Zudem läßt Heidegger ganze Bereiche vorsokratischen Denkens beiseite: den Eleatismus außer Parmenides, aber auch den Pythagoräismus und Atomismus. Verkennt seine Abwertung des Zählens und Rechnens nicht, daß Zahlen zu einem geordneten Gefüge zusammentreten können, mit dem sich die Dinge erdeuten lassen? Die Behauptung, Platon habe die Wahrheit unter das Joch der Idee gebracht, kehrt nicht zu der Frage zurück, ob das „Sehen" von Ideen in begrenzten Bereichen nicht durchaus sein Recht haben kann.

So konnte man Heidegger eine Panhermeneutik vorwerfen und der ontologischen Differenz die Idee als ein anderes Strukturprinzip entgegenstellen (Oskar Becker). Verkennt nicht Heidegger darüber hinaus das Wesen aller modernen Wissenschaften, wenn er behauptet, diese seien von der Metaphysik abkünftig? Seine Metaphysikkritik reduziert – wie schon in anderer Weise Diltheys Kritik – die Metaphysik auf einen Idealtypus, der die Mannigfaltigkeit der Ansätze der Tradition nicht zu fassen vermag. Es fällt z. B. auf, daß die Interpretation praktischer Philosophie bei ihm zurücktritt; von diesem Erbe der philosophischen Tradition, das neuerdings zur Geltung gebracht worden ist (vgl. z. B. Ritter), scheint er in späteren Jahrzehnten nur wenig aufgenommen zu haben. Wenn Heidegger nicht mehr mit Kant das Problem der Schematisierung der Begriffe weiter verfolgt, sondern Hölderlins spätes Gedichtwerk zum Partner seines Denkens wird, dann bleibt außer acht, daß etwa schon Vico von der Idee der Topik her dem philosophischen Streben zum Allgemeinen die von der Phantasie geschaffenen Universalien des Mythos und der Dichtung vorausgehen läßt. Die hermeneutische Philosophie, die sich gerade die Motive von Heideggers Arbeiten aus den dreißiger Jahren zugeeignet hat (Gadamer), verbleibt zu sehr bei der Reflexion über die geisteswissenschaftliche Arbeit, als daß sie für dieses Zusammenspiel zwischen Mythos, Dichtung und Denken sowie für die Rolle der topischen Tradition genügend offen wäre.

6. Enteignis

In den fünfziger Jahren übte Heidegger noch einmal eine unvergleichliche Wirkung auf das westliche Denken aus. In seinem „Brief über den Humanismus" hatte er seinem Denken eine „Kehre" zugeschrieben. Dies hat man zum Anlaß genommen, den Weg Heideggers in zwei Phasen einzuteilen: in ein Denken vor der Kehre und in ein Denken nach der Kehre; die letzte Phase soll etwa mit dem Vortrag „Vom Wesen der Wahrheit" beginnen. Zuweilen ist diese Kehre verstanden worden als Kehre von der Frage nach dem Sein des Daseins als Zeit zur Frage nach Zeit und Sein; so wurde sie in die Systematik von „Sein und Zeit" oder gar in die Struktur der metaphysischen Tradition hineingetragen. Die Tatsache, daß diese in der Neuzeit die Gründung in einem höchsten Seienden mit der Gründung in einer ausgezeichneten Selbstgewißheit verband, schien einer solchen Interpretation entgegenzukommen.

Ein unvoreingenommener Blick auf den Denkweg Heideggers läßt jedoch erkennen, daß er bei seinem Sprechen vom Sein stets das „Ist"-Sagen des Menschen mitdenkt, daß mithin eine Kehre vom Dasein zum Sein keine Auswechslung der leitenden Gegenstände sein kann. Auch die „Beiträge zur Philosophie" versuchen sich noch an einer „Daseinsgründung", indem sie den Zeitspielraum für das Ereignis der Wahrheit des Seins eigens denken. Heideggers wirkliche Kehre vollzieht sich in der Weise, daß er das Sichentziehen in der Wahrheit als Unverborgenheit oder das Nichts als Schleier des Seins positiv nimmt, nämlich als das unaufhebbare Geheimnis in der begrenzten und beorteten Wahrheit. Einen letzten Schritt vollzieht er in seinem Spätwerk dadurch, daß er das Ereignis der Wahrheit im Zeitspielraum und der Augenblicksstätte des Daseins als „Enteignis" erfährt: wie Meister Eckart in seiner berühmten Predigt „Beati pauperes spiritu" die höchste geistliche Armut darin findet, daß der Mensch nicht nur nichts weiß und nichts will, sondern auch nichts hat, nämlich keine eigene „Stätte" für die Einwohnung Gottes, so

denkt auch Heidegger die Augenblicksstätte als Enteignis, in der alles
Eigene sich aufhebt in das „Jähe der brückenlosen Einkehr", in der der
Mensch dem Sein gehört wie die Antwort dem Zuspruch (Identität und
Differenz, 24; Zur Sache, 23).

Heidegger selbst hat für den Weg seines Denkens, soweit er für ihn
zählte (nämlich seit der entscheidenden Erfahrung von 1922/23), eine
Dreiteilung vorgeschlagen. Im Umkreis von „Sein und Zeit" wird die
eine und einzige Frage nach dem Sein als Frage nach dem Sinn von Sein
gestellt. Diese Frage wandelt sich in den dreißiger Jahren in die Frage
nach der Wahrheit des Seins; Sein als Vorhandensein, Zuhandensein
und Existenz wird selber auf seine Wahrheit hin befragt, die erst eine
solche Unterscheidung ermöglicht. Diese Wahrheit aber wird erfahren
als Ereignis und dadurch als Geschichte in einem einzigartigen Wort-
sinn. In seinem eigentlichen Spätwerk modifiziert Heidegger diese Frage
nach der Wahrheit des Seins zur Frage nach der Ortschaft des Seins
(Seminare, 73).

Damit ändert er seinen Ansatz derart, daß er die Wahrheit des Seins
nicht mehr als Geschichte anspricht, ja sein Fragen überhaupt nicht
mehr einfachhin als „Frage" nach der „Wahrheit" des Seins bezeichnen
kann. Zuerst wird ihm die Rede von der Seinsfrage als der einzigen
Frage des Denkens fragwürdig. Den Terminus „Sein" überläßt er jenem
metaphysischen Denken, das nach dem unterschiedlichen Sinn von Sei-
endem fragt, dabei aber vergißt, nach dem Sein selbst zu fragen. Sprach
er in den dreißiger Jahren vom Sein als Ereignis, so entdeckt er jetzt in
dieser Formulierung eine Zweideutigkeit: sieht es nicht so aus, als ob
hier dem Sein noch einmal eine transzendentale Bestimmung zugesprochen oder an die Stelle der Voraussetzung, Sein sei stetes Anwesen, eine
andere Voraussetzung gesetzt werde? Die Rede vom Sein und seiner
Wahrheit ist für Heidegger nichts Beliebiges. Heidegger überführt die
Seinsfrage in die Frage nach der Wahrheit des Seins, weil er vermutet, im
Sprechen von der Aletheia habe das früheste abendländische Denken
(z. B. Parmenides) jene Frage zum mindesten berührt, die er als das immer Vergessene eigens zu entfalten sucht.

In seinem Spätwerk stellt er diese Vermutung wieder in Frage. Er will
nun das, was in der Wahrheit als Unverborgenheit zu denken ist, ohne
Anhalt an dem bisher Gedachten entfalten, und so gibt er ihm auch einen eigenen Namen: Lichtung. Das Wort hat nichts mit der Lichtme-
taphorik der Metaphysik zu tun, sondern bedeutet: offen und „leicht"
machen. Diese Lichtung nennt Heidegger auch Ort oder Ortschaft (für
die Wahrheit des Seins). Sein Denken soll (als Topologie des Seins) die
Wahrheit des Seins als jenen letzten „Ort" eigens zur Sprache bringen,

an dem alle Wege des Denkens enden. Wenn er den „transzendentalen
Horizont" schließlich als „Gegend" und als Ortschaft denkt, scheint die
Räumlichkeit sich vor die Zeitlichkeit zu drängen. In Wirklichkeit soll
jedoch die Rede von der Ortschaft die Räumlichkeit und die Zeitlichkeit
des Zeitspielraums der Wahrheit des Seins zugleich und gleichgewichtig
zur Sprache bringen.

Hatte Heidegger noch in den fünfziger Jahren den Vortrag „Die Frage
nach der Technik" mit der Versicherung geschlossen, das Fragen sei die
spezifische „Frömmigkeit" des Denkens, so nimmt er jetzt diese Behauptung eigens zurück: nicht das Fragen, sondern das Hören einer Zu-
sage sei die eigentliche Gebärde des Denkens.

Heidegger verabschiedet auch Geschichtlichkeit und Geschichte als
Leitfaden für die Aufhellung des „transzendentalen" Bereichs und entfaltet diesen als das Ereignis und Geschick der Lichtung. Das Geschick
versteht er vom „Schicken" her; dieses bestimmt er als ein Geben, das
seine Gabe gibt, indem es sich selbst zurückhält und immer auch entzieht. Er fragt, ob nicht der Titel seines Denkens statt „Sein und Zeit"
nunmehr „Lichtung und Anwesenheit" lauten müsse (Zur Sache, 80).
Die Sprache kann in diesem Spätwerk zum Leitfaden der Aufhellung
dieses Bereichs werden, weil die Lichtung als „Ereignis" alles in sein Eigenes „bringt" oder „ruft" und dafür „Sprache" in ihren unterschiedlichen Formen braucht.

Heideggers Distanzierung vom Ausfragen nach einem Grund ist nicht
so zu verstehen, als habe dieses Ausfragen in begrenzten Bereichen (vor
allem in den Wissenschaften) nicht sein Recht. Was Heidegger zurückweist, ist der Versuch, diesem Ausfragen nach einem Grund das Wahr-
heitsgeschehen und damit das Aufbrechen von Welt im ganzen zu un-
terstellen. So kann Heidegger in der Auseinandersetzung mit dem „vorsokratischen" Denken des Parmenides die Frage: Was heißt Denken?
umwandeln zu der Frage, was uns denken heiße und in die Entsprechung von Denken und Sein rufe. Für dieses Entsprechen beruft sich
Heidegger nicht nur auf Parmenides und Heraklit, sondern auch auf die
mystische Tradition der Gelassenheit, verstanden als Sicheinlassen auf
die Wahrheit als Unverborgenheit.

Hatte Hegel im Sinn der Tradition Raum und Zeit zur Bewegung zusammengefaßt, so sucht Heidegger Wahrheit und Welt als Zeitspielraum vom Wege als der in sich ruhenden „Be-wëgung" her zu denken,
die jeweils Orte zuweist. Für die Erfahrung dieses Weges beruft sich
Heidegger auf Laotse; gleich nach dem Kriege hatte er mit Hilfe eines
chinesischen Bekannten begonnen, das Tao-te-king zu übersetzen.
Heidegger nimmt nicht nur die Rede von der Gelassenheit auf, sondern

auch die von der Abgeschiedenheit, und zwar im Sinne Trakls, der die Abgeschiedenheit als Gerufensein-in-den-Untergang bestimmt, wobei dieser Untergang eine Verwandlung sein soll – ein Gedanke, der freilich dem üblichen Denken als Wahnsinn erscheine. Hölderlin ist nunmehr nicht nur mit seinen großen Hymnen gegenwärtig, sondern auch mit den Fragmenten und den kleinen Gedichten aus der Zeit seines Zerbrechens.

Zugleich wird Hölderlins Versuch, das Wesen der Ströme zur Sprache zu bringen, mit der Technik konfrontiert, die ein Kraftwerk in den Rhein verbaut und dadurch eine Rede wie die hölderlinsche obsolet macht. Nicht erst durch die Perfektion der Vernichtungslager oder durch den Krieg und die Abschreckung mit Atombomben macht die Technik die einstige Weise des Lebens auf dieser Erde unmöglich, sondern schon durch die Überschwemmung des Alltags mit ihren Beständen. Aber das Denken kann über die Konstellation: der Rhein, wie er in einer Hymne Hölderlins zur Sprache gebracht wird, und der Rhein, wie er in ein Kraftwerk verbaut wird, hinausweisen – wie, das zeigt Heidegger in der Vortragsreihe „Einblick in das, was ist", die er erstmals 1949 in Bremen gehalten hat.

In dieser Vortragsreihe geht Heidegger von dem aus, was das Einfachste und Selbstverständlichste zu sein scheint, vom „Ding". Besinnen wir uns auf die Dingheit eines Dinges, dann müssen wir – so zeigt der Vortrag „Das Ding" – davon ausgehen, daß heute alles, was ist, von der Vernichtung bedroht ist. Unheimlicher noch als dieses Auseinanderplatzen von allem ist jedoch, daß heute alles in das gleichförmig Abstandlose zusammengeschwemmt wird: Film, Funk, Fernsehen, Verkehr überwinden die Entfernungen; sie scheinen alles, was ist, gleich nahe zu rücken und bringen doch nicht die Nähe dessen zuwege, was wir in einem ausgezeichneten Sinne das „Ding" nennen. Die Dinge werden vielmehr leer und nichtig und in ihrer Massenhaftigkeit bedeutungslos; in diesem Sinne sind sie „vernichtet".

Wurde die Erfahrung des Dinges jemals denkerisch gegründet? In der Blickbahn, die Platon einschlug, wurde das Ding vom sichzeigenden Aussehen, von der „Idee" her gedacht, damit aber lediglich nach der Hinsicht, in der es „als Herzustellendes dem Hersteller entgegensteht" (Vorträge, 160). Die Dinglichkeit wurde als Herstand erfahren. In der Neuzeit wurde der Herstand zum Gegenstand, der nicht mehr vom Hervorkommen in die Unverborgenheit, sondern vom Entgegenstehen gegen das Vorstellen her gedacht war. Stellt die Wissenschaft das Ding, z.B. den mit Wein gefüllten Krug, als Gegenstand vor, dann reduziert sie alles Erfahrbare auf das Quantitative und Meßbare und gibt in dieser methodischen Abstraktion das Ding seiner Ursprünglichkeit nach preis. Wollen wir das Ding in seiner Ursprünglichkeit, den Krug als Krug erfahren, dann müssen wir die Frage, wie der Krug faßt, anders ansetzen. Der Krug faßt, indem er aufnimmt, was eingegossen wird, und indem er das Eingegossene behält. Er schenkt den Trunk für den Durst der Sterblichen und erheitert deren Geselligkeit. Er schenkt aber auch den Guß, der den Göttern geweiht ist und die Feier des Festes ins Hohe stillt, den Opfertrank. Er versammelt Erde und Himmel, die Göttlichen und die Sterblichen. So ist er „Ding": er ereignet „Welt" als das Geviert von Erde und Himmel, Göttlichen und Sterblichen, indem er das Geviert in seiner Jeweiligkeit verweilt und so die Vier in ihr Eigenes bringt.

Die Frage, ob es heute überhaupt noch Dinge gebe, wird in den Vorträgen „Das Gestell", „Die Gefahr" und „Die Kehre" entfaltet. Die Gedanken dieser Vorträge sind zusammengefaßt im Vortrag „Die Frage nach der Technik". Wollen wir fragen, ob die heutige technische Welt noch Dinge zuläßt, dann müssen wir nach dem Wesen der Technik fragen. Diese ist wie die téchne der Griechen eine Weise des Entbergens, jedoch eignet ihr im Unterschied zu dieser der Charakter des Stellens im Sinne des Herausforderns. Das bäuerliche Tun „stellt" noch nicht den Ackerboden, fordert ihn noch nicht heraus, sondern gibt sich und sein Tun der Erde und ihren wachstümlichen Kräften, diese hegend, anheim. Anders die moderne Ernährungsindustrie: sie stellt schon die Luft auf die Abgabe von Stickstoff und reißt die alte „Feldbestellung" in das herausfordernde Stellen. Dem herausfordernden Stellen und Bestellen zeigt sich das, was ist, als „Bestand". Wo das Seiende in seiner Entborgenheit bloßer Bestand ist, das Entbergen ein Stellen und Bestellen des Bestandes, da waltet die Unverborgenheit als das Gestell. Das Gestell ist das, was in der Technik west und selber nichts Technisches ist, das Wesen der Technik. Im Gestell entsetzt das Sein sich der Wahrheit seines Wesens, verweigert Welt und übergibt das Seiende der Verwahrlosung.

Die Technik ist heute zu einer Gefahr für die Menschheit geworden. Doch kommt die Bedrohung nicht erst von ihren möglicherweise tödlich wirkenden Maschinen und Apparaturen. Sie kommt vielmehr aus ihrem langhin vorbereiteten Wesen, dem Gestell, und trifft nicht nur diesen oder jenen Menschen oder diese Generation, sondern das Wesen des Menschen. Das Gefährlichste dieser Gefahr liegt darin, daß sie den Anschein der Gefahr- und Notlosigkeit erweckt und sich so als die Gefahr, die sie ist, verbirgt. Erst wenn das Gestell erfahren ist als jene Weise des Entbergens, in der die Unverborgenheit sich selbst verstellt, ist die Gefahr *als Gefahr* offenbar. *Ist* die Gefahr in dieser Weise, dann wächst – nach dem Wort Hölderlins – das Rettende. In der Gefahr zeigt sich die Möglichkeit jener Kehre, in der die Vergessenheit des Wesens des Seins sich wendet. Diese Vergessenheit wird nicht einfach beseitigt, sondern erfahren als Hinweis darauf, daß das Sichverbergen zum Entbergen und somit in das Wesen von Wahrheit und Welt gehört. Das Rettende steht also nicht außerhalb der Technik, sondern wurzelt und gedeiht in ihrem Wesen.

Die Technik selbst, die nunmehr in ihrem Wesen erfahren wird, gibt die Durchfahrt frei in die Unverborgenheit. Sie wird als eine bestimmte Weise des Entbergens erkannt und anerkannt, so daß sie die anderen Weisen des Entbergens und das Wesen der Unverborgenheit selbst nicht mehr verstellt. Der Mensch gewinnt die Gelassenheit, die technischen Geräte zu benutzen, ohne das technische Stellen und Bestellen als die einzige Weise des Entbergens zu nehmen. Er wird offen für das Geheimnis, die Verborgenheit als die Herzmitte der Unverborgenheit, und somit frei für das Aufbrechen der Welt als des Geviertes von Erde und Himmel, Göttlichen und Sterblichen.

Heidegger trägt seine Gedanken aber auch durch eine Auseinandersetzung mit der Tradition vor, etwa mit Hegel, wenn dieser in der Mitte seiner Logik (wie schon vor ihm Fichte in der Wissenschaftslehre) die Aufgabe des Denkens von den Sätzen der Identität, der Differenz und des Grundes her bestimmt. Die spekulative Formel von der Identität der Identität und der Nichtidentität wird dabei verwandelt, d. h. in die Rede vom Einklang von Ereignis und Austrag übersetzt. Die Differenz, die Heidegger wörtlich auffaßt als diaphorá und Austrag, ist nicht nur der Unterschied des einen Seienden vom anderen, sondern vorweg schon der Unterschied des Seienden von seinem Sein. Der Austrag dieses Unterschiedes läßt erst Seiendes in seinem Sein ankommen und zum Beispiel den Unterschied zwischen dem Sein der technischen Bestände und dem Sein von Dingen wie Brot und Wein festhalten. Diese Differenz gehört in die Identität als Ereignis, nämlich als gegenseitige Vereignung des Seins und des Denkens, das die Offenheit von Sein austrägt. Der Einklang von Ereignis und Austrag wird nach Heidegger aber zerstört, wenn er auf einen letzten Grund zurückgeführt werden soll; dieser Einklang ist jeweiliges grundloses Spiel: nicht ein „Darum!" als Antwort auf ein „Warum?", sondern ein „Weil" als „Dieweilen".

Heidegger faßt das Denken in seiner Konkretion als Sprache: Seiendes kommt in sein Sein als Anwesen und Abwesen, Erscheinen und Verscheinen, Sichzeigen und Sichentziehen nur dann, wenn der Mensch in einer Sprache die Offenheit des Seins austrägt und dabei den Entzug in dieser Offenheit mit erschweigt. Im Zeigen und Sagen und im Ineinander beider findet Heidegger das Eignen, das ein jedes zu sich selbst

bringt: die Sprache, die dem Ereignen und Enteignen zugehört und als
Sage das Haus des Seins ist.

In seinem späten Denken ist Heidegger einen Weg gegangen, der in der
Suche nach eigener Orientierung rücksichtslos den Bereich der Philosophie und der Wissenschaften verläßt. In der Abhandlung über Nietzsches Wort „Gott ist tot" aus den „Holzwegen" sagte er vom Denken,
daß es freilich auch noch innerhalb der Metaphysik und der Wissenschaften denken müsse; dann fährt er aber fort: „Inmitten der Wissenschaften denken, heißt: an ihnen vorbeigehen, ohne sie zu verachten"
(195). Der Titel „Sein und Zeit", so sagt er in der Nietzsche-Abhand-
lung, könnte das Wegzeichen eines Weges der Verwindung der Metaphysik und der Wissenschaften als der Nachzügler der Metaphysik sein.
So stellt sich die Frage, wie weit Heideggers Erfahrung von Zeit eigentlich trägt. Muß nicht darüber hinaus gefragt werden, ob nicht in unserem Zeitalter die mathematisch-exakte Naturwissenschaft statt der Philosophie verbindlich festgelegt hat, was Raum und Zeit sind?

Nun ist in der Tat nicht allein die Ethik von Spinoza more geometrico
entfaltet worden; als Newton den Aufbruch in ein neues wissenschaftli-
ches Zeitalter einleitete, rückte auch die Physik und in ihr die Mechanik
in die Rolle eines Modells wissenschaftlicher Arbeit ein. Wie das Beispiel der aufeinanderprallenden Billardkugeln zeigt, ist für die Mechanik die Zeit umkehrbar: man kann sich durchaus den Lauf der Kugeln
auch umgekehrt denken. Läßt sich nicht durch Differenzierung dieses
mechanischen Modells eine einheitliche Welttheorie aufbauen?

Innerhalb eines solchen wissenschaftlichen Ansatzes könnte dann die
von Heidegger erwähnte „Weltformel" gesucht werden. Ein solches
Wissenschaftsmodell mag konsequent sein – nur gibt es die Wissenschaft nicht, die ihm entspricht. Nicht einmal die über das einheitswis-
senschaftliche Modell hinausgehende neukantische Einteilung der Wissenschaften in Natur- und Geschichtswissenschaften vermag das Ganze
der Wissenschaften zu fassen, denn sie berücksichtigt die Wissenschaften vom Lebendigen nicht. Raum und Zeit als Parameter, wie sie von
der Mechanik entwickelt wurden, könnten eine Idealisierung sein, von
der in begrenzten Bereichen Gebrauch gemacht werden kann; keineswegs bildet diese Form von Raum und Zeit ein fundierendes Ansich. Sicherlich hat noch einmal Albert Einstein, moderne Physik und spinozi-
stische Gedanken verbindend, die nicht umkehrbare Zeit als eine
menschliche Täuschung abtun wollen. Erhob sein Freund Besso dagegen Einwände, so versuchte er, sie zu zerstreuen. Nach dessen Tode,
kurz vor seinem eigenen, schrieb er, dieses zeitliche Vorangehen des
Freundes in den Tod bedeute nichts. „Für uns gläubige Physiker hat die

Scheidung zwischen Vergangenheit, Gegenwart und Zukunft nur die Bedeutung einer wenn auch hartnäckigen Illusion" (Prigogine, 286). Schon die Thermodynamik, dann die Wissenschaften vom Lebendigen und dessen Vorformen führen uns aber auf eine andere Bestimmung der Zeit, die nicht mehr so antagonistisch zur Zeit der Geschichte steht. Hieraus sind aber Folgerungen für eine Theorie der Wissenschaften zu ziehen. Zunächst ist die Frage nach der Zeit der Philosophie zurückzugeben. In deren Rahmen stellen wir erneut die Frage nach der Tragfähigkeit von Heideggers Zeitverständnis.

Nach Heidegger gelten Raum und Zeit in der Wissenschaft nur als Parameter, nämlich als jenes Maß, durch das man dem Raum und entsprechend der Zeit in der Weise beikommt, daß man sie auf eine homogene Folge von abzählbaren Punkten reduziert. Heidegger betont ausdrücklich, daß auch die Relativitätstheorie sowie Quantenmechanik und Kernphysik an diesem Parametercharakter von Raum und Zeit nichts geändert haben und auch keine Änderung bewirken könnten. „Könnten sie dies, dann müßte das ganze Gerüst der modernen technischen Naturwissenschaft in sich zusammenbrechen. Nichts spricht heute für die Möglichkeit eines solchen Falles. Alles spricht dagegen, allem voran die Jagd nach der mathematisch-theoretischen physikalischen Weltformel" (Unterwegs, 209).

Heidegger wiederholt, was er schon in seinem Habilitationsvortrag entwickelt hat, nur daß er in seinem späten Denken die historische Wissenschaft nicht der Physik als dem Modell der Naturwissenschaften entgegenstellt, sondern als deren bloße Modifikation betrachtet. Welt als die Weite und Weile des Gegenübers von Erde und Himmel, Göttlichen und Sterblichen könne durch dieses nachstellende, zählende und rechnende Denken überhaupt nicht erreicht werden.

Wir erwähnten schon, daß Heidegger im Spätwerk den Raum als gleichursprünglich mit der Zeit begreift, ja, daß sogar der Raum mit seiner Metaphorik sich nunmehr in den Vordergrund drängt, so etwa, wenn Heidegger Wahrheit und Welt als eine unverfügbare Ferne beschreibt, die dennoch Nähe ist. Auch die Rede von Grund und Abgrund gehört in die Raummetaphorik. (Heidegger erfährt den Abgrund als zum Grund gehörig: so übersteigt er die Zeit zur Ewigkeit, der nun freilich Endlichkeit und Einmaligkeit, Vergänglichkeit oder Vorbeigang nicht widersprechen sollen). Mit dieser Rede weist Heidegger die übliche Erfahrung von Raum und Zeit zurück, nach der der Raum zusammenhält und auch das sich Entziehende noch in eine übergreifende Einheit versammelt, während die Zeit zerstreut und trennt: das einmal Vergangene ist nicht mehr erreichbar; anders als im Raum können wir

in der Zeit nicht umkehren. Dagegen begreift Heidegger die Zeit nicht
als das Trennende, sondern gerade als die Einigkeit des Gleichzeitigen
der drei Ekstasen.

Die Bewegung von Zeit und Raum ist dann ein Insichruhen. Drängt sich
aber mit der Einigkeit des Gleichzeitigen und dem Vorherrschen der
Räumlichkeit nicht wieder die Identität jener Metaphysik vor, die Heidegger hatte verwinden wollen (vgl. Levinas, 171)?

Die Frage bleibt bestehen, obwohl Heidegger jenes Sehenwollen ab-
weist, das ein Sein als verfügbaren Grund zustellt; er bringt statt dessen
Hören als Zugehören ins Spiel; ein solches Hören gehört nicht nur zur
Rezeptivität der „unteren" Seelenvermögen. So wird das Eigene des Ereignisses im Enteignis zur Antwort auf einen Zuspruch.

Die Frage, ob Heideggers Zeitverständnis zureicht, ist von grundlegender Wichtigkeit. Denn wird das differenzierte Verhältnis zwischen dem
Sein einerseits und Raum, Zeit und Bewegung andererseits verstellt,
dann bewirkt diese Verstellung der Systematik auch eine Verkürzung
der geschichtlichen Horizonte.

In einem späten Vortrag sagt Heidegger: „Vielleicht verbirgt sich im
Wort ‚Weg', Tao, das Geheimnis des denkenden Sagens,. . ." (Unterwegs, 198). Zweifellos besteht eine gewisse Nähe zwischen dem Denken Heideggers und der chinesischen Weise, den Einklang von Erde und
Himmel als Weg zu fassen und nicht als eine durch vermeintlich ewige
Gesetze geregelte Harmonie. Sicher ist aber die Erfahrung der griechischen Dichtung für ihn noch wichtiger gewesen. Wenn er das Baugefüge
der Wahrheit nicht nur vom Einklang zwischen Erde und Himmel her
bestimmt, sondern auch vom Gegenüber der Göttlichen und der Sterblichen, dann will er damit einbringen, was der Mythos in Griechenland
artikulierte und was ein Dichten zurückzuholen suchte, das sich einer
gewandelten Weise der mythischen Sprache bedient.

In dem Interview mit der Zeitschrift „Der Spiegel" vom September
1966 sagt Heidegger: „Nur noch ein Gott kann uns retten. Uns bleibt
die einzige Möglichkeit, im Denken und im Dichten eine Bereitschaft
vorzubereiten für die Erscheinung des Gottes oder für die Abwesenheit
des Gottes im Untergang; daß wir im Angesicht des abwesenden Gottes
untergehen" (209).

Man mißversteht Heidegger völlig, wenn man ihm unterstellt, er wolle
damit im Sinne des religiösen Vertrauens sagen, nur Gott könne uns retten. Zu beachten ist, daß er von „einem Gott" oder von dem Göttlichen
spricht. Dieses Göttliche ist nicht jenseits der Offenheit, die das Sein
dem Seienden gewährt, sondern eben diese Offenheit selbst, erfahren als
Heil oder Unheil bringend und damit als das Heilige und Göttliche. Es

sind vornehmlich die Künstler, die die Tiefe dessen, was ist, zum Erscheinen bringen sollen, ohne daß das Gelingen oder Mißlingen einfach in ihren Händen läge.

Die Frage bleibt nur, ob diese Rede, die sich an einer maßgeblichen Erfahrung der vergangenen dreitausend Jahre orientiert, wirklich der zureichende Einblick in das ist, was heute ist und was in Zukunft sein wird.

Heidegger ist sich darüber im klaren gewesen, daß er die Fragen, die sich ihm auf dem Wege seines Denkens gestellt haben, nicht hat lösen können. Dennoch gebührt ihm ein wesentliches Verdienst: er hat die Menschen, die heute unter großen Katastrophen in eine relativ einheitliche Zivilisation eintreten, vor die entscheidende Aufgabe gestellt, das Sein neu zu bedenken, und zwar als zeithaftes, und damit die ontologische Überlieferung zu korrigieren.

Literaturverzeichnis

Bibliographie

Saß, Hans-Martin: Heidegger-Bibliographie. Meisenheim 1968.
–, Materialien zur Heidegger-Bibliographie 1917–1972. Meisenheim 1975.

Schriften Heideggers:

Sofern die Vorlesungen Heideggers nicht in gesonderten Veröffentlichungen erschienen sind, werden sie durch Nennung der Bandzahl zitiert nach:
Martin Heidegger: Gesamtausgabe. II. Abteilung: Vorlesungen 1923–1944. Frankfurt 1975 ff.
Beiträge zur Philosophie. (Vom Ereignis). Gesamtausgabe. III. Abtlg.: Bd. 65. Frankfurt 1989.
Erläuterungen zu Hölderlins Dichtung. Frankfurt am Main [5]1981.
Neuere Forschungen über Logik. In: Literarische Rundschau für das katholische Deutschland 38 (1912), Sp. 465–472, 517–524, 565–570.
„Nur noch ein Gott kann uns retten". Spiegel-Gespräch mit Martin Heidegger am 23. September 1966. In: Der Spiegel 23 (1976), 193–219.
Holzwege. Frankfurt am Main [5]1972.
Identität und Differenz. Pfullingen [6]1978.
Kant und das Problem der Metaphysik. Frankfurt am Main [4]1973.
Nietzsche I, II. Pfullingen 1961.
Das Realitätsproblem in der modernen Philosophie. In: Philosophisches Jahrbuch 25 (1912), 353–363.
Zur Sache des Denkens. Tübingen 1969.
Der Satz vom Grund. Pfullingen [5]1978.
Frühe Schriften. Frankfurt 1972.

Sein und Zeit. Tübingen ⁷1957.
Vier *Seminare*. Frankfurt am Main 1977.
Die Technik und die Kehre. Pfullingen 1962.
Unterwegs zur Sprache. Pfullingen ⁶1979.
Der Ursprung des Kunstwerks. Stuttgart 1960.
Vorträge und Aufsätze. Pfullingen ⁴1978.
Was heißt *Denken*? Tübingen ³1971.
Wegmarken. Frankfurt am Main ²1978.

Sekundärliteratur

Becker, Oskar: Dasein und Dawesen. Gesammelte philosophische Aufsätze. Pfullingen 1963.

–, Mathematische Existenz. Untersuchungen zur Logik und Ontologie mathematischer Phänomene. Tübingen ²1973.

Casper, Bernhard: Martin Heidegger und die Theologische Fakultät Freiburg 1909–1923. In: Kirche am Oberrhein. Beiträge zur Geschichte der Bistümer Konstanz und Freiburg. Hrsg. von R. Bäumer, K. S. Franz, H. Ott. Freiburg 1980, 534–541.

Dilthey, Wilhelm: Einleitung in die Geisteswissenschaften. 1. Bd. Stuttgart/Göttingen ⁸1979. In: Gesammelte Schriften. I. Band.

–, Die geistige Welt. Einleitung in die Philosophie des Lebens. Erste Hälfte: Abhandlungen zur Grundlegung der Geisteswissenschaften. Stuttgart/Göttingen ⁶1974. In: Gesammelte Schriften. V. Band.

Eco, Umberto: Einführung in die Semiotik. München 1972.

Gadamer, Hans-Georg: Wahrheit und Methode. Tübingen ²1965.

Gethmann-Siefert, Annemarie: Das Verhältnis von Philosophie und Theologie im Denken Martin Heideggers. Freiburg/München 1974.

Jaspers, Karl: Notizen zu Martin Heidegger. Hrsg. von Hans Saner. München/Zürich 1978.

Levinas, Emmanuel: En découvrant l'existence avec Husserl et Heidegger. Paris ³1974.

Perpeet, Wilhelm: Vom Ursprung der Philosophie oder über eine spezifische Differenz zwischen Denken und Dichten. In: Der Mensch und die Künste. Festschrift für Heinrich Lützeler zum 60. Geburtstage. Düsseldorf 1962.

Pöggeler, Otto: Der Denkweg Martin Heideggers. Pfullingen ³1990.

Prigogine, Ilya/Stengers, Isabelle: Dialog mit der Natur. Neue Wege naturwissenschaftlichen Denkens. München 1981.

Ritter, Joachim: Metaphysik und Politik. Studien zu Aristoteles und Hegel. Frankfurt 1969.

Sheehan, Thomas: Heidegger's „Introduction to the Phenomenology of Religion", 1920–21. In: The Personalist LX, 3 (1979), 312–324.

Vietta, Egon: Die Seinsfrage bei Martin Heidegger. Stuttgart 1950.

Dilthey-Jahrbuch für Philosophie und Geschichte der Geisteswissenschaften. Bd. 4/1986–87 mit Aufsätzen zur frühen Philosophie Heideggers v. H. G. Gadamer, C. F. Gethmann, F. Hogemann, Ch. Jamme, Th. Kisiel, O. Pöggeler, F. Rodi.

Jean-Paul Sartre:
Die Faszination der Freiheit

Von Walter Biemel, Düsseldorf

Vorbemerkung

Soll der Leitgedanke aus dem Werk eines Philosophen dargestellt werden, der Gedanke, der sein Suchen trägt und befeuert, so ist dies bei Sartre zweifellos der Gedanke der Freiheit. Jean Hyppolite, der bekannte Hegel-Forscher und Studienkollege Sartres an der Ecole Normale, hat mit Recht behauptet, daß Sartre die Tradition der großen französischen Moralisten fortsetzt. Es gilt zu zeigen, wie Sartre die Freiheit als Grundbestimmung des Menschen auslegt, wie seine Deutung des Menschen als Wesen der Freiheit auch sein schriftstellerisches Werk trägt und wie sich seine Auffassung im Spätwerk wandelt.

Bei seiner Interpretation der Verwirklichung der Freiheit von Flaubert, Baudelaire und Genet versucht Sartre die Erfahrung aufzudecken, die zur Grundwahl der jeweiligen Existenz geführt hat. Dieses Vorgehen sei hier auf Sartre selbst angewandt. Im ersten Kapitel soll gezeigt werden, wie es in der Kindheit Sartres zu dessen Grundwahl gekommen ist. Wir können uns dabei auf die Darstellung von „Die Wörter" stützen. Das hat den Vorzug, daß wir durch Sartres eigene Deutung zugleich seine Weise des Deutens kennenlernen. Wir erfahren nicht nur eine Reihe von Fakten aus seiner Kindheit, sondern wie diese Erlebnisse auf sein Verhalten zurückwirken. Anschließend wird ein kurzer Überblick über sein Schaffen gegeben.

Im zweiten Kapitel wird Sartres Deutung des Menschseins in „Das Sein und das Nichts" umrissen. Dabei sollen aus diesem umfangreichen Werk die Grundzüge seiner Anthropologie und seine Deutung der Freiheit als grenzenloser Freiheit dargestellt werden.

Im dritten Kapitel ist zu zeigen, wie das Thema der Freiheit im schriftstellerischen Werk verwirklicht ist.

Das vierte Kapitel behandelt Sartres Sozialphilosophie, wie sie im gewichtigen Werk „Kritik der dialektischen Vernunft" ausgeführt ist – der Titel lautet „Freiheit und Notwendigkeit". Dabei ist auch Sartres

Stellung zum Marxismus zu erörtern, die Selbstdeutung des Existentialismus als Ideologie des Marxismus, und Sartres Deutung des Anarchismus, zu dem er sich bekennt.*

1. Sartres Grundwahl

In seiner Baudelaire-Deutung (15) stellt Sartre die Frage, ob der Dichter, dessen
Schicksal so oft bedauert wird, nicht das Leben hatte, das er verdiente – ob „die
Menschen überhaupt nie ein anderes Leben hätten als das, welches sie verdie-
nen?" Diese These ist nur zu vertreten, wenn davon ausgegangen wird, daß unser
Leben nicht wie ein über uns verhängtes Geschick verläuft, sondern davon ab-
hängt, wie wir uns selbst wählen. Sartre meint dabei die Grundwahl, die ein
Mensch vollzieht und die sein Verhalten zu den Mitmenschen, zu seiner Umwelt
und auch zu sich selbst trägt und bestimmt. So hat Baudelaire beispielsweise als
Kind die Einsamkeit gewählt, um gegen die Wiederverheiratung seiner Mutter zu
protestieren und diese Wahl sein Leben lang durchgehalten. An Stelle einer ein-
fachen Lebensbeschreibung soll deswegen versucht werden, die Wahl, die Sartres Leben bestimmen sollte, zu fassen.
1904 heiratete der französische Marine-Offizier Jean-Baptiste Sartre, der in Hin-
terindien erkrankt war, in Cherbourg Anne-Marie Schweitzer, die Tochter des
Elsässers Charles Schweitzer und Louise Guillemins. 1905 wurde Jean-Paul geboren. Zwei Jahre später starb Jean-Baptiste an den Folgen des Kolonial-Fie-
bers. Die Mutter kehrte ins Elternhaus zurück. Nach Sartres Deutung befand sie
die Familie für schuldig, diesen Tod nicht vorausgesehen oder verhütet zu haben.
Ihre Kindheit schildert er folgendermaßen: „Anne-Marie, die zweite Tochter,
verbrachte ihre Kindheit auf einem Stuhl. Man lehrte sie, sich geradezuhalten,
sich zu langweilen, zu nähen. Sie war begabt: man hielt es für vornehm, diese Begabung verkümmern zu lassen; Glanz ging von ihr aus: man sorgte dafür, daß sie
es nicht merkte. Diese bescheidenen und stolzen Bourgeois waren der Meinung,
Schönheit sei für sie entweder zu teuer oder zu wenig standesgemäß . . ." (W,
9 f.)* Hier finden wir eine erste Kritik der bürgerlichen Familie, die sich durch
das ganze Werk durchhält, ja Sartres Leben als Ganzes bestimmt.
Die Rückkehr ins Elternhaus bedeutet für Sartres Mutter die Übernahme der
Rolle als Sklavin des Hauses; eine nicht nur erniedrigende, sondern auch schwierige Situation. Durch ihre Hausarbeit machte sie die eigene, kränkliche Mutter
entbehrlich, die sich für unersetzbar hielt. So wurde sie zur Minderjährigen de-
gradiert, die zwar helfen aber niemanden ersetzen konnte.

---

* Für die am häufigsten zitierten Werke Sartres werden folgende Abkürzungen
   benutzt:
   KdV = Kritik der dialektischen Vernunft
   SuN = Das Sein und das Nichts
   W   = Die Wörter
   ME = Marxismus und Existentialismus

„Jean-Baptistes Tod wurde das große Ereignis meines Lebens: er legte meine Mutter von neuem in Ketten und gab mir die Freiheit." (W, 12) Die Begründung dafür: „Hätte mein Vater weitergelebt, er hätte sich mit seiner ganzen Länge auf mich gelegt und mich erdrückt." (W, 12) Das sagt der Psychologe Sartre, der im Fehlen des Vaters das Fehlen eines Über-Ich sieht, eine Entlastung vom Über-Ich. Zugleich erklärt er damit seinen Mangel an Aggressivität und daß er nicht versucht, eine Autoritätsperson zu spielen, die Befehle erteilt. Das mag für das Kind zutreffen – dem Erwachsenen mangelt es keineswegs an Aggressivität, die in seinen scharfen Polemiken – gerade auch mit früheren Freunden, wie Camus und Merleau-Ponty – unüberhörbar ist.

Die Situation des Kindes in der Familie der Großeltern ist zweideutig. Einerseits spricht Sartre von einem paradiesischen Zustand, er ist der Mittelpunkt der Aufmerksamkeit. Sein Großvater sieht in ihm einen Partner für seine Spiele, betrachtet ihn „als ungewöhnliche Gunst des Schicksals" (W, 15). Die Mutter macht dagegen dem Kind klar, daß es brav sein müsse, da es sonst wann immer aus dem Haus verwiesen werden könne. So übernahm er die Rolle des artigen Kindes. Das mag die Basis sein für die spätere Deutung der menschlichen Existenz, daß jeder eine Rolle spielt, eine Rolle übernehmen muß. Der Umstand, nicht zu Hause zu sein, muß ihn bedrückt haben. „Einem Eigentümer spiegeln die Güter dieser Welt das eigene Dasein wider; mich lehrten sie erkennen, was ich nicht war: *ich war nicht* substanziell und dauerhaft; *ich war nicht* die künftige Fortsetzung des väterlichen Werks; *ich war nicht* nötig für die Stahlproduktion. Mit einem Wort: ich hatte keine Seele." (W, 51) Er macht die Erfahrung, daß er seine Existenz zu rechtfertigen hat – ein Gedanke, der im theoretischen Werk wiederkehrt.

„Meine Wahrheit, meinen Charakter und meinen Namen hatten die Erwachsenen in der Hand; ich hatte gelernt, mich mit ihren Augen zu sehen; ich war ein Kind, ein Monstrum, das sie mit Hilfe ihrer eigenen Sorge fabrizierten. Waren sie nicht da, so hinterließen sie ihren Blick, der eins wurde mit dem Licht . . ." (W, 48). Hier finden wir die Voraussetzung für Sartres Deutung des Blickes, das den Anderen Ausgeliefert-sein (Biemel, Sartre, 43–51).

So viel zur Kennzeichnung der Ausgangssituation. Wie kam es in ihr zur Grundwahl der Existenz? Der Großvater, sein eigentlicher Partner in der Familie, lebte inmitten von Büchern; er selbst hatte eines geschrieben, das Deutsche Lesebuch, das immer wieder neu aufgelegt wurde. Durch ihn erhielten die Bücher ein besonderes Ansehen für das Kind: „. . . die Bücher waren meine Vögel und meine Nester, meine Haustiere, mein Stall und mein Gelände" (W, 37). Der Schriftsteller wird für ihn zum eigentlichen Schöpfer, der die Dinge erschafft, indem er ihnen Namen verleiht, über sie verfügt.

Zuerst hatte er Heimatrecht erkauft, indem er mit dem Großvater Theater spielte; es folgt eine Phase (gegen das achte Jahr), in der er sich durch das Schreiben behauptet (wir haben eine Parallele zur Kindheit Flauberts). „Indem ich schrieb, existierte ich und entschlüpfte den Erwachsenen, aber ich existierte bloß, um zu schreiben, und wenn ich das Wort Ich aussprach, so hieß das: ich, der Schreibende . . ." (W, 116). So überwindet er das Sich-Spiegeln in den Anderen und damit

das Ausgeliefertsein an sie. Ein Zwischenfall bestärkt ihn bei der Wahl Schriftsteller zu werden. In einem Gespräch mit einem Kollegen von der Sprachschule
erwähnt der Großvater die Begabung des Kindes. „Er hatte meine Berufung nur
erwähnt, um ihre Nachteile zu unterstreichen. Daraus schloß ich, daß er sie für
endgültig hielt" (W, 90). Durch den Einfluß des Großvaters gibt er es auch auf,
Heldengeschichten zu erfinden; er beginnt richtig zu beobachten und das Gese-
hene darzustellen. „Wenn ich echte Gegenstände mit echten Worten wiedergab,
die ich mit einer echten Feder niederschrieb, so mußte es mit dem Teufel zugehen,
wenn ich dabei nicht auch selbst echt wurde " (W, 91). Der Sechzigjährige fragt
sich, ob der Entschluß Schriftsteller zu werden nicht einfach dem Wunsch entsprungen war, auf seinen Großvater Eindruck zu machen. „. . . der Leser (hat)
begriffen, daß ich meine Kindheit verabscheue, mitsamt all ihren Überresten:
mitsamt der Stimme meines Großvaters, dieser Schallplattenstimme, die mich
weckt, so daß ich aufspringe und an den Schreibtisch stürze; ich würde aber nicht
auf sie achten, wenn sie nicht zugleich meine eigene Stimme wäre – und wenn ich
nicht, zwischen acht und zehn Jahren, auf eigne Rechnung und im Zustand der
Anmaßung den sogenannten gebieterischen Auftrag für mich übernommen hätte, den ich im Zustand der Demut empfangen hatte" (W, 93 f.).

Im Schreiben erschafft sich nach Sartre der Schreibende selbst. Er überwindet
zugleich das, was Sartre seine Natürlichkeit nennt (sein physisches Aussehen).
„. . . ich war in schauerlicher Weise natürlich. Ich habe mich nie davon erholt"
(W, 63). Ich neige dazu zu behaupten, daß seine Konzeption der Wahl aus dieser
Erfahrung des Schreibens entsprungen ist. Die Freiheit ist die Voraussetzung für
das Schreibenkönnen. Anders formuliert: in der Wahl der Existenz als Schriftsteller ist die Wahl der Freiheit als Grundbestimmung des Menschen mitgegeben.
Die übersprudelnde Weise des Schreibens, die Sartre als Kind entwickelt hat,
wird er sein Leben lang beibehalten und zeitweise durch Einnehmen von Auf-
putschmitteln noch beträchtlich steigern (Sartre über Sartre, 191). So kommt es
zu den Arbeiten, die durch ihren Umfang den Leser geradezu erdrücken.

Sartre ist seiner Grundwahl treu geblieben. Er hat auch die Forderung verwirklicht, daß der Mensch das Leben hat, das er selbst macht. Das soll ein kurzer
Überblick über sein Leben und Werk in Erinnerung bringen.

Der erste entscheidende Erfolg war die Aufnahme in die Ecole Normale Supé-
rieure, die französische Eliteuniversität mit ihrem Sonderstatus (1924–28). Die
Agrégation in Philosophie (1929) machte er als erster, seine Freundin Simone de
Beauvoir als zweite und Hyppolite als dritter. Nach dem Militärdienst unterrichtete er an einem Gymnasium in Le Havre Philosophie (1931–33). 1933–34 war
er am Französischen Institut in Berlin. Hier befaßte er sich vor allem mit Husserl.
1934–36 unterrichtete er wieder in Le Havre, 1936–37 in Laôn und von 1937
bis 1939 am Pasteur-Gymnasium in Paris. 1936 erscheint der Aufsatz „Die
Transzendenz des Ego" – eine erste Auseinandersetzung mit Husserl. Im gleichen Jahr veröffentlicht er eine Studie über „Die Imagination"; 1937 erscheint
seine Erzählung „Die Mauer" in der führenden französischen Literaturzeit-
schrift „Nouvelle Revue Française" – 1938 folgt sein erster Roman „Der Ekel".
1939 erscheint der „Entwurf einer Theorie der Emotionen"; 1940 „Das Imagi-

näre (Phänomenologische Psychologie der Einbildungskraft)". Im selben Jahr
gelangt er in Kriegsgefangenschaft, aus der er 1941 fliehen kann. Er lehrt wieder
am Pasteur-Gymnasium und 1942–44 am Condorcet-Gymnasium. 1943 erscheint „Das Sein und das Nichts" (L'être et le néant) und sein erstes Theater-
stück „Die Fliegen"; 1945 die ersten beiden Bände der Roman-Trilogie „Die
Wege der Freiheit" sowie das Drama „Bei geschlossenen Türen". 1945 läßt er
sich beurlauben und lebt von nun an als freier Schriftsteller. Die wichtigsten Veröffentlichungen in chronologischer Reihenfolge: 1946 die Dramen „Tote ohne
Begräbnis" und „Die ehrbare Dirne"; 1947 „Baudelaire" und das Filmszenario
„Das Spiel ist aus", 1948 „Im Räderwerk" und „Die schmutzigen Hände"; 1949
der dritte Band der Romantrilogie „Der Pfahl im Fleisch"; 1951 „Der Teufel und
der liebe Gott"; 1952 die große Analyse „Sankt Genet, Komödiant und Märty-
rer"; 1954 „Kean" (eine Adaptierung nach Dumas); 1956 „Nekrassov" und
1960 „Die Eingeschlossenen" und die „Kritik der dialektischen Vernunft" (Critique de la raison dialectique); 1971 die ersten beiden Bände der Flaubert-Interpretation „Der Idiot der Familie", 1972 der dritte Band davon. (Eine vollstän-
dige Übersicht der Veröffentlichungen Sartres wurde von Contat und Rybalka
herausgegeben, s. Bibliographie.)
1945 gründete er die Zeitschrift „Les Temps Modernes", die er bis zu seinem
Tod leitete, zusammen mit Simone de Beauvoir.

2. Die grenzenlose Freiheit. Die Deutung der menschlichen Existenz in „Das Sein und das Nichts"[1]

Nach dem Versuch, die Grundwahl zu verstehen, die Sartre zum
Schriftsteller werden ließ, gilt es nun, den zentralen Gedanken der Freiheit, wie er in „Das Sein und das Nichts" (SuN) (L'être et le néant) dargestellt ist, – und das heißt zugleich Sartres Deutung der menschlichen
Existenz – zu fassen.
Dieses Werk wirkte bei seinem Erscheinen (1943) revolutionär. Es er-
schütterte die Atmosphäre der traditionellen akademischen Abhandlungen, an denen die französische Philosophie keineswegs arm ist. Der
Leser wurde plötzlich mit einer neuen Weise des Philosophierens konfrontiert, die einerseits von der Phänomenologie geprägt war, besonders in der Form, die Heidegger ihr gegeben hatte, und andererseits von
der dialektischen Sprache Hegels. Husserl hatte 1932 an der Sorbonne
Vorlesungen gehalten (Cartesianische Meditationen), die bald danach
von Levinas ins Französische übersetzt worden waren, aber die offi-

---

[1] Zitate ohne Werkangabe in diesem Kapitel beziehen sich auf SuN, Hamburg
1962. Gelegentlich wird von der Übersetzung abgewichen.

zielle Philosophie Frankreichs blieb im Grunde genommen von der
phänomenologischen Strömung unberührt. In den dreißiger Jahren
hatte Corbin einige kleine Texte Heideggers ins Französische übersetzt,
aber von den Philosophierenden an den Hochschulen waren sie kaum
zur Kenntnis genommen worden. Um die Rezeption Hegels bemühte
sich zur gleichen Zeit Kojève in seinen Interpretationen der „Phänomenologie des Geistes", aber noch 1932 hatte Koyré beim internationalen
Hegel-Kongreß gesagt, daß Hegel nicht ins Französische übersetzbar sei
und damit angedeutet, daß er den Franzosen fremd bleibe. Nun präsentierte ein Franzose ein gewichtiges Werk, das geradezu als eine Aufnahme und Fortführung der Thematik Heideggers betrachtet werden
konnte (die Auseinandersetzung mit Heidegger läßt sich durch das
ganze Werk verfolgen), zugleich ist die Sprache dieses Werkes so sehr
von Hegels Dialektik angeregt, daß widersprüchlich klingende Formulierungen an den entscheidenden Stellen hervortreten (inwiefern Sartre
Hegel inhaltlich verstanden hat, möge offen bleiben; vgl. Biemel, Dialektik).

Dem französischen Publikum wird ein doppelt Fremdes zugemutet —
das schien in der von Lavelle und Le Senne geprägten Hochschul-Philosophie das Werk zum Scheitern zu verurteilen. Aber das Gegenteil geschah. Dieses für französische Verhältnisse so schwer lesbare, dazu
noch ungewöhnlich umfangreiche Werk, erschien binnen kurzem in
mehreren Auflagen. Bald wurden an der Sorbonne darüber Vorlesungen gehalten. Kein an Philosophie Interessierter konnte es umgehen. Es
ist nicht übertrieben zu sagen, daß über Sartre in Deutschland ein neues
Interesse an der Phänomenologie entstand.

Der Untertitel des Werkes ist in Anlehnung an Heideggers „Sein und
Zeit" (SuZ) formuliert: *Versuch einer phänomenologischen Ontologie*.
Ist dann aber die Behauptung aufrecht zu erhalten, daß der Leitgedanke
Sartres die *Freiheit* ist? Zwar will Sartre eine Ontologie präsentieren —
mit seiner Unterscheidung des *An-sich* und *Für-sich*, aber im Grunde
genommen bleibt das *An-sich* ein Grenzbegriff. Er umfaßt das Seiende,
das nicht von der Art des Bewußtseins ist und über das wir deswegen
auch nur wenig aussagen können, während das zentrale Thema, mit
Heidegger gesprochen, das Dasein ist, wofür Sartre den Terminus des
Für-sich setzt und darunter das Sein des Menschen als Bewußtsein
denkt. Dabei faßt er das Bewußtsein in einer Weise, die sich vom Cartesianischen Bewußtseinsbegriff deutlich abhebt.

Der Hegelsche Einfluß ist unübersehbar in der Bedeutung, die der Negativität beigemessen wird, die Gegenüberstellung des An-sich und Fürsich ist auch von Hegel entlehnt, allerdings in einer von Hegel abwei

chenden Bedeutung. Der Einfluß von Heideggers Freiburger Antritts-
vorlesung „Was ist Metaphysik?" ist frappierend. Zwar gibt Sartre eine
andere Deutung des Nichts, daß aber überhaupt das Nichts in einer
zeitgenössischen Arbeit so in den Vordergrund gestellt wurde, faszi-
nierte Sartre. Einige Stellen aus dieser Vorlesung sind wortwörtlich
übernommen – ohne als Zitat gekennzeichnet zu sein. Die Seins-The-
matik Heideggers bleibt Sartre im Grunde genommen verschlossen,
aber die Analytik des Daseins wirkte um so deutlicher. In SuZ hatte
Heidegger zur Vorbereitung der Frage nach dem *Sinn von Sein* untersucht, wer der Fragende ist, der diese Frage überhaupt stellen kann – das
ist das Thema der Analytik des Daseins. Die eigentliche Seins-Frage war
zurückgehalten worden.

Für Sartre ist mit der Untersuchung des *Für-sich-seins* der entscheidende Beitrag zur Ontologie geleistet, denn das Für-sich-sein ist das Sein
des Menschen. Das ihm entgegengestellte *An-sich-sein* ist durch den Begriff der Identität bestimmt. Dabei muß daran erinnert werden, daß die
Identität keineswegs im Sinne Schellings gedacht ist, die gerade die Identität mit dem Gegensätzlichen einschließt. Es muß fraglich bleiben, ob
für das als materielle Fülle gedachte An-sich der Begriff der Identität
überhaupt zutreffend ist. Mit der Bestimmung des *Für-sich-seins* will
Sartre einerseits einen bestimmten Seinsbereich abgrenzen und zugleich
darstellen, wie die menschliche Existenz zu denken ist; die Existenz, die
wir selbst sind und die unter dem Einfluß Descartes als Bewußt-sein bezeichnet wird. Wie verhält sich das Bewußtsein zur Freiheit? Um das zu
klären und damit die spezifische Seinsart des *Für-sich* zu verdeutlichen,
ist auf das Thema der Negation und des Nichts einzugehen. (SuN, I.
Teil, 1. Kap.)

Bei der Frage nach dem Sein wird die Möglichkeit des Fragens untersucht. Die Voraussetzung für das Fragen-können ist die Negation. Die
Negation ist ihrerseits nur möglich, wenn es so etwas wie das Nichts als
ihren Ursprung gibt. Wie ist dieses *Nichts* zu denken? Es kann nach
Sartre nicht außerhalb des Seins gedacht werden, „weder als einen es er-
gänzenden abstrakten Begriff noch als grenzenlosen Ort, über dem das
Sein in der Schwebe gehalten wird. Das Nichts muß im Herzen des Seins
gegeben sein . . ." (62) Da Sartre das Sein als „volle Positivität" (62) gedacht hat, kann es das Nichts nicht entspringen lassen. Heidegger
sprach vom Nichten des Nichts (Metaphysik). Sartre bestreitet diese
Möglichkeit; da das Nichts *nicht ist*, kann es auch nicht nichten:
„. . . das Nichts nichtet nicht, das Nichts *ist genichtet*'." (62) Das Seiende, durch das das Nichts zustande kommt, muß das Nichts in seinem
eigenen Sein nichten. Es sei hier ausnahmsweise das Original zitiert

„L'Etre par qui le Néant arrive dans le monde est un être en qui, dans son Etre, il est question du Néant de son Etre: *l'être par qui le Néant vient au monde doit être son propre Néant.*" (EeN, 59)

Da Sartre noch keinen Terminus für das Wort *Seiendes* gefunden hat (später wird im Französischen die Übersetzung „étant" akzeptiert), ist Etre bald als Sein (An-sich), als Weise zu sein (Für-sich) oder einfach als Seiendes verstanden. Ich schlage für diese Stelle folgende Übersetzung vor: „Das Seiende, durch das das Nichts in die Welt kommt, ist ein Seiendes, dem es in seinem Sein um das Nichts seines Seins geht. *Das Seiende, durch das das Nichts in die Welt kommt, muß sein eigenes Nichts sein.*" (63) Das ist Sartres Definition der menschlichen Existenz, in Entsprechung zu Heideggers Definition des Daseins: „Das Seiende, dem es in seinem Sein um dieses selbst geht, verhält sich zu seinem Sein als seiner eigensten Möglichkeit." (SuZ, 42) Nur wenn man sich diese Sartresche Definition gegenwärtig hält, ist einsehbar, warum bei jeder entscheidenden Bestimmung des Menschen das Nichts immer mit im Spiel ist.

Der Mensch ist das Wesen, das fragen kann. Das heißt für Sartre: „das das Nichts in der Welt aufgehen läßt, das sich zu diesem Zweck selbst vom Nicht-sein affizieren läßt." (64) Im Unterschied zu Heidegger, für den das Nichts keineswegs vom Menschen erschaffen ist, ist also für Sartre der Mensch Ursprung des Nichts. Aber dieser nichthafte Charakter der Menschen bedeutet keineswegs, daß der Mensch das Sein (An-sich), auf das er stößt, vernichten könnte. Er kann bloß seinen Bezug zum Sein ändern. In diesem Ändern, das als „ausscheiden eines Nichts" (65) bezeichnet wird, haben wir die erste Bestimmung der Freiheit. Durch das Hervorbringen des Nichts vermag sich der Mensch vom An-sich zu lösen. Durch die Freiheit gelangt das Nichts in die Welt. Die Freiheit ist die Voraussetzung des Nichtens des Nichts. Sie ist nicht eine Eigenschaft unter anderen, sie ist vielmehr das, was das Wesen des Menschen möglich macht. „Die menschliche Freiheit geht dem Wesen des Menschen voraus und ermöglicht es, das Wesen des menschlichen Seins ist hineingehalten in dessen Freiheit." (66) Heidegger hatte in SuZ gesagt „Das Was-sein (essentia) dieses Seienden muß, sofern überhaupt davon gesprochen werden kann, aus seinem Sein (existentia) begriffen werden." (SuZ, 42) Das übernimmt Sartre, indem er ausdrücklich formuliert, „daß die Beziehung der Existenz zum Wesen beim Menschen nicht zu vergleichen ist mit der im Bereich der Dinge der Welt." (66) Wenn wir das Wesen des Menschen verstehen wollen, müssen wir seine Weise zu existieren fassen, denn in ihr ist der Mensch Mensch. Das hat dann zum Schlagwort des *Existentialismus* geführt.

Eine erste Kennzeichnung der menschlichen Existenz, auf Grund ihrer wesenhaften Nichthaftigkeit, gibt Sartre bei der Darstellung des Verhaltens zur eigenen Vergangenheit. „Die Freiheit ist das menschliche Sein, das seine Vergangenheit außer Spiel setzt und sein eigenes Nichts absondert."(70) Ich bin meine Vergangenheit, indem ich sie zugleich nicht mehr bin, denn ich bezeichne sie als vergangen. „In der Freiheit *ist* das menschliche Sein seine eigene Vergangenheit (wie auch seine eigene Zukunft) in Gestaltung von Nichtung."(70) War die menschliche Existenz bisher als Bewußtsein begriffen (in der Cartesianischen Tradition des cogito), so will Sartre, daß wir sie nun von der Freiheit her verstehen und in der Freiheit die Nichtung mitdenken.

Der merkwürdige Sachverhalt, daß wir unsere Vergangenheit und Zukunft sind und zugleich nicht sind, ist für Sartre offenbar in der Erfahrung der Angst: „. . . in der *Angst* wird dem Menschen seine Freiheit bewußt oder, wenn man lieber will, die Angst ist die Seinsweise der Freiheit als Seinsbewußtsein, in der Angst wird die Freiheit durch sich selbst in Frage gestellt."(70) Den Bezug zur Zukunft faßt Sartre: „*Ich bin der, der ich sein werde, in der Weise es nicht zu sein*."(74) Diese Weise, dem Nichts ausgesetzt zu sein, ruft in mir Schrecken hervor. Die Zukunft ist meine Möglichkeit, aber ich bin sie in der Tat noch nicht, sonst wäre es nicht meine *Zukunft* und nicht ein *mögliches* Sein. „Das Bewußtsein, seine eigene Zukunft zu sein in der Weise, sie nicht zu sein, das ist genau das, was wir *Angst* nennen."(74) Auch der Bezug zu meiner Vergangenheit (der Gewesenheit im Sinne Heideggers) ist durch die gleiche Nichthaftigkeit bestimmt. Für Heidegger entsprang die Angst aus der Erfahrung des Nichts. Wenn mir alles Seiende entgleitet und ich mich an nichts mehr klammern kann, empfinde ich Angst. Auch bei Sartre entspringt die Angst durch das Nichts, aber wir sahen, es ist für ihn ein vom Bewußtsein selbst gezeugtes Nichts; nicht ein Nichts das gleichsam von außen auf mich einwirkt, sondern es ist von der Struktur meines Seins bedingt.

Ich bin meine Zukunft und bin sie zugleich nicht; ich bin meine Gewesenheit und bin sie auch nicht – wir müßten hinzufügen, ich bin die Zukunft *noch* nicht, und die Gewesenheit *nicht mehr*. Sartre läßt das weg, um den nichthaften Charakter der Existenz deutlicher hervorzuheben, dieser Existenz, die er an einer anderen Stelle den „Wurm im Herzen des Seins"(61) nennt, durch den die Dichte des Seins zerstört wird, weil sich in diese Dichte etwas Nichthaftes einnistet.

Zur Erläuterung dieses Sachverhalts möge ein Beispiel dienen. Ich entschließe mich ein Buch zu schreiben. Dieses Buch ist eine Möglichkeit meiner selbst. Was hat das mit Angst zu tun? „Damit meine Freiheit sich ängstigt in Bezug auf das Buch, das ich schreibe, muß dieses Buch in seinem Zusammenhang mit mir erscheinen, das heißt, ich muß einerseits mein *Wesen* entdecken, insofern es *das ist, was ich gewesen bin* (ich bin ‚dieses Buch schreiben wollend' gewesen... und ich habe mich in eine solche Verfassung gebracht, daß man mich nicht mehr *verstehen* kann, ohne darauf Rücksicht zu nehmen, daß dieses Buch mein wesentliches Mögliches *gewesen ist*); andererseits muß ich das Nichts entdecken, das meine Freiheit von diesem Wesen scheidet (ich bin gewesen ‚es schreiben wollend', aber *nichts*, auch nicht das, was ich gewesen bin, kann mich zwingen es zu schreiben); endlich muß ich das Nichts entdecken, das mich von dem scheidet, das ich sein werde (ich entdecke die ständige Möglichkeit, es aufzugeben, als die Bedingung der Möglichkeit, es zu schreiben, und als den eigentlichen Sinn meiner Freiheit). Gerade in der Beschaffenheit des Buches muß ich meine Freiheit ergreifen als mein Mögliches, insofern sie in der Gegenwart und in der Vergangenheit die mögliche Zerstörerin dessen ist, was ich bin. Das heißt, ich muß mich auf die Ebene der Reflexion begeben."(80) In der Angst erfährt sich die Freiheit selbst, anders formuliert: die sich selbst reflektierende Freiheit wird zur Angst. Solange ich unmittelbar meiner Tätigkeit hingegeben bin, sozusagen an die Welt verloren bin, ist sie nicht da, erst wenn ich mich von der Welt löse und mir Rechenschaft gebe, wie der Sinn der Welt allererst von mir gesetzt ist, taucht sie auf.

Die Angst ist zugleich eine Erfahrung, die wir verdrängen wollen. Wird die menschliche Existenz als Vermögen der Nichtung bestimmt, so kann sie gerade auch die Angst nicht wollen. Sie tut das, indem sie vor der Angst flieht. Diese Flucht vor der Angst, wobei ich die Angst anerkenne, das ist für Sartre das Phänomen der „mauvaise foi", ein Begriff, der gewöhnlich als Unwahrhaftigkeit übersetzt wird; ich möchte statt dessen *Unaufrichtigkeit* vorschlagen. Sie ist eine Bestimmung der menschlichen Existenz, die wir nach Sartre nie loswerden können. Warum nicht? Weil die menschliche Existenz so konstituiert ist, daß sie in sich widersprüchlich ist: „ein Seiendes, das ist, was es nicht ist, und das nicht ist, was es ist."(105).

Wenn dieser Satz nicht unsinnig sein soll, müssen wir erläutern, was es heißt: zu sein, was man nicht ist, und nicht zu sein, was man ist – eine Bestimmung, die immer wieder auftaucht. Am Beispiel der Zukunft war gezeigt, daß sie noch nicht ist, daß sie aber trotzdem zu unserem Sein gehört. Sartre übernimmt Heideggers Deutung der Zukunft als das entscheidende Moment der Zeitigung. Wir sind ja nie auf die pure Gegenwart reduziert. Wenn wir nicht der Gegenwart voraus wären, könnten wir gar nicht handeln. Dies über die Gegenwart Hinaus-sein nennt

Sartre Transzendenz. Ich bin, was ich nicht bin, heißt: ich bin ein Seiendes, das immer schon über das gegenwärtig Gegebene hinaus ist, ein Wesen der Möglichkeit. Transzendenz ist der Überstieg vom Verwirklichten zum Möglichen. Der Mensch ist nicht einfach, sondern es gehört zu seinem Sein, daß er sich verwirklichen muß, wie Heidegger es formulierte, daß er „zu sein hat" (SuZ, 42). Das Wählenkönnen offenbart die Transzendenz am deutlichsten. Der Gegenbegriff zu Transzendenz ist *Faktizität*. Mit ihm meint Sartre das schon Verwirklichte, das Festgelegte, deswegen führt Sartre oft die eigene Vergangenheit als Beispiel an; aber hierher gehört auch das Faktum, daß ich zu einer bestimmten Zeit lebe, die ich nicht gewählt habe, bestimmte Begabungen besitze, einen Körper habe und dgl. mehr. Wir können sagen, dieser Begriff umfaßt, was ich je schon bin, im Gegensatz zum Möglichen.

Wie kann Sartre dann aber behaupten: ich bin nicht, was ich bin, wenn die Faktizität ja gerade das schon Verwirklichte meint? Er müßte genauer sagen: ich lasse mich nicht darauf reduzieren, obwohl ich es bin, denn ich kann auch anders sein, anderes verwirklichen. Aber weil ihn der Widerspruch fasziniert, wählt er die schockierende Formulierung, statt zu sagen: ich bin nicht *nur* das, was ich bin. Ist der Mensch das Wesen, das durch Nichtung geprägt ist, ja ausgezeichnet ist, so soll diese Nichtung gerade auch in seiner Definition in Erscheinung treten.

„Diese beiden Aspekte der menschlichen Realität sind fähig und müssen genau genommen fähig sein, wirksam koordiniert zu werden. Aber die Unaufrichtigkeit will sie weder koordinieren noch in einer Synthese überwinden. Ihr kommt es darauf an, die Identität beider zu bejahen und ihre Unterschiede aufrechtzuerhalten. Sie muß die Faktizität bejahen, als *sei sie* die Transzendenz, und die Transzendenz, als *sei sie* die Faktizität, so zwar, daß man sich in dem Augenblick, in dem man die eine erfaßt, plötzlich gegenüber der anderen befinden kann."(102 f.).

Der Unterschied von Faktizität und Transzendenz wird in der Unaufrichtigkeit nicht anerkannt. Sie kann so das Faktische als Mögliches ausgeben und das Mögliche als Wirkliches. Gerade auch im zwischenmenschlichen Verhältnis will Sartre zeigen, daß der, der sich als Apostel der Aufrichtigkeit dünkt, unaufrichtig ist. Denn er verlangt vom Mitmenschen, daß er seine Fehler eingestehe, sich mit ihnen identifiziere, also sich auf seine Faktizität festlegen läßt, um ihm dann die Möglichkeit der Transzendenz, die er ihm zuvor geraubt hatte, zuzugestehen. Aber derjenige, der Fehler begangen hat und sich nun so herausreden will, daß er auch anders handeln kann, ist auch unaufrichtig, denn er versucht, etwas Getanes aufzuheben durch den Hinweis auf seine Möglichkeiten. Es ist für Sartres Position kennzeichnend, daß er im Grunde genommen an der Überwindung der Unaufrichtigkeit zweifelt. Daß sie eine ständige Gefahr ist, sei zugestanden, aber ihre Überwindung ist für Sartre deswegen so schwierig, weil er den Begriff der Identität für das An-sich-sein reserviert, das Für-sich-sein dagegen durch die Nichthaftigkeit bestimmt. Käme es zu einer Synthese, einer Versöhnung von Faktizität und Transzendenz, so würde das nach Sartre bedeuten, daß das Für-sich-sein zum An-sich-sein geworden ist, von dem es gerade unterschieden werden sollte. Der Mensch soll sich gerade immer von sich selbst abstoßen – das gehört zu seiner Freiheit.

Die bisherigen Ausführungen waren von der Erörterung der Verneinung und dem Nichts als dessen Voraussetzung ausgegangen; sie sind auf das Phänomen der Freiheit gestoßen, weil der Mensch das Seiende ist, das zu nichten vermag. Sie sollen nun ergänzt werden durch die Ausführungen, die das Phänomen der Freiheit als Grundphänomen der menschlichen Existenz darstellen. (SuN, IV. Teil, 1. Kap.)

Die Freiheit ist die Voraussetzung dafür, daß der Mensch handeln kann. Das Handeln sieht Sartre wiederum als doppelte Nichtung. Ein Nicht-Seiendes wird vorweggenommen, das Zu-verwirklichende, und andererseits wird der vorliegende Sachverhalt als nichthaft bestimmt, er soll ja verändert werden. Damit will Sartre zeigen, daß nie ein vorliegender Sachverhalt eine Handlung motivieren kann. „Denn ein Akt ist ein Entwurf des Für-sich auf das hin, was es nicht ist; und das, was ist, kann in keiner Weise von sich aus das bestimmen, was nicht ist."(555) Ein Sachverhalt als solcher kann das Bewußtsein nicht bewegen, ihn als „négatité" (Nichtigkeit) oder als „Mangel" aufzufassen. Das geschieht erst durch die nichtende Kraft des Bewußtseins. Dieses kann sich z.B. von seiner Vergangenheit losreißen und einen neuen Zustand herbeiführen. Sartre verweist auf Hegels Bestimmung des Geistes als der Kraft des Negativen (555). Im Handeln geschieht ein Zeitigen: Vorwegnahme des Ziels (Zukunft), Verweis auf schon Seiendes (Vergangenheit) und Vollzug des Aktes (Gegenwart). Das Zukünftige als Ziel der Handlung ist gerade noch nicht seiend. Dieses Nicht-seiende bringt jedoch die Handlung in Gang. Indem ich vom Zukünftigen auf mich zukomme, werden meine Entwürfe zu Beweggründen. Nur indem ich dem An-sich (Gegebenen) entfliehe und mich auf meine Möglichkeit entwerfe, kann das An-sich zum Antrieb meines Handelns werden. Die zeitigende Nichtung des An-sich ist die Freiheit. Das in mir, was zum An-sich erstarrt war (meine Vergangenheit), muß von mir genichtet werden, und nur in dieser Nichtung und durch sie wird das Für-sich zum Für-sich. „Die Aussage, daß das Für-sich zu sein hat, was es ist, die Aussage, daß es ist, was es nicht ist, indem es nicht ist, was es ist, die Aussage, daß die

Existenz dem Wesen vorausgeht und es bedingt, oder daß umgekehrt, gemäß dem Ausspruch Hegels, für es ‚Wesen ist was gewesen ist‘, besagen alle das selbe, daß der Mensch frei ist.“ (559) Er ist geradezu zur Freiheit verdammt, er kann es nicht vermeiden, sich verwirklichen zu müssen. Der Mensch kann die Freiheit nicht aufgeben oder sie loswerden. Gewöhnlich wird die Freiheit im Zusammenhang mit einer Erörterung des Willens behandelt. Sartre sagt, der Wille bezieht sich nur auf die Erreichung des zuvor schon Gesetzten. Er muß deswegen auch als nichtende Kraft verstanden werden und ist durch die Freiheit möglich. Die Grundbestimmung des Menschen – die Freiheit – macht es verständlich, daß ich mich im Entwerfen meiner Möglichkeiten wähle und daß die Zeitigung der Zukunft so entscheidend ist; denn durch die Vorwegnahme des Künftigen bestimme ich meine Gegenwart. Die Wahl meiner selbst ist aber keineswegs ein Phänomen, das auf meine Subjektivität beschränkt bleibt; in dieser Wahl endecke ich zugleich die Welt. „Wir wählen die Welt – nicht in ihrem An-sich Bestand, sondern in ihrer Bedeutung – indem wir uns wählen.“ (588) Daher kann man dann aus meiner Welt erkennen, wie ich mich gewählt habe. Zudem hängt meine Handlungsweise von der ursprünglichen Wahl meiner selbst ab. In diesem Zusammenhang taucht der Begriff der Angst wieder auf – als Zeichen der möglichen Veränderbarkeit meiner Grundwahl, da meine Grundwahl „nicht rechtfertigbar“(590) ist. „Denn die aus der Kontingenz des An-sich stammende Wahl, die dieses An-sich nichtet, stellt . . . die Kontingenz auf die Ebene einer grundlosen Determinierung des Für-sich durch es selbst. So sind wir ständig in unsere Wahl verstrickt und uns beständig des Umstandes bewußt, daß wir unsere Wahl auf den Kopf stellen und Gegendampf abgeben können, denn wir entwerfen unsere Zukunft durch unser Selbstsein und untergraben sie beständig durch unsere existenzielle Freiheit. . .“(590)

Jetzt können wir verstehen, wieso Sartre behaupten kann: „Freiheit, Wahl, Nichtung und Zeitigung sind ein und dasselbe“(591). In diesem Zusammenhang erfahren wir eine neue Definition der Freiheit, bei der gerade auf das Phänomen der Zeitigung hingewiesen wird, das Heidegger bei der Analyse des Daseins in den Mittelpunkt gestellt hat. „. . . das Für-sich ist frei und kann bewirken, daß es eine Welt gibt, weil es *das Seiende ist, das zu sein hat, was es war, im Lichte dessen, was es sein wird*“.(607) Sartre gibt diese Bestimmung, um darauf hinzuweisen, daß der Entwurf des eigenen Seins nicht im luftleeren Raum stattfindet, sondern sich mit dem Gegebenen auseinandersetzt. Zugleich will er vor dem Mißverständnis warnen, daß das Gegebene die Funktion des Bedingenden habe.

Die Freiheit fällt mit dem Sein des Menschen zusammen. Sie ist nicht eine Eigenschaft unter anderen, sondern das, was er ist. Deswegen ist die Wahl zu seinem Sein gehörig, und es gibt keine Freiheit im Sinne der Bestimmungslosigkeit. Die Freiheit des Für-sich ist immer engagierte Freiheit. Wir erfassen uns immer „als Wahl, die gerade geschieht."(607) Wenn Sartre in „Das Sein und das Nichts" eine existenzielle Psychoanalyse fordert, so darum, weil sie freilegen soll, welches die jeweilige Grundwahl des Für-sich ist und welche Bezughaftigkeit diese Wahl zur Folge hat – welches Verhältnis ich zu den Mitmenschen entfalte, welche Beziehungen zu meiner Umwelt.

Dieser Auffassung der Freiheit kann man entgegenhalten: der Mensch macht sich nicht, er wird vielmehr gemacht, die Umstände sind es, die ihn bestimmen. Jeder kann in der Tat die Widerständigkeit der Dinge, ja seiner Umwelt erfahren. Darauf erwidert Sartre: Auch die Widerständigkeit (adversité) gibt es immer nur innerhalb eines bestimmten Weltentwurfs. Die Widerständigkeit ist geradezu erforderlich, um die Freiheit sich entfalten zu lassen. Durch meine Freiheit will ich nicht bloß eine Änderung des Gegebenen erträumen, sondern sie *ausführen*. Wenn ich nicht zu einer Veränderung des Vorliegenden komme, ist das ein Zeichen, daß ich mein Ziel nicht verwirklicht habe: „. . . die Widerstände, die die Freiheit im Seienden enthüllt, weit davon entfernt, eine Gefahr für die Freiheit zu sein, ermöglichen es ihr vielmehr erst, als Freiheit aufzutauchen. Es kann ein freies Für-sich nur als eingesetzt in eine Widerstand leistende Welt geben."(612) Das Gegebene, das Vorliegende darf nie als Grund für das Handeln verstanden werden; es ist „die pure Kontingenz, an deren Verneinung die zur Wahl werdende Freiheit sich erprobt."(617) Wenn Freiheit „Selbstbestimmung" und das heißt zugleich Selbstverwirklichung bedeutet, kann auf das Gegebene nicht verzichtet werden, sonst kommen wir in Gefahr, die geträumte Verwirklichung für die realisierte zu halten.

Für den nichtenden Charakter der Freiheit verwendet Sartre den Ausdruck „Loch im Sein": „. . . sie (sc. die Freiheit) setzt *das ganze Sein* voraus, um im Herzen des Seins wie ein Loch auftreten zu können."(615) Die Freiheit muß dem Gegebenen Rechnung tragen. Inwiefern es sich für den jeweiligen Entwurf eignet, das gehört zur Faktizität. Das Zusammenspiel von Gegebenem (im Sinne des Faktischen) und Entwurf führt zum Begriff der *Situation*. Es gibt so etwas wie Situation nur für das Seiende, das sich auf Möglichkeiten entwerfen kann. Solange das Moment der Wahl im Zentrum der Überlegungen stand, konnte dieser Begriff ausgeklammert werden; sobald die Untersuchung freilegt, wie das jeweilig Vorliegende sich zum Entwurf verhält, muß der Begriff der Situation in den Mittelpunkt gestellt werden.

Es gibt eine gegenseitige Angewiesenheit vom Gegebenen auf den Entwurf und vom Entwurf auf das Gegebene. Ohne Gegebenes kann sich die Freiheit nicht realisieren. Andererseits erhält das Gegebene seine spezifische Bedeutung erst durch den Entwurf. So kann Sartre behaupten: „Es gibt Freiheit nur in *Situation*, und es gibt Situation nur durch Freiheit."(619) Mit dem Begriff der Situation ist das Eingehen des Gegebenen in meinen Weltentwurf gemeint. Sartre untersucht dies Zusammenspiel an den Momenten, die als Faktizität zu meiner Existenz gehören: die spezifische Räumlichkeit (der Ort) meiner Existenz, die Vergangenheit, der Leib, die Mitmenschen, die Umwelt, der Tod. Seine zahlreichen Analysen hat er selbst unter dem Titel „Situationen" in zehn Bänden veröffentlicht.

Nun ist leicht einzuwenden, zwar sei ich durch meine Existenz an einen bestimmten Ort gebunden, aber ich könne ihn in einer mobilen Gesellschaft doch ohne Schwierigkeiten wechseln. Es gibt Länder, in denen solch ein Wechsel üblich ist. Wie steht es aber mit meiner Vergangenheit, legt die mich nicht fest? „Die Freiheit, die auf die Zukunft hin entweicht, kann sich nicht eine Vergangenheit nach Gutdünken zulegen, erst recht kann sie sich nicht ohne Vergangenheit hervorbringen. Sie hat ihre eigene Vergangenheit zu sein, und diese Vergangenheit ist unabänderlich; in erster Annäherung sieht es so aus, als ob sie sie auf keine Weise verändern könne: die Vergangenheit ist das, was außer Reichweite liegt und was uns von fern her heimsucht, ohne daß wir uns umdrehen könnten, um sie direkt zu betrachten."(627).

Bleiben wir bei diesem Sachverhalt. Das Entwerfen ist ein Vorwegnehmen des Zukünftigen, das jetzt noch nicht ist. Um entwerfen zu können, müssen wir schon eine bestimmte Vergangenheit haben. So beliebig das Entwerfen zunächst aussieht, so unwiderruflich erscheint die Vergangenheit, die schon ist. Wir scheinen zu ihr keinen Zugang mehr zu haben, der sie verändern könnte. Sie ist geradezu erstarrtes Leben. Die Freiheit kann zweifellos die Vergangenheit nicht leugnen. Kann dann noch von einer gegenseitigen Angewiesenheit zwischen Freiheit und Vergangenheit, also Freiheit und Faktizität gesprochen werden?

„Ich könnte mich ohne Vergangenheit nicht verstehen, mehr noch, ich könnte ohne sie nichts mehr von mir *denken*, denn ich denke an das, was ich *bin* und was ich in der Vergangenheit bin; andererseits bin ich aber das Seiende, durch das die Vergangenheit zu sich und zur Welt kommt."(628) Was bedeutet das? Daß durch mich die Vergangenheit allererst zur Vergangenheit wird. Vergangenheit gibt es nur für ein We-

sen, das sich auf die Zukunft entwerfen kann. Dabei geschieht jedes
Entwerfen von einer schon erreichten Verwirklichung aus, setzt also
Vergangenheit voraus. Aber gerade weil es und insofern es ein echtes
Entwerfen ist, kann es das Vergangene *überschreiten*. Das Vergangene
erhält so von dem Entworfenen her erst seinen Sinn. Die Kindheit kann
beispielsweise für die Wahl eines bestimmten Berufs günstig gewesen
sein, der Beruf kann aber gerade auch aus Reaktion zu dem Schon-ge-
lebten gewählt werden.

Eine eingehende Analyse dieser Art gibt Sartre in seiner Flaubert-Interpretation „Der Idiot der Familie". Was in meiner Vergangenheit geschehen ist, das ist als pures Faktum nicht mehr zu ändern, aber die Bedeutung dieses Faktums steht keineswegs von vornherein fest. So kann
ich beispielsweise eine Kriegsverletzung zum Anlaß nehmen, um nicht
mehr arbeiten zu müssen; ich kann sie aber auch so überspielen, daß ich
keineswegs darunter leiden muß. „Der Grundentwurf, der ich bin, entscheidet absolut über die Bedeutung, die für mich und für die anderen
die Vergangenheit haben kann, die ich zu sein habe. Ich allein kann
nämlich in jedem Augenblick über die *Tragweite* der Vergangenheit
entscheiden: nicht indem ich in jedem Falle die Wichtigkeit dieses oder
jenes früheren Ereignisses erörtere, erwäge, beurteile, sondern indem
ich mich auf meine Ziele hin entwerfe, nehme ich die Vergangenheit mit
mir und *entscheide* durch das Handeln über ihre Bedeutung."(630)
Meine Vergangenheit gehört zu meiner Faktizität, das bedeutet aber
keine Aufhebung der Freiheit. Es hängt von meinem Entwurf ab, welchen Sinn sie erhält, ob ich daran zugrunde gehe oder ob ich weiter-
komme, mich durch sie gerade fortentwickeln kann. In diesem Sinne
sagt Sartre, daß wir unsere Vergangenheit wählen. Das soll nicht bedeuten, daß wir sie uns beliebig zurechtmachen – was auch geschehen kann,
wenn wir mit ihr nicht fertig werden – sondern daß wir unsere Vergangenheit unserem Entwurf einverleiben müssen.

Bis jetzt galt es sichtbar zu machen, daß 1. der Bezug zum Gegebenen,
das nicht von mir geschaffen wurde und unabhängig von mir ist, meine
Freiheit aufhebt, und daß 2. auch der Bezug zur eigenen Vergangenheit
meine Freiheit nicht aufhebt, obgleich in der Vergangenheit eine bestimmte Begrenzung für mich liegt. Jede Wahl muß, indem sie Möglichkeiten ergreift, andere Möglichkeiten ausscheiden und ist insofern auch
Begrenzung. Sartre stellt jetzt die Frage, ob die Freiheit nicht trotzdem
durch die Einwirkung der Mitmenschen illusorisch ist. Die Welt, in der
ich lebe, ist durch eine Reihe von Sinngebungen getragen, die nicht von
mir, sondern von den Mitmenschen stammen. Diese Sinngebung der
Anderen, z. B. die verschiedenen Techniken des Umgangs mit Werk-

zeug, Apparaturen, Maschinen, aber auch die Berücksichtigung von Verboten, Hinweisen und dgl. mehr, müssen wir als etwas Vorgegebenes ansehen, dem wir Rechnung zu tragen haben. „Frei sein heißt nicht, die geschichtliche Welt, in der man auftaucht, erwählen – was einen Sinn hätte –, sondern sich in der Welt, was für eine sie auch sein mag, erwählen."(658) Es ist die uns schon bekannte Thematik, daß Freiheit nicht Aufhebung oder gar Beseitigung des Vorgegebenen bedeuten darf, sondern eine Verwirklichung unter Berücksichtigung des Vorgegebenen.

Der unmittelbare Bezug zum Mitmenschen ist von Sartre gefaßt als Angeblickt-werden, bzw. als Blicken. Es ist für Sartre eine Art Machtkampf (vgl. Biemel, Sartre, 43 ff.).Indem ich angeblickt werde, legt mich der Blickende fest, ich werde für ihn zum Objekt. Sein Blick hat eine medusenhafte Wirkung, läßt mich erstarren, beraubt mich meiner Freiheit. Ich kann so darauf reagieren, daß ich ihn meinerseits anblicke und zum Objekt werden lasse. Wir stoßen hier auf eine gewisse Grenze der Freiheit. „Die wirkliche Grenze für meine Freiheit besteht in weiter nichts als eben der Tatsache, daß ein Anderer mich als Objekt-Anderen erfaßt und in der anderen daraus sich ergebenden Tatsache, daß meine Situation für den Anderen keine Situation mehr ist, und zu einer objektiven Gestalt wird, in der ich als objektive Gestalt vorhanden bin. Diese entfremdende Objektivierung meiner Situation ist die ständige und spezifische Grenze meiner Situation."(662)

In dieser Situation (Angeblickt-werden) erfahre ich eine neue Dimension meines Seins, die Möglichkeit der *Entfremdung*. Wir konnten sie bis jetzt übersehen, weil zuerst gezeigt werden mußte, wie meine Freiheit sich verwirklicht. Jetzt, wenn der Mitmensch berücksichtigt wird, darf sie nicht mehr ausgeklammert bleiben. Die Entfremdung gehört zu meiner Faktizität. Meine Transzendenz, mein Überstieg des Gegebenen, der im Entwurf meiner Möglichkeiten vollzogen wird, kann durch den Anderen wiederum überstiegen werden. Deswegen spricht Sartre von der Grenze der Freiheit – in der Freiheit des Mitmenschen. Zum Sachverhalt der Entfremdung gehört nicht nur, daß der Andere meine Situation nicht in der selben Weise versteht wie ich, sondern als etwas einfach Gegebenes; zur Entfremdung gehört auch, daß ich nicht wissen kann, wie er meine Situation versteht, wie sich der Sinn meiner Situation in seinem Verständnis wandelt. Darüber habe ich keine Macht. Indem ich meine Situation verwirkliche, leiste ich etwas, was mir entgeht, das ich nicht gewählt habe.

Damit ist aber das Verhältnis zum Anderen nicht erschöpft. Die Grenzen der Freiheit, die nicht im Entwerfenden selbst liegen, können von ihm dadurch übernommen werden, daß er den Anderen als Anderen anerkennt. Das heißt, ich übernehme es freiwillig *für-ihn* zu sein. Bei dieser Übernahme erfahre ich seine Transzendenz. Diese Übernahme muß freiwillig geschehen. Ich kann diese Übernahme auch verweigern, das bedeutet, daß ich dem Anderen nicht das Recht zuerkenne, mich zu beurteilen. Es ist merkwürdig, daß Sartre diese Möglichkeit nur am Rande vermerkt, wogegen das Ausgeliefertsein an den Anderen, der Kampf mit ihm sehr ausführlich analysiert wird. Wenn – wie erwähnt – Sartre zehn Bände von Analysen unter dem Titel „Situationen" veröffentlicht hat, dürfen wir annehmen, daß ihm viel daran liegt, Situationen des Anderen zu verstehen (z.B. in der Analyse von Kunstwerken) und daß er auch die Möglichkeit ernst nimmt, seine Situation den Anderen vermitteln zu können (vgl. als Beispiel die Auseinandersetzung mit den Marxisten in Band VII der „Situationen").

Die Begrenzung der Freiheit durch den Anderen hebt die Freiheit jedoch nicht auf; ich muß allerdings in meinem Selbstentwurf als freie Existenz mitsetzen, daß die Anderen auch frei sind. So wie das Gegebene, das ich zu berücksichtigen habe, meine Freiheit nicht zerstören kann, so auch nicht die Freiheit der Anderen. Sartre fügt noch hinzu, daß es eine äußere Begrenzung ist, durch die mein Entwurf keineswegs vernichtet wird. Die Begrenzung geschieht im Bewußtsein der Anderen. Dieses negative Moment schlägt dadurch ins Positive um, daß ich nicht erfahren kann, wie der Andere mich deutet, und folglich nicht darunter leiden muß. Eine sehr fragwürdige Behauptung. Die Freiheit wird als unendliche bestimmt, weil sie ihre Grenzen nicht erfahren kann: „Die Freiheit ist vollkommen und unendlich, was nicht besagen will, daß sie keine Grenzen *habe*, sondern daß sie ihnen *niemals begegnet*. Die einzigen Grenzen, auf die die Freiheit jeden Augenblick stößt, sind diejenigen, die sie sich selbst auferlegt."(670)

Wenn weder das Sein der Dinge, noch die eigene Vergangenheit, meine Räumlichkeit, mein Körper, mein Tod die Freiheit aufheben, ergibt sich daraus, daß der Mensch voll verantwortlich ist für die Welt, in der er lebt, und für sein eigenes Sein, durch das er der Welt ihren Sinn verleiht. Gibt es aber nicht doch Situationen, in denen mir diese Verantwortung abgenommen wird? Solch eine Ausnahmesituation scheint der Krieg zu sein. Sartre geht darauf ein: „... wenn ich in einem Krieg einberufen werde, ist dieser Krieg *mein* Krieg, weil ich jederzeit mich ihm hätte entziehen können, durch Selbstmord oder Fahnenflucht. ... Da ich mich ihm nicht entzogen habe, habe ich ihn gewählt."(697) Ich bin also für ihn verantwortlich, obwohl andere ihn erklärt haben. Ich bleibe für ihn verantwortlich, solange ich mitmache, also meine Wahl des Krieges dadurch wiederhole. Ist diese radikale Position wirklich haltbar? Sartre hat sie in der Tat aufgegeben. Das Kriegserlebnis war dafür entscheidend. „Der Krieg hat mein Leben regelrecht in zwei Teile geteilt. . . . Zum Beispiel lernte ich damals die tiefe Entfremdung der Gefangenschaft kennen und auch die Beziehung zum Menschen, den Feind, den wirklichen Feind, nicht den Gegner, der in derselben Gesellschaft lebt wie man selbst und einen mit Worten angreift, sondern den Feind, der einen verhaften und einsperren lassen kann, indem er einfach bewaffneten Männern ein Zeichen gibt. . . . Dort also bin ich. . . vom Individualismus und vom reinen Individuum der Vorkriegszeit zum Sozialen, zum Sozialismus gelangt. Das war der eigentliche Wendepunkt in meinem Leben. . .“(Sartre über Sartre, 213 f.)

Sartre hat sich später gefragt, wie er zu solch einer totalen Freiheitsauffassung kommen konnte. Wollten wir sein Leben einer existentiellen Psychoanalyse unterziehen, wäre zu zeigen, wie diese Realität gerade aus dem Protest gegen die zuerst gefühlte Beschränkung und das Ausgeliefertsein an die Anderen zustande kommen konnte. Bevor wir auf die spätere Deutung der Freiheit in der „Kritik der dialektischen Vernunft" eingehen, sei die Freiheitsthematik in seinem literarischen Schaffen untersucht.

3. Die dargestellte Freiheit

Im selben Jahr wie „Das Sein und das Nichts" erschien „Die Fliegen". Der Leitgedanke des philosophischen Werkes findet hier seinen Niederschlag. Der mythologische Stoff von der Rache Orests und Elektras an Klytemnästra und Ägist führt keineswegs von der Gegenwart weg. Die prinzipielle Erkenntnis über die Verwirklichung der Freiheit ist dramatisch gestaltet. Zugleich richtet Sartre durch das Stück einen Appell an die Mitbürger, trotz der erlittenen Niederlage, der beschämenden Beherrschung durch die Besatzungsmacht und der Erniedrigung, die die Franzosen Tag für Tag erfuhren, nicht zu vergessen, daß die Freiheit die Grundbestimmung des Menschen ist; daß das Bewußtsein der Freiheit nicht aufgegeben werden darf, wenn man sich nicht als Mensch aufgeben will. Dazu kommt noch ein weiteres Thema – die Kritik an der Vorstellung der Gottheit als höchster Autorität.

Im Stück versinnbilchen die Fliegen die Gewissensbisse, durch die der Herrscher seine Untertanen in seiner Gewalt hält, indem er die Angst vor den Toten pflegt. Die Einwohner von Argos werden zu Mitschuldigen an dem Mord an Agamemnon, da sie nichts unternommen haben, um dieses Verbrechen zu rächen, – ein Verbrechen, das der König offen eingesteht. Orest wird beim Besuch der Vaterstadt durch Elektras Hoffnung auf seine Wiederkehr dazu gebracht, zu bleiben und die ersehnte Rache auszuführen. Daran kann ihn auch Jupiter nicht hindern. „Das schmerzliche Geheimnis der Götter und der Könige: daß nämlich die Menschen frei sind. Sie sind frei, Ägist, *Du* weißt es, und sie wissen es nicht"(Dramen, 47) – sagt Orest. Durch die Einsicht in die Freiheit der Menschen ist eine entscheidende Wandlung eingetreten. Es gibt keine höhere Autorität mehr, die befiehlt und der man sich zu beugen hat, die einem auch die Verantwortung abnehmen kann. Es genügt, daß jemand dieses Wissen um die Freiheit hat, um eine Wandlung in der Gemeinschaft herbeizuführen, denn sein Vorbild kann wirken.

Während Orest sich durch diese Tat mit der Stadt verbunden fühlt, durch sie seinen Weg und dadurch seine Freiheit gefunden hat – die Tat war seine Wahl –, vermag Elektra die Last des Muttermordes nicht zu ertragen. Sie will die Tat ungeschehen machen, bereut die Ausführung ihres Rache-Wunsches. Dadurch erkennt sie Jupiters Macht an, unterwirft sich ihm. Wer seine Tat durch die Anderen deuten läßt, ihr durch die Anderen ihren Sinn geben läßt, der verleugnet nicht nur die Tat, sondern sein eigenes Leben.

Die Bürger von Argos verstehen das Bekenntnis Orests zu seiner Tat nicht. Sie verstehen nicht, daß er keine Schuldgefühle hat, keine Reue zeigt. Sie versuchen ihn zu töten. Nur durch eine List kann er – verfolgt von den Erinnyen – aus dem Tempel und aus der Stadt fliehen. Sartre zeigt, daß es keineswegs einfach ist, die Einsicht in die Freiheit als Grundbestimmung des Menschen zu vermitteln. Das Fehlen der Gewissensbisse soll besagen, daß der Handelnde sich mit seiner Tat identifiziert. Erst dann, wenn wir uns mit unserer Tat belasten – das ist die paradox klingende Einsicht –, erlangen wir unsere Freiheit. Freiheit besagt nicht Unschuld, Untätigkeit, Beziehungs- und Bindungslosigkeit, vielmehr die Möglichkeit, sich selbst zu wählen und für diese Wahl zu stehen, diese Wahl zu sein. Orest, der zuerst in der Sphäre der bloßen Reflexion lebte, meinte so frei zu sein, über den Dingen zu stehen. Das war eine Pseudo-Freiheit. Freiheit ist nicht das Vermeiden von Bindungen, sondern das Vermögen, sich durch Bindungen zu verwirklichen.

Diesem dramatischen Erstlingswerk folgte zwei Jahre später das Stück „Bei geschlossenen Türen"(1945), das das Ausgeliefertsein an die Mitmenschen darstellt, und zwar so konsequent, daß geradezu von einer Aufhebung der Freiheit gesprochen werden kann. Aber auch in diesem Stück ist ein Prozeß des Frei-werdens dargestellt. Die Personen des Dramas (Garcin, Ines, Estelle) erzählen ihr Leben. Dabei verschweigen sie das, was sie zur Hölle verdammte. Sie vollziehen eine Umdeutung ihrer Vergangenheit, die sie – nach dem Tode – nicht mehr ändern können. In der Auseinandersetzung mit den Mit-eingeschlossenen gelangen sie dazu, das wirklich Gelebte sich einzugestehen, sich damit zu identifizieren. In meiner Sartre-Monographie versuchte ich, das so zu fassen: „Jeder Mensch hat das Leben, das er sich wählt, aber er darf nicht bloß nach der Wahl beurteilt werden, sondern nach der Erfüllung des gewählten Lebens. So lange man lebt, darf man einem Menschen die Möglichkeit der Änderung nicht aberkennen, darf man ihn nicht auf eine bestimmte Möglichkeit festnageln, denn dann mißachtet man seine Freiheit. Aber in diesem Fall, wie auch in ‚Das Spiel ist aus‘, ist ausdrücklich der Moment gewählt, wo das Leben abgeschlossen ist. In diesem Augenblick vollzieht sich so etwas wie eine Erstarrung – man erstarrt zu den bestimmten Möglichkeiten, die man verwirklicht hat, und hat kein Recht mehr, sich auf die anderen Möglichkeiten zu berufen, die man noch hätte verwirklichen können. Mit dem Tod ist die Möglichkeit der Wahl und die Möglichkeit der Verwirklichung, also der Tat, zu Ende. Der Mensch hat keine Transzendenz mehr, sondern ist nur das, was er verwirklicht hat. Damit sehen wir einen neuen Aspekt der Hölle. Die Hölle, das sind die Anderen, aber die Hölle, das bin ich zugleich selbst, insofern ich mit meinem Leben allein bin, insofern mir nicht mehr die Ausflucht bleibt, daß ich noch das und das tun werde, um mich so vor mir zu rechtfertigen.“(Biemel, Sartre, 60 f.) In diesem Drama wohnen wir der Auflösung des Versuchs der Selbsttäuschung bei und insofern einem Prozeß der Freiheit.

Eine Steigerung des Koeffizienten der Unfreiheit zeigt das der Widerstandsbewegung gewidmete Stück „Tote ohne Begräbnis“. Die Situation ist historisch genau datierbar. Das Stück spielt zur Zeit der Landung der alliierten Truppen in Südfrankreich. In diesem Augenblick sind sich die Kollaborateure klar darüber, daß ihre Position aussichtslos ist. Das führt zu einer besonders brutalen Verfolgung der französischen Résistance. Eine Gruppe von gefangenen Widerstandskämpfern ist in einer aussichtslosen Situation. Durch die Folter soll ihr Widerstand gebrochen werden, sie sollen das Versteck ihres Anführers preisgeben. Aber nicht nur die sie erwartende physische Qual bedrückt sie; sie stellen sich die Frage, ob ihr Handeln sinnvoll war. Sie konnten den ihnen erteilten Auftrag, ein Dorf zu besetzen und zu halten, nicht ausführen. Das Dorf wurde niedergebrannt, und alle Einwohner kamen ums Leben. Sie leiden unter dem, was sie ihren Mitmenschen zugefügt haben. Ihr eigenes Leben ist zu Ende – wie wird dies Ende sein, werden sie bestehen können unter der Qual der Folter? Es gibt einen Kampf mit ihren

Peinigern, denn diese wollen beweisen, daß sie jeden Menschen brechen können. Sie gehen davon aus, daß jeder Mensch ein Feigling ist.

In diesem Stück will Sartre den Menschen nicht, wie in den „Fliegen", vom *Bewußtsein* des Frei-seins fassen, auch nicht vom Bewußtsein des *Gesehenwerdens*, wie „Bei geschlossenen Türen", sondern in einer Grenzsituation, in der er das *Ausgeliefertsein* an seine *leibliche Bedingtheit* aushalten muß. Ein weiteres Moment kommt hinzu. In „Das Sein und das Nichts" ging es darum, wie der Mensch durch sein Sich-wählen zugleich seiner Welt und der eigenen Existenz Sinn verleiht. Der Husserl'sche Gedanke der Sinngebung läßt sich im Werk Sartres sehr deutlich verfolgen. Hier haben wir eine Situation, in der diese Sinn-gebung fragwürdig wird. Es ist möglich, daß unser Leben sinnlos endet, und das heißt, daß unsere Sinngebung an Grenzen stößt. In „Das Sein und das Nichts" hatte Sartre hoffnungsvoll gesagt: Unsere Freiheit ist grenzenlos, weil wir nie an ihre Grenzen stoßen. In diesem Drama er-fahren wir jedoch solche Grenzen; wir erfahren die Möglichkeit der Ab-surdität unserer Existenz. Gewiß, es gibt die Auseinandersetzung mit den Folterknechten, die Möglichkeit, sich ihnen gegenüber zu behaup-ten. Aber wer kann sicher sein, auch die äußersten physischen Leiden zu ertragen ohne nachzugeben? Gewöhnlich werden wir nicht auf diese Probe gestellt. In „Das Sein und das Nichts" hatte Sartre noch behaup-tet, auch der Krieg könne meine Freiheit nicht einschränken – hier hat er selbst die Darstellung einer solchen Einschränkung gegeben. Selbstver-ständlich versucht der Einzelne, sich in der Auseinandersetzung mit den Peinigern zu behaupten. Aber einer der Gefangenen verübt Selbstmord – weil er ein erneutes Verhör nicht aushalten kann; und der junge Fran-çois bekennt, daß er nicht die Kraft hat, die Folter durchzustehen; dar-auf entschließen sich die Mitgefangenen,ihn zu töten. Sartre gelangt hier zur Einsicht „in das Scheitern-können, die Auflösung der Hoff-nung, daß wir einzigartige Wesen sind, deren Einzigartigkeit unzerstör-bar ist" (Biemel, Sartre, 88).

Eine Bemerkung zum Verhalten der Miliz-Soldaten sei angefügt. Ge-rade weil die Menschen frei sind, gibt es auch die Möglichkeit der Per-version der Freiheit (vgl. Kafka „In der Strafkolonie" und „Ein Hun-gerkünstler", und Biemel, Analysen, 1–65). Sartre will nicht einfach eine bestimmte Menschengruppe zu einer bestimmten Zeit anklagen, sondern eine prinzipielle Möglichkeit aufweisen. Dadurch wird die Ge-brechlichkeit der Freiheit sichtbar; es wird sichtbar, wie schwer es in ei-ner von Sinnlosigkeit bedrohten und durch Sinnlosigkeit gefährdeten Welt ist, Sinn zu instaurieren. Zugleich steckt darin ein Aufruf, den Sartre in seiner politischen Tätigkeit konsequent verfolgte: gegen die

Unterdrückung der Freiheit vorzugehen, wo immer sie sich zeigt. Das hat er jahrzehntelang in seiner Zeitschrift „Les Temps modernes" getan. Es sei hier exemplarisch auf seine Kritik des französischen Vorgehens in Algerien hingewiesen (was zu einem Bombenanschlag auf seine Wohnung führte) und auf die Kritik an der sowjetischen Intervention in Ungarn. Von diesem Augenblick an gab es eine Loslösung von den Kommunisten, die er – ohne selbst Parteimitglied zu sein – lange verteidigt hatte. „Die schmutzigen Hände" ist eine Kritik des Vorgehens des Parteiapparates, der je nach der festgelegten Parteilinie alte Genossen verdammt oder Verdammungen wieder aufhebt, ohne die Hingerichteten wieder zum Leben erwecken zu können (vgl. den Slansky-Prozeß in der ČSSR).

Im Stück „Tote ohne Begräbnis" erfolgt eine Wandlung der Freiheitsauffassung. Nicht als ob die These „Der Mensch ist zur Freiheit verdammt" aufgehoben würde, aber die Möglichkeit einer anderen Gewichtung der Faktizität, des Widerstands-Koeffizienten ist unüberhörbar. Es ist möglich, daß die konkret gelebte Situation – Sartre stand der Résistance nahe – diesen Wandel einleitete, der dann in der „Kritik der dialektischen Vernunft" seinen theoretischen Niederschlag fand.

Sartres Faust-Drama „Der Teufel und der liebe Gott" (vgl. Biemel, Sartre, 90 ff.) kann hier nicht mehr untersucht werden. Das Thema des Wählen-könnens steht im Mittelpunkt, ferner die jeweilige Konsequenz aus der Wahl und der Gedanke, daß die Menschen sich nicht vor Gott zu rechtfertigen haben, sondern vor den Mitmenschen. Nietzsches Ausspruch „Gott ist tot" könnte als Motto dienen. Das Leben ohne Gott ist aber keineswegs leichter. Der Mensch bleibt auf sich gestellt und hat die Verantwortung für alles zu tragen.

Einige Bemerkungen sind zum erzählerischen Werk zu machen. Durch den Roman „Der Ekel" (1938) etabliert Sartre seine erzählerische Autorität. In der Stimmung des Ekels geschieht nach Sartre die Einsicht in unser „Überflüssig–sein". Diese Stimmung kommt auf bei der Erfahrung, die für Sartre zu einer Grunderfahrung des An-sich wird, von dem in sich ruhenden, geschlossenen, dichten Sein der Baumwurzel.

Die nach dem Kriege erschienene Roman-Trilogie „Die Wege der Freiheit" zeigt schon im Titel den Zusammenhang mit der Leitfrage seines Denkens. Aber es ist nicht mehr der hoffnungsvolle Grundzug aus „Das Sein und das Nichts", der vorherrscht. Im ersten Band „Zeit der Reife" ist geradezu die Unreife der Personen das hervorstechende Moment. Sie kennen Sartres Deutung der Wahl, mißverstehen sie aber so, daß die entscheidende Wahl immer weiter hinausgeschoben wird, um sich auf diese Weise verfügbar zu halten. Mit dem Aufschieben der Wahl kann das Leben jedoch nicht zum Stillstand gebracht werden. Man hält sich nicht bereit für die Zukunft, sondern verliert sie. „Die Grundsituation von ‚Zeit der Reife' ist das sich im Räsonieren an die Freiheit Klammern, und zugleich das sie Aufsparen-wollen, weil man nicht weiß, womit man dem Leben eine entscheidende Richtung geben kann. Aber das Aufsparen ist eine Illusion, die Freiheit wird nicht aufgespart, sondern verspielt." (Biemel, Sartre, 71) Im Verweigern der Bindungen verlieren sich die Personen, statt sich zu bewahren.

Der zweite Band „Der Aufschub", mit der Darstellung der Woche, die dem Münchener Abkommen voranging, zeigt die Wandlung im Leben der Menschen durch internationale politische Ereignisse, hier die drohende Kriegsgefahr. Herrschte im ersten Band das Räsonieren der Einzelnen vor, die Unverbindlichkeit ihres Handelns in der privaten Sphäre, so sind wir nun in der Sphäre der Öffentlichkeit, der Politik. Es geht um das Schicksal der Völker. Das ist aber kein Grund zu meinen, die Unaufrichtigkeit sei damit überwunden. Sartre will im Gegenteil zeigen, wie feige das Verhalten der Alliierten beim Münchener Abkommen war. Sie haben praktisch die Tschechoslowakei aufgegeben. Deswegen fürchten die französischen Diplomaten, bei der Landung in Paris gelyncht zu werden — stattdessen werden sie gefeiert.

Der dritte Band „Der Pfahl im Fleisch" schildert den Zusammenbruch Frankreichs aus verschiedenen Perspektiven, in verschiedenen Situationen — ein deutlicher Einfluß von John Dos Passos ist feststellbar, den Sartre sehr schätzte. Sartre versucht die Durchschnittsexistenzen zu schildern, die dem Augenblick verhaftet sind, keine großen Freiheitstheorien kennen, sich an den Alltag klammern. Im Gefangenenlager stellt er ihnen den Kommunisten Brunet gegenüber, der bewußt lebt und handelt, für den es aber Freiheit nur in der Bindung an die Partei geben kann.

In diesem Band finden wir eine Kritik an der Haltung und dem Verhalten einer Generation — es sind die Geschlagenen von 1940. „. . . zum erstenmal war ihnen etwas Großes widerfahren: sie *waren* die sagenhaften Soldaten eines verlorenen Krieges. Zu Bildern versteinert! Mein Gott, ich hab gelesen, hab gegähnt, ich schüttelte das Schellengeläute meiner Probleme, ich entschloß mich nicht zu einer Wahl, offen gestanden hatte ich schon gewählt: diesen Krieg hatte ich gewählt, die Niederlage, insgeheim hatte ich auf diesen Tag gewartet. Alles muß noch einmal getan werden, nichts ist mehr zu tun: diese beiden Gedanken durchdrangen einander und hoben sich gegenseitig auf, übrig blieb die ruhige Oberfläche des *Nichts*." (Pfahl, 73)

4. Freiheit und Notwendigkeit – der Mensch als soziales Wesen

Siebzehn Jahre nach dem Erscheinen von „Das Sein und das Nichts"
veröffentlichte Sartre seine umfassende Philosophie der Praxis, die
„Kritik der dialektischen Vernunft" (KdV). In einem zweiten Band sollten die Untersuchungen fortgeführt werden. „Der 1. Band der ‚Kritik
der dialektischen Vernunft' endet genau in dem Moment, wo wir den
‚Ort der Geschichte' erreichen, das heißt, man wird in ihm ausschließlich die intelligiblen Grundlagen einer strukturellen Anthropologie finden." (KdV, 72) Der zweite Band ist nicht mehr geschrieben worden,
weil Sartre sich ganz seiner großen Flaubert-Interpretation zuwandte,
die ein Jahrzehnt später zu erscheinen begann – ein Monumentalwerk,
das auch Fragment geblieben ist, da es nur bis zu „Madame Bovary"
führt; aber es zeigt einen neuen Weg der Interpretation auf, der nicht
mehr übersehen werden kann, wenn er auch schwerlich Nachfolger finden wird.

Der französischen Ausgabe der „Kritik der dialektischen Vernunft" hat
Sartre einen Text vorangestellt, der unter dem Titel „Fragen der Methode" seine Auseinandersetzung mit den Marxisten und seine Stellung
zum Marxismus erörtert (in der deutschen Übersetzung unter dem Titel
„Marxismus und Existentialismus" – im folgenden: ME – erschienen).
Während die Ausführungen in „Das Sein und das Nichts" den Marxismus ausklammern, hat sich in der Zwischenzeit eine Wandlung vollzogen, die Sartre sagen läßt: „Wir waren im *Humanismus bürgerlicher
Prägung* erzogen worden, und dieser optimistische Humanismus zer-
platzte, da wir nun einmal ein mehr oder weniger deutliches Bewußtsein
hatten von der ungeheuren Menge von ‚Untermenschen' um unsere
Stadt herum, ‚die selbst um ihre Untermenschlichkeit wußten'. . . . So
entriß uns der Marxismus als ‚weltgewordene Philosophie' der abgestorbenen Kultur eines überlebten Bürgertums, das von seiner Vergangenheit zehrte." (ME, 18) Der Marxismus diente als Instrument, durch
das die konkrete Existenzweise des Handelns, Tuns, Wirkens verständlich wurde. Er ist eine Philosophie, die nicht auf der theoretischen Ebene
verbleibt, sondern vielmehr auf die Praxis einwirkt und so eine An-
griffswaffe darstellt.

Welch große Bedeutung jetzt Sartre dem Marxismus beimißt, ist daraus
zu ersehen, daß er sagt, es habe in der Neuzeit drei schöpferische Epo-
chen der Philosophie gegeben: die erste ist durch Descartes und Locke
bestimmt, die zweite durch Kant und Hegel und die dritte durch Marx.
Auf den möglichen Einwand, daß der Marxismus überwunden sei, erwidert er: „der Marxismus ist längst noch nicht erschöpft, er ist . . .

ganz jung, er steckt fast noch in den Kinderschuhen: er hat kaum begonnen sich zu entwickeln. Er bleibt also die Philosophie unserer Epoche: er ist noch nicht überlebt, weil die Zeitumstände, die ihn hervorgebracht haben, noch nicht überlebt sind. Unser ganzes Denken kann sich
nur auf diesem Nährboden bilden; es muß sich in diesem Rahmen halten oder im Leeren verlieren oder rückläufig werden." (ME, 27 f.)
Sein eigenes Philosophieren unterstellt er jetzt als Ideologie dem Marxismus. Für einen Philosophen mit solch einem Drang nach Selbstän-
digkeit und Freiheit, der alles andere zu verdrängen scheint, ist das eine
ungewohnte Selbstbeschränkung. Aber diese Selbstbeschränkung
klingt kategorischer als sie tatsächlich ist, denn zugleich kritisiert Sartre
diejenigen, die sich als Vertreter des Marxismus betrachten, mit äußer-
ster Schärfe. „Er (sc. der Marxismus) hatte uns – nachdem er uns angezogen hatte wie den Falter das Licht, nachdem er alle unsere Vorstellungen verwandelt und nachdem er für uns alle Kategorien des bürgerlichen Denkens zur Auflösung gebracht hatte, – plötzlich im Stich gelassen; er befriedigte nicht unser Verständnisbedürfnis auf dem neuen Gebiet, auf dem wir uns befanden; er hatte uns nichts Neues mehr zu lehren, weil er zum Stillstand gekommen war." (ME, 21) Er kritisiert auch
die Realisation des Marxismus in der Sowjet-Union. Eine bürokratische
Partei-Hierarchie diktiert die Richtlinien, ohne Kontakt mit der gelebten Praxis, ohne Analyse dessen, was wirklich vorgeht. Und wenn es
dann zu Konflikten kommt, müssen Saboteure, Gegner des Regimes
oder der Weltimperialismus als Sündenböcke dienen. Das ist für Sartre
eine Perversion des Marxismus zu einem voluntaristischen Idealismus,–
Idealismus hier nicht in der klassischen Bedeutung des Terminus verstanden, sondern als das Unterwerfen der Wirklichkeit unter eine vor-
gefaßte, vom Willen gesetzte Idee, statt die Wirklichkeit mit ihren Konflikten und Spannungen zu begreifen.
„Die Methode kommt infolge ihrer starren Weigerung zu *differenzieren*
einer Gewaltherrschaft gleich."(ME, 42) In dieselbe Richtung geht die
folgende Kritik, die an Vehemenz schwer zu übertreffen ist: „Der Marxismus besitzt theoretische Grundlagen, er umfaßt alle menschlichen
Gestaltungshinsichten... aber er ist kein *Wissen* mehr: seine Begriffe
sind Diktate; es ist nicht mehr sein Ziel, Erkenntnis zu erlangen, sondern er will sich *a priori* als absolutes Wissen konstituieren." (ME, 26)
Wir müssen diese Kritik gegenwärtig haben, wenn wir verstehen wollen, was Sartre in der „Kritik der dialektischen Vernunft" selbst tun
will. Wenn es dem Marxismus nicht gelingt, die Existenz des lebendigen
Menschen zu erfassen, ist es Aufgabe des Existentialismus, „eine *verstehende Erkenntnis* hervorzubringen, die den Menschen in der sozialen

Welt wiederfinden und ihn bis in seine *Praxis* bzw. den Entwurf, der den Menschen auf Grund einer bestimmten Situation mit dem gesellschaftlich Möglichen konfrontiert, verfolgen wird." (ME, 143)

Die Rolle des Individuums in der Gesellschaft darf nicht übersprungen werden. Ohne lebendige Menschen gibt es keine Geschichte. Wir müssen den Menschen im sozialen Feld verstehen, so wie er, durch die Arbeitsteilung und die Bedingungen der Ausbeutung, seine entfremdete und verdinglichte Existenz aushalten muß. Der Kampf gegen die Entfremdung gewinnt nach Sartre stetig an Boden. Das dialektische Verständnis soll den Menschen als ganzen erfassen, in seinen Handlungen, seinen Leidenschaften, seiner Arbeit und seinen Bedürfnissen, sowie unter den ökonomischen Kategorien. Aus dieser Aufzählung (ME,107) können wir schon ersehen, daß Sartre den ökonomischen Bedingungen nicht die gleiche Gewichtung zuspricht, die sie gewöhnlich in der marxistischen Perspektive erhalten.

Wie steht es mit dem Moment des Entwurfs, der in „Das Sein und das Nichts" eine so große Rolle spielt? Beim dritten Punkt der methodischen Ausführungen (ME,74ff.) weist Sartre ausdrücklich darauf hin, daß der Mensch sich von seinem Entwurf her bestimmt, daß er ständig die ihm auferlegten Bedingungen übersteigt und sich so objektiviert. Dieser Überstieg kann durch die Arbeit erfolgen, durch seine Handlungen oder durch seine Gesten. In der Praxis und durch die Praxis bringt er sich selbst hervor. In diesem Zusammenhang verweist Sartre darauf, daß der Begriff der Existenz dem Menschen nicht eine in sich ruhende Substanz zuweist, sondern ihn gerade als ein ständiges In-Frage-stellen des Gleichgewichts (déséquilibre) faßt.

Der Drang sich zu objektivieren kann sehr verschiedene Formen annehmen – wir haben ihn als Wahl oder als Freiheit zu denken. Bei der Darstellung dieses dritten Punktes der „Fragen der Methode" (ME) ist sehr deutlich der Unterschied zu der geläufigen marxistischen Interpretation ausgesprochen, die mechanistisch vorgeht. Sie will in der Praxis das schöpferische Moment darauf reduzieren, daß der Mensch bedingt ist und folglich nichts anderes tun kann, als diese Bedingtheit aufzuweisen. Dieses Vorgehen kann mechanistisch genannt werden, weil hierbei die Naturerklärung auf den menschlichen Bereich übertragen wird, wogegen sich Sartre immer wieder wehrt. Er fordert ein dialektisches Vorgehen, bei dem das Überschrittene zugleich aufbewahrt bleibt. Das darf jedoch nicht so verstanden werden, als ob das so Aufbewahrte nun als das Bedingende das Entscheidende bliebe. Es kann weder das Überschreiten verständlich machen, noch auch die Synthese, die aufgrund dieses Überschreitens zustande gekommen ist. Im Gegenteil, die erreichte Synthese läßt allererst das Überschrittene zugänglich werden (ME, ebd.).

Wir dürfen den Menschen nicht auf seine Bedingtheiten reduzieren und meinen, durch diese Reduktionen ihn verstanden zu haben. Das vom Individuum Geleistete, sei es ein Werk oder eine Handlung, macht uns so etwas wie Bedingtheit allererst zugänglich. Sartre gibt seine Deutung des Menschen als Sinn-stiftendes Wesen nicht auf. Bei diesem Sinn-stiften geschieht immer ein dialektisches Überschreiten und behaltendes Verwandeln des Vorgegebenen. Es ist für Sartre sehr wichtig, den prozeßhaften Ablauf zu begreifen und dabei auch die Rolle des Widerspruchs im Hegelschen Sinne aufzudecken. Die Negation ist für Sartre wie für Hegel die treibende Kraft, obwohl Sartre die Hegelsche Deutung des Seienden als Geist nicht übernimmt (vgl. die gute Arbeit von K. Hartmann „Sartres Sozialphilosophie", wobei jedoch fragwürdig bleibt, ob Sartres Vorgehen durch die transzendentalphilosophische Betrachtungsweise von Hartmann adäquat gefaßt werden kann).

Sartre unterscheidet die analytische Vernunft, die die Natur versteht und dabei von einem durchgehenden Determinismus ausgeht, von der dialektischen Vernunft, deren eigentliches Gebiet die menschliche Geschichte ist, wobei die Freiheit entscheidend bleibt. Die seit der Antike bestehende Frage nach der Einheit von Denken und Sein (Parmenides) will Sartre so lösen, daß er die Identität des Verstehenden und des Verstandenen fordert. Der Mensch ist der Verstehende und der Bereich des Menschen zugleich das Verstandene. Dabei steht im Mittelpunkt die Praxis des Menschen. Beim Handeln löst sich der Mensch vom Vorliegenden (Bestehenden), indem er es verwandelt – ein Gedanke, der schon in „Das Sein und das Nichts" dargestellt wurde, als Negation des Vorliegenden. Das bringt nun Sartre in Verbindung mit der Tendenz, das Ganze zu fassen. Deswegen ist ein Grundbegriff der Arbeit die *Totalisation*, das Erreichen eines Ganzen; die Darstellung hat immer ein Doppeltes im Auge: wie wir zum Ganzen gelangen und worin die Ganzheit des Ganzen besteht. (Totalisation und Totalisiertes sind die beiden korrelativen Termini.) Hier wirkt Hegels Forderung „Das Wahre ist das Ganze" (Phänomenologie des Geistes) nach. Wichtig für das Verständnis ist, daß der Verstehende sein Verstandenes nicht von außen begreift, sondern sich in den untersuchten Prozeß mit hineinstellt.

Sartre geht so weit zu behaupten, daß die Kritik der dialektischen Vernunft als mögliches Instrument für die sozialen Phänomene erst im 20. Jahrhundert möglich geworden ist – nach der Perversion des Marxismus durch Stalins idealistisch-voluntaristisches Auslegungsschema. Mit dieser Forderung will Sartre sagen, daß die Geschichte nicht ungeschichtlich verstanden werden darf. Das Verstehen der Geschichte ist das eigentliche Anliegen der Dialektik. Deswegen erfolgt ausdrücklich eine Warnung vor der Aufstellung von dialektischen Gesetzen. Wenn man so etwas versucht, verfährt man positivistisch-mechanistisch. Dann kann man gerade nicht mehr begreifen, auf welcher Stufe, Hegelisch gesprochen, das Bewußtsein sich befindet, oder im Sinne Sartres, wie es um die Praxis der Individuen steht.

Das Thema der Freiheit findet seinen Niederschlag bei der Erörterung der Sinngebung. Sinngebung stammt immer vom Entwurf des Menschen. Sie findet ihren Niederschlag in den Dingen, in der Ordnung der Dinge. Nur weil der Mensch als sinngebender gefaßt ist, kann es für uns als Forschende so etwas wie Sinn geben, und das heißt zugleich: können wir den Mitmenschen in seiner Praxis erfassen.

Bei der Einleitung des Werkes stellt Sartre die dogmatische Dialektik der kritischen Dialektik gegenüber. Unter dogmatischer Dialektik versteht er das übliche Vorgehen der Marxisten, die meinen, im Besitz der Wahrheit zu sein, weil sie von vornherein festgelegt haben, welche Momente eine bedingende Funktion haben. Vom historischen Materialismus sagt er: „Vor allem aber hat der historische Materialismus das paradoxe Kennzeichen, daß er gleichzeitig die einzige Wahrheit der Geschichte und eine totale Unbestimmtheit der Wahrheit ist." (KdV, 19) Wie ist die kritische Dialektik zu denken? „Wir Dialektiker behaupten in einem, daß der Erkenntnisprozeß von dialektischer Ordnung ist, daß die Bewegung des Objekts (was es auch immer sei) *selbst* dialektisch ist und daß diese beiden Dialektiken ein und dieselbe sind." (KdV, 21) Das ist der Lösungsvorschlag für die Selbigkeit von Denken und Sein. Allerdings muß gleich hinzugefügt werden (s.o.), daß Sein keineswegs das naturhafte Sein ist, sondern das vom Menschen Geschaffene, das seiner Sinnstiftung, seiner Praxis Entsprungene.

„Wenn es so etwas wie eine dialektische Vernunft gibt, enthüllt und begründet sie sich für Menschen, die in einer bestimmten Gesellschaft und einem bestimmten Moment ihrer Entwicklung situiert sind, in und vermittels der menschlichen Praxis." (KdV, 34) Sartre gesteht in diesem Zusammenhang den materiellen Bedingungen einen gewissen Vorrang zu, aber nicht in absoluter Weise, sondern immer im Zusammenhang einer situierten Praxis. Der dialektische Materialismus muß also als historischer begriffen werden. Die Dialektik darf nicht in der Natur gesucht werden, wo wir sie nicht kennen (als Kritik an Engels), sondern da, wo wir sie leiden und leben. Sie ist doppel-deutig zu verstehen „als Gesetz der historischen Entwicklung" und als „fortschreitende Erkenntnis dieser Entwicklung" (KdV, 36). Diese Doppeldeutigkeit muß zusammen gedacht werden – die Bewegung dieser zusammenfassenden Synthese ist selbst auch als dialektische Bewegung bezeichnet.

Die dialektische Vernunft sucht die Geschichte zu begreifen, und zwar als Einheit von Notwendigkeit und Freiheit. Sartre zitiert als Beleg von Marx den Ausspruch: „Die Menschen machen die Geschichte... unter ...überlieferten Umständen." (KdV, 36) Wie können die gegensätzlichen Begriffe „Freiheit" und „Notwendigkeit" in eine Einheit gebracht werden? Es ist ausdrücklich eine dialektische Einheit damit gemeint, also eine Einheit, die das Gegensätzliche zusammenspannt. Aber wie ist auch das zu denken? Der Mensch erleidet nach Sartre die Dialektik „als feindliche Macht" und „andererseits *schafft* er sie" (KdV, 37). Die dialektische Vernunft soll nicht als isoliertes Vermögen verstanden werden, mit dessen Hilfe wir die Geschichte verstehen, sondern sie soll als „Vernunft der Geschichte" (KdV, 37) gedacht werden. Aber wiederum nicht so, als ob diese Vernunft eine Art göttliches Gesetz wäre, vielmehr kommt diese Vernunft durch das Verhalten der Menschen zustande. Durch es bilden sich verschiedene Gesellschaftsformen, „Realitäten, die sich den Individuen aufzwingen" (KdV, 37) und die zugleich von ihnen hervorgebracht sind. Es ist der schon erwähnte Gedanke, daß das Ergebnis (Resultat) und die Kraft, die zu diesem Resultat geführt hat, zusammen gedacht bzw. freigelegt werden müssen.

Daß diese Dialektik eine *materialistische* Dialektik sein soll, erläutert Sartre so, daß er fordert, „daß das Denken seine eigene Notwendigkeit in seinem materiellen Gegenstand entdecken muß, indem es gleichzeitig in sich selbst *als einem ebenso materiellen Sein* die Notwendigkeit seines Gegenstandes entdeckt." (KdV, 37) Bei Hegels absolutem Geist war das Zusammenfallen des Denkens und des Gedachten einsehbar; wie ist aber die Übertragung einer Hegelschen Konzeption in eine materialistische Dimension möglich? Indem dem *Denken* das *Handeln* gegenübergestellt wird; genauer: indem Denken und Handeln zusammengespannt werden. Die Praxis ist Praxis in einem „materiellen Universum" – aber zugleich ist, wie erörtert, die Praxis Überschreitung des Vorliegenden; zudem erfahre ich in der Praxis auch das Tun des Andern und sein Getanes.

In diesem Geflecht von Beziehungen, das hier nicht näher analysiert werden soll, geschieht zugleich eine Auseinandersetzung mit der Realität. Es ist ein Prozeß, der immer weiter geht, wobei „das Ding vermenschlicht wird und der Mensch sich als Ding realisiert" (KdV, 38). Dabei ist zwischen „Exterioritätsbeziehungen" und „Interioritätsbeziehungen" zu dem realen Universum und den Mitmenschen zu unterscheiden. Vorausgesetzt bei diesem Entwurf ist die Möglichkeit der

Verstehbarkeit all dieser Beziehungen und ihre Aufdeckbarkeit, ihr
Zugänglichmachen. Ein grundlegender Begriff, der zugleich das Ziel
aufweist, ist der der Durchsichtigkeit, der Transparenz.

Im Grunde genommen geht Sartre in einer Art neuer Aufklärungsposi-
tion davon aus, daß mit der Aufklärung zugleich die Änderung eingelei-
tet wird. Die Synthesen, die wir bei Hegel – in seinem dialektischen Prozeß – finden, sind dann bei Sartre die *Totalisierungen*. „So ist also die
Dialektik totalisierende Aktivität. Sie hat keine anderen Gesetze als die
von der ablaufenden Totalisierung hervorgebrachten Regeln und diese
betreffen natürlich die Beziehungen der Vereinigung zum Vereinigten,
das heißt die Arten *wirksamer* Anwesenheit des totalisierten Werdens in
den totalisierten Teilen." (KdV, 48 f.)

Hartmann (58) hat mit Recht auf den „Primat der Praxis" hingewiesen.
In der Praxis geschehen eben nach Sartre die entscheidenden Totalisierungen, sodaß das Ziel der Verstehbarkeit darin bestehen muß, das Zu-
standekommen von Totalisierungen und ihre Auswirkungen zu begreifen. „Die dialektische Intelligibilität fußt also auf der Intelligibilität jeder neuen Bestimmung einer praktischen Totalität, insofern diese Bestimmung nichts anderes ist als die Aufrechterhaltung und die totalisierende Überschreitung aller früheren Bestimmungen und insofern diese
Überschreitung und Aufrechterhaltung durch eine zu realisierende Totalität erhellt werden." (KdV, 63) In Anlehnung an Kants „Kritik der
reinen Vernunft" heißt es von der Kritik der dialektischen Vernunft, sie
„muß sich vor allem mit dem Anwendungsbereich und den Grenzen
dieser Vernunft beschäftigen", und Sartre fährt fort: „Wenn es eine
Wahrheit der Geschichte geben soll (und nicht *mehrere* Wahrheiten…)
muß uns unsere Erfahrung zeigen, daß der eben beschriebene dialektische Intelligibilitätstyp auf das gesamte menschliche Abenteuer angewandt werden kann oder, wenn man lieber will, daß es eine totalisierende Zeitigung[2] unserer praktischen Vielheit gibt und daß sie intelligi-
bel ist, obwohl diese Totalisierung keinen Haupttotalisator impliziert."
(KdV, 64) Unter dem Haupttotalisator ist so etwas wie der Weltgeist
gemeint, oder eine göttliche Macht, ein übermenschliches Geschick.
Sartres Verständnis der Geschichte als Prozeß der Totalisierung und das
Deuten dieses Prozesses im Herausstellen seines Zieles sei durch ein Zitat erhellt: „Wenn die Geschichte Totalisierung ist und wenn die indivi-

---

[2] Die gute Übersetzung von König gebraucht leider für „temporalisation" –
die französische Übersetzung des deutschen Wortes „Zeitigung" – „Verzeitli-
chung", wodurch gerade das Moment der Aktivität verloren geht, das Sartre
ausdrücklich hervorheben will.

duellen Praktiken die einzige Grundlage für die totalisierende Zeitigung sind, dann genügt es nicht, in jedem... die ablaufende Totalisierung wiederzufinden durch die Widersprüche hindurch, die sie gleichzeitig verschleiern und enthüllen. Unsere Erfahrung muß uns darüber hinaus zeigen, *auf welche Weise* die praktische Vielheit (die man beliebig ‚die Menschen' oder die Menschheit nennen kann) gerade in ihrer Zerstreuung ihre Er-innerung (intériorisation) realisiert. Außerdem müssen wir die dialektische Notwendigkeit dieses totalisierenden Prozesses entdekken. Auf den ersten Blick nämlich zieht die Vielheit der dialektisch Handelnden (das heißt der Individuen, die eine Praxis hervorbringen) einen sekundären Atomismus nach sich, das heißt die Vielheit der Totalisierungen. Wenn das der Fall wäre, würden wir in der zweiten Instanz wieder auf den Atomismus der analytischen Vernunft stoßen. Da wir aber von der individuellen Praxis ausgehen, müssen wir sorgfältig allen Ariadnefäden folgen, die uns von dieser Praxis zu den verschiedenen Formen menschlicher Ensembles führen. Wir müssen in jedem Fall die Strukturen dieser Ensembles, ihre konkrete Entstehungsart aus ihren Elementen und schließlich ihre totalisierende Einwirkung auf die Elemente, die sie gebildet haben, suchen." (KdV, 67)

Die dialektische Erfahrung soll einerseits zurückgehen auf die *Bedingungen der Möglichkeit* einer Totalisierung (regressives Vorgehen) und andererseits „durch die progressive Rekonstuktion des historischen Prozesses" (KdV, 71) die Geschichte verständlich machen. (Diese Verbindung der regressiven und progressiven Methode, zu der es schon in „Das Sein und das Nichts" Ansätze gab, wird Sartre auch in der Flaubert-Interpretation anwenden (vgl. dazu Frank, Sartre). Was bei diesem Vorgehen geleistet werden soll, faßt Sartre folgendermaßen zusammen: „1. die kritische Erfahrung geht auf die Grundlegung einer strukturellen und historischen Anthropologie aus, 2. die regressive Methode der Erfahrung begründet die Intelligibilität des soziologischen Wissens (ohne irgendeine der Erkenntnisse dieses Wissens vorwegzunehmen), und 3. das progressive Moment muß die Intelligibilität des historischen Wissens begründen (ohne den realen und besonderen Ablauf der totalisierten Fakten vorwegzunehmen). Natürlich kann die Progression nur diejenigen Strukturen behandeln, die durch die regressive Erfahrung aufgedeckt worden sind." (KdV, 72) Das Ziel ist es, den „Sinn der Geschichte" wiederzufinden.

Daß Sartre bei diesen Analysen immer wieder auf das Phänomen der Entfremdung stößt, versteht sich aus der Hegel-Marxschen Filiation von selbst. „Es wäre nämlich undenkbar, daß die menschliche Aktivität entfremdet würde, oder daß die menschlichen Beziehungen *verdinglicht*

werden könnten, wenn so etwas wie die Entfremdung und die Verdinglichung nicht in der *praktischen* Beziehung des Handelnden zum Hand-
lungsobjekt und zu den anderen Handelnden gegeben wäre." (KdV, 69)
Sartre nennt die Entfremdung eine „permanente Gefahr" (KdV, 69,
Fußn. 3)

Aus den zahlreichen Analysen des Werkes sei auf die Gruppe als anzu-
strebendes Ziel hingewiesen. Während in der seriellen Existenz der Einzelne isoliert bleibt, ist das Auszeichnende der Gruppe, daß jedes Mitglied der Gruppe zu den anderen Mitgliedern eine Beziehung der Gegenseitigkeit entfaltet. Sartre hat hier seine ursprüngliche Deutung der
Beziehung zum Mitmenschen, vom Blicken und Angeblicktwerden her,
überwunden. Deswegen ist diese Form des Zusammenlebens durch das
gegenseitige Verstehen, die Transparenz, ausgezeichnet. Sartre hebt
diese Weise des Zusammenlebens von den Gesellschaftsformen ab, bei
denen an der Spitze die befehlende Autoritätsperson steht. Bei derartigen Gesellschaftsformen ist die Entfremdung unvermeidlich. Statt aus
Einsicht zu handeln, handelt der Einzelne dann aus Zwang. Es darf jedoch nicht übersehen werden, daß die Gruppen-Existenz wieder zu-
rückfallen kann in die serielle Existenz und daß nicht von einem endgültigen Fortschreiten die Rede sein kann.

In der Gruppe verwirklicht der Einzelne die Freiheit, da hier die Entfremdung aufgehoben ist. Freiheit bedeutet Anerkennung des Anderen,
bedeutet Gegenseitigkeit. Der Übergang von der Phase der Serialität, bei
der die Menschen, der Autorität gehorchend, vereinzelt existieren, zum
Gruppendasein, bedeutet eine wahre Revolution, die allerdings Jahrzehnte brauchen kann und deren Voraussetzung die Überwindung des
Zustandes des Mangels ist. Es ist ein so radikaler Wandel, daß Sartre
von einer Apokalypse spricht. Daß hierbei jedoch die Notwendigkeit
keineswegs beseitigt ist, ergibt sich aus der dialektischen Struktur selbst.
„Wenn die Dialektik existiert, müssen wir sie erleiden als unerbittliches
Gesetz der Totalisierung, die *uns* totalisiert, und sie gleichzeitig erfahren in ihrer freien praktischen Spontaneität als totalisierende Praxis, die
wir sind; auf jeder Stufe unserer Erfahrung müssen wir in der intelligiblen Einheit der synthetischen Bewegung den Widerspruch und den un-
auflösbaren Zusammenhang von Notwendigkeit und Freiheit wiederfinden, obwohl dieser Zusammenhang in jedem Moment in unterschiedlichen Formen auftritt." (KdV, 73)

In dem Gespräch mit Contat (Selbstportrait mit siebzig Jahren,
in: Sartre über Sartre) stellt Sartre das Ziel dieser Revolution folgendermaßen dar: „...es ist die erlebte Gewißheit meiner eigenen Freiheit, insofern sie die Freiheit aller ist, welche mir das Bedürfnis nach einem

freien Leben gibt und zugleich die Gewißheit, daß dieses Bedürfnis –
mehr oder minder bewußt – von jedem Menschen geteilt wird. Die
kommende Revolution wird sehr verschieden sein von allen vorherge-
gangenen, sie wird viel länger dauern, sie wird viel härter sein, viel tiefer
gehen. …Ich sage nur, daß mindestens fünfzig Jahre Kampf nötig sein
werden, mit Teilsiegen der Volksmacht über die bürgerliche Macht, mit
Fortschritten und Rückschlägen, mit begrenzten Erfolgen und vorüber-
gehenden Mißerfolgen, bis man zu einer neuen Gesellschaft kommen
wird, in der alle Macht abgeschafft sein wird, weil jedes einzelne Individuum im vollen Besitz seiner selbst sein wird. Die Revolution ist nicht
der Augenblick, in dem eine Macht durch eine andere gestürzt wird, sie
ist ein langer Prozeß der Überwindung der Macht." (Sartre über Sartre,
240 f.) Und auf die Frage des Gesprächspartners, ob er wie Pascal eine
Wette schließt, erwidert Sartre, daß das in der Tat der Fall ist; im Unterschied zu Pascal setzt er jedoch auf den Menschen. „Entweder geht der
Mensch unter – dann wird man nur sagen können: in den zwanzigtaus-
end Jahren, seit es Menschen gibt, haben einige vergeblich versucht,
den Menschen zu erschaffen – oder die Revolution gelingt und erschafft
den Menschen, indem sie die Freiheit verwirklicht. Nichts ist weniger
gewiß. Deshalb ist auch der Sozialismus keine Gewißheit, sondern ein
Wert: er ist die Freiheit, die sich selbst zum Zweck erhebt." (Sartre über
Sartre, 241).
Sartres Vision der Möglichkeit der Aufhebung jeglicher Macht trägt
deutlich utopistische, anarchistische Züge. Er bekennt sich zu einem
Anarchismus, weil er in ihm die Möglichkeit der Verwirklichung der
Freiheit sieht und weil zu dieser Verwirklichung die Aufhebung des
Machtstaates gehört.
Die „Kritik der dialektischen Vernunft" ist eines der Werke, von denen
sich Sartre wünschte, daß die hier begonnene Arbeit, im Sinne einer
Gruppenarbeit, fortgeführt werde, da das Wissen um die Totalisie-
rungsprozesse in einer Gesellschaft kaum von einem Einzelnen bewäl-
tigt werden kann. Wir haben eine Parallele zu Husserls Auffassung der
Phänomenologie als Gruppenarbeit, auch eine Parallele zu Husserls
Hoffnung am Ende der „Krisis der europäischen Wissenschaften und
die transzendentale Phänomenologie" von dem Fortschritt der
Menschheit zu einer höheren Form der Vernunft, die hier allerdings im
Sinne einer Wiederholung und Fortführung der Arbeit von Marx verstanden wird.

Schlußbemerkung

Es wurde versucht, einen Gedanken Sartres zu verfolgen, der wie ein Leitmotiv sein philosophisches, künstlerisches und auch essayistisches Schaffen trägt und bewegt, ja sein menschliches Verhalten insgesamt. Wir sahen, wie sich dieser Gedanke wandelt, ohne jedoch seine Faszination einzubüßen. Gerade im Alter ist Sartre davon überzeugt, daß der Gedanke der Freiheit zu einer Wandlung der konkreten sozialen Existenz führen wird. Das Ziel der Geschichte ist für ihn die Verwirklichung der Freiheit – allerdings ein Ziel, von dem keineswegs feststeht, ob es auch wirklich erreicht werden kann. Im „Selbstporträt mit siebzig Jahren" weist er ausdrücklich auf ein mögliches Mißverständnis seiner frühen Freiheitsdeutung hin. „Ich glaube, daß eine Theorie der Freiheit, die nicht zugleich erklärt, was Entfremdungen sind, in welchem Maße die Freiheit manipuliert, pervertiert und gegen sich selbst gekehrt werden kann, tatsächlich eine grausame Täuschung sein kann, wenn man nicht versteht, was diese Theorie alles impliziert, und glaubt, die Freiheit sei überall." (Sartre über Sartre, 244).

Sartre war zweifellos die entscheidende philosophische Persönlichkeit des Nachkriegsfrankreich, die zusammen mit Merleau-Ponty zu einem Wandel des Philosophierens geführt hat. Seither haben andere Strömungen das intellektuelle Leben Frankreichs bestimmt. Aber nicht das Moment der Aktualität zeichnet einen Philosophen aus, sondern ob das Bedürfnis verspürt wird, immer wieder von neuem sich mit seinen Gedanken auseinanderzusetzen, weil sie befruchtend wirken und zu neuen Gedanken anregen. Ob seine Werke weiter wirken werden, so wie er es sich gewünscht hat – gerade auch die „Kritik der dialektischen Vernunft" und die Flaubert-Interpretation –, ist heute nicht zu entscheiden, auf alle Fälle aber auch nicht auszuschließen. Er hat eine Epoche mit geprägt und konnte am Ende seines Lebens zu Recht sagen: „das Leben hat mir gegeben, was ich wollte" (Sartre über Sartre, 245).

Literaturverzeichnis

Theoretische Schriften Sartres

La transcendance de l'ego. In: Recherches philosophiques 6 (1936/37) S. 85–128. Einzelausgabe Paris 1965. Dt. Die Transzendenz des Ego. Versuch einer phänomenologischen Beschreibung. Übers. von H. Schmitt. In: Die Transzendenz des Ego. Drei Essays. Reinbek 1964.

L'imagination. Etude critique. Paris 1936. (Neuausg. Paris 1956) Dt. Über die

Einbildungskraft. Übers. von A. Christaller. In: Die Transzendenz des Ego.
Drei Essays. Reinbek 1964.

L'Imaginaire. Psychologie phénoménologique de l'imagination. Paris 1940. Dt.
Das Imaginäre. Phänomenologische Psychologie der Einbildungskraft. Übers.
von H. Schöneberg. Reinbek 1971.

L'être et le néant. Essai d'ontologie phénoménologique. Paris 1943. ((EeN) Dt.
Das Sein und das Nichts. Versuch einer phänomenologischen Ontologie.
Übers. von J. Streller, K. A. Ott und A. Wagner. Reinbek ²1962. (SuN)

L'existentialisme est un humanisme. Paris 1946. Dt. Ist der Existentialismus ein
Humanismus? Frankfurt a. M. ²1960.

Réflexions sur la question juive. Paris 1946. Dt. Betrachtungen zur Judenfrage.
Psychoanalyse des Antisemitismus. Übers. von H. Wurzian. Frankfurt a. M.
²1960.

Baudelaire. Paris 1947. Dt. Baudelaire. Ein Essay. Übers. von B. Möhring. Reinbek ²1978.

Situations I-X. Paris 1947–76 (Detaillierter Inhalt s. Biemel, Sartre, 187–191).

Conscience de soi et connaissance de soi. In: Bulletin de la Société Française de
Philosophie 42 (1948) S. 49–91. Dt. Bewußtsein und Selbsterkenntnis. Die
Seinsdimension des Subjekts. Übers. von M. Fleischer und H. Schöneberg,
Reinbek 1973.

Saint Genet, comédien et martyr. Paris 1952.

Critique de la raison dialectique, précédé de Questions de méthode. Bd. I Théorie
des ensembles pratiques. Paris 1960. Dt. Kritik der dialektischen Vernunft. I.
Band. Theorie der gesellschaftlichen Praxis. Übers. von T. König. Reinbek
1967. (KdV)

Marxisme et existentialisme. Controverse sur la dialectique. (Mit Roger Garaudy, Jean Hyppolite, Jean-Pierre Vigier und Jean Orcel.) Paris 1962. Dt. Marxismus und Existentialismus. Eine Kontroverse zwischen Sartre, Garaudy,
Hyppolite, Vigier und Orcel. Übers. von E. Schneider. Frankfurt a. M. 1965
(ME)

L'idiot de la famille. Gustav Flaubert de 1821 à 1857. 3 Bde. Paris 1971/72. Dt.
Der Idiot der Familie. Gustave Flaubert 1821–1857. 5 Bände. Übers. von T.
König. Reinbek 1977–79.

Un théâtre de situations. Textes rassemblés, établis, présentés et annotés par M.
Contat et M. Rybalka. Paris 1973.

Sartre über Sartre (Autobiographische Schriften. Hrsg. von T. König. Übers. von
Strasmann, Lutrand, Holz, Lallemand, Alfes, Aschner, Reinbek 1977.

Literarische Veröffentlichungen Sartres

La nausée. Paris 1938. Dt. Der Ekel. Übers. von H. Wallfisch. Reinbek ²1963.

Le mur. (Le mur. La chambre. Erostrate. Intimité. L'enfance d'un chef.) Paris
1939. Dt. Die Mauer. (Die Mauer. Das Zimmer. Herostrat. Intimität. Die
Kindheit eines Chefs.) Übers. von H. Reisinger und H. Wallfisch. Reinbek
²1973.

Les chemins de la liberté. 3 Bde. (L'âge de raison. Le sursis. La mort dans l'âme.)

Paris 1945–49. Dt. Die Wege der Freiheit. 3 Bde. (Zeit der Reife. Der Aufschub. Der *Pfahl* im Fleische.) Übers. von H. G. Brenner. Reinbek ²1961–63.

Les mouches. Paris 1943. ²1962. Dt. Die Fliegen. Übers. von B. Baerlocher. Reinbek ²1969. In: Gesammelte *Dramen*.

Huis clos. Paris 1945. ²1962. Dt. Bei geschlossenen Türen. Übers. von H. Kahn. In: Gesammelte Dramen ²1969.

Morts sans sépulture. Lausanne 1946. Wiederabdruck in Théâtre, Paris 1962. Dt. Tote ohne Begräbnis. Übers. von R. Blum. In: Gesammelte Dramen ²1969.

La putain respectueuse. Paris 1946. Wiederabdruck in Théâtre. Paris ²1962. Dt. Die ehrbare Dirne. Übers. von E. Cella. Wiederabdruck in: Gesammelte Dramen. Reinbek ²1969.

Les mains sales. Paris 1948. Wiederabdruck in Théâtre, Paris ²1962. Dt. Die schmutzigen Hände. Übers. von E. Rechel-Mertens. In: Gesammelte Dramen ²1969.

Le diable et le bon Dieu. Paris 1951, in Théâtre ²1962. Dt. Der Teufel und der liebe Gott. Übers. von E. Rechel-Mertens. Reinbek ²1969.

Nekrassov. Paris 1956. In Théâtre ²1962. Dt. Nekrassov. Übers. von S. Lepsius und W. Wolfradt. Reinbek ²1969.

Les séquestrés d'Altona. Paris 1960. Wiederabdruck in: Théâtre, Paris 1962. Dt. Die Eingeschlossenen. Übers. von H. Liebmann und R. Gerhardt. Wiederabdruck in: Gesammelte Dramen ²1969.

Les mots. Paris 1964. Dt. Die Wörter. Übers. von H. Mayer. Reinbek 1968.

Les jeux sont faits. Paris 1947 (Filmdrehbuch). Dt. Das Spiel ist aus. Übers. von A. Dürr. Hamburg 1952.

L'engrenage. Paris 1948. (Filmdrehbuch). Dt. Im Räderwerk. Übers. von H. de Hass. Frankfurt a. M. 1962.

Bibliographien (eine Auswahl)

Contat, Michel/Rybalka, Michel: Les écrits de Sartre. Bibliographie commentée. Paris 1970.

Lapointe, François: Bibliography on Jean Paul Sartre. In: Man and World 5 (1972), 193–346.

Lapointe, François/Lapointe, Claire: Sartre and his critics. An international bibliography (1938–1975). Ohio 1975.

Wilcocks, Robert: Jean Paul Sartre. A bibliography of international criticism. Edmonton 1975

Lebenszeugnisse

Jeanson, Francis: Sartre par lui-même. Paris 1955.

Jeanson, Francis: Sartre dans sa vie. Paris 1974.

Beauvoir, Simone de: La force de l'âge. Paris 1960. Dt. In den besten Jahren. Übers. von R. Soellner. Reinbek ²1969.

Beauvoir, Simone de: La force des choses. Paris 1963. Dt. Der Lauf der Dinge. Übers. von P. Baudisch. Reinbek ²1970.

Beauvoir, Simone de: Tout compte fait. Paris 1972. Dt. Alles in allem. Übers. von
    E. Rechel-Mertens. Reinbek [2]1976.
–, La cérémonie des adieux, suivi de Entretiens avec Jean-Paul Sartre. Paris
    1981.
Tagebücher. Nov. 1939–März 1940. Reinbek 1984.
    Briefe an S. d. Beauvoir u. a., 2 Bde., Reinbek 1984/85.
Mallarmés Engagement. Reinbek 1983.

Sekundärliteratur

Audry, Colette: Sartre ou la réalité humaine. Paris 1966.
Betancourt, R. Fornet y: Philosophische Untersuchungen zur Ontologie Sartres.
    (Diss.) Aachen 1978.
Biemel, Walter: Das Wesen der Dialektik bei Hegel und Sartre. In: Tijdschrift
    voor Philosophie 20 (1958), 269–300.
*–, Jean Paul *Sartre* in Selbstzeugnissen und Bilddokumenten. Reinbek 1964,
    erweiterte Ausgabe 1979. (Bibl.)
–, Philosophische *Analysen* zur Kunst der Gegenwart. (Phaenomenologica Bd.
    28). Den Haag 1969.
Cohen-Solal, Annie: Sartre 1905–1980. Paris 1985; Dt. v. Eva Groepler, Reinbek
    1988.
Cranston, Maurice: The quintessence of Sartrism. Montreal 1970.
Dreyfus, Dina: Jean-Paul Sartre et le mal radical: de L'être et le néant à la Criti-
    que de la raison dialectique. In: Mercure de France 341 (1961), 154–167.
Frank, Manfred: Das individuelle Allgemeine. Frankfurt a. M. 1977.
–, Das Individuum in der Rolle des Idioten. Sartres Flaubert. In: Phil. Rundschau
    26 (1978), 52–62.
Gorz, André: Sartre oder vom Bewußtsein zur Praxis. Sartre und der Marxismus.
    In: Der schwierige Sozialismus. Frankfurt a. M. 1968.
Görland, Ingtraud: Die konkrete Freiheit des Individuums bei Hegel und Sartre.
    Frankfurt a. M. 1978.
Gurvitch, Georges: La dialectique selon J. P. Sartre. In: Dialectique et Sociologie.
    Paris 1962. Dt. Die Dialektik bei Sartre. In: Dialektik und Soziologie. Neu-
    wied/Berlin 1965.
Hartmann, Klaus: Sartres Sozialphilosophie. Eine Untersuchung zur „Critique
    de la raison dialectique". Berlin 1966.
Hoche, Hans-Ulrich: Bemerkungen zum Problem der Selbst- und Fremderfah-
    rung bei Husserl und Sartre. In: Z. f. phil. Forschung 15 (1971), 172–186.
Holz, Hans Heinz: Jean-Paul Sartre. Darstellung und Kritik seiner Philosophie.
    Meisenheim/Glan 1951.
Hyppolite, Jean: La liberté chez J.-P. Sartre. In: Mercure de France 312 (1952),
    396–413.
* Jeanson, Francis: Le problème moral et la pensée de Sartre. Paris 1947.
Jolivet, Régis: Les doctrines existentialistes de Kierkegaard à J. P. Sartre. Saint
    Wandrille 1948. (Sartre: S. 41–94)

Knecht, Ingebert: Theorie der Entfremdung bei Sartre und Marx. Meisenheim 1975.

Kopper, Joachim: Sartres Verständnis der Lehre Hegels von der Gemeinschaft. In: Kant-Studien 52 (1960/61), 159–172.

Kwant, R. C.: Het marxisme von Sartre. In: Tijdschrift voor Philosophie 22 (1960), 617–676.

Lukács, Georges: Sartre contre Marx. In: Lukács: Existentialisme ou marxisme? Paris 1948. S. 141–160. Dt. Existentialismus oder Marxismus. Berlin 1951.

Marcuse, Herbert: Existentialism. Remarks on Jean-Paul Sartre's „L'être et le néant". In: Journal of Philosophy and Phenomenological Research VIII, 3 (1948), 309–336. Dt. Existentialismus. Bemerkungen zu Jean-Paul Sartres „L'être et le néant". In: Sinn und Form II, 1 (1950), 50–82.

Maier, Willi: Das Problem der Leiblichkeit bei Jean-Paul Sartre und Maurice Merleau-Ponty. Tübingen 1964.

* Masers, Brian: A student's guide to Sartre. London 1970.

Merleau-Ponty, Maurice: Sartre und der Ultra-Bolschewismus. In: Die Abenteuer der Dialektik. Frankfurt a. M. 1968.

* Mounier, Emmanuel: Introduction aux existentialismes. Paris 1947. Dt. Einführung in die Existenzphilosophien. Bad Salzig 1949.

Müller-Lissner, Adelheid: Sartre als Biograph Flauberts. Zu Zielen und Methoden von „L'idiot de la famille". Bonn 1977.

Natanson, Maurice: A critique of Jean-Paul Sartre's ontology. Lincoln 1951.

Robbe-Grillet, Alain: Natur, humanisme, tragédie. In: NRF 12 (1958), 580–604.

Rybalka, Michel: Sartre et Flaubert. In: Langages de Flaubert. Actes du Colloque de London (Canada). Paris 1976.

Schütz, Alfred: Sartre's theory of the alter ego. In: Philosophy and phenomenological research 9 (1948/49), 181–199. Wiederabgedr. in: Collected Papers. I, 1962. Dt. Gesammelte Aufsätze. Den Haag 1975.

Simon, Pierre-Henri: J. P. Sartre ou la navigation sans étoiles. In: Simon: L'homme en procès. Neuchâtel 1949, 53–91.

Streller, Justus: Zur Freiheit verurteilt. Ein Grundriß der Philosophie Jean-Paul Sartres. Hamburg 1952.

Waelhens, Alphonse De: De la phénoménologie à l'existentialisme. In: Waelhens: Le choix, le monde, l'existence. Paris 1947, 37–82.

Waldenfels, Bernhard: Jean Paul Sartre: Rückhaltlose Freiheit. In: Die Phänomenologische Bewegung. (In Vorbereitung).

Warnock, Mary: The nature of the mental image. Phenomenology, Sartre and Wittgenstein. In: Warnock: Imagination. Berkeley 1976.

Wroblewski, Vivent von: Sartre. Theorie und Praxis eines Engagements. Frankfurt a. M. 1977.

Zehm, Günter Albrecht: Historische Vernunft und direkte Aktion. Zur Politik und Philosophie Jean-Paul Sartres. Stuttgart 1964.

Albert Camus:
Die Grundantinomien des menschlichen Daseins

Von Josef Speck, Dortmund

1. Einleitung

Albert Camus wird am 7. 11. 1913 in Mondovi (Dépt. Constantine/Nordafrika) geboren. Seine Eltern sind „einfache Leute". Der Vater, ein Landarbeiter, ist ein aus dem Elsaß stammender Franzose; er fällt 1914 in der Marneschlacht. Die Mutter, deren Vorfahren aus Mallorca stammten, leidet seit ihrer Kindheit aufgrund einer verschleppten Mittelohrentzündung an Taubheit und einer deutlichen Sprachbehinderung; sie ist Analphabetin. Nach dem Tode ihres Mannes zieht sie mit den beiden kleinen Söhnen (Albert hat einen älteren, 1909 geborenen Bruder) nach Algier, um sich dort den Lebensunterhalt als Putzfrau zu verdienen. Sie ist eine sanfte und geduldige Frau.

Im Essay „Zwischen Ja und Nein" (Essays, 36 ff.) hat Camus ein ergreifendes Bild seiner Mutter gezeichnet: „Es kam vor, daß sie gefragt wurde: ‚Woran denkst du?‘ – ‚An nichts‘, antwortete sie. Und das stimmte wohl. Alles ist da, also nichts. Ihr Leben, ihre Anliegen, ihre Kinder begnügen sich damit, da zu sein, mit einer zu selbstverständlichen Anwesenheit, als daß sie noch empfunden würde. Sie war gebrechlich, das Denken bereitete ihr Mühe. Sie hatte eine strenge, herrschsüchtige Mutter, die alles ihrer triebhaften, überempfindlichen Eigenliebe opferte . . ." (39). Unter der Obhut dieser Großmutter wachsen die Kinder auf. Diese „Welt der Armut" hat Camus nie vergessen.

Schon in der Elementarschule von Belcourt fällt Camus seinem Lehrer Louis Germain auf, der viel Zeit darauf verwendet, ihn auf den Besuch des Gymnasiums vorzubereiten (Camus widmet später die seine Nobelpreisrede enthaltende Publikation in Dankbarkeit diesem Lehrer).

Von 1923–1930 besucht Camus das Gymnasium in Algier. 1930 erkrankt er an Tuberkulose. Das bedeutet einen tiefen Einschnitt in sein Leben; seine ursprüngliche Absicht, die akademische Laufbahn einzuschlagen, kann er später nicht weiter verfolgen. Von 1932–1936 studiert er an der Universität Algier Philosophie. Einer seiner Lehrer, Jean Grenier, der ihn schon im Gymnasium in Philosophie unterrichtet hat, übt hier einen nachhaltigen, die Struktur seines Denkens prägenden Einfluß auf ihn aus (vgl. unten, S. 130 f.; zu Grenier: Brée, 33 ff.; Lottman). 1936 schließt Camus sein Studium mit einer Arbeit zur Erlangung des „Diplôme d'études supérieures de philosophie" ab, betitelt „Métaphysique Chrêtienne et Néoplatonisme" (Pléiade-Ausg. II 1220–1313).

Noch während der Studienzeit heiratet Camus 1933 Simone Hié; die Ehe wird schon nach einem Jahr wieder geschieden. 1934 tritt er in die Kommunistische Partei ein, die er 1935 aus Protest gegen die Araberpolitik empört wieder verläßt. Mit verschiedenen Berufstätigkeiten (Behördenangestellter, Schreiber in einem Exportgeschäft, Verkäufer von Autozubehör, Privatlehrer, Meteorologe) schlägt er sich zunächst durch; 1938 wird er Journalist.

1940 heiratet Camus Francine Faure; dieser Ehe entstammen die 1945 geborenen Zwillinge Jean und Cathérine. Nach Schwierigkeiten mit der militärischen Zensurbehörde (Camus protestiert energisch gegen die von Frankreich in Algerien betriebene Kolonialpolitik!) geht er zunächst nach Paris, arbeitet für linksgerichtete Zeitungen („Alger Républicain", die illegale Résistance-Zeitung „Combat"; vgl. die Textauswahl „Actuelles I/II/III" in der Pléiade-Ausgabe, Bd. II) und widmet sich fortan ganz der Schriftstellerei.

Schon als Zwanzigjähriger hat er – stark beeindruckt durch Jean Greniers Essay-Sammlung „Les Îles" – mit schriftstellerischen Versuchen begonnen; 1937 erscheinen die ersten Essays „L'Envers et l'Endroit"; es folgen, um nur einige der wichtigsten Publikationen hervorzuheben: „L'Étranger" (1942), „Le Mythe de Sisyphe" (1942), „La Peste" (1947), „Les Justes" (1950), „L'Homme révolté" (1951) (genaue bibliographische Angaben in der Pléiade-Ausgabe II 1933–1960). Die äußere Krönung dieser Laufbahn ist die Verleihung des Literatur- Nobelpreises 1957.

Am 20. 12. 1959 gibt Camus sein letztes Interview (II 1925–28). Auf der Reise von Lourmarin (Provence), wo er ein Haus besitzt, nach Paris rast der von seinem Verleger Michel Gallimard gesteuerte Wagen am 4. 1. 1960 in der Nähe von Villeblevin gegen einen Baum. Camus ist auf der Stelle tot.

Im Rahmen eines Bandes, der „*Existenzphilosophen*" darstellt, auch Camus zu behandeln, bedarf unter mehreren Aspekten einer Rechtfertigung:

Camus ist am weitesten von dem entfernt, was man „Katheder-" oder „Schulphilosophie" nennen könnte.

Gelehrte Abhandlungen *systematischen* Charakters lagen ihm nicht. Zwar hatte er ein reguläres philosophisches Studium abgeschlossen; er verfügte über „ein solides Wissen vom Neuen Testament, der Gnosis, dem Neuplatonismus und der Patristik" (Schlette, Wege, 331). Und doch verwahrte er sich dagegen, den „Philosophen" zugeordnet, geschweige denn als „Existenzphilosoph" angesehen zu werden. In den Interviews mit „Les Nouvelles littéraires" (15. 11. 1945) und „Servir" (20. 12. 1945) wird diese Distanzierung von der „Philosophie" allgemein, vom Existenzialismus im besonderen deutlich: „Ich glaube nicht genügend an die Vernunft, um an ein System zu glauben. Was mich interessiert ist: zu wissen, wie man sich verhalten soll. Noch genauer: wie man sich verhalten kann, wenn man weder an Gott noch an die Vernunft glaubt" (II1427).[1]

Die folgende Darstellung des Camus'schen Denkens muß zwar die grundsätzlich *anti*systematische Intention des Autors berücksichtigen, kann sich aber gleichzeitig darauf stützen, daß Camus selbst keineswegs *un*systematisch vorgegangen ist: seine Argumentation ist durchaus stringent; viele seiner Schriften sind von einer geradezu klassischen Klarheit des Aufbaus; die Zuordnung einzelner Schriften und ihre Gruppierung nach zentralen Themen sind vom Autor vorgegeben. Camus selbst weist darauf hin, daß sein Werk eine Art „zyklischer" Gliederung habe; vgl. u. a. Tageb. 115, 302.

Selbst wenn man auf diese Weise in Camus' Werk *klar abgrenzbare Phasen der Entwicklung* aufzeigen kann, trifft man andererseits auf Themen, die sein gesamtes Werk durchziehen. Gerade die Veröffentlichung der frühesten Schriften („Cahiers Albert Camus") sowie der Tagebücher („Carnets") hat wichtige Aufschlüsse gebracht und u. a. gezeigt, daß Camus von Anfang an in *„Antinomien"* dachte (zum Begriff „antinomisch" vgl. S. 130 f.).

In dieser *antinomischen Konzeption* sehe ich sein eigentliches *„Grundproblem"*: Camus' *zentrales* Anliegen ist es, die *Grundantinomien des menschlichen Daseins* darzustellen und vor allem zu zeigen, wie sie *im Leben zu bewältigen* sind; gerade deswegen erschien es mir konsequent, einen besonderen Akzent auf zwei Werke – „Der Fremde" und „Die Pest" – zu legen, in denen Camus das Handeln und Sich-Verhalten von Menschen unter den von ihm entwickelten theoretischen Voraussetzungen (das „Absurde", das „aufrührerische Denken") reflektiert.

Für die Darstellung seiner „antinomischen" Konzeption benutzte Camus auch Formen, die aus philosophischer Sicht zumindest unkonventionell sind, z. B. *Märchen* und *Mythen*.

Was das *Märchen* betrifft, so ist das 1973 in den „Cahiers Albert Camus 2" (hrsg. v. P. Viallaneix) veröffentlichte, vermutlich 1934 geschriebene Feenmärchen „Le livre de Mélusine" aufschlußreich. Willi Hirdt hat es (in: Lauble, 13–35) eingehend analysiert und gezeigt, daß es schon für den 20jährigen Autor „um die Suche nach dem Glück (geht) und mithin um jenes grundsätzlich wichtige Thema, das das Werk Camus' in einer Vielfalt fiktionaler Varianten bis zum Schluß seines künstlerischen

---

[1] Die maßgebliche Ausgabe der Werke Camus', nach der hier zitiert wird, ist die in der „Bibliothèque de la Pléiade" von Roger Quilliot herausgegebene: I. Théâtre, Récits, Nouvelles (Paris 1974); II. Essais (Paris 1981).

Schaffens bestimmen wird" (16); in Camus' Märchen wie in der in der
französischen Volksbuch-Tradition bedeutenden Melusinen-Sage verkörpert die Gestalt der Melusine „eine geheimnisumwitterte Wahrheit,
die – glaubt man sie innezuhaben – sich einem wieder entzieht" (22);
auch die von Camus stets vertretene Überzeugung, „daß das Leben
nicht einem ungreifbaren Einst der Vergangenheit oder Zukunft, sondern dem greifbaren Jetzt gewidmet sein soll" (24), findet sich bereits in
dem frühen Werk deutlich angesprochen; das Glück ist „nicht Vollendung, sondern Streben danach" (26). Schon im Frühwerk tritt so Camus' Neigung zu einer allegorischen Schreibweise hervor (vgl. Hirdt,
32 f.).

Die griechischen *Mythen* spielen in Camus' Werk eine *zentrale* Rolle.
Zum einen deswegen, weil Camus sich zum *Griechentum* ausdrücklich
bekennt (II 380: „. . . je me sens un coeur grec"); bei den Griechen sieht
er noch „das schöne Gleichgewicht des Menschlichen und der Natur",
die „Zustimmung des Menschen zur Welt" (Rev. 154*).[2]
Die *Hochschätzung des griechischen Mythos* (vgl. hierzu Scheel, 300 ff.)
ist von Camus immer wieder bekräftigt worden; er kennzeichnet ihn als
die Welt, wo er sich am wohlsten fühlt (Tageb. 296). Die Mythen fun-
gieren für ihn als ein besonders geeignetes Mittel, in Bildern zu denken.
Der Mythos drückt die wesentliche Wirklichkeit des Menschen aus, –
nicht die einem „*zufriedenen* Denken" gemäße, wo es um das Beweisen
einer Wahrheit geht, die man zu besitzen meint, sondern die Wirklichkeit, die sich in den klaren Symbolen eines „begrenzten, sterblichen und
aufrührerischen Denkens" (Sis. 96 f.) ausdrückt.
Scheel hat (304) hervorgehoben, daß Camus „durch den Rückgriff auf
Mythologisches den Eindruck einer zeitlosen Gültigkeit seines Befundes

---

[2] Deutsche Übersetzungen werden, soweit sie in den Rowohlt-Ausgaben vorliegen, nach diesen zitiert. Ein der Seitenzahl beigefügtes* bedeutet, daß die Übersetzung modifiziert wurde. Das war in sehr vielen Fällen notwendig angesichts
der Unzulänglichkeiten der Übersetzung: sie enthält nicht nur viele Abwei-
chungen vom französischen Text, die als freie Paraphrasierung evtl. noch toleriert werden könnten, sondern darüber hinaus grobe Ungenauigkeiten und
elementare Fehler, z. T. solche, die den Sinn des Textes entstellen oder gar in
sein Gegenteil umkehren. An einigen Stellen werde ich ausdrücklich darauf
hinweisen!
Den Kollegen Prof. Dr. Heinrich Lausberg und Dr. Gerd Lamsfuß (Romani-
sches Seminar d. Univ. Münster), deren fachkundigen Rat ich zu zahlreichen
Problemen der Übersetzung einholen durfte, bin ich zu großem Dank verpflichtet.
Die häufig zitierten Übersetzungen sind wie folgt abgekürzt: Fr. = Der Fremde;
Rev. = Der Mensch in der Revolte; Sis. = Der Mythos von Sisyphos.

über die *conditio humana*" erzielt; das mythische Symbol drückt menschliche Grundbefindlichkeiten aus.

Camus betont, daß die Mythen nicht aus sich heraus Leben haben: Sie erwarten, daß wir sie mit Leben erfüllen (Essays, 159*). Sisyphos und Prometheus sind für Camus nicht nur antike Mythenfiguren, „sondern Archetypen des absurden und revoltierenden Menschen" (Di Méglio, 177). Wenn wir dem Anruf der Mythen antworten, dann – so Camus (Essays, 159) – „zeigen sie uns ihre unversehrte Frische" (II 843: „leur sève intacte" ist mit „ihre unberührten Lebenssäfte" falsch übersetzt!) Die Verwendung von Märchen und Mythen erhöht zwar den Reiz des Camus'schen Werkes für den Leser, erschwert aber gleichzeitig die Erfassung und adäquate Interpretation seiner Gedanken. Auch bestimmte Einseitigkeiten der Rezeption (und zwar gerade der deutschen!), auf die Schlette (Wege, 5ff.) mit Recht hinweist, sind unter diesen Voraussetzungen verständlich.

Zu den Einseitigkeiten der Rezeption gehört die Festlegung Camus' auf die Thematik des Absurden. Camus selbst hat – offenbar ohne Erfolg – versucht, der erwähnten Festlegung entgegenzuwirken. In dem Essay „Das Rätsel" deutet er an, wie schwierig es ist, *gegen die Fixierung auf das Absurde* anzugehen; in bezug auf sein Werk habe man, statt auf Nuancen zu achten, eine Formel gewählt, und danach bleibe er „absurd"; doch im Rahmen seiner Erfahrung kann das Absurde nur als eine *Ausgangsposition* angesehen werden (Essays, 177). Eine Fixierung liegt z. B. bei Espiau de la Maëstre vor, der Camus eine „konsequente Auslegung des Weltparadigmas im schwarzen Licht des Absurdismus" unterstellt (81, 66f.). Vorsichtiger urteilt Krings (29); Sartre (Porträts, 90) hob hervor, Camus habe „durch die äußerste Negativität zur Positivität durchstoßen und ‚Liebe und Auflehnung feierlich miteinander vereinen'" wollen.

2. Die Grundantinomien des menschlichen Daseins

Beim Versuch, die „Grundantinomien" des menschlichen Daseins als Camus' zentrales Anliegen darzustellen, wird der Begriff „*Antinomie*" im *weitesten* Sinne verwendet:
Camus selbst spricht (Rev. 239) von den „Antinomien des revoltierenden Denkens" und kennzeichnet eine von diesem Denken möglicherweise begründete Philosophie als eine „Philosophie der Grenzen, der berechneten Unwissenheit und des Wagnisses" (Rev. 234), als ein „Denken der relativen Größen" (Rev. 238*), ein „Denken in Annähe-

rungen". Ein *Gegenstand* dieses Denkens ist die Antinomie im Sinne des Widersprüchlichen, Gegensätzlichen, Zwiespältigen, das dem Menschen in der Konkretheit seines Lebens überall begegnet; Antinomik meint aber auch die *Struktur* dieses Denkens, den Versuch, das als widersprüchlich Erfahrene auf eine angemessene Begrifflichkeit zu bringen.

Wenn man Camus' Denken als ein antinomisches Denken erfaßt, lassen sich die mit Recht beklagten Einseitigkeiten der Camus-Rezeption (z. B. die Festlegung Camus' auf einen „Absurdismus") ebenso vermeiden wie bis in Einzelheiten hineinreichende Fehlinterpretationen. Zu behaupten, daß Camus *nie* „theoretische Fähigkeiten zu Hilfe kommen", wie Sartre sie besitzt, (Heist, in: Schlette, Wege, 26), ist nur möglich, wenn man ausdrücklich darauf verzichtet, die *philosophischen* Grundlagen der Camus'schen Anschauung von Welt und Gesellschaft zu untersuchen. Wenn man die antinomische Struktur des Camus'schen Denkens berücksichtigt, läßt sich weder eine (angeblich „pseudorealistische") *Fixierung der Absurdität* behaupten, noch läßt diese sich als *„absolute" Absurdität* fassen, geschweige denn als eine über die bestehende Welt gestülpte „negative Einheit" (a. a. O. 164 f.).

Im folgenden wird versucht, jene Grundantinomien herauszuarbeiten, die im Denken Camus' eine zentrale Bedeutung haben:

– im Denken des Absurden: die Spannung zwischen Positivität und Absurdität des Lebens;
– im Denken der Revolte: die Spannung zwischen der Welt der Revolte und der Welt der Gnade.

3. Die Spannung zwischen Positivität und Absurdität des Lebens

Die Autoren, die Camus unter dem (dominierenden) Aspekt der Absurdität interpretieren, übersehen, daß Camus von Anfang an dieser Erfahrung der *Absurdität* die Erfahrung der *Positivität* des Lebens entgegengesetzt hat. Daß diese antinomische Struktur häufig übersehen wurde, ist umso erstaunlicher, als sie schon in Camus' frühesten Schriften nachweisbar ist, und zwar unter deutlicher Hervorhebung des *positiven* Aspekts.

Camus' erster Roman, „La mort heureuse", sollte ursprünglich „La vie heureuse" heißen (vgl. Brée, 77 f.). Seine erste Novellensammlung „L'Envers et l'Endroit" („Licht und Schatten") weist schon im Titel auf die antithetische Struktur hin.

Camus hat wiederholt betont, daß sein Denken auf einer Art *positiver*

Grundstimmung beruht. Im Interview mit „Les Nouvelles littéraires"
vom 10. 5. 1951 (II 1337–1343) erwidert er auf die Anspielung, er gelte
als pessimistischer Autor: „Wenn ich das herausfinden sollte, was in
mir das Grundlegende ist, dann ist es der Sinn für das Glück, den ich
finde … Im Zentrum meines Werkes gibt es eine unbesiegbare Sonne
(un soleil invincible)" (II 1339).
Brée hat, besonders im 2. Kapitel ihres Camus-Buches dargestellt
(21 ff.), daß Algerien für Camus das Land dieses „unbesiegbaren Som-
mers" ist. Es bildet „nicht nur den Hintergrund von *L'Etranger* und *La
Peste*, sondern spielt in allen Werken eine große Rolle, denn es liefert die
wesentlichen Bilder und Symbole …"
Camus hat, von seinen ersten Novellen an, durchaus die Schattenseiten
des Lebens gesehen und dargestellt. Mehr als zwanzig Jahre nach dem
Erscheinen von „Licht und Schatten" umriß er im Vorwort zur Neu-
ausgabe 1958, wie stark seine Kindheit sowohl von der sichtbaren Armut in seiner Umgebung, aber auch von der faszinierenden Schönheit
seiner Heimat geprägt war: „Ich weiß, daß meine Quelle sich im *Licht
und Schatten* befindet, in jener Welt der Armut und des Lichtes, in der
ich lange Jahre gelebt habe" (Essays, 9 f.). „Licht und Schatten" nimmt
im Rückblick für ihn eine Sonderstellung ein: hier geht es um seinen eigenen Mittelpunkt: „Wenn es mir … nicht eines Tages gelingt, *Licht
und Schatten* nochmals zu schreiben, werde ich mein Leben lang nichts
erreicht haben" (Essays, 22 f.).
In einer Tagebuch-Eintragung vom Januar 1936 bekennt er: „Ich bin
glücklich in dieser Welt, denn mein Reich ist von dieser Welt" („mon
royaume est de ce monde"; Tageb. 11 f; Carnets I 22) (vgl. Di Méglio,
31, 39, wo diese These Camus' als „bewußte Antithese zum Christentum" interpretiert wird; in der Novelle „Licht und Schatten" – Essays,
73 – ist diese Stelle freilich weniger prinzipiell formuliert: „In der jetzi-
gen Stunde – à cette heure – ist mein ganzes Reich von dieser Welt").
In dieser Novelle finden sich sehr aufschlußreiche Hinweise darauf, wie
Camus damals über seine Existenz reflektierte. Er sieht sich ausdrücklich der „Lichtseite der Welt" gegenübergestellt (Essays, 72) und fragt
sich: „Wenn ich versuche, zu mir selbst zu gelangen, vermag ich es nur
in der Tiefe dieses Lichts. Und wenn ich versuche, diese zarte Köstlich-
keit zu verstehen und zu kosten, die das Geheimnis der Welt preisgibt,
finde ich auf dem Grunde des Weltalls mich selbst."
Diese „Begegnung mit sich selbst" wird von Camus als ein *Einswerden
mit der Natur bzw. Welt* verstanden: „… wann bin ich denn wahrer,
als wenn ich die Welt bin?" (Essays, 73). Dieser Gedanke tritt noch
stärker hervor in der folgenden Essay-Sammlung „Noces" (dt. „Hoch-

zeit des Lichtes"). Hier variiert Camus in geradezu hymnischen Preisungen den Einklang zwischen Mensch und Natur; er schildert die Kraft des Windes, der ihn „nach dem Vorbild der heißen Nacktheit formte", die ihn umfing. „Nie habe ich in einem solchen Maße beides zugleich, meine eigene Auflösung und mein Vorhandensein in der Welt empfunden" (Essays, 87,78; vgl. 118).

Camus beruft sich (Essays, 104) ausdrücklich auf den Ursprung dieses Einheitsdenkens: auf *Plotin*; unter dem Einfluß seines Lehrers *Grenier* (über ihn vgl. Thody, 25 ff., Brée, 32 ff.) hatte Camus sich während seines Studiums an der Universität Algier intensiv mit der neuplatonischen und der patristischen Philosophie beschäftigt und eine Diplomarbeit „Métaphysique Chrêtienne et Néoplatonisme" verfaßt (II 1224–1313; die deutsche Ausgabe erschien erst 1978; vgl. hierzu: Di Méglio, 32–38; Schlette, Examensschrift; Lauble, Evangelium); besonders Plotins Anthropologie („Bestimmung des Menschen als des auf die Einheit ausgerichteten, nach ihr verlangenden Wesens"; Lauble, Evangelium, 60 f.) war für Camus bedeutsam.

Lauble spricht (57) jedoch mit vollem Recht von einer „*Horizontalisierung*" des plotinischen Gedankens der Vereinigung mit dem Einen durch Camus, etwa in dessen Essay „Sommer in Algier": „. . . ist es denn so erstaunlich, daß man diese Vereinigung, die Plotin ersehnte, hier auf Erden findet? Hier verkünden die Sonne und das Meer diese Einheit . . . Ich lerne, daß es kein übermenschliches Glück gibt und keine Ewigkeit außer dem Hinfließen der Tage" (Essays, 104). Camus kennt kein ausschließlich oder primär kontemplatives Verhältnis des Menschen zur Welt; schon in seiner Examensschrift berührt Camus die „Selbstverleugnungs- und Weltfluchttendenzen der späteren Christenheit" (Di Méglio, 33).

Der Gedanke des *Einswerdens* mit der Welt bzw. der Natur spielt auch in „La mort heureuse" eine zentrale Rolle. Der Held dieses Romans, Mersault, erfährt, daß „Glück" bedeutet, sich der Welt zu überlassen (147). Sinnbild für dieses Einswerden ist das Bad im Meer (vgl. Tageb. 32).

Di Méglio (42 f.) sieht hier jene „Ureinheit" realisiert, die Plotin in der mystischen Ekstase erfahren hatte: „In diesem Ritual . . . fallen Individuum und Kosmos, Leben und Tod zusammen". W. Hirdt arbeitet heraus, daß Patrice Mersault sein „immer weitergehendes, ihn schließlich verzehrendes Integrationsstreben . . . einmal vor seinem Tod zu verwirklichen [vermag]. Es ist ein Tod, den Mersault bei vollstem Bewußtsein erlebt: ‚une mort consciente'. . . So erfolgt der Tod Mersaults in dem Bewußtsein, daß sein Glück – und das des Menschen – in jenem

mutigen Willensakt liegt, durch den er sein Schicksal selber schafft"
(Hirdt, La Mort heureuse, 338 f.).
In welcher Richtung Camus diesen Gedanken des „Einswerdens" wei-
terentwickeln wird, deutet sich schon im Frühwerk an. Das Motiv der
mitmenschlichen Solidarität ist bei Camus von Anfang an präsent; im
Vorwort zu „Licht und Schatten" kennzeichnet Camus seine Auflehnung als eine „Auflehnung im Namen aller Menschen, damit das Leben
aller Menschen ins Licht erhoben werde" (Essays, 10; vgl. 73). In den
„Briefen an einen deutschen Freund" (in: „Fragen der Zeit", 7 ff) bestreitet Camus zwar, daß unserer Welt ein tieferer Sinn innewohne; aber
etwas in ihr habe Sinn: „und das ist der Mensch, denn er ist das einzige
Wesen, das für sich einen Sinn fordert. Diese Welt besitzt zumindest die
Wahrheit des Menschen . . ." (27 f.).

3.1 Die Grundantinomien im „Zyklus des Absurden"

Die positive Grundstimmung der frühen Schriften ist nicht nur wichtig,
um der einseitigen Fixierung Camus' auf das Thema „Absurdität" zu
begegnen; sie bildet auch die Grundlage für eine angemessene Interpretation der Werke, die sich unter dem Begriff „Zyklus des Absurden" zu-
sammenfassen lassen. Nach Abschluß des „Mythos von Sisyphos" notiert Camus (Tageb. 115 v. 21.2.41): „Die drei Absurden sind fertig"
(gemeint sind: „Caligula", „Der Fremde", „Der Mythos von Sisyphos").
In diesen Werken sind – verglichen mit dem Frühwerk – die Akzente
stärker auf die „Schattenseiten" des Lebens verlagert; unzweifelhaft
spielen hier seine Lebenserfahrungen eine wichtige Rolle; der Essay
„Der Wind in Djemila" drückt in bewegender Weise die Reflexionen
eines jungen Menschen aus, dem möglicherweise direkt gesagt worden
ist: „Sie sind kein Feigling, ich will aufrichtig mit Ihnen reden. Sie werden bald sterben" (Essays, 90 f.); daß der Tod ein so zentrales Thema in
Camus' gesamtem Werk wurde, ließe sich zwanglos aus den Überlegungen herleiten, die sich ihm damals als „bitteres Wissen" einprägten
(a. a. O.).
Die „drei Absurden" wurden nahezu gleichzeitig geschrieben und sind
durch das Hauptthema „Absurdität" so fest miteinander verknüpft,
daß man sie geradezu als wechselseitige Erläuterungen in verschiedenen
Darstellungsformen ansehen kann; Sartre z. B. hat im „Mythos von Sisyphos" den genauen Kommentar zu „Der Fremde" gesehen (J. P. Sartre, Situations I, S. 100; vgl. dagegen Castex, 10).
In einer Tagebuchnotiz (156*), überschrieben „Entwicklung des Ab-

surden", hat Camus Ende 1942 die für ihn offensichtlich wesentlichen
Aspekte formuliert:

„1. Wenn die grundlegende Sorge des Menschen das Verlangen nach
Einheit ist,

2. Wenn die Welt (oder Gott) dem nicht genügen können, ist es die
Aufgabe des Menschen, seine Einheit zu schaffen [genauer wäre
m. E.: sich eine Einheit zu schaffen], sei es in der Abkehr von der
Welt, sei es innerhalb der Welt ..."

Das „Absurde" ist für Camus die „Diskrepanz zwischen dieser Ein-
heitssuche und den Schwierigkeiten, die sich ihr in den Weg stellen"
(Übersetzung nach Di Méglio 63, 307; sie hat die sinnentstellende Übersetzung der Rowohlt-Ausgabe korrigiert.)

Was den zentralen Begriff des „Absurden" betrifft, so scheint zunächst
durch Camus selbst klar vorgezeichnet zu sein, wie er zu verstehen ist.
Indessen zeigt die Sekundärliteratur gerade hinsichtlich dieses Begriffs
erstaunliche Divergenzen. Exemplarisch sei nur auf die Position Sartres
verwiesen; er behauptet (Porträts, 104), Camus habe das Absurde entdeckt, „die sinnlose Negation des Menschen". Diese Kennzeichnung
steht in klarem Widerspruch zu Camus' Äußerungen.

Zwar hat Camus nie einen Zweifel daran gelassen, daß *das Absurde* für
ihn *das einzig Gegebene* ist, gleichsam das Apriori seines Philosophierens; *insofern* nennt Sartre ihn mit Recht einen „Cartesianer des Absurden" (Porträts, 103). Camus sieht das Absurde als das einzig Gegebene
an (z. B. Sis. 31; II 121: „L'unique donnée est pour moi l'absurde"); in
seiner Formulierung „Ich empöre mich, also sind wir" (Rev. 21) lehnt er
sich ausdrücklich an Descartes' Formulierung an; der Begriff des Absurden, so sagt er, könne als die erste seiner Wahrheiten gelten
(a. a. O.).

Gegen Sartre ist einzuwenden, daß Camus das Absurde *nicht* als „die
sinnlose Negation des Menschen" verstanden hat; er hat sich auch *nicht*
– wie Sartre ihm unterstellt – geweigert, „den sicheren Boden des Moralischen zu verlassen und sich auf die ungewissen Pfade der *Praxis* zu begeben" (Porträts, 103).

Camus hat nachdrücklich gesagt, daß das Problem der Absurdität für
ihn der *Ausgangspunkt* seines Denkens ist (II 1342: „ich war auf der Suche nach einer Methode, nicht nach einer Lehre"; ähnlich II 1610).
„Wenn man annimmt, daß nichts Sinn habe, dann muß man auf die Absurdität der Welt schließen. Aber hat denn nichts Sinn? Ich habe niemals
gedacht, daß man diesen Standpunkt einnehmen könne" (II 1343).
Camus sah klar, daß man in der Negation nicht leben könne; II 1610 betont er, er habe im Vorwort zum „Mythos von Sisyphos" das *Positive*

angekündigt und es dann in drei Formen dargestellt: auf der Ebene des Romans mit der „Pest", im Drama mit „Belagerungszustand" und „Die Gerechten", auf der theoretischen Ebene mit „Der Mensch in der Revolte". In einem Brief an P. Bonnel vom 18. 3. 1943 drückt Camus seine Überzeugung aus, es sei bestimmt möglich, eine absurde Philosophie zu verbinden mit einem um die *humane Vervollkommnung* besorgten politischen Denken (II 1423).

Für Camus kann es gar nicht so etwas wie einen „sicheren Boden des Moralischen" geben; eben darum kreist sein Denken immer wieder um die zentrale (ethische) Frage, wie man *praktisch* sein Leben führen kann angesichts der erfahrenen Absurdität der Welt. R. Quilliot unterstreicht im Kommentar zur „Pest", daß „Die Pest" *auch* ein Versuch ist, auf die Frage zu antworten, die bereits „Der Fremde" und „Der Mythos von Sisyphos" gestellt hatten: „wie soll man sich in einer absurden Welt verhalten, die beherrscht wird durch den Machtwillen einiger mittelmäßiger Caligula-Typen?" (I 1936).

Die Auseinandersetzung mit dem Christentum, die weite Teile des Camus'schen Werkes bestimmt, resultiert im Grunde daraus, daß „der absurde Geist am Ende seiner Überlegung nicht ethische Regeln suchen (kann), sondern Veranschaulichungen und den Atem menschlicherLebensvollzüge" (Sis. 60*; in der Rowohlt-Ausgabe ist diese Stelle falsch übersetzt!). Camus war – wie Schlette es (Camus heute, 186 ff.) formuliert – angesichts seiner Grunderfahrung nicht in der Lage, die als Ausgangspunkt angenommene Absurdität „in eine Position des metaphysischen Wissens zu transzendieren ... Camus ... fordert ... das Weitermachen im Hinnehmen der absurden Bedingung des Menschseins ... Im Sinne dieser Philosophie des Weitermachens steht Camus auch schon mit dem ‚Sisyphos' ‚jenseits des Nihilismus' ..."

Wenn Schlette in diesem Zusammenhang von einem „*Überschuß an Bejahung*" bei Camus spricht, dann meint er das im Sinne jener Philosophie des Weitermachens, die Camus mit dem Begriff der Auflehnung verbunden hat: „Leben heißt: das Absurde leben lassen. Das Absurde leben lassen heißt: ihm ins Auge sehen ... Eine der wenigen philosophisch stichhaltigen Positionen ist demnach die Auflehnung. .. Sie ist die ständige Anwesenheit des Menschen bei sich selbst ..." (Sis., 49).

3.2 Zum „Begriff" des Absurden

Camus spricht zwar gelegentlich, z. B. Sis. 29, vom „*Begriff*" des Absurden („la notion de l'absurde"), meint aber damit einen sehr weit gefaßten Begriff, der – wie G. Brée (229) richtig sagt – „alles enthält: die

Sterblichkeit des Menschen und sein brennendes Verlangen nach Ewigkeit, die unheilbare Kluft zwischen seiner Erfahrung und seinem Verlangen nach rationaler Einheit, die Sinnlosigkeit seines Lebens und seine Leidenschaft für absoluten Wert und Sinn".

Im folgenden soll zunächst anhand des „Mythos von Sisyphos" analysiert werden, was „das Absurde" bei Camus bedeutet. Camus betont von Anfang an die veränderte Blickrichtung: bisher sei das Absurde als „Ergebnis" (conclusion) verstanden worden, er hingegen betrachte es als „Ausgangspunkt" (point du depart) (Sis. 8; vgl. II 1430). Camus begnügt sich zunächst damit, das „Bewußtsein der Absurdität" als einen „Zwiespalt zwischen dem Menschen und seinem Leben" zu bezeichnen (Sis. 11*); er weist wiederholt darauf hin, daß philosophische Lösungen – etwa die klare Alternative „ja oder nein" – zu bequem wären; denn wir müssen von den Menschen ausgehen, „die fortgesetzt Fragen stellen und keine Schlüsse ziehen" (Sis. 12). Wirkliche „Erkenntnis" sei in diesem Bereich nicht zu erwarten, ja: unmöglich (vgl. Sis. 16f.).

Mittels des Begriffs „Anderssein" („étrangeté") faßt Camus (Sis. 17ff) einige „Phänomene" zusammen, in denen sich die *Distanz zwischen Mensch und Welt* manifestiert: die Welt ist „dicht", ein Stein ist „fremd" und „undurchdringbar", die Natur bzw. eine Landschaft können uns „verneinen", den ihnen von uns gegebenen – trügerischen – Sinn verlieren; Camus spricht von einer „primitiven Feindseligkeit" der Welt; während wir sie bisher nach Schemata verstanden haben, die wir ihr vorher auferlegt hatten, entgleitet sie uns, da sie wieder sie selbst wird (Sis. 18f.): „diese Dichte und diese Fremdartigkeit der Welt sind das Absurde" (18).

Das erwähnte „Anderssein" („étrangeté") der Welt, das Camus auch auf den Bereich der zwischenmenschlichen Beziehungen überträgt (Sis. 18; vgl. Tageb. 80), gehört im Bereich des „Empfindens" zu den „Evidenzen", zu den „unabweisbaren Themen" (Sis. 19), deren man sich sicher sein muß, um dann die „Grundfrage" behandeln zu können. Doch auch auf der „Ebene des Verstandes" zeigen sich „unabweisbare Tatsachen" (Sis. 21); Camus spricht von *Paradoxien*, in die der sich selbst betrachtende Geist gerät; das „Heimweh nach der Einheit", das „Verlangen nach dem Absoluten" enthüllen „das wesentliche Agens des menschlichen Dramas" (Sis. 20; vgl. II 1434, ad P.110).

Camus sieht die ganze Geschichte menschlichen Denkens unter dem Aspekt der Hinfälligkeit unseres vermeintlichen Wissens; der von der Sehnsucht nach Einheit erfüllte Geist ordnet die Welt nach seinen Vorstellungen, – aber „bei seiner ersten Regung wird diese Welt brüchig und stürzt ein: eine Unzahl schillernder Bruchstücke bieten sich der Erkenntnis dar" (Sis. 21*).

Dies ist nach Camus die Situation, in der sich der Mensch befindet: er ist sich selbst und der Welt fremd (II 112: „Étranger à moi-même et à ce monde"); das Denken verneint sich selbst, sobald es etwas behauptet; die blinde Vernunft tut vergeblich so, als sei alles klar; der Verstand sagt mir, daß diese Welt absurd ist. Damit – so könnte man meinen – wären Resignation, Skepsis, Verneinung des Lebens die angemessene Antwort (Sis. 22 f; II 111).

Genau an diesem Punkt aber wird deutlich, wie weit Camus von dem ihm zugesprochenen „Nihilismus" entfernt ist; denn hier stellt sich ihm die *Sinnfrage*: „In diesem unerklärlichen und begrenzten Universum gewinnt das Schicksal des Menschen von nun an seinen Sinn" (Sis. 23*). Freilich handelt es sich hier um eine „Sinngebung" besonderer Art. H. Jeschke hat (465) die Formel von der „immanenten Transzendenz" benutzt, um damit die für Camus' Denken charakteristische „Abkehr von jeder metaphysischen Spekulation" hervorzuheben.

G. Wunberg, der die starke Betonung des *Rationalen*, besonders im „Mythos von Sisyphos", untersucht hat, zeigt (208), daß die Sinngebung sich gerade auf das Absurde bezieht, das an sich selbst widersinnig ist. Der Sinn das Absurden zeige sich in seiner Ablehnung (vgl. Sis. 32: „Das Absurde hat nur insoweit einen Sinn, als man sich mit ihm nicht einverstanden erklärt"); somit erhalte das Absurde einen Sinn „aus einer Dimension außerhalb seiner selbst . . .: aus der Dimension des Bewußten, des Rationalen". Das „bewußte Unbefriedigtsein" (Sis. 32), als ein rationaler Akt verstanden, ist charakteristisch für die Position Camus': daß das Absurde nicht „durch irgendeine andere, sogenannte ‚positive' Kategorie abgelöst und ersetzt wird, sondern daß dem Absurden selbst geradezu ein Sinn gegeben wird" (Wunberg, 209). Sisyphos ist insofern ein Held des Absurden, als er diese Haltung realisiert. Die „Stunde des Bewußtseins" ist dann gekommen, wenn er den Gipfel verläßt, um sich erneut abzumühen; dann ist er seinem Schicksal überlegen. Das *Tragische* dieses Mythos besteht darin, daß der Held *bewußt* (conscient) ist. „*Sisyphos* . . . kennt das ganze Ausmaß seiner unseligen Lage: über sie denkt er während des Abstiegs nach. Die klare Einsicht, die seine Qual ausmachen sollte, vollendet gleichzeitig seinen Sieg" (Sis. 99*).

Freilich würde man Camus mißverstehen, wollte man das Absurde von der Rationalität des klarsichtigen Helden abhängig machen. Camus sieht ausdrücklich die im Universum aufgetauchten „irrationalen Größen" in einer Gegenstellung zum „glühenden Verlangen" des Menschen nach Klarheit. Deswegen hängt für ihn das Absurde „ebensosehr vom Menschen ab wie von der Welt"; es ist das „einzige Band" zwischen ihnen, – und gleichzeitig der unabweisbare „Zwiespalt" (Sis. 23, 46; II 135: „divorce"), der „Bruch" zwischen der Welt und meinem Geist (Sis. 47; II 136: „cette fracture entre le monde et mon esprit"). Zu den Wahrheiten, von denen – wie Camus sagt – man nicht mehr loskommen kann, gehört die Einsicht, daß für den absurden Menschen nicht Resignation möglich ist, sondern „Bewußtsein und Auflehnung" (conscience et révolte"); das Absurde ist „seine äußerste Anspannung", an der er „beständig mit einer einsamen Anstrengung festhält; denn er weiß, daß er – in diesem Bewußtsein und in dieser Auflehnung von einem Tag zum anderen – seine einzige Wahrheit bezeugt, die Herausforderung"; (Sis. 50*).

Camus kritisiert *Kierkegaard*, der nicht das „Gleichgewicht zwischen dem Irrationalen der Welt und der empörten Sehnsucht nach dem Absurden" halte, sondern versuche „dem Widerspruch der menschlichen Situation (II 126: „l'antinomie de la condition humaine") zu entrinnen. Eben dieses „*Entrinnen*" aber ist für Camus inakzeptabel; er hebt hervor, daß es darum gehe, im Zustande des Absurden zu *leben* (Sis. 37*, 39).

Das Leben angesichts des Absurden ist für Camus von einigen Wahrheiten bestimmt, von denen er „nicht mehr loskommen kann" (Sis. 47). Zu diesen „Evidenzen" gehört die Einsicht, daß ich zwei grundlegende Gewißheiten nicht miteinander vereinigen kann: „mein Verlangen nach Absolutem und nach Einheit" und „die Nichtrückführbarkeit (l'irréductibilité) dieser Welt auf ein vernünftiges und zureichendes Prinzip" (Sis. 47*; II 136).

Camus spricht vom „endgültigen Erwachen" (Sis. 16) des Menschen, der sich bewußt mit seiner absurden Existenz auseinandersetzt; das Absurde wird „bewußt einbezogen in die gedankliche Auseinandersetzung des Menschen mit seiner Existenz, denn nur in dieser Konfrontierung kann es ausgehalten, bestanden, ‚überwunden' werden" (Wunberg, 211, 213).

Dieses „Aushalten" (unter Aufrechterhaltung des Bewußtseins) sieht Camus im Schaffen des Künstlers verwirklicht. Das Kunstwerk – von ihm (Sis. 79 f.*) als „die absurde Freude *par excellence*" charakterisiert – lasse den Geist aus sich selbst herausgehen und stelle ihn etwas anderem gegenüber, um ihm die „Sackgasse" zu weisen, in der alle marschieren. Im Kunstwerk finden wir alle Widersprüche des absurden Denkens wieder: es muß den Zwiespalt und die Auflehnung sichtbar machen; es darf nicht Hoffnung aufkommen lassen, indem es Illusionen huldigt (Sis. 85 f.).

Am Beispiel Dostojewskijs (Sis. 87–93) zeigt Camus, daß das künstlerische Schaffen „das erschütternde Zeugnis für die einzige Würde des Menschen [ist]: die eigensinnige Auflehnung gegen seine Lage, die Ausdauer in einer für unfruchtbar erachteten Anstrengung" (Sis. 95).

Das Kunstwerk ist für Camus nicht als *ästhetischer* Gegenstand bedeutsam, sondern als Absage an ein „*zufriedenes* Denken" (Sis. 96). Er verlangt vom absurden Kunstwerk – wie vom Denken – Auflehnung, Freiheit und Mannigfaltigkeit, damit es seine „tiefe Nutzlosigkeit" manifestiere und die „tiefe Nutzlosigkeit allen individuellen Lebens vollende" (Sis. 96 f.). Camus sieht hier das Bild einer Existenz, in der (vom Verhängnis des Todes abgesehen) alles (Freude oder Glück) *Freiheit* ist. So wird der Mensch zum einzigen Herren der Welt, – befreit von der Illusion einer anderen Welt. Sein Denken geht in Bildern auf, es spielt in Mythen, – aber diese Mythen versteht Camus nicht als *göttliche* Fabel; sie haben „keine andere Tiefe als die des menschlichen Schmerzes, und wie dieser sind sie unerschöpflich" (Sis. 97*; die fehlerhafte Übersetzung mußte korrigiert werden!)

3.3 Sisyphos als „Held des Absurden"

Von diesem Grundverständnis des Absurden aus wird deutlich, inwiefern aus Camus' Sicht Sisyphos der „*Held des Absurden*" („le héros absurde", II 196) ist. Hinsichtlich des „Mythos von Sisyphos" ist bemerkenswert, daß nur wenige Seiten des Textes den *eigentlichen* Sisyphos-Mythos behandeln, der Leser aber fast zwangsläufig den Eindruck hat, als handle die ganze Abhandlung über das Absurde von einem Mythos. Nach Scheel (305 f.) bewirkt der Titel, „daß der Leser alles, was über die absurde Situation des Menschen in den drei zentralen Kapiteln des Essays gesagt wird, bewußt oder unbewußt in Beziehung zur Gestalt des Sisyphos setzt, von dem er ... weiß, daß dieser eine schwere und sinnlose Arbeit zu verrichten hat, unter der er nach normalem Ermessen und nach dem Wortlaut des Berichts, den Odysseus in Homers *Odyssee* (XI 593) gibt, fürchterlich leidet".

Camus hat die mythische Vorlage, seinen Intentionen entsprechend, in wichtigen Punkten *modifiziert*. Innerhalb des im Mythos geschilderten Ablaufs hebt Camus *eine* Phase besonders hervor: die des Abstiegs des Sisyphos zu dem wieder herabgerollten Stein. Sisyphos ist ein Mann, der in Richtung auf seine Qual dahingeht, ohne deren Ende zu kennen; dies ist die „Stunde des Bewußtseins"; er zeigt sich seinem Schicksal überlegen; er kennt das ganze Ausmaß seiner unseligen Lage. Diese klare Einsicht („clairvoyance"), die eigentlich seine Qual ausmachen sollte, vollendet gleichzeitig seinen Sieg: „Es gibt kein Schicksal, das nicht durch Verachtung überwunden werden kann" (Sis. 99*).

Während der homerische Mythos die schreckliche Mühsal und Bedrängnis hervorhebt, der Sisyphos ausgesetzt ist, interpretiert Camus den Helden als „glücklich"; der Mensch, der sich seiner Situation *bewußt* ist, ist glücklich – nicht, *obwohl* seine Situation absurd ist, sondern gerade *weil* er seine Situation als absurd erkannt hat. Die fundamentale Bedeutung des Absurden liegt darin, daß es nach Camus *die* Bedingung menschlicher Existenz ist. Camus hatte „Leben" gleichgesetzt mit „das Absurde leben lassen" – „ihm ins Auge sehen" (Sis. 49; II 138: „Vivre, c'est faire vivre l'absurde. Le faire vivre, c'est avant tout le regarder"). Das Absurde bringt geradezu einen „Zuwachs an Leben" (Sis. 56) mit sich. Nach Camus führt die Auseinandersetzung des bewußten Menschen mit seiner absurden Existenz „folgerichtig" zu der Lösung „Selbstmord oder Wiederherstellung" (II 107: „suicide ou rétablissement"); da der Selbstmord als Lösung ausscheide, werde die „Wiederherstellung" besonders wichtig; Sisyphos leiste durch die Tat immer wieder jene „Wiederherstellung" (Sis. 16f.; vgl. Wunberg, 216f.)

Schließlich modifiziert Camus noch den Sisyphos-Mythos durch Übernahme von Einzelzügen aus dem Prometheus-Mythos, der ja für seinen späteren Zyklus der Revolte zentrale Bedeutung gewinnt (Einzelheiten hierzu bei Scheel, 310f.; Kienecker, 529).

Für Camus ist es ein als „evident" gekennzeichneter Befund: daß der Geist in Fesseln liegt, konfrontiert mit einem „undeutbaren und begrenzten Universum"; in eben diesem Universum erhält das Schicksal des Menschen seinen Sinn (Sis. 23). Seine Kritik an der Existenzphilosophie basiert u. a. darauf, daß alle ihre Vertreter in irgendeine Form von Hoffnung ausgewichen sind (vgl. Sis. 32f.). Ob diese Welt einen über sie hinausgehenden Sinn hat (Sis. 47*; vgl. II 1439, ad P. 136, N⁰ 4), weiß ich nicht; ich weiß, daß ich diesen Sinn nicht kenne. Was aber „bedeutet mir ein Sinn, der außerhalb meiner Situation liegt? Ich kann nur innerhalb menschlicher Grenzen etwas begreifen ... Was für eine andere Wahrheit kann ich erkennen, ohne ... eine Hoffnung einzuschalten, die ich nicht habe und die innerhalb meiner Situation nichts besagt?" (Sis. 47).

Camus kehrt die übliche Sinnfrage geradezu um: das Problem ist für ihn nicht, ob das Leben einen Sinn haben müsse, um gelebt zu werden; im Gegenteil habe es den Anschein, als ob es umso besser gelebt werden könne, je weniger Sinn es habe; die Position der Auflehnung, die Camus damit verknüpft, gilt ihm als die „ständige Präsenz des Menschen bei sich selbst". Diese Auflehnung gibt dem Leben seinen Wert; der Verlust der Hoffnung und der Zukunft bedeutet Wiedergabe und Steigerung der Handlungsfreiheit (Sis. 49 ff.). Während der Glaube an einen Sinn des Lebens eine Werteskala zur Voraussetzung hat, bedeutet der bewußte Verzicht auf Hoffnung Gleichgültigkeit gegenüber der Zukunft (II 142: „l'indifférence à l'avenir") und das „leidenschaftliche Verlangen alles Gegebene auszuschöpfen" (Sis. 54), und zwar im Sinne eines intensiv gelebten Lebens: „Sein Leben, seine Auflehnung und seine Freiheit so stark wie möglich empfinden – das heißt: so intensiv wie möglich leben" (Sis. 56; II 144: „. . . c'est vivre et le plus possible"). Angesichts einer solchen Klarheit des Denkens wird jede Wertskala nutzlos. Das Ideal des absurden Menschen ist „das Gegenwärtige und die Abfolge von Gegenwärtigkeiten vor einer unaufhörlich bewußten Seele". Das einzige Hindernis, das sich für den absurden Menschen dabei ergibt, ist der Tod (Sis. 61, 56 f.).

Verkörperungen dieses absurden Menschen sieht Camus im Don Juan, im Schauspieler, im Eroberer und – besonders deutlich – im schaffenden Künstler. Sie alle schöpfen ihr Leben so weit wie möglich aus, sind ihm leidenschaftlich zugewandt (zu diesen Porträts absurder Menschen vgl. Brée, 223 f., 227).

Aus einer als „unvernünftig" verstandenen, nicht auf Gott hin übersteigbaren Ordnung läßt sich keine Regel sittlichen Handelns ableiten. Die einzige Wahrheit, die dem absurden Menschen einleuchten kann, ist nicht formulierbar (Sis. 60*): „sie entzündet sich und entwickelt sich in den Menschen". Für den absurden Geist stehen am Ende seines Überlegens also durchaus nicht ethische Regeln, die er suchen kann, sondern „Beispiele" („illustrations") und der „Atem menschlichen Lebens" („le souffle des vies humaines", II 150, vgl. oben S. 136 mit der Korrektur der Übersetzung!).

In den exemplarischen Darstellungen absurden Lebens (Don Juan, Komödiant, Eroberer) will Camus deutlich machen, daß der absurde Mensch sein *eigenes* und sein *einziges* Ziel ist (vgl. Sis. 75); diese „extremsten Typen" sind „Weise" („sages"), sofern das Wort „Weiser" einen Menschen bezeichnet, „der von dem lebt, was er hat, und nicht auf das spekuliert, was er nicht hat"; sie wissen auch nach dem Maßstab einer Welt ohne Zukunft und ohne Schwäche zu leben. Das Absurde gibt ihnen eine „königliche Macht", – aber es sind „Fürsten ohne Reich" (Sis. 77 f.).

Indem der absurde Mensch sich – gegen das Ewige – mit der Zeit (und der Geschichte) verbündet, erfährt er, daß das Individuum nichts und doch alles kann (Sis. 73 f.); so gewinnt es eine „wunderbare Verfügbarkeit" (so übersetzt Di Méglio, 70, „merveilleuse disponibilité", II 165).

Die „Ethik" des absurden Menschen geht vom „Prinzip seiner Unschuld" aus (Sis. 59), von einer Anständigkeit (honnêteté), die keine Gebote braucht. Di Méglio (69) faßt prägnant das Prinzip dieser Ethik wie folgt: Der Mensch „trägt die volle Verantwortung für sein Tun, ja er muß sogar für das Böse in der Welt haften. Camus hat die Theodizeefrage für sich entschieden: er rechnet nicht mit einem allmächtigen Gott, sondern definiert den Menschen als absolut freies und total verantwortliches Wesen ..."

Camus hat allerdings klar gesehen, daß – auch unter den Voraussetzungen einer „Ethik des Absurden" – sich Werturteile nicht völlig unterdrücken lassen. Aufschlußreich ist gerade in dieser Hinsicht sein Brief an Pierre Bonnel vom 18.3.1943 (abgedruckt II 1422 ff.), wo Camus auf einige Einwände Bonnels eingeht. Dabei räumt er ein, daß es einen „fundamentalen Widerspruch" gibt: Das absurde Denken sei bemüht, alle Werturteile (jugements de valeur) auszuscheiden, und zwar zugunsten von „Tatsachenentscheidungen" (jugements de fait). Nun wissen wir aber, daß es unvermeidliche (inévitables) Werturteile gebe. Das Absurde freilich drängt offensichtlich dazu, ohne Werturteile zu leben, und leben heißt immer: in einer mehr oder weniger elementaren Weise urteilen. Hier müsse man in der Tat eine Entscheidung treffen; es gehe um Probleme, die man zuerst *leben* müsse. Camus formuliert ausdrücklich den Grundgedanken (la pensée profonde) seines Buches wie folgt: Der metaphysische Pessimismus habe keineswegs zur Folge, daß man am Menschen verzweifeln müsse, – im Gegenteil: es erscheine ihm (Camus) durchaus möglich, auf eine absurde Philosophie ein politisches Denken zu gründen, das besorgt sei um die humane Vervollkommnung und das seine Zuversicht in das Relative setze (vgl. Essays, 177 ff., wo Camus sich ausdrücklich *gegen die Möglichkeit eines totalen Nihilismus* wendet).

3.4 Meursault als Typ des „absurden Menschen"

Es erscheint berechtigt, *nach* der Analyse von Camus' „Lehre" vom Absurden eine Veranschaulichung der Gedanken über das Absurde in der Gestalt von Patrice Meursault erwarten zu können. Andererseits irritiert Camus den Leser durch einige Hinweise, die diese Erwartung in Frage stellen. Etwa, wenn er Meursault als den „einzigen Christus" be-

zeichnet, den wir verdienen (I 1929); oder wenn er neben Schlußfolgerungen wie „die Gesellschaft braucht Leute, die bei der Beerdigung ihrer
Mutter weinen" oder „man wird niemals für das Verbrechen verurteilt,
für das man verurteilt zu werden glaubt" (Tageb. 140*) fast beiläufig
die immerhin gravierende Bemerkung macht: „Übrigens sehe ich noch
zehn andere mögliche Schlußfolgerungen" (a. a. O.). Andererseits weist
er z. B. auf die Parallelität der beiden Teile hin, in der er den Sinn des Buches sieht (vgl. Tageb. 140); er charakterisiert (im Vorwort zur amerikanischen Ausgabe von „L'Etranger") den Roman als die „Geschichte
eines Menschen, der – ohne heroische Ambitionen – den Tod für die
Wahrheit annimmt". (I 1928).

Nun ergibt sich gerade für die Interpretation von „L'Etranger" im Zusammenhang mit dem Sisyphos-Mythos eine besondere Schwierigkeit.
Camus sagte (II 1611), es handle sich in „L'Etranger" weder um Realität noch um Phantastik; vielmehr sehe er darin einen *Mythos* verkörpert, der aber „tief verwurzelt sei in der Sinnlichkeit des Lebens". Dem
Roman komme – so Pollmann (Roman, 118 f) – eine gewisse *Eigenständigkeit* gegenüber dem Autor zu; die eigentliche Gefahr für die Interpretation läge darin, daß wir „das begrifflich formulierte Selbstverständnis des Philosophen Camus in ,L'Etranger' lediglich aufsuchten.
Wir gingen dann an dem, was Camus eigentlich sagen will, vorbei". Wir
würden die *selbständige Bildwirklichkeit* des Romans zerstören und
verzerren, wenn wir von außen Begriffe an sie herantragen.

Gerade hinsichtlich des Zusammenhangs zwischen „L'Etranger" und
„Le Mythe des Sisyphe" hatten sich in der Camus-Literatur Differenzen
ergeben: unter dem Einfluß von Sartre war eine „Vorentscheidung" getroffen worden: Sartre sah im „Mythos" den genauen Kommentar zum
Roman; damit war – wie Noyer-Weidner (Absurdität, 257 f.) anmerkt
– „alles Wesentliche bereits entschieden ..."

Weitere Divergenzen – an zwei Beispielen demonstriert – ergeben sich
im Hinblick auf *Meursault*. G. Brée (130) sieht das wahrhaft Absurde in
seinem Fall darin, „daß er sich aus Gleichgültigkeit mit Gewalttat und
Tod verbündete, anstatt mit Liebe und Leben". – I. Feuerlicht (618 f.)
analysiert Meursaults „Indifferenz" näher und attestiert ihm Empfindungen, die mehr als nur oberflächlich sind; er sei von einer tief verwur-
zelten Ernsthaftigkeit; er sei weder dumm noch gedankenlos; er habe
einen Sinn für Normalität (usw.).

Mir scheint, daß man einige der Unsicherheiten in der Beurteilung
Meursaults eliminieren kann, indem man Camus' *positive Äußerungen*
über Meursault stärker berücksichtigt, vor allem aber den Hinweis des

Autors ernst nimmt, daß die eigentliche Bedeutung des Romans in seiner *Zweiteilung* begründet liege.

Schon 1946 hat Camus in einem Interview mit Gaëtan Picon (zitiert nach Thody, 41) gesagt, den meisten Kritikern sei das Wesentliche an der Gestalt Meursaults entgangen: „la présence physique et l'expérience charnelle", die physische Präsenz und die sinnliche Erfahrung Meursaults.

Besonders aufschlußreich ist das 1955 von Camus konzipierte Vorwort zur amerikanischen Studienausgabe (I 1928f.), in dem Meursault mit viel Sympathie charakterisiert wird; überdies äußert Camus sich hier allgemein über die zentrale Idee des Romans, die er in einer „sehr paradoxen Formulierung" (I 1928) faßt: „In unserer Gesellschaft riskiert es jeder, der bei der Beerdigung seiner Mutter nicht weint, zum Tode verurteilt zu werden". Camus erläutert diesen Satz wie folgt: er habe nur sagen wollen, daß die Verurteilung des Helden deswegen erfolgt, weil er nicht das Spiel mitspielt; in diesem Sinne „ist er fremd gegenüber der Gesellschaft, in der er lebt" („il est étranger à la société où il vit"); er spielt insofern nicht mit, als er sich weigert zu lügen. „Lügen heißt nicht nur, etwas sagen, was nicht ist. Es heißt auch und vor allem, mehr sagen als ist, und in dem, was das menschliche Herz betrifft, mehr sagen als man fühlt. Das machen wir alle täglich, um das Leben zu vereinfachen. Meursault will, im Widerspruch zum Augenschein, das Leben nicht vereinfachen. Er sagt das, was ist, er lehnt es ab, seine Gefühle zu verschleiern, und schon fühlt die Gesellschaft sich bedroht".

Das Hauptinteresse der Interpreten galt lange der „Indifferenz" bzw. Gleichgültigkeit Meursaults. Dabei wurden, wie I. Feuerlicht (621) in subtilen Analysen gezeigt hat, „offenkundige Tatsachen" übersehen, wie z.B. Meursaults sehr scharfe sinnliche Wahrnehmungen, seine keineswegs oberflächlichen Emotionen, seine tief verwurzelte Ernsthaftigkeit, sein Sinn für Normalität, seine Fähigkeit, folgerichtig zu denken, sein Sinn für Freundschaft und mitmenschliche Solidarität u.a.m. (617f.).

Unter diesen Voraussetzungen kann Meursault nicht schlechthin „Indifferenz" unterstellt werden. Feuerlicht folgert (609) mit Recht, daß „Indifferenz" „nicht identisch mit Apathie ist, sondern eher mit einem Mangel an Gefühlsseligkeit" („lack of emotionalism".) Es war offenkundig Camus' Absicht, Meursaults stark selektive und gleichzeitig auf sinnliche Qualitäten reduzierte Wahrnehmung hervorzuheben. Meursault zeigt ein ausgesprochenes Interesse für *optisch* Wahrnehmbares (z.B. sehr differenzierte Wahrnehmung von Schwarztönungen: Fr. 20). Feuerlicht (617) merkt an, daß im I. Teil des Romans geradezu

von einer „ständigen Überbetonung visueller Empfindungen und Beob-
achtungen" die Rede sein kann, – auf Kosten von Gefühlen und Gedanken!

Weber (488) spricht mit Recht von einer „fast primitive(n) Unmittelbarkeit des Empfindens ohne Vor- und Nachgedanken". Feuerlicht
(617) sieht hierin einen *Abwehrmechanismus* gegen Langeweile, Kum-
mer, Ängste und gegen die Prüfung seiner selbst. Andererseits kann man
Meursaults „Indifferenz", diese Unmittelbarkeit des Empfindens, auch
als ein „Nicht-unterscheiden-können erkenntnistheoretischer Art" auf-
fassen (so z. B. Weber, 489); Meursault zeigt ein „noch irreflexives
Weltverhältnis"; er könne nicht „anders als in der Gegenwart . . . existieren" (Weber, 488 f.).

Diese Einsicht ist aber höchst bedeutsam, wenn wir – Camus' ausdrück-
lichem Hinweis folgend – die Zweiteilung des Romans beachten. Teil I
wäre dann darauf ausgerichtet, Meursault als einen „homme quotidien", einen Alltagsmenschen, darzustellen, – einen Menschen, der in
diesem Teil des Romans in Banalitäten aufgeht, dessen Denken und
Verstehen nur „in den Bahnen eines platten Alltagsautomatismus" ab-
läuft. „Die Dominanten des ersten Erzählteils deuten jedenfalls auf ein
unreflektiertes, mechanisches Dahinleben von einem Tag zum anderen,
von einer Woche zur anderen" (Noyer-Weidner, Camus, 244; Kursivierung v. mir!). Man kann Meursault dabei einen hohen Grad von
Naivität nicht absprechen.

Der Meursault dieser Stufe ist tatsächlich noch „indifferent" in dem
Sinne, daß ihm entscheidende Dinge gleichgültig (d. h. gleich gültig)
sind, d. h. daß es nicht einer bewußten Bewertung und Entscheidung
bedarf; zwar nimmt Meursault auch in diesem Stadium schon *Wertset-
zungen* vor; aber diese „Präferenzen" bleiben bezogen auf den Bereich
des alltäglichen Lebens.

Entscheidungen *weiter* reichender Art, bei denen es um „höherwertige"
Sachverhalte geht, werden von ihm umgangen bzw. nicht vollzogen mit
dem Bemerken, dies sei ihm „gleichgültig" (I 1155 f.: *„cela m'était
égal"*, bezogen sowohl auf die berufliche Veränderung als auch auf die
Heirat); wir erfahren – mehr andeutungsweise – ein Motiv für diese
„Gleichgültigkeit" Meursaults: als er noch Student gewesen sei, habe er
viele Ambitionen dieser Art gehabt; als er jedoch sein Studium habe
aufgeben müssen, habe er sehr schnell begriffen, „daß dies alles ohne
wirkliche Bedeutung sei" (Fr. 44*).

Nun ist es bemerkenswert, daß im unmittelbaren Kontext der erwähnten „Gleichgültigkeit" gegenüber Heirat und Beruf die Episode mit der
seltsamen Frau im Restaurant folgt (Fr. 45 f.). Weber (486 f.) sieht

hierin einen Beleg dafür, daß Meursault „ganz dem Eindruck des jeweiligen Moments hingegeben" sei und sich im Zustand „präreflexiver Geborgenheit vor der Zeit" befinde; die seltsame Frau im Restaurant stehe im „*ironischen Kontrast*" zu Meursault; eine *Repräsentantin jener Gesellschaft*, deren Spiel mitzumachen Meursault sich weigert.

Meursault kennzeichnet zu Beginn und am Ende der Episode die Frau als „bizarre" (I 1157); für den Leser ist dies überraschend; Gadourek-Backer („Les Innocents et les coupables", The Hague 1963, p. 50) macht darauf aufmerksam, daß diese Szene uns *das einzige ganz spontane Urteil* gibt, das Meursault – der im übrigen die Frau sehr genau beobachtet – im ganzen ersten Teil des Romans äußert; dabei hebt er zukunftsbezogen-planende Teilhandlungen deutlich hervor. Gegen Webers Annahme, daß die Frau genau wisse, was sie wolle, scheint mir das Mißlingen der von ihr offenkundig intendierten *Auswahl* wichtig zu sein; vielleicht soll demonstriert werden, daß alles „gleich-gültig" ist; dann läge hier eine Veranschaulichung der im „Mythos von Sisyphos" formulierten grundsätzlichen Absurdität menschlichen Lebens vor, sofern die Welt sich unserem planend-bewertenden Zugriff entzieht. Meursault verfügt nicht über die Fähigkeit, etwas explizit zu wollen; er geht in Welt auf; er vermag es nicht, aus seiner „Einheit von Denken, Tun und Sichfühlen herauszutreten" (Pollmann, Camus, 130 f.). In diesem „Weltsein" sieht Pollmann den eigentlichen Schlüssel zum Verständnis Meursaults, – leicht zu verdeutlichen an seiner Liebesbeziehung zu Marie: Liebe ist für ihn ein ganzheitlich-welthaftes Verhalten, in dem Rationales, Seelisches und Physisches nicht zu trennen sind. Als Marie versucht, ihn aus dieser „Einheit" herauszuführen und ihn dahin zu bringen, sich ausdrücklich zu ihr zu bekennen, muß sie erfahren, „daß Meursault das Wort Liebe überhaupt nichts sagt, daß es ihm daher ‚egal' ist, ob er Marie liebt und sie ihn" (a. a. O.)

Eine Tagebuch-Notiz Camus' (149) wendet gegen die Kritiken an „L'Étranger" ein, daß „Teilnahmslosigkeit" („impassibilité") eine schlechte Kennzeichnung für Meursault ist: „bienveillance", „Wohlwollen" wäre aus Camus' Sicht besser. –

Diese Charakterisierung gilt für Meursault, so wie Camus ihn bis zum Ende des I. Teils darstellt. Die Zäsur, markiert durch die von Meursault abgefeuerten Todesschüsse am Strand, bedeutet weit mehr als die mit der Verhaftung gegebene Änderung der äußeren Lebensumstände Meursaults: sie bedeutet auch einen deutlichen Schritt in seiner *geistigen* Entwicklung.

Meursault wird sich der Tatsache *bewußt*, daß sein Leben sich entscheidend verändert hat. Er sagt: „Ich begriff, daß ich das Gleichgewicht des Tages, das ungewöhnliche Schweigen eines Strandes zerstört hatte, an dem ich glücklich gewesen war" (Fr. 61). Das unmittelbar vorangehende „alles nahm seinen Anfang" („tout a commencé") markiert den Einschnitt ebenso deutlich wie das letzte Wort des I. Teils: „malheur". Meursault empfand die von ihm zusätzlich abgegebenen vier Schüsse wie „vier kurze Schläge an das Tor des Unheils".

Camus hat die Zäsur zwischen den beiden Teilen so vielfältig verdeutlicht, daß es eigentlich gar nicht eines Hinweises bedurft hätte, daß hier gleichsam die „Achse" des Romans liegt.

Diese Zäsur wird zunächst im streng symmetrischen Aufbau des Romans deutlich. Es sind drei Todeserlebnisse, die Anfang, Mitte und Ende des Romans deutlich akzentuieren und die gleichzeitig die Entwicklung Meursaults symbolisieren (zur „Architektur" des Romans vgl. Pollmann, Camus, 135; Castex, 104 f.).

Der bedeutungsvollen Unterscheidung zwischen den beiden Teilen entsprechen auch die jeweils eingesetzten *literarischen Mittel*. Noyer-Weidner versteht (Camus, 240 f.) die Zweiteilung des „Etranger" als „Kontrastparallelität". Dabei wird der I. Teil fast als „Anti-Roman" aufgefaßt: Meursaults Bericht erhebt keinen literarischen Anspruch, sondern „setzt ... deutlich ‚aliterarische' Zeichen"; der Bericht wirkt „äußerlich registrierend, nicht reflektiert"; der ganze I. Teil ist auch „stilistisch darauf abgestimmt, das Leben und Tun des Menschen als eine bloße Summe von Einzelheiten ohne übergreifende Bedeutung ... erscheinen zu lassen" (a. a. O. 243 ff.).

Im II. Teil wird eigentlich erzählt: Meursault äußert sich vorsichtig abwägend, er beschränkt sich nicht mehr darauf, Abläufe zu registrieren, sondern er „kommentiert und kritisiert ein Routinespiel, das ihm nach den Regeln des gesunden Menschenverstands nicht eingeht oder gar als höchst zweifelhaft erscheint" (a. a. O. 254).

Gegen die Behauptung, Meursault sei unfähig, Kontinuität und logischen Zusammenhang zu begreifen, hebt Feuerlicht (612) mit Recht hervor, daß Meursault einen „fortlaufenden und zusammenhängenden Bericht" gibt. Er argumentiert energisch gegen die von Sartre u. a. aufgestellte, „fast unglaublich falsche" Behauptung, daß alle Kausalverbindungen vermieden seien; das Fehlen von Kausalverknüpfungen sei eine „ziemlich unkritische Erfindung der Kritiker" (612 f.).

Was die *sprachlichen* Mittel betrifft, hat Camus eingeräumt, er wollte den Erzähler in der Rolle der mit mechanischer Genauigkeit die Ereignisse registrierenden Kamera sehen (vgl. I 1918) und einen Menschen ohne erkennbares Bewußtsein beschreiben (I 1918 „... décrire un homme sans conscience apparente").

Meursault sei (wie Camus in einem Gespräch mit R. Quilliot sagte) im I. Teil ein passives Wesen, das sich damit begnügt, auf Fragen zu antworten, eine „negative Person, insoweit als sie aller Subjektivität beraubt erscheint". Im II. Teil jedoch habe er (Camus) Meursault dazu gebracht, sich seiner Situation und seiner Existenz bewußt zu werden („prendre conscience ...").

In einer anderen Unterhaltung mit Quilliot (I 1915) sprach Camus von einem Menschen, der fremd ist gegenüber seinem Leben (dem Leben jedenfalls, wie man es gewöhnlich begreift), der angepaßt ist an die Natur, aber nicht angepaßt an die Gesellschaft. Die in der Kritik so umstrittene Figur Meursault hat durch Camus' Äußerungen feste Konturen erhalten: er ist – was seinen *Weltbezug* betrifft – gleichermaßen angepaßt und nicht-angepaßt; und er durchläuft eine *innere* Entwicklung, die man als ein „*Bewußtwerden*" („prise de conscience") zu verstehen hat.

3.5 Meursaults Weltbezug: „angepaßt" – „nicht angepaßt"

In seinem Verhalten zur Welt demonstriert Meursault *die* Grundspannungen und -widersprüche menschlicher Existenz. Sein Weltbezug läßt sich zunächst als ein *Aufgehen in der Natur* charakterisieren, als eine kosmische Harmonie. Diese Harmonie ist in „L'Etranger" so deutlich ausgeprägt, daß man diese intensive Zuwendung Camus' zur Welt als „Ontophilie" bezeichnen kann (Schlette, Aktualität, 126); gemeint ist damit, daß Camus „die größte Nähe zu dieser konkreten Welt sucht und diese durch die Sinne vermittelte ... Welt nicht ... in Richtung auf einen transzendenten Welthintergrund überschreitet" (a. a. O., 116). Camus vermerkt 1937 in seinem Tagebuch (38): „Die Welt ist schön, und darin liegt alles beschlossen" (vgl. auch Essays, 106: „Hochzeit von Mensch und Erde").

L. Pollmann (Camus, 130f.) zeigt, daß die Beziehung Meursaults zu Marie „ ein besonders intensives und packendes Ritual des Einsseins mit ‚Welt' " ist. Diese Art von „Indifferenz" ist im Text deutlich artikuliert (vgl. oben S. 145 f.). Meursaults „Ja" zum Leben ist getragen von diesem Einssein mit der Welt. Er fühlt sich in *Harmonie mit der Welt* (Fr. 97 f.); er denkt dabei an Sommerdüfte, das Viertel, das er liebte, einen bestimmten Abendhimmel, das Lachen und die Kleider von Marie (Fr. 104*).

An der entscheidenden Stelle in „L'Etranger", wo mit dem Abfeuern des ersten Schusses „alles seinen Anfang" nahm, formuliert Meursault (Fr. 61) als erste klare Erkenntnis: „Ich begriff, daß ich das Gleichgewicht des Tages zerstört hatte ..." (Wichtig hierzu I 1924 ad P. 1168). Hier kommt wieder die von Camus' Frühwerk an durchgehaltene Vorstellung von dem „schönen Gleichgewicht des Menschlichen und der Natur", von der „Übereinstimmung des Menschen mit der Welt" (Rev. 154) zum Vorschein. Diese Vorstellung ist ein Grundzug von Camus' „mittelmeerischem" Denken (vgl. unten, S. 163).

Die Tatsache, daß Meursault *begreift* („j'ai compris"), daß er das Gleichgewicht zerstört hat, läßt sich als ein Heraustreten aus der Einheit von Denken, Tun und Sichfühlen interpretieren. Das bisherige „unbewußte Dahinleben im gleichmäßigen Rhythmus der Tage" wird von Meursault aufgehoben, indem er die Zerstörung des Gleichgewichts erkennt; Noyer-Weidner (Camus, 248) spricht von einem „tragischen Erwachen"; H. Krauß sieht in der Mordszene den entscheidenden „Augenblick der Absurditätserkenntnis" (211 f.; einschränkend zu diesen Deutungen: Thody, 49).

Die aufgehobene „Einheit des natürlichen Seins" läßt sich auch daran verdeutlichen, daß die Sonne, sonst – zusammen mit dem Meer – Symbol für diese Einheit, in „L'Etranger" eine ambivalente Funktion hat. Im 6. Kapitel, wo ausdrücklich auf das 1. Kapitel zurückverwiesen wird (Fr. 60), häufen sich die Hinweise darauf, daß die *äußeren* Umstände das Handeln Meursaults bestimmen (z. B. Fr. 49, 54, 56, 58, 60). In eindringlichen Bildern beschreibt Camus, wie Sonne und Hitze übermächtig werden und Meursault nicht mehr klar denken kann. Die Sonne ist zur feindlichen Macht geworden: sie ist Meursault so sehr überlegen, daß sie ihm „jeglichen Maßstab der Entscheidung (raubt)" (Krauß, 216 f.). In einem Zustand völliger Verwirrung Meursaults wirkt das Abfeuern der Waffe geradezu als Zwangshandlung. Noyer-Weidner (Absurdität, 278) spricht treffend von einem „Delirium des Lichts". Anscheinend *ohne* jede Berücksichtigung dieser von Camus stark betonten Fakten zählt Jeschke (465) Meursault zu den „egozentrisch denkenden Amoralisten"; ihr Leben und Handeln werde „lediglich" durch das Streben nach persönlichem Glück bestimmt; dabei schrecken sie auch vor einem Mord nicht zurück.

Weber (497, Fußn. 30) merkt an, daß die vielen Zusätze in der Druckfassung im Vergleich mit dem Manuskript zeigen, „daß Camus die todbringende Wirkung der Sonne ganz ausdrücklich klar machen wollte". Wenn Meursault im Laufe des Prozesses sagt, die Schuld an allem hatte die Sonne (Fr. 103; I 1198: „c'était à cause du soleil"), dann entspricht diese Äußerung ganz dem, was dem Leser des Romans an *Tatsachen* geschildert wurde (vgl. Viggiani, 883): „. . . die Sonne und nicht der Araber ist der Feind . . ."

Die Frage, ob und in welchem Sinne Meursault „*schuldig*" sei, verliert demgegenüber an Bedeutung (vgl. die kontroversen Meinungen bei Noyer-Weidner, Camus 251; Feuerlicht, 619; Spycher, 169 f.). Wichtiger scheint es mir zu sein, Camus' Aufforderung folgend, von einem Prozeß der *fortschreitenden Bewußtwerdung Meursaults* auszugehen und die Tat unter diesem Aspekt zu interpretieren.

3.6 Meursaults Verhältnis zur Gesellschaft

Camus' Feststellung (im Vorwort zur amerikanischen Ausgabe, I 1928), Meursault sei „fremd gegenüber der Gesellschaft, in der er lebt", ist von Interpreten gelegentlich ohne Einschränkungen benutzt worden. So meint z.B. Ullmann (245), er sei so verschieden von den Durchschnittsmenschen, „daß sie ihn als Außenseiter brandmarken". Das ist in dieser allgemeinen Form schlichtweg falsch. In *diesem* Sinne hat Camus auch nicht Meursaults Fremdsein gegenüber der Gesellschaft gemeint; an der o.a. Stelle sagt Camus deutlich, daß das Fremdsein sich darauf bezieht, daß er „das Spiel nicht mitspielt", indem er es ablehnt zu lügen. *In diesem Sinne* ist er fremd gegenüber der Gesellschaft (a.a.O.; Kursivierung v. mir!).

Man kann allerdings mit Recht fragen, ob Meursault tatsächlich dem hohen Anspruch genügt, den Camus formuliert hat: erscheint er dem Leser von „L'Etranger" wirklich als ein Mensch, der von einer tiefen Leidenschaft für das Absolute und die Wahrheit durchdrungen ist und der es akzeptiert, für die Wahrheit zu sterben (I 1928)?

Man kann sich des Eindrucks nicht erwehren, daß Camus, der Meursault zunächst als „homme quotidien", als Durchschnittsmenschen, geschildert hatte, ihn nachträglich hochstilisiert hat.

Feuerlicht hat anhand vieler Einzelheiten (606 ff.) dargestellt, daß Meursault ganz offensichtlich nicht ein Fremder anderen gegenüber ist, daß er aber zweifellos in gewisser Hinsicht ein Fremder gegenüber der Gesellschaft ist: er weigert sich, zu lügen; er hat unkonventionelle Vorstellungen von Liebe, Ehe und beruflichem Fortkommen; er mißachtet einige altehrwürdige Konventionen der Gesellschaft; andererseits greift er nie die Gesellschaft als solche an; er spricht nicht einmal über „Gesellschaft". Man ist geneigt, *gegen* Camus Feuerlichts ironisierendem Resumé (611) zuzustimmen: „*Trotz* Camus (in spite of C.) kann man nicht einsehen, wie Meursault es ‚auf sich nimmt, für die Wahrheit zu sterben', er ‚verkörpert (nicht) die Wahrheit', er stirbt nicht *um* der Aufrichtigkeit *willen*, sondern *wegen* seiner Aufrichtigkeit ... Er lebt oder stirbt nicht für jemanden oder eine Sache; er denkt auch nicht, daß er es tut, und sein Tod ändert nichts und niemanden".

Wenn man bedenkt, daß Camus als Untertitel von „L'Etranger" ursprünglich vorgesehen hatte (I 1916) „Un homme comme les autres"
(„Ein Mensch wie die anderen"), dann ist man geneigt, eher der weniger
hochstilisierenden Charakterisierung zuzustimmen, die sich als Tagebuch-Eintragung 1937 findet: „. . . der Mann, der sich nicht rechtfertigen will. Das Bild, das man sich von ihm macht, wird ihm vorgezogen.
Er stirbt, als einziger das Bewußtsein seiner Wahrheit behauptend . . ."
(Tageb. 24*).

Was Meursaults mitmenschliche Beziehungen betrifft, so ist er „seltsam" (so charakterisiert ihn ja Marie) hinsichtlich seiner Auffassungen
über Liebe und Ehe. Ansonsten wirkt er relativ normal, freundlich, um-
gänglich, hilfsbereit; er fühlt sich keineswegs als Außenseiter. (Zahlreiche Beispiele dafür, daß Meursault in seinem alltäglichen Leben alles
andere als ein gefühlloser Außenseiter war, geben Spycher, 165 ff.; Feuerlicht, 606 f.; Weber, 487). Trotzdem läßt sich nicht leugnen, daß
Meursault in ganz entscheidenden Punkten ein „Fremder" gegenüber
der Gesellschaft ist. Camus hatte dieses Fremdsein erklärt als seine Weigerung, zu lügen; (vgl. hierzu oben S. 145). An einer anderen Stelle (II
1611) ist „lügen" so definiert: „Lügen heißt nicht nur behaupten, was
nicht ist, es heißt auch: sich zumuten, mehr zu sagen, als man fühlt, mei-
stens um sich der Gesellschaft anzupassen („. . . pour se conformer à la
société"). Meursault ist nicht auf der Seite der Richter, des sozialen Ge-
setzes, der vereinbarten *Gefühle* („. . . des sentiments convenus"). Er ist
da („Il existe . . .") wie ein Stein, oder der Wind, oder das Meer unter der
Sonne, die ihrerseits nie lügen."

Das Leben, das Meursault zunächst in „naiver, präreflexiver Geborgenheit" geführt hatte (vgl. oben S. 147), wird nun von der Gesellschaft
unter dem Aspekt der *„vereinbarten Gefühle"* interpretiert. Er lehnt es
ab, sich zu rechtfertigen, – nicht etwa, weil er sich von vornherein in
Opposition zur Gesellschaft befindet, sondern weil er nichts sieht, wofür er sich zu rechtfertigen hätte. Die erwähnte *Einheit* von Denken,
Tun und Sichfühlen (vgl. oben S. 147) ist für ihn so fest gefügt, daß er
nicht in der Lage ist, einen Teilbereich (etwa das Sichfühlen) zum Gegenstand kritischer Selbstreflexion zu machen (Beispiele: Fr. 66, 67
u. ö.); er ist auch nicht imstande, die in der Gesellschaft für bestimmte
Anlässe vereinbarten Gefühle zu zeigen. *Deswegen* charakterisiert ihn
zwar der Staatsanwalt als „moralisches Monstrum" (Fr. 96; 100 ff.);
Meursault aber hat den Eindruck, es handle sich um Dinge, die sich außerhalb seiner Existenz abspielten (Fr. 98, 103). *Reue* z. B. ist ihm
fremd; er habe nie etwas wirklich bereuen können; er sei immer nur mit

dem beschäftigt, was jeweils geschehen würde, noch heute oder morgen (Fr. 100*).

Ein „Fremder" ist Meursault nicht deswegen, weil er die Gesellschaft ablehnt, sondern weil diese *abweichendes* Verhalten nicht toleriert (hierzu Di Méglio, 55 f.). Letztlich ist er also ein „Fremder gegenüber dem ‚théâtre social‘ ", wie Noyer-Weidner (Camus, 258) treffend sagt. Pollmann (Roman, 122 f.) nimmt an, es liege bei Meursault eine Beteiligung vor, die so sehr „existentieller Art" sei, so sehr „mit Meursault selbst identisch" sei, „als daß sie sich überhaupt äußern könnte"; so sei z. B. die Mutter für ihn „eine Wirklichkeit . . ., in der er noch ganz lebt, die er noch nicht aus seinem Bewußtsein als tot ausgeklammert hat, zu der er folglich gar nicht in eine Beziehung der Trauer treten kann".

3.7 Meursaults innere Entwicklung als „prise de conscience"

Mit dem Beginn des II. Teils des Romans wird – so formuliert es Noyer-Weidner (Camus, 248 f.) – „endlich . . . ‚eigentlich‘ erzählt", und zwar nicht mehr aus der Position der „Indifferenz", sondern aus einem „zeitlichen Abstand zum Geschehen"; dies aber sei schon Ausdruck einer „intellektuelleren" Haltung Meursaults.

Gewiß: Meursault macht anfangs noch einen reichlich naiven Eindruck; und doch beginnt seine *Wandlung* sichtbar zu werden: er reflektiert seine spontane Neigung, dem Untersuchungsrichter die Hand zu geben; der Untersuchungsrichter erscheint ihm sehr vernünftig; er reflektiert die Tatsache, daß seine Gefühle oft durch seine körperlichen Bedürfnisse verdrängt werden (Fr. 66 f.*) u. a. m. Dieser differenzierteren Denkweise Meursaults entsprechen behutsam abwägende Formulierungen, oft durch konjunktivische Formulierung in der Schwebe gehalten: „es wollte mir scheinen, daß", „wenn ich es so ausdrücken dürfte" (Fr. 66 f.); dort, wo er etwas genau zu wissen meint, treten dezidierte Formulierungen auf: „ich könne mit Bestimmtheit sagen . . ."; „das ist nicht wahr" (Fr. 67*); er fängt an, logisch zu denken (Fr. 67, 69 f.).

Auf die unter den Kritikern umstrittene Frage, ob *Meursaults Verhältnis zur Zeit* im Teil II ein anderes sei als vor dem Mord, kann hier nicht eingegangen werden; vgl. die kontroversen Positionen bei Brée, 128; Cruickshank, 158; Viggiani, 868; Weber, 490 f.; Feuerlicht, 616 f.

Man kann – darin R. Weber (490 f.) folgend – den II. Teil geradezu dadurch gekennzeichnet sehen, daß Meursault seinen „Gleichmut gegenüber der Zeit" aufgibt; er erfährt, daß er mit der Zukunft rechnen muß; er hat die kurze Zeitspanne, die ihm noch verbleibt, in seine Überlegungen einbezogen (vgl. Fr. 119). Auch dies wäre ein Hinweis auf das fortschreitende Bewußtwerden Meursaults: er ist nicht mehr dem Geschehen des Augenblicks zugewandt.

Für den Fortschritt in der inneren Entwicklung Meursaults ist der Besuch Maries von besonderer Bedeutung, insofern an zwei Textstellen (Fr. 73, 77) gesagt wird, daß mit diesem Besuch alles bzw. etwas begonnen habe: eine Umwandlung des Denkens; zu Beginn der Haft hatte er Gedanken des freien Menschen; dann sah er plötzlich ein, wie nahe die Gefängnismauern herangerückt waren, schließlich hatte er nur noch die Gedanken des Gefangenen.

Meursault *lernt* vor allem, *sich zu erinnern* (Fr. 79 f.): Er denkt zum erstenmal *methodisch*. Jener Meursault, der ganz dem Augenblick hingegeben und in der jeweiligen Situation aufgegangen war, bringt es fertig, und zwar auf dem Wege einer „Anstrengung" (Fr. 78), sich von der Situation des Gefangenseins zu distanzieren. Daß es sich um eine Anstrengung des Denkens handelt, wird durch jetzt häufiger vorkommende Verben wie comprendre, réfléchir u.ä. unterstrichen. Die „existentielle" Erfahrung, die er dabei macht, führt weit über das bloße „Zeit-Totschlagen" hinaus (vgl. Fr. 80). Beim eigentlichen Prozeß hat Meursault eine noch höhere Stufe der Reflexion erreicht: er ironisiert deutlich seine Situation (vgl. Fr. 83, 87 f., 100, 106). Nach Noyer-Weidner (Camus, 254) „kommentiert und kritisiert (er) ein Routinespiel, das ihm nach den Regeln des gesunden Menschenverstandes nicht eingeht oder gar als höchst zweifelhaft erscheint".

Die beiden entscheidenden Fortschritte Meursaults im Sinne eines Bewußtwerdens erfolgen im letzten Kapitel: einmal das bewußte und begründete Annehmen seiner (ausweglosen) Situation, zum anderen die Ablehnung jedes Versuchs, dem Leben einen Sinn zuzusprechen, der außerhalb des Lebens selbst liegt; er gelangt zu der Einsicht, daß – wie jeder weiß – das Leben nicht die Mühe lohnt gelebt zu werden und daß das *eigene* Sterben unausweichlich ist (Fr. 113 f.). Meursault analysiert seine Überlegungen mittlerweile so weit, daß er sich klar darüber ist, wie er mit dem Gedanken einer Begnadigung fertigwerden könnte: „Ich mußte selbst bei dieser Hypothese gelassen bleiben, um meine Ergebung in die erste glaubwürdiger zu machen" (Fr. 114*; „résignation" ist mit „Erregung" falsch übersetzt!).

Der Fortschritt in Meursaults Denken ist ganz deutlich: bei der Selbstreflexion gelingt es ihm, Hypothesen abzuwägen und sie in ihren Auswirkungen zu prüfen. Mir scheint, daß *dieser* Fortschritt zumindest ebenso wichtig ist wie die in der Literatur viel eingehender behandelte Auseinandersetzung Meursaults mit dem Geistlichen. Die beiden „Fortschritte" sind miteinander verknüpft: der Besuch des Priesters erfolgt, nachdem Meursault gerade – gedanklich – das Gnadengesuch abgelehnt hatte. Meursault vertritt jetzt – mit einer an ihm bisher nie beobachteten Bestimmtheit – seine Thesen: daß er nicht an Gott glaube; daß ihn das Thema „Gott" nicht nur nicht interessierte, sondern geradezu eine Zeitverschwendung bedeute; daß er – ohne auf eine Hoffnung zu bauen – denke, daß er ganz und gar sterbe; daß er nicht wisse, was „Sünde" sei; den aus dem Glauben kommenden Gewißheiten des Priesters stellt er das entgegen, was er für „sicher" hält: er sei seiner sicher, aller Dinge sicher, sicher seines Lebens und seines Todes; er hätte sein Leben so und auch anders leben, dies oder etwas anderes tun können (Fr. 120).

Die für Meursault fundamentale Einsicht ist die in die „*Gleichgültigkeit der Welt*" angesichts des Todes: „Nichts, nichts habe Bedeutung, und ich wußte auch, warum ..." (Fr. 120*). Meursault *erkennt* jetzt, daß er ein *absurdes* Leben geführt hat – nur an dieser Stelle taucht in „L'Etranger" dieser Begriff auf! Meursault kann sich jetzt der „zärtlichen Gleichgültigkeit der Welt" zum erstenmal öffnen (Fr. 122*; I 1211: „... je m'ouvrais pour la première fois à la tendre indifférence du monde"); nun fühlt er sich glücklich, – wie von einem Übel gereinigt, der Hoffnung entledigt. Das ursprünglich *naive* Einssein Meursaults mit der Welt hat durch sein „Bewußtwerden" zu einer neuen Verbundenheit mit der Welt geführt (vgl. Di Méglio, 60). Pollmann (Camus, 134 f.) spricht vom „endlich wiedergefundenen Frieden des Sicheinsfühlens mit der Welt ... Das unschuldige Glück von Sonne, Strand und Mädchen, die Gleich-gültigkeit allumfassenden Weltseins wird nun im bewußten Sichöffnen zurückgewonnen ... Jetzt weiß er, daß er Welt ist, und dieses Wissen macht sein Glück aus"; „indifférence" wird jetzt „positiv" gebraucht als das „Aufgehen-in-Welt, das distanzlose (,in-différence') Weltsein" (Pollmann, 197, Anm. 27, 28). Mir scheint diese *positive* Akzentuierung der Indifferenz vom Text her zwingend – gegen *negative* Interpretationen, z. B. bei Noyer-Weidner, Camus, 259; Spycher, 162 f.

Während der „naive" Meursault des I. Teils den Tod (instinktiv) zurückgewiesen hatte, versteht er jetzt menschliche Existenz im Sinne einer „Privilegierung" (vgl. Fr. 121): um die Unausweichlichkeit des Todes zu wissen, bedeutet: ihn besiegen. Im Gegensatz zu Sartre („Das Sein und das Nichts", Hamburg 1962, 670 ff.), der jede Sinngebung dieser Art ablehnt und den Tod als „Nichtung aller meiner Möglichkeiten" interpretiert, sieht Camus den einzigen „Fortschritt der Kultur, um den sich von Zeit zu Zeit ein Mensch bemüht, darin, das Sterben zu einer bewußten Handlung zu machen" (Essays, 90*; II 64: „... de créer des morts conscientes").

Der Tod wird in Meursaults Denken (Fr. 111 f.) ausdrücklich gegen jede Symbolik einer „vertikalen Transzendenz" abgesichert: „(Die) Horizontalität . . . ist im letzten ‚religio', ist Bekenntnis und Glaube, daß die Welt sich selbst Sinn zu sein vermag" (Pollmann, Camus, 136).

Abschließend seien einige *stilistische Aspekte* angedeutet, die – gerade unter der Voraussetzung der systematisch bedeutsamen *Zweiteilung* des Romans – wichtig sind.

Die beiden Teile des Romans stehen für den Leser in einer starken Spannung zueinander: er empfindet den Prozeß mit Recht als eine Art Justiz-Groteske, weil er deutlich mitvollziehen kann, wie Meursault nicht wegen seiner wirklichen Tat, sondern wegen abweichender Verhaltensweisen verurteilt wird. Vorbedingung für diese Einsicht des Lesers war aber der (mit Ausnahme der „Explosion von Metaphern" in der Mordszene, Feuerlicht 613) nüchtern-registrierende, schmucklose Bericht Meursaults in Teil I. Nur vor diesem Hintergrund läßt sich die juristische Logik des Staatsanwalts ad absurdum führen und der ganze Prozeß als Farce entlarven. Teil I mußte „von vornherein authentisch" wirken; die „Sinnleere und Inkohärenz der im ersten Teil berichteten Episoden erweist sich von hier aus . . . als eine strikte Erzählnotwendigkeit" (Noyer-Weidner, Camus, 250 f.). An einer beispielhaft durchgeführten Stilanalyse zweier Abschnitte des Romans (I. Schilderung der Vorgänge am Sarg der Mutter, Fr. 14 f.; II. Meursaults Gedanken, nachdem er zum drittenmal den Besuch des Geistlichen abgelehnt hat, Fr. 108 f.) verdeutlicht Krauß (226 ff.) Meursaults Übergang „von der sensualistisch geprägten Erfahrung der Dispersion zur bewußten Erkenntnis des Absurden", eine „rationale Leistung" Meursaults, die es ihm ermöglicht, auch den Prozeß und die Rolle, die er in ihm spielen muß, kritisch distanziert zu betrachten (vgl. auch Noyer-Weidner, Absurdität; Pelz; Castex, 110 ff.).

4. Das Denken der Revolte

Camus' Philosophie des Absurden war im „Zyklus des Absurden" keineswegs zu einem Abschluß gekommen. Denn die Frage nach den *Maßstäben und Zielen des Handelns* war offengeblieben. Sisyphos und Meursault hatten gewissermaßen ihr individuelles „Glück" im heroischen Durchhalten entdeckt, unter Ausklammerung der Sinnfrage; sie waren sich des „Absurden" bewußt, indem sie sich nicht einverstanden erklärten.

In der Einleitung zu „L'Homme révolté" spricht Camus von einer verzweifelten Konfrontation (II 415: „confrontation désespérée") zwischen der Frage des Menschen und dem Schweigen der Welt (Rev. 9*). Die Widersprüchlichkeit des Absurden sieht Camus darin, daß es – obwohl es das Leben aufrechterhalten will – Werturteile ausschließt. Leben aber ist an sich schon ein Werturteil. Der absurde Standpunkt ist also im Vollzug unvorstellbar (Rev. 11*).

Zwei Tagebuch-Notizen umreißen das Problem der *Rechtfertigung unseres Handelns*: „Man kann nicht die Werturteile *völlig* ausklammern. Dies leugnet das Absurde" (Tageb. 173*) – „Kann der Mensch ohne fremde Hilfe seine eigenen Werte schaffen? Das ist das ganze Problem" (Tageb. 192*). Thody (96) bezeichnet klar den Fortschritt in Camus' Denken nach „Le Mythe de Sisyphe": „Er kennt keine Werte, die von vornherein gegeben oder aufgrund bestimmter ewiger Wahrheiten gültig sind; jeder Wert muß auf einer besonderen Haltung und Entscheidung des einzelnen beruhen. Die nach *Le Mythe de Sisyphe* geschriebenen Bücher unterscheiden sich insofern von den früheren, als nun Werte eingeführt werden, die positives Handeln rechtfertigen können". Selbst wenn das Absurde dahin tendiert, ohne Werturteile zu leben, so „heißt leben doch immer: auf eine mehr oder weniger elementare Weise urteilen" (II 1423).

Im vierten der „Briefe an einen deutschen Freund" (in: „Fragen der Zeit") ist explizit die Sinnfrage formuliert; Camus wiederholt zwar seine Überzeugung, daß diese Welt keinen *höheren* Sinn hat; doch gleichzeitig bekräftigt er einen *weltimmanenten Sinn*, den Menschen: „. . . ich weiß, daß etwas in ihr Sinn hat, und das ist der Mensch, weil er das einzige Wesen ist, das einen Sinn fordert. Diese Welt hat wenigstens die Wahrheit des Menschen, und unsere Aufgabe ist es, ihm seine Gründe gegen das Schicksal selbst zu geben" (Fragen, 28*).

Camus spricht am Ende des 4. Briefes von der „*Treue zum Menschen*"; er erwartet nichts vom Himmel; aber er möchte wenigstens dazu beitragen, die Kreatur vor der Einsamkeit zu retten (Fragen, 30*). Er unterstreicht dabei den *Primat der Gerechtigkeit*, die nicht ohne die Revolte bestehe (vgl. II 271 f., 1527 ff.). Diese umschreibt er (II 1526 f.) als die „unbeirrte, hartnäckige, am Anfang fast blinde Ablehnung (refus) einer Ordnung, die die Menschen auf die Knie zwingen wollte". Das große Problem unserer Epoche ist, „zu wissen, ob der Mensch, ohne die Hilfe des Ewigen oder rationalistischen Denkens, für sich selbst seine eigenen Werte schaffen kann" (Fragen, 52*). Die Revolte ist „die Tat des unterrichteten Menschen, der das Bewußtsein seiner Rechte besitzt (Rev. 20). Insofern der Mensch in der Revolte bestrebt ist, „eine menschliche Ordnung zu fordern, in der alle Antworten menschlich, d.h. vernunft-

gemäß formuliert sind", ergibt sich für Camus zwangsläufig ein un-
überbrückbarer Gegensatz zur Welt des Heiligen. Für den Geist des
Menschen kann es nur zwei mögliche Welten geben: die Welt des Heiligen bzw. der Gnade (l'univers du sacré) und die Welt der Revolte (l'univers de la révolte). In der Welt des Heiligen kann es das Problem der Revolte nicht geben, weil dort alle Antworten mit einmal gegeben seien: es
gibt nur noch Antworten und „ewige Kommentare" (vgl. Rev. 20*).

4.1 Die metaphysische Revolte

Camus hat mit dem Denken der Revolte eine Grundverfassung des
Menschen gemeint. Wenn „L'Homme révolté" mit „Der Mensch in der
Revolte" übersetzt wird, tritt diese Intention des Autors in den Hintergrund; gemeint ist „der ‚aufständische' (bzw. aufrührerische) Mensch",
– derjenige also, der gleichsam *von seinem Wesen her* „aufrührerisch"
ist. Der Mensch als „Neinsager" ist *prinzipiell* aufrührerisch: „Der
Mensch ist das einzige Geschöpf, das es ablehnt, das zu sein, was es ist"
(Rev. 13*). Die Revolte ist die erste Evidenz; dem „cogito, ergo sum"
wird entgegengestellt: „Ich empöre mich, also sind wir" (Rev. 21; II
432: „Je me révolte, donc nous sommes"). Aus dem „sum" als Ausdruck individuellen Denkens ist das „nous sommes" als Ausdruck
menschlicher Solidarität geworden. Camus sieht in der Revolte ein
Über-sich-hinausgehen, ein „Transzendieren". In der Revolte „überschreitet sich der Mensch auf den anderen hin" (Rev. 17).
Camus betrachtet die so verstandene Revolte als „Bewußtwerdung" (II
424: „prise de conscience"), als „plötzlich durchbrechende Einsicht":
„daß es im Menschen etwas gibt, mit dem der Mensch sich identifizieren kann, sei es auch nur für eine bestimmte Zeit . . ." (Rev. 15*). Das in
der absurden Erfahrung *individuelle* Leid wird jetzt als *kollektives* Leid
bewußt: „Der erste Fortschritt eines von der Befremdung (étrangeté)
befallenen Geistes ist demnach zu erkennen, daß er diese Befremdung
mit allen Menschen teilt, und daß die menschliche Realität, in ihrer
Ganzheit, an dieser Distanz zu sich selbst und zur Welt leidet. Das Übel,
das ein Einzelner erlitt, wird zur kollektiven Pest" (Rev. 21*).
Insofern ist aus Camus' Sicht die Revolte „*metaphysisch*": sie ist Protest
des Menschen „gegen das Leben, das ihm als Mensch bereitet ist" (Rev.
22). Sie darf aber *nicht* als *bloße Verneinung* oder Ablehnung verstanden werden, sondern impliziert immer ein „Werturteil, in dessen Namen der Revoltierende seine Zustimmung zu dem Zustand (condition),
der der seinige ist, verweigert" (Rev. 22*).
Camus hatte schon zu Beginn seiner Erörterungen betont, daß der rebel-

lierende Sklave zugleich ja und nein sagt (Rev. 14; die Übersetzung in
Zeile 3 „aus erster Regung heraus" ist unhaltbar!). Die mit der Revolte
implizit verbundene *Bejahung* erscheint als „Forderung nach Klarheit
und Einheit", als Streben nach Einheit der Welt und nach Gerechtigkeit:
der metaphysisch Revoltierende „stellt das Prinzip der Gerechtigkeit,
das in ihm ist, dem Prinzip der Ungerechtigkeit entgegen, das er in der
Welt am Werke sieht"; die metaphysische Revolte ist „begründete Forderung nach einer glücklichen Einheit gegen das Leid des Lebens und
Sterbens. Indem der Revoltierende sein sterbliches Dasein ablehnt,
lehnt er es gleichzeitig ab, die Macht anzuerkennen, die ihn in diesem
Dasein leben läßt. Der metaphysische Rebell . . . ist notwendigerweise
ein Gotteslästerer. Nur lästert er zuerst im Namen der Ordnung, indem
er in Gott den Vater des Todes und das größte Ärgernis aufdeckt" (Rev.
22 f*). Der metaphysische Rebell unterwirft das höhere Sein unserer
Kraft der Ablehnung. Insofern bestätigt die metaphysische Revolte, daß
jede höhere Existenz zumindest widerspruchsvoll ist (vgl. Rev. 23 f.*).
Camus betont, daß die harte Spannung zwischen Ja und Nein durchgehalten werden muß, wenn die Revolte nicht entarten soll.
Auch für die Darstellung der Revolte bedient Camus sich eines *Mythos*.
Er versteht das Bild des Prometheus als „den größten Mythos der aufrührerischen Intelligenz" (Rev. 24*), in erster Linie deswegen, weil das
griechische Denken eine besondere Affinität zur antinomischen Struktur seines eigenen Denkens zeigt (vgl. Rev. 25 f.*). In dem Essay „Prometheus in der Hölle" (1946) umschreibt Camus die Botschaft des
Prometheus: „daß das Heil in unseren Händen liegt" (Essays, 158). Er
spricht von „Söhnen der Gerechtigkeit", die am Unglück aller leiden:
„Sie wissen, daß es keine blinde Gerechtigkeit gibt, daß die Geschichte
ohne Augen ist und daß man ihre Gerechtigkeit deshalb zurückweisen
muß, um sie soweit wie möglich zu ersetzen durch die Gerechtigkeit, die
der Geist erfaßt. Hier tritt Prometheus wieder in unsere Welt ein" (Essays, 158 f.*; die Übersetzung in der Rowohlt-Ausgabe ist falsch!).
Die eigentliche Ausprägung des revoltierenden Denkens setzte nach
Camus das *christliche* Denken voraus, insofern die Revolte sich nur als
gegen jemanden gerichtet denken läßt: „Der Begriff des persönlichen
Gottes, der Schöpfer von allem und damit verantwortlich für alles ist,
gibt allein dem menschlichen Protest seinen Sinn" (Rev. 26*). In seiner
Darstellung der metaphysischen Revolte lehnt Camus entschieden jene
Denker ab, bei denen die Spannung zwischen Bejahung und Verneinung
aufgegeben ist.
Eine Ausnahmestellung nimmt aus Camus' Sicht Dostojewskij ein, hier
besonders die Gestalt des *Iwan Karamasow*. Dieser darf als eine Schlüs-

selfigur im Denken Camus' gelten; Camus hat deutlich gemacht, daß ihn vieles mit der Romanfigur verbindet (hierzu: I 1713 ff.). Iwan Karamasow ergreife die Partei der Menschen und lege den Akzent auf ihre Unschuld; er leugne zwar nicht absolut die Existenz Gottes, aber er stelle die Gerechtigkeit über die Gottheit. Er weist Gott im Namen eines moralischen Wertes zurück (Rev. 47). Gott als das Prinzip der Liebe ist für Iwan nicht annehmbar; die Schöpfung wird von ihm zurückgewiesen, sofern das Böse für sie notwendig ist; das übergeordnete Prinzip ist die Gerechtigkeit: „Er (=Iwan) leitet das eigentliche Unternehmen der Revolte ein, das darin besteht, das Reich der Gnade durch das der Gerechtigkeit zu ersetzen" (Rev. 48*).

Iwan wendet sich gegen die vom Christentum eingeführte Abhängigkeit zwischen Leid und Wahrheit, gegen das Leiden Unschuldiger (besonders unschuldiger Kinder); er verwirft den Glauben, der zum unsterblichen Leben führt; sofern der Glaube die Annahme des Mysteriums und des Bösen voraussetzt, ist er Resignation vor der Ungerechtigkeit: „Iwan verkörpert die Zurückweisung des Heils"; er „solidarisiert sich ... mit den Verdammten und lehnt ihretwegen den Himmel ab" (Rev. 48 f.*).

Andererseits distanziert Camus sich von Iwan, denn: „Iwan zwingt sich, aus Folgerichtigkeit das Böse zu tun" (Rev. 49), – und diese Konsequenz ist für Camus inakzeptabel. Die Konsequenz ist das „alles ist erlaubt" („tout est permis"), das den Beginn des zeitgenössischen Nihilismus markiert. Dem überzeugten „Mein Reich ist von dieser Welt" des absurden Menschen wird Iwans „Dünkel des Absoluten" („orgueil d'absolu") gegenübergestellt: „... er lebte nur für das, was nicht von dieser Welt ist, und dieser Stolz auf das Absolute erhob ihn über die Erde, an der er nichts liebte" (Rev. 50 f.*). Iwan erleidet zwar „Schiffbruch" („naufrage"), aber das Problem ist gestellt, und die Revolte befindet sich nun auf dem Weg zur *Aktion*. Ein neues Unternehmen setzt dort ein, wo der Geist der Revolte danach trachtet, „die Schöpfung neu zu machen (refaire), um das Reich und die Göttlichkeit der Menschen zu sichern"; die metaphysische Revolte geht dann aus dem Bereich der Moral in den der Politik über: die „Großinquisitoren" treten die Herrschaft an, die „hochmütig das Brot des Himmels und die Freiheit zurückweisen und das Brot der Erde ohne Freiheit anbieten" (Rev. 51 f.*). Weder die absolute Bejahung noch die absolute Verneinung erweisen sich für Camus als akzeptabel; denn beide laufen letztlich darauf hinaus, das Verbrechen zu rechtfertigen (vgl. Rev. 84 f.). In einer Zwischenposition befindet sich Iwan Karamasow: er verkörpert „in einem schmerzvollen Sinn das Geschehenlassen" (Rev. 68).

Unübersehbar ist die *religiöse* Dimension in Camus' Denken der Revolte: der Rebell sei – ohne es zu wissen – „auf der Suche nach einer Moral oder etwas Heiligem": wenn der Rebell Gott lästere, dann in der Hoffnung auf einen neuen Gott (Rev. 84). Der Rebell sei entschlossen, „sich von der Gnade auszuschließen und von seinen eigenen Mitteln zu leben" (Rev. 85*). Di Méglio (118) sieht hierin klare Belege dafür, daß Camus' Revoltebegriff durch „Kryptotheologie und Antireligiosität" bestimmt ist.

4.2 Die historische Revolte

In Camus' Äußerung, daß der Rebell entschlossen sei, sich von der *Gnade* auszuschließen, wird erneut der für sein Denken über die Revolte konstitutive Gegensatz zwischen dem Reich der Gnade und dem der Gerechtigkeit angesprochen.

Camus spricht (Rev. 86) von den „Verbrechen der Vernunft" auf dem Wege zum Reich der Menschen. Jede Revolte sei zwar „Sehnsucht nach Unschuld" (nostalgie d'innocence) und „Ruf zum Sein" (appel vers l'être), aber diese Sehnsucht nimmt die totale Schuld auf sich: Mord und Gewalttat. Camus sieht in der Revolution die logische Folge (la suite logique) der metaphysischen Revolte; beide streben danach, *den Menschen* zu *bejahen* gegenüber dem, was ihn verneint (Rev. 87*; zum Unterschied zwischen Revolte und Revolution vgl. Rev. 87 f.).

Während die metaphysische Revolte die Einheit der Welt wollte, fordert die revolutionäre Bewegung des 20. Jahrhunderts, gleichsam einer ihr immanenten Logik folgend, mit Waffengewalt die historische Ganzheit („la totalité historique", II 517; Rev. 89*; in der Übersetzung der Rowohlt-Ausgabe ist ein wichtiger Teil des Satzes weggelassen).

In einer weit ausgreifenden historischen Betrachtung (Rev. 87–199), vom Spartakus-Aufstand in der Antike bis zum Faschismus, versucht Camus, „in einigen revolutionären Ereignissen den logischen Zusammenhang, die Einzelbeispiele und die Grundthemen der metaphysischen Revolte wiederzuerkennen" (Rev. 89*). Eine wesentliche Bedeutung für die Beurteilung des revolutionären Geistes nimmt die *„Desinkarnation der Gottheit"* ein. Hier zieht Camus eine – auf den ersten Blick überraschende – Parallele zwischen dem Kreuzestod Christi und der Hinrichtung des „Priesterkönigs" Ludwigs XVI.

Die Hinrichtung Ludwigs XVI. symbolisiert die Entheiligung (désacralisation) der Geschichte und die Desinkarnation des christlichen Gottes. Nach dem Tod des Königs ist das Volk nun der Souverän: es legt nun fest, was die ewige Weltordnung fordert; ewige Prinzipien (die Wahrheit, die Gerechtigkeit, die Vernunft) lenken unser Verhalten. „*Hier* ist der neue Gott" (Rev. 98 f.*, 100*).

In der nihilistisch-terroristischen Bewegung des 19. und 20. Jahrhunderts spielen die von Camus sogenannten „zartfühlenden Mörder" (II 571 „les meurtriers délicats") eine herausragende Rolle („délicat" wäre sicher mit „gewissenhaft" besser übersetzt, sofern man damit im ursprünglichen Sinn des Wortes sagen könnte, daß hier „Gewissen habende", nicht aber „gewissen-lose" Revoltierende am Werke sind). Diese „außerordentlichen Herzen" haben aus Camus' Sicht „das Schicksal des Aufrührers in seiner äußersten Widersprüchlichkeit durchlebt"; mit ihrem persönlichen Opfer suchten sie diesen Widerspruch zu lösen (Rev. 138*). Die Rebellen von 1905, deren Schicksal Camus in „Les Justes" dramatisch gestaltet hat (vgl. hierzu:Lausberg; Di Méglio, 227–239; Pollmann, Camus; Weitz), lehren uns, daß die Revolte nicht zur Tröstung oder zu dogmatischer Bequemlichkeit führen kann, sie würde damit aufhören, Revolte zu sein (Rev. 139*).

Der einzige greifbare Sieg dieser Revolte besteht darin, die Einsamkeit und die Negation zu überwinden. Kaliajew (dem Camus besondere Sympathie entgegenbringt; vgl. die Materialien zu „Les Justes", I 1822 ff., bes. 1823, 1828, 1834 f.) erscheint Camus als „das reinste Abbild der Revolte. Wer zu sterben bereit ist, ein Leben mit einem anderen zu bezahlen, er bejaht – was auch immer seine Verneinungen seien – gleichzeitig einen Wert, der ihn selbst als geschichtliches Individuum übersteigt" (Rev. 140 f.*). Für Camus ist die Revolte „die im Menschen liegende Weigerung, als Sache behandelt und auf die bloße Geschichte reduziert zu werden. Sie ist die Bestätigung einer allen Menschen gemeinsamen Natur, die sich der Welt der Macht entzieht . . .; der Mensch setzt in seiner Revolte seinerseits der Geschichte eine Grenze. An dieser Grenze entsteht die Verheißung eines Wertes . . ." Die Revolte „geht von einem Nein aus, das sich auf ein Ja stützt" (Rev. 203 f*). Den Einsichten der metaphysischen Revolte („Ich empöre mich, also sind wir" und „Wir sind allein") fügt die „mit der Geschichte ringende Revolte" hinzu: „anstatt zu töten und zu sterben, um das Sein hervorzubringen, das wir nicht sind, haben wir zu leben und leben zu lassen, um das zu schaffen, was wir sind" (Rev. 204*).

Der Bereich der *Kunst* wird von Camus im Zusammenhang mit der Revolte deswegen behandelt, weil sich hier die Revolte außerhalb der Geschichte beobachten läßt, „im Reinzustand" (vgl. Rev. 205 ff.). Auch der Künstler revoltiert gegen das Wirkliche. Um etwas Schönes zu schaffen, muß er das Wirkliche zurückweisen und gleichzeitig einige seiner Aspekte hervorheben (Rev. 209*).

Insbesondere an M. Proust macht Camus deutlich, daß hier, im Ausgang von der beobachteten Wirklichkeit, eine geschlossene, unersetzliche Welt geschaffen wurde, die nur ihm gehören und seinen Sieg über die Flucht der Dinge und über den Tod offenbaren sollte. Der Künstler behauptet also seine Kraft der Ablehnung und zeigt gleichzeitig seine Zustimmung zur Wirklichkeit (Rev. 217*). Die Revolte geht jeder Kultur voraus; die „Quellen der Revolte" liegen dort, wo „Ablehnung und Zustimmung, Singularität und Allgemeines, Individuum und Geschichte sich in der härtesten Spannung ausgleichen" (Rev. 222 f*; II 676: „. . . s'équilibrent dans la tension la plus dure").

Als ein Gegengewicht zum revolutionären Denken versteht Camus das, was er „Sonnendenken" (II 701: „. . . la pensée solaire") oder „das mittelmeerische Denken" (II 700 „la pensée de midi) nennt. Dieses „mittelmeerische" Denken ist ein Denken des Maßes und der Grenze, wie Camus sie im griechischen Denken in vorbildlicher Weise verkörpert sah. Wenn die Revolte eine Philosophie begründen könnte, so wäre dies „eine Philosophie der Grenzen, der kalkulierten Unwissenheit und des Risikos" (Rev. 234*). Die „innere Zerrissenheit" auf der Ebene der Revolte wird deutlich hinsichtlich der Entscheidung, ob es möglich ist, „jemanden . . . zu töten, dessen Ähnlichkeit mit uns wir gerade festgestellt haben" (Rev. 227*). Der Revoltierende rechtfertigt seine Tat, indem er sein eigenes Leben opfert; er zieht das „Wir sind" dem „Wir werden sein" vor (Rev. 227 f.). Camus versteht die Revolte als eine Lebens-, nicht eine Todeskraft („force de vie, non de mort"); ihre innere Logik ist nicht die der Zerstörung, sondern der Schöpfung (création); wenn sie echt bleiben will, darf sie keines der Elemente des Widerspruchs preisgeben, der ihre Bewegung aufrechterhält: „Diese muß dem *Ja* treu bleiben, das sie enthält, ebenso wie dem *Nein*, das die nihilistischen Auffassungen in der Revolte isolieren". Die Revolte ist „in ihrem Wesen, Protest gegen den Tod" (Rev. 230 f.*).

Der Revoltierende hat in der Spannung zu leben, daß er einerseits das Gute kennt und trotzdem das Böse tut (Rev. 231*; II 689: „. . . Il sait le bien et fait malgré lui le mal"; Camus spricht vom „Widerspruch der Revolte", der sich in anscheinend unlösbaren Antinomien ausdrückt, die man nur in ihrem Paradoxon kennzeichnen kann (Rev. 231 f.*). Freilich bestehen die Antinomien, auf die Camus (Rev. 232 ff.) zurückgreift, nur im Absoluten (Rev. 233 f.*); „jedes geschichtliche Unternehmen kann . . . nur ein mehr oder weniger vernünftiges oder begründetes Abenteuer sein. Zunächst ist es ein Wagnis. Als solches kann es keine Maßlosigkeit, keinen unversöhnlichen und absoluten Standpunkt rechtfertigen" (Rev. 233 ff.*).

Der Rebell weist sein Geschick zurück (II 693: „Il refuse sa condition"), das zum großen Teil historisch ist. Er weist die Geschichte selbst zurück, indem er Ungerechtigkeit, Vergänglichkeit und Tod zurückweist, die sich in der Geschichte manifestieren. Die Revolte „bahnt sich einen schwierigen Weg, wo die Widersprüche gelebt und bewältigt werden können" (Rev. 235*). Camus geht davon aus, daß ein Gesetz des Maßes für alle Lebensbereiche notwendig und in ihnen wirksam ist; es erstreckt sich auch auf die Antinomien des revoltierenden Denkens. Die Göttin des Maßes, Nemesis, wird für Camus zum Symbol dieser Grenze (Rev. 240; vergl. Tageb., 302). Hier deutet sich, „im Namen des Maßes und des Lebens" (Rev. 247*), der Ansatz einer neuen Ethik an; er wird von Camus deutlich als Spannungsverhältnis, als Konflikt gekennzeichnet. Die Revolte selbst ist das Maß; sie steht in einem ständigen Kampf gegen das Böse (vgl. Rev. 245).

Als beispielhaft stellt Camus Kaliajew und seine Gesinnungsgenossen hin: „sie lehnen die Göttlichkeit ab, da sie ja die unbegrenzte Macht, den Tod zu geben, verwerfen. Sie wählen, und geben uns damit ein Beispiel, die einzige Richtschnur, die heute ursprünglich ist: leben und sterben lernen, und – um Mensch zu sein – es ablehnen, Gott zu sein" (Rev. 247 f.*).

Das im Schlußabschnitt von „L'Homme révolté" emphatisch vorgetragene Bekenntnis zur „treuen Erde" ist ein Beleg für die Kontinuität in Camus' Denken. Die unter dem Titel „L'Eté" folgende Essay-Sammlung, die Schriften der Jahre 1939–1953 umfaßt, wird von ihm ausdrücklich (II 1829) auf das „Sonnenthema" („thème solaire") bezogen. R. Quilliot berichtet (I 2038) von einer Äußerung Camus', er habe mit „L'Eté" den Ring schließen wollen, den er mit „Noces" begonnen habe. Di Méglio weist mit Recht darauf hin, daß „Ja und Nein, Natur und Geschichte, Religiosität und Antitheismus . . . den ‚Menschen in der Revolte' . . . in jener komplementären Spannung (bestimmen), die Camus' Denken der Mitte von *L'Envers et l'Endroit* bis zu *L'Homme révolté* kennzeichnet. Beide Werke sind . . . Jean Grenier gewidmet, der Camus dieses komplementäre Denken lehrte" (137).

4.3 Menschliches Handeln angesichts der Widersprüche des Absurden: „Die Pest"

In den Materialien zu „La Peste" erwähnt R. Quilliot (I 1937) ein Interview, das Camus 1945 der Schweizer Zeitschrift „Servir" gegeben hatte; darin sagte er: „Was mich interessiert, ist: zu wissen, wie man sich verhalten kann, wenn man weder an Gott noch an die Vernunft glaubt"

(„... savoir comment on peut se conduire quand on ne croit ni en Dieu ni en la raison").

In einer Tagebuch-Notiz von 1942 wird deutlich, daß es Camus um Fragen des Lebensstils geht; er spricht von einer Art schwierigen Weges in Richtung auf eine „Heiligkeit der Verneinung – einen Heroismus ohne Gott ... Der Fremde ist der Nullpunkt. Id.: der Mythos. Die Pest ist ein Fortschritt, nicht von Null nach Unendlich, sondern zu einer tieferen Vielschichtigkeit ... Der Endpunkt wird der Heilige sein, aber er wird seinen arithmetischen Wert besitzen – meßbar wie der Mensch" (Tageb. 141*; Carnets, II 31).

Camus läßt – wie Di Méglio (82f.) treffend formuliert – „verschiedene Interpretationsebenen der Pest nebeneinander bestehen": das Gefangensein des Menschen in der Welt; Trennung und Exil; Übel, Leiden und Tod; die Absurdität des Lebens überhaupt; vgl. Tageb. 152*; Carnets II 50: *Die Pest* hat einen sozialen *und* einen metaphysischen Sinn. Es ist genau derselbe. Dieser Doppelsinn (ambiguïté) ist auch der von *Der Fremde* ...“

Gadourek-Backer erwähnt (117) ein Interview Camus' mit Cl. Chonez, in dem Camus von „La Peste" sagte, das Buch sei *antichristlicher* als seine anderen Bücher. Das ist sicher in dem Sinne richtig, daß – mit Ausnahme von Pater Paneloux, der das Christentum repräsentiert, und Cottard, der zum „Komplizen" der Pest (Pest, 128) wird – die Hauptakteure nicht bereit sind, „niederzuknien" (vgl. Tageb. 183). Andererseits wäre es verfehlt, die Frontstellung gegenüber dem Christentum zu stark zu betonen, denn gerade in der Gestalt des Jesuitenpaters Paneloux hat Camus alles andere als das Zerrbild eines naiv-gläubigen Priesters gezeichnet (vgl. die Analyse der beiden Predigten S. 169 ff.).

Die prägnanteste Umschreibung für den *metaphysischen* Sinn der Pest gibt der „alte Asthmatiker" im Gespräch mit Dr. Rieux; er sagt: „... was heißt das schon, die Pest? Es ist das Leben, das ist alles!" (Pest, 201*; I 1472: „... C'est la vie, et voilà tout").

Tarrou formuliert die „existentielle" Bedeutung der Seuche: Wir alle sind „verpestet"; „... ich habe gelernt, daß wir alle in der Pest sind, und ich habe den Frieden verloren ..." (Pest, 165 f*, I 1425 f.). Diese Verwendung der Pest als Symbol für die Grundbefindlichkeit des Menschen läßt sich auch durch einen Vergleich der verschiedenen Textfassungen deutlich als Camus' Intention aufzeigen. R. Quilliot betont in seiner „Einführung" (I 1935 ff.), daß Camus sich in der letzten Fassung des Textes um eine höhere Stufe der Verallgemeinerungen bemühe, um „Prototypen durchschnittlichen Menschseins" (I 1938) zu zeichnen. Camus hat sich zur Deutung der „Pest" in einem Brief an Barthes (abge-

druckt I 1973 f.) auf „klare Einsichten" („évidences") berufen, die der
Autor für sich beanspruchen könne, um damit gewisse Leitlinien für die
Interpretation zu skizzieren; als solche „grundlegenden Einsichten" in
„La Peste" hebt er hervor:

(1) „La Peste" behandle den Kampf der europäischen Résistance gegen
den Nazismus; der Roman sei zwar *mehr* als eine Chronik der Widerstandsbewegung, – aber mit Sicherheit sei er nicht weniger!

(2) Im Vergleich zu „L'Etranger" markiere „La Peste" unbestreitbar
den Übergang von einer Haltung der „einsamen Revolte" („révolte soli-
taire") zur Anerkennung einer Gemeinschaft („communauté), die an
den Kämpfen teilnehmen muß. Wenn es eine Entwicklung von
„L'Etranger" zu „La Peste" gebe, dann ist sie geschehen in Richtung auf
Solidarität und Teilnahme (I 1974).

(3) Das Thema „Trennung" (séparation) spiele in dem Buch eine sehr
wichtige Rolle.

(4) „La Peste" ende überdies mit der Ankündigung und der Annahme
künftiger Kämpfe. Sie sei ein Zeugnis für das, was geleistet werden
mußte und was die Menschen zweifellos gegen den Terror und seine un-
ermüdliche Waffe noch würden leisten müssen.

Unter den genannten „evidenten" Themen verdient das der *„Trennung"* („séparation") besondere Beachtung; Camus hat es als sein besonderes Anliegen hervorgehoben, sie als eine „Grundbefindlichkeit"
des Menschen herauszuarbeiten: *„... daß die Trennung allgemein
wird.* Alle werden der Einsamkeit anheimgegeben. So aus dem Thema
der Trennung das Hauptthema des Romans machen" (Tageb. 168 f.*).
Die Pest soll die Menschen nicht nur als von der Welt selbst getrennte
zeigen, sondern sie darüber hinaus auch von ihren bescheidenen alltäglichen Schöpfungen trennen, mittels derer sie sich gewissermaßen in einer insgesamt unbegreiflichen Welt „eingerichtet" hatten. Praktisch
gibt es im Roman nur einsame Menschen (a. a. O.: *„... il n'y a que des
hommes seuls dans le roman"*; Hervorhebung im Original!).
Diese Funktion der Pest, zu trennen, ist in verschiedener Akzentuierung
umschrieben worden, z. B. Tageb. 182, 186. Wenn Camus in den Tage-
büchern (162) vom „sozialen Sinn der Pest" spricht, dann ist gerade
hierin der eigentliche Fortschritt über die Einsamkeit der Menschen
hinaus angedeutet: Rieux will die Chronik der Ereignisse hinterlassen,
um „mit aller Deutlichkeit" zum Ausdruck zu bringen, „wie sehr er sich
mit diesen Menschen solidarisch fühlte" (Tageb. 189).
Dieses Bekenntnis zur mitmenschlichen Solidarität ist von Camus fast
programmatisch akzentuiert: „Was die Welt erhellt und erträglich
macht, ist die dauernde Erfahrung unserer Beziehung zu ihr – und *ins-*

besondere unserer Beziehung zu den Mitmenschen" (Tageb. 166 f.; Hervorhebung v. mir!). Obwohl Camus in diesem Zusammenhang die Unbeständigkeit dieser Beziehungen unterstreicht, die „Gleichgültigkeit" („indifférence"), das „Zufällige", das „Spiel der Umstände" –, so betont er doch gleichzeitig, daß mit der „Absonderung" die Welt „in ihre Nacht" zurückkehrt und wir „in jene große Kälte, aus der die menschliche Zärtlichkeit uns für einen Augenblick herausgelöst hatte". Wenn Camus das „große Problem, das man ,praktisch' lösen muß", in die Frage kleidet: „kann man glücklich und einsam sein" (Tageb. 170), – so hat er mit seinem Bekenntnis zum Wert der menschlichen Solidarität die Grundlage einer „diesseitigen Moral" gelegt: „Die Moral durch das Du wiederherstellen. Ich glaube nicht, daß es eine andere Welt gebe, wo wir ,Rechenschaft' ablegen müßten. Aber wir haben schon in dieser Welt Rechenschaft abzulegen – all denen gegenüber, die wir lieben" (Tageb. 177*).

Eine so verstandene „diesseitige" praktische Moral wird von Rieux im Gespräch mit Tarrou *über* die „Heiligkeit" gestellt (vgl. Pest, 167). Pollmann (Camus, 154 ff.) hat Rieux' Haltung charakterisiert als „ein Heldentum . . ., das seine Wurzeln in einem unerschütterlichen Glauben hat, . . . der den nahezu selbstverständlichen Mut gibt, immer wieder anzufangen (,recommencer' ist eines der Schlüsselwörter von *La Peste*). Dieser Glaube . . . ist der an einen immanenten Sinn des Handelns, an eine Sinnstruktur, die, dem Grund und dem Ziel enthoben, in sich spielt, es ist der Glaube an den Menschen, der Glaube des Sisyphus" (155 f.). Offen bleibt im Roman, ob Tarrou den Frieden gefunden hatte; Rieux weiß, daß Tarrou in Zerrissenheit (déchirement) und im Widerspruch (contradiction) gelebt, daß er die Hoffnung nie gekannt hatte. „Ob er wohl deshalb nach Heiligkeit gestrebt und den Frieden im Dienste an den Menschen gesucht hatte?" (Pest, 191). Es ist bemerkenswert, daß der Roman ursprünglich an dieser Stelle enden sollte (vgl. die Anm. I 2004, ad P. 1459). Darin zeigt sich, daß die hier gestellte Frage für Camus von besonderer Bedeutung ist.

Für Rieux stand fest: „Wenn es etwas gibt, das man immer ersehnen und manchmal auch erhalten kann, so ist es die menschliche Zärtlichkeit („tendresse humaine"). Umgekehrt hatte es für alle jene, die sich über den Menschen hinaus an etwas gewandt hatten, das sie sich nicht einmal vorstellen konnten, keine Antwort gegeben". Diejenigen, die sich mit menschlicher Zärtlichkeit begnügten, hatten das erhalten, was sie wollten, – „weil sie das einzige verlangt hatten, was von ihnen abhing . . ." (Pest, 196 f.*).

Von Tarrou wird gesagt, er habe anscheinend jenen „schwierigen Frie-

den" gefunden, von dem er gesprochen hatte, – aber erst im Tode, wo er
ihm nicht mehr nützen konnte (a. a. O.). Di Méglio (97) sieht hier mit
Recht einen Beleg für Camus' Entwicklung seit dem Frühwerk und
„L'Etranger": „der ‚glückliche Tod' ist kein zu erstrebendes Lebensziel
mehr, sondern ein Zeichen, daß die so Sterbenden nicht fähig waren,
das Glück im Leben selbst zu verwirklichen".

Camus modifiziert sogar den Gebrauch des Wortes „Existenz", sofern
sich dahinter etwas verbirgt, das die „Bejahung einer höheren Wirklichkeit impliziert"; deswegen spricht er von einer „inexistentiellen Philosophie", – nicht um damit eine „Verneinung" auszudrücken, sondern
um über den „Zustand des ‚Menschen ohne' . . ." Rechenschaft abzulegen (Tageb. 183*). In „La Peste" wird das Spannungsverhältnis zwischen einer diesseitigen Moral mitmenschlicher Solidarität und einer
auf das jenseitige Heil ausgerichteten christlichen Hoffnung von Camus
so nachdrücklich artikuliert, daß man hierin unschwer sein zentrales
Problem erkennt.

Camus' Ablehnung des christlichen Glaubens und Hoffens ist vor allem
im Arzt Rieux verkörpert. Der Autor sympathisiert ausdrücklich mit
ihm (R. Quilliot weist I 2000, ad P. 1427, N°3, auf Camus' Äußerung
hin, Tarrou habe kaum in seinem Namen gesprochen, aber er, Camus,
fühle sich Rieux am nächsten und vor allem Grand); er erklärt ihn darüber hinaus zum Sprecher aller (I 1469: „Décidément, il devait parler
pour tous"); schließlich zeichnet er in ihm – in gewisser Weise – den Ge-
genspieler des Priesters Paneloux, den unbeugsamen Kämpfer, der es
ablehnt, auf die Knie zu fallen (vgl. Tageb. 183).

Menschliche Freiheit bedeutet für Camus: die Angst vor dem Tod
überwinden, „weitermachen", „sich nicht aufgeben", „mit offenem Vi-
sier sterben können, ohne Bitterkeit" (Tageb. 194f*; vgl. Tageb.230).
Der Arzt Rieux, der gegen den Tod kämpft, wird damit zum Feind Gottes; er sieht es sogar als seinen Beruf an, Gottes Feind zu sein. Man kann
in der Antithese Arzt – Priester geradezu einen Schlüssel zum Verständnis des Romans sehen (vgl. Di Méglio 100), – muß dann aber berücksichtigen, daß auch Rieux sich als eine Art „Priester" versteht. R. Quilliot zitiert in den Anmerkungen (I 1996, ad P. 1398, N°2) Tagebuch-
Notizen, in denen die Religionen des Priesters und die des Arztes dadurch unterschieden werden, daß der Priester das ganze Wissen zu haben meint, während der echte Arzt weiß, daß er nichts weiß. Rieux war
„der Priester einer Religion ohne Gewißheit und ohne Hoffnung, – einer ganz relativen und ganz menschlichen". Damit ist ein wichtiger
Aspekt der erwähnten Antithetik angesprochen: Arzt und Priester stehen stellvertretend für die miteinander kämpfenden Mächte des Relati-

ven und des Absoluten (Tageb. 163); sie verkörpern zwei miteinander unvereinbare Möglichkeiten des Menschseins (vgl. Tageb. 191). Insofern die Pest als Inbegriff des Übels für die Welt selbst steht und niemand sie bejahen kann, ist die einzige Lösung des Menschen ihr gegenüber die Auflehnung (vgl. Tageb. 163*).

Es erscheint mir für die Interpretation des Romans besonders wichtig, genau zu prüfen, ob Camus die Antithese Arzt – Priester konsequent durchgehalten hat. Mir scheint, daß die scharfe Antithetik erheblich relativiert ist, wenn man berücksichtigt, wie Camus den Jesuitenpater Paneloux gezeichnet hat. Hier ist insbesondere der Vergleich zwischen den beiden Predigten aufschlußreich, die der Pater zu Beginn und auf dem Höhepunkt der Epidemie gehalten hat (zum theologischen Fundament dieser Predigten vgl. Di Méglio, bes. 83–92 mit wichtigen Anmerkungen!).

R. Quilliot (I 1937) sieht die erste Predigt in einem direkten Zusammenhang mit Camus' Vorwurf gegen das Christentum, es sei eine „Doktrin der Ungerechtigkeit": die erste Predigt des Paters „ganz mit biblischen Verwünschungen überladen, illustriert eingehend diese Äußerung". Diese erste Predigt ist eine reine Bußpredigt. P. Paneloux „hämmert" seinen Zuhörern geradezu ein, daß das Unglück verdientermaßen über sie hereingebrochen sei (vgl. Pest, 65). Wenn man die früheren Textfassungen heranzieht, ergeben sich aufschlußreiche Modifikationen. Die eben erwähnte Stelle war in der 1. Fassung viel stärker poiniert (vgl. I 1987f. ad P. 1298 u. 1299). Quilliot hat (I 1986, ad P. 1294) mit Recht hervorgehoben, daß Camus bemüht gewesen sei, in der späteren Fassung gewisse allzu „biblische" Redewendungen abzuschwächen.

Die zweite Predigt zeigt deutlich, daß P. Paneloux sich gewandelt hat. R. de Luppé (93) sieht in den beiden Predigten den Fortschritt (cheminement) von einem „Bewußtsein des triumphierenden Glaubens" („une conscience de la foi triomphante") zu einem „verzweifelten Glauben" („foi désespérée").

Ob sich in P. Paneloux' zweiter Predigt ein „*verzweifelter*" Glaube manifestiert, bleibe zunächst dahingestellt; der Kennzeichnung der ersten Predigt möchte ich mich – unter Akzentuierung des Wortes „*Bewußtsein*" – durchaus anschließen: das *Bewußtsein* des triumphierenden Glaubens ist das entscheidende Charakteristikum dieser Predigt. Camus hat P. Paneloux zunächst ganz deutlich als einen *Gelehrten*, einen theologischen *Intellektualisten* geschildert (Pest, 61f*) und dabei erwähnt, Paneloux habe leidenschaftlich ein „anspruchsvolles Christentum" verteidigt, das „von der modernen Freisinnigkeit so entfernt sein sollte wie von der Massenverdummung der vergangenen Jahrhunderte". Paneloux versuchte eine *Rationalisierung* des Leides und Leidens, eine *Sinngebung* vom sicheren Standpunkt eines unanfechtbaren, absolut gewissen Glaubens aus, vorgetragen in einer – wie der Untersuchungsrichter meinte – „absolut unwiderlegbaren" Begründung (I 1301 „absolument irréfutable").

P. Paneloux hatte *zunächst* damit geendet, daß das Leid den göttlichen Willen offenbare, der das Böse in Gutes verwandle und die Menschen durch Angst und Tod demUrquell des Lebens entgegenführe. Nach einer vom Autor deutlich markierten Unterbrechung ergriff er noch einmal das Wort, um auf die göttliche Hilfe und die christliche Hoffnung hinzuweisen. Dieser Nachtrag ist insofern bemerkenswert, als die Ebene der Rationalisierung und eindeutigen Sinngebung verlassen ist: P. Paneloux bekennt hier, er selbst hoffe gegen jede Hoffnung (I 1300: „Il espérait contre tout espoir . . ."), die Mitbürger würden – trotz des Schreckens dieser Tage und der Schreie der Sterbenden – an den Himmel das einzige Wort richten, das christlich und ein Wort der Liebe sei; Gott werde das übrige tun (Pest, 66).

Auf dem Höhepunkt der Pest hielt der Pater seine zweite Predigt. Kurz zuvor hatte er in tiefer Erschütterung den qualvollen Tod eines Kindes miterleben müssen, – ausgerechnet des Sohnes jenes Untersuchungsrichters, der die Argumentation Paneloux' in der ersten Predigt als „absolut unwiderlegbar" charakterisiert hatte.

Diese unmittelbare Konfrontation mit dem Leiden eines unschuldigen Kindes hat der zunächst so stringent erscheinenden theologischen Argumentation des Paters die sichere Grundlage entzogen. Luppé (94) sagt durchaus zutreffend, Paneloux' abstrakte Gewißheiten seien zusammengebrochen; er habe zwar die Idee des Übels in seine Ordnung einfügen können, nicht aber das Übel selbst.

Es erscheint mir allerdings *falsch*, wenn de Luppé die in P. Paneloux erfolgte Wandlung so versteht, als stimme er nun der absoluten Irrationalität des Glaubens zu: „der Glaube ist blindes Hinnehmen (aveugle acceptation) eines Ärgernisses, das die Vernunft zurückweist . . . Paneloux . . . stirbt ohne Hoffnung (désespéré), indem er sich an einen verstörten und krankhaften Glauben klammert" (a. a. O.)

Es kann – wie mir scheint – bei Berücksichtigung des Textes weder die Rede davon sein, daß P. Paneloux einem absoluten Irrationalismus im obigen Sinne zustimme, noch daß er ohne Hoffnung sterbe.

Der Wandel, der sich in ihm vollzogen hat, ist weit weniger dramatisch; er stellt sich eher als eine *Weiter*entwicklung im Hinblick auf den theologischen *Begründungszusammenhang* dar. Diese Weiterentwicklung deutet sich bereits im Gespräch zwischen P. Paneloux und Rieux nach dem Tod des Kindes von Richter Othon an.

Als Rieux nach einem Zornesausbruch dem Pater gegenüber erklärt, daß er zeitweise nur noch Empörung fühle (I 1397: „je ne sens plus que ma révolte"), räumt Paneloux ein, daß auch er das Sterben des Kindes „empörend" (révoltant) finde, weil es unser Maß übersteigt. Er fügte hinzu: „Aber vielleicht sollen wir lieben, was wir nicht begreifen kön- nen" (Pest, 142). Mit eben diesen Gedanken – begreifen, erkennen, lie- ben – beginnt P. Paneloux' zweite Predigt. Er spricht sanfter und ruhi- ger, manchmal etwas zögernd; es wird ausdrücklich hervorgehoben, daß er seine Zuhörer nicht mehr mit „ihr" anredete, sondern „wir" sag- te; er !itete an, man könne jetzt die Pest besser „*erkennen*" (connaî- tre), besser das „*aufnehmen*" (recevoir), was sie den Menschen sagte; was er gepredigt hatte, bleibe wahr, – aber vielleicht hatte er es ohne Nächstenliebe (sans charité) gedacht und gesagt. Paneloux betont aus- drücklich, er gehe auch weiterhin von dem Prinzip aus, daß es in allem etwas gab, was man *sich merken* (retenir) müsse. Auch die grausamste Prüfung sei für den Christen noch ein Gewinn.

Die in diesem Zusammenhang von mir hervorgehobenen Verben deu- ten weder in Richtung eines „blinden Hinnehmens" noch einer „abso- luten Irrationalität".

Der eigentliche Fortschritt in der Argumentation des Paters, vom Autor deutlich durch eine Zäsur markiert (Zuschlagen einer Tür, Bewegung unter den Zuhörern), liegt in der Äußerung, man solle nicht versuchen, sich das Schauspiel der Pest zu erklären (s'expliquer), sondern das zu lernen (apprendre) suchen, was es daran zu lernen gab. Paneloux sagte „mit Nachdruck" (fortement), daß es Dinge gebe, die man im Hinblick auf Gott erklären könne, und andere, die man nicht erklären könne; das gelte vor allem hinsichtlich des Bösen: es gebe das offenbar notwendige und das offensichtlich nutzlose Übel; das Leiden eines unschuldigen Kindes sei ein Beispiel für ein Übel, das man nicht begreifen könne, ob- wohl – wie Paneloux jetzt einräumt – es auf Erden nichts Wichtigeres gebe als ein solches Leiden. Während Gott uns im übrigen Leben alles erleichtere, setze er uns hier hart zu („mettre au pied du mur" bedeutet „jemandem hart zusetzen, jemanden in die Enge treiben", nicht jedoch – wie in der Rowohlt-Ausgabe übersetzt – „gegen die Wand drük- ken"!). Hier stünden wir innerhalb der Mauern der Pest, und in ihrem tödlichen Schatten müßten wir das finden, was uns zum Guten gereiche (Pest, 145 f.*).

Paneloux lehnte es ausdrücklich ab, sich die Antwort mittels theologi- scher Kategorien leicht zu machen, – etwa unter Hinweis auf die Ewigkeit himmlischer Freuden, die alles irdische Leid aufwögen: „in Wahrheit wußte er darüber nichts". Eben deshalb bliebe er in die Enge getrieben, „jenem Hin- und Hergerissensein treu, dessen Symbol das Kreuz ist, konfrontiert mit dem Leiden eines Kindes" (Pest, 146*). Er bekennt, daß er sich vor die Notwendigkeit gestellt sieht, alles zu glauben oder alles zu leugnen, – wer aber könnte es wagen, alles zu leugnen.

In dieser „strikten Weisung", in dieser „reinen Forderung" sah P. Paneloux den Gewinn des Christen. Gott erweise seinen Geschöpfen die Gunst, sie in ein so großes Unglück zu stürzen, daß sie die größte Tugend, nämlich die des Alles oder Nichts, wiederfinden und annehmen mußten. In Zeiten wie dieser gebe es nur eine solche radikale Alternative; jede Gleichgültigkeit sei verbrecherisch (Pest, 146 f.*; I 1403: „. . . toute indifférence (était) criminelle").

In der ursprünglichen Fassung endete hiermit die zweite Predigt (vgl. Quilliot, in I 1997, ad P. 1403, N°2). Dieses *Paradoxon* des „alles oder nichts", „alles glauben oder alles leugnen" muß für Camus ein sehr wichtiger Aspekt bei der Charakterisierung von P. Paneloux gewesen sein, denn sonst hätte er nicht die Predigt fortgeführt unter ausdrücklicher Betonung und ausführlicher Interpretation dieser paradoxen Formulierung.

P. Paneloux erläutert insbesondere die Tugend der völligen Annahme (acceptation totale), die er nicht in der üblichen Weise (als Ergebung oder Demut) verstanden wissen möchte, der der Gedemütigte zustimmt. So erniedrigend das Leiden eines Kindes für den Geist und das Herz war, – man mußte sich darauf einlassen, man mußte es wollen, weil Gott es wollte. „Der Christ werde es verstehen, sich Gottes Willen zu überlassen, selbst wenn er unbegreiflich war . . .; man mußte sich mitten in das Unannehmbare hineinstürzen, das uns dargeboten wurde, eben damit wir unsere Wahl träfen . . ." (Pest, 147*).

Ein weiteres wichtiges Problem wird in der Fortsetzung der Predigt von Paneloux behandelt: wie soll man sich in der gegebenen Situation verhalten? P. Paneloux kennzeichnet die von ihm vertretene Haltung als „tätigen Fatalismus" (fatalisme actif, I 1404); am Beispiel der Pestchronik von Marseille zeigt er, daß von 81 Mönchen vier die Epidemie überlebt hatten, die – bis auf einen – flohen. Dieser eine entspricht Paneloux' Ideal: „. . . man muß der sein, der bleibt" (Pest, 148*; „. . . il faut être celui qui reste!"). Paneloux distanziert sich von jenen Moralisten, die fordern, man müsse auf die Knie fallen und alles im Stich lassen: „Man müsse nur anfangen, vorwärts zu gehen in der Finsternis, ein wenig auf gut Glück, und Gutes zu tun. Aber im übrigen müsse man bleiben und es hinnehmen, sich ganz Gott anzuvertrauen, sogar was den Tod der Kinder betrifft, und ohne für sich eine Lösung zu suchen" (a. a. O.; im frz. Text steht nicht „secours", was mit „Hilfe" übersetzt werden kann, sondern „recours"!).

Paneloux verwirft jeden Kompromiß; angesichts der Alternative, Gott zu hassen oder zu lieben, müßte man das Ärgernis dulden. Die Predigt schließt mit einem Aufruf zur Gottesliebe, eine – wie Paneloux einräumt – schwierige Liebe; sie setze die völlige Hingabe seiner selbst und die Geringschätzung der eigenen Person voraus: „Aber er allein kann das Leiden und den Tod der Kinder vergessen lassen, er allein jedenfalls kann es als unabwendbar erweisen, weil es unmöglich ist, es zu begreifen, und weil man dies nur wünschen kann ... Das ist der Glaube, – grausam in den Augen der Menschen, entscheidend in den Augen Gottes – dem wir uns annähern müssen. Diesem schrecklichen Bild müssen wir gewachsen sein. Auf diesem Höhepunkt wird alles verschmelzen und sich ausgleichen, und aus der scheinbaren Ungerechtigkeit wird die Wahrheit hervorgehen" (Pest, 149*; I 1405).

Daß beim Verlassen der Kirche allen ein heftiger Wind ins Gesicht blies und sie nur schwer zu Wort kommen ließ, ist – auf den Symbolgehalt des Romans bezogen – sicher von Bedeutung. Unter den Reaktionen auf Paneloux' Predigt erscheint mir das kurze Gespräch zwischen einem alten Priester und einem jungen Diakon bemerkenswert; der alte Priester war beunruhigt über die Kühnheiten des Denkens Paneloux', aber auch darüber, daß die Predigt mehr Beunruhigung als Stärke gezeigt habe; der junge Diakon rechnete damit, daß P. Paneloux für eine Abhandlung, an der er arbeitete und die noch kühnere Gedanken enthielt, gar nicht das Imprimatur erhalten werde. Tarrou, der sich mit Rieux über die Predigt unterhielt, sah das eigentliche Anliegen Paneloux darin, daß er – um den Glauben nicht zu verlieren – bis zum Ende gehen werde. Das tat Paneloux auch, allerdings in einer für seine Umgebung irritierenden Weise; die Hilfe eines Arztes lehnte er kategorisch ab; als Rieux dennoch hinzugezogen wurde, war die Diagnose nicht eindeutig; man wußte nicht, ob Paneloux traurig war oder nicht; insgesamt gesehen handelte es sich um einen „zweifelhaften Fall" („cas douteux", I 1410). Paneloux' letzte Äußerung lautete: „... die Ordensleute haben keine Freunde. Sie haben ganz auf Gott gesetzt!" (Pest, 152*). Das Kruzifix, das er sich hatte geben lassen, gab er nicht mehr aus der Hand.

Gerade auf die Gestalt des P. Paneloux ist in der Camus-Interpretation vielfältig Bezug genommen worden: man sah hierin einerseits geradezu eine Karikatur des Christentums und einen Beleg für Camus' Atheismus bzw. Antitheismus, andererseits eine Art Hinweis darauf, daß Camus sich auf dem Weg zum Christentum befunden habe und möglicherweise zu den „anonymen" Christen gezählt werden könne.

Viele derartige Überlegungen waren bloße Spekulation. Wenn wir uns an das halten, was sich aus dem Text (auch unter Berücksichtigung der früheren Fassungen) ergibt, so scheint mir folgendes klar zu sein: In P. Paneloux hat Camus, in durchaus wohlwollender, Sympathie erweckender Weise, einen Menschen und Priester charakterisiert, der auf seine Weise „standhielt": gerade im Fortschreiten von der ersten zur zweiten Predigt zeigt er, wie sehr ihm die Rechtfertigung des Übels in der Welt zum Problem geworden ist; wie er (auf theologische Möglichkeiten, „über die Mauer zu blicken", verzichtend!) demütig – zusammen mit den anderen – „am Fuße der Mauer" steht und keine glatte Antwort weiß; wie er von der Grundlage seines *Glaubens* aus alles auf Gott setzt und sich in diesem Vertrauen nicht erschüttern läßt.

In seinem Vortrag vor den Dominikanern „Der Ungläubige und die Christen" (Fragen der Zeit, 59 ff) hat Camus sich ausdrücklich davon distanziert, die christliche Wahrheit als eine Illusion abzutun; er hat aber bekannt, daß er „dieser Wahrheit nicht teilhaft zu werden vermochte".

Die plausibelste Antwort auf die Frage nach Camus' Stellung zum Christentum scheint mir die zu sein, die H. R. Schlette (Aporie, 152 ff., 330) gegeben hat; er kennzeichnet dieses Denken als einen *aporetischen Agnostizismus*, – als ein Denken also, das sich in Schwierigkeiten verstrickt sieht und grundsätzlich in Zweifel zieht, ob wir – zumindest im Hinblick auf die Rechtfertigung des Übels – zu sicheren Erkenntnissen gelangen können (zum Verhältnis Camus' zum Christentum vgl. vor allem Simons; Di Méglio; Rühling; Schlette; Linde).

Literaturverzeichnis

Schriften von Camus

Französische Texte

Théâtre, Récits, Nouvelles (hrsg. v. R. Quilliot). Paris 1974. [Bibliothèque de la Pléiade] (hier zitiert als Bd. I)

Essais (hrsg. v. R. Quilliot). Paris 1981. [Bibliothèque de la Pléiade] (hier zitiert als Bd. II)

Carnets I. Paris 1962.

Carnets II. Paris 1964.

Cahiers Albert Camus 1: la mort heureuse (hrsg. v. J. Sarocchi). Paris 1971.

Cahiers Albert Camus 2: Paul Viallaneix: Le premier Camus. (suivi de) Ecrits de jeunesse d'Albert Camus. Paris 1973.

Übersetzungen ins Deutsche

Hier wurden grundsätzlich die Einzelausgaben des Rowohlt-Verlages benutzt (vgl. oben S. 129, Fußnote 2).

Literarische *Essays*. Hamburg 1973.

Fragen der Zeit. Reinbek 1977. rororo 4111.

Der *Fremde*. Reinbek 1981. rororo 432.

Der Mensch in der *Revolte*. Reinbek 1980. rororo 1216/17.

Christliche Metaphysik und Neoplatonismus. Reinbek 1978. rde 385.

Der Mythos von *Sisyphos*. Reinbek 1981. rde 90.

Die *Pest*. Reinbek 1981. rororo 15.

Tagebücher. Reinbek 1980. rororo 1474.

Verteidigung der Freiheit. Reinbek 1980. rororo 1096.

Diese Aufstellung berücksichtigt nur die im Text zitierten Werke.

Sekundärliteratur

Brée, Germaine: Albert Camus. Reinbek 1960.

Büchele, Herwig: Die Gottesverneinung im Namen des Menschen: Sartre und Camus. In: Coreth, E./ Lotz, J.B. (Hrsg.:) Atheismus kritisch betrachtet. Freiburg/München 1971, 89–114.

Castex, Pierre-Georges: A. Camus et „L'Etranger". Paris 1965.

–: Les contradictions d' Albert Camus. In: Le français dans le monde. Paris (Septembre) 1966, 6–10.

Coenen-Mennemeier, Brigitta: Erzähler und Welt in „L'Etranger" von A. Camus. In: Praxis des neuspr. Unterrichts 10 (1963), 143–149.

Crochet, Monique: Les mythes dans l'œuvre de Camus. Paris 1973.

Cruickshank, John: A. Camus and the Literature of Revolt London 1959.

Espiau de la Maëstre, André: Der Sinn und das Absurde. Salzburg 1961.

Feuerlicht, Ignace: Camus's *L'Etranger* reconsidered. In: Publications of the Modern Language Association 78 (1963), 606–621.

Fitch, Brian T.: L'Etranger d'Albert Camus. Paris 1972.

Gay-Crosier, Raymond: Camus. Darmstadt 1976 [Erträge d. Forschung 60].

Grenier, Jean: Albert Camus. Paris 1968.

Grenier, Roger: A. Camus, soleil et ombre. Une biographie intellectuelle. Paris 1987.

Heist, Walter. Das Fragwürdige an A. Camus. In: Schlette, Wege, 158–175.

Hengelbrock, Jürgen: A. Camus. Freiburg 1982.

Hirdt, Willi: „La Maison mauresque" und „Le Livre de Mélusine" von A. Camus. In: Lauble, Camus, 13–35.

–: *La Mort heureuse* von A. Camus. In: Arch. f. d. Studium d. neuer. Sprachen 211 (1974), 334–349.

Jeschke, Hans: A. Camus – Bild einer geistigen Existenz. In: Die neueren Sprachen 1 (1958), 459–473.

Kampits, Peter: Der Mythos vom Menschen. Salzburg 1968.

Kienecker, Friedrich: Prometheus und Sisyphus. In: Hochland 59 (1966/67), 520–539.

Krauß, Henning: Zur Struktur des Etranger. In: Zs. f. franz. Spr. u. Lit. 80 (1970), 210–229.

Krings, Hermann: A. Camus oder die Philosophie der Revolte. In: Schlette, Wege, 28–44.

Lauble, Michael: Der unbekannte Camus. Düsseldorf 1979.

–: Vom Evangelium zur Metaphysik. Über A. Camus' philosophische Examensschrift. In: Lauble, Camus, 36–73.

–: A. Camus' philosophische Examensschrift im Kontext der Grundstruktur seines Denkens. Einleitung zu Camus, Metaphysik.

Lausberg, Heinrich: Das Stück „Les Justes" von Camus. In: ders., Interpretationen dramatischer Dichtungen, Bd. I. München 1962.

Lebesque, Morvan: A. Camus. Reinbek 1977. [Rowohlts Monographien].

Linde, M.: Das Problem der Gottesvorstellung im Werk von A. Camus. Diss. Regensburg 1972.

Lottman, Herbert R.: A. Camus – a biography. London 1979.

Lüders, E. M.: Alles oder nichts. In: Stimmen der Zeit 76 (1950/51), 105–117.

Marcel, Gabriel: Homo viator. Düsseldorf 1949 (bes. 258–298).

Di Méglio, Ingrid: Antireligiosität und Kryptotheologie bei A. Camus. Bonn 1975. Bibl.

Marsch, Wolf-Dieter: Philosophie im Schatten Gottes. Gütersloh 1973.

Neudeck, Rupert: Die politische Ethik bei J.-P. Sartre und A. Camus, Bonn 1975.

Nicolas, André: Une philosophie de l'existence: A. Camus. Paris 1964.

Noyer-Weidner, Alfred: Absurdität und Epik als ästhetisches Problem in Camus' Etranger. In: Annales Universitatis Saraviensis. Philosophie, X–1961, 257–295.

–: Camus L'Etranger. In: Heitmann, Klaus (Hrsg.): Der französische Roman. II. Düsseldorf 1975, 239–260.

–: A. Camus im Stadium der Novelle. In: Schlette, Wege, 281–328.

Pelz, Manfred: Die beiden Stilweisen bei A. Camus. In: Zs. f. franz. Sprache u. Lit. 73 (1963), 59–65.

Pieper, Annemarie: Albert Camus. München 1984.

Pollmann, Leo: Sartre und Camus. Stuttgart [usw.] 1967.

–: Der französische Roman im 20. Jahrhundert. Stuttgart [usw.] 1970.

Quilliot, Roger: La mer et les prisons. Essai sur A. Camus. Paris 1960.

Rath, Matthias: A. Camus. Absurdität und Revolte. Frankfurt 1984.

Rühling, Alfred: Negativität bei A. Camus. Bonn 1974.

Sartre, Jean-Paul: Porträts und Perspektiven. Reinbek 1968.

–: Explication de l'Etranger. In: ders., Situations I. Paris 1947, 99–121 (deutsch in: ders., Situationen. Hamburg 1956, 133–153).

Scheel, Hans Ludwig: Zur Bedeutung der griechischen Mythologie für A. Camus. In: Heitmann, K./Schroeder, E. (Hrsg.): Renatae litterae. FS f. August Buck. Frankfurt 1973, 299–317.

Schlette, Heinz Robert: Camus' *Aktualität* im Spannungsfeld der Antithese „Natur – Geschichte". In: Lauble, Camus, 106–138.

–: A. Camus' philosophische *Examensschrift*. In: ders.: Aporie und Glaube. München 1970, 152–162.

–: A. *Camus* heute. In: ders.: Wege, 176–200.

–: (Hrsg.): *Wege* der deutschen Camus-Rezeption. Darmstadt 1975. *Bibl.*

–: A. Camus: Welt und Revolte. Freiburg/München 1980.

Schlötke-Schröer, Ch.: Pathetische Grundzüge im literarisch-philosophischen Werk von Sartre und Camus. In: Zs. f. franz. Sprache u. Lit. 73 (1963), 17–50.

Simons, Thomas: A. Camus' Stellung zum christlichen Glauben. Königstein 1977.

Spycher, Peter C.: A. Camus' „L'Etranger". In: Die neueren Sprachen 14 (1965), 159–180.

Stuby, Gerhard: Recht und Solidarität im Denken von Albert Camus. Frankfurt 1965.

Theis, Raimund: A. Camus' Rückkehr zu Sisyphus. In: Romanische Forschungen 70 (1958), 66–90.

Thody, Philip: A. Camus. Frankfurt/Bonn 1964.

Viggiani, Carl A.: Camus „L'Etranger". In: Publications of the Modern Language Association 71 (1956), 865–887.

Weber, Robert: Vom Indifférent zum Etranger. In: Die neueren Sprachen 12 (1963), 485–498.

Wernicke, Horst: Albert Camus: Aufklärer – Skeptiker – Sozialist. Hildesheim (usw.) 1984.

Wunberg, Gotthart: Das Absurde und das Bewußtsein bei Camus. In: Neue Sammlung 1 (1961), 207–221.

Sammelbände der Zeitschrift „La Revue des lettres modernes"(in Auswahl):

Albert Camus 8: Camus romancier La Peste (hrsg. v. B. T. Fitch). N°s 479–483. Paris 1977.

Albert Camus 9: La pensée de Camus (hrsg. v. R. Gay-Crosier u. B. T. Fitch). Paris 1979.

Configuration critique d'étranger (hrsg. v. J. H. Matthews). N°s 64–66, vol. VIII (1961)

Albert Camus 1: Autour de „L'Etranger" (hrsg. v. B. T. Fitch). N°s 170–174. Paris 1968.

Peter Wust: Christliches Existenzbewußtsein

Von Hermann Westhoff, Aachen

1. Einleitung

Als ältestes von 11 Kindern eines bäuerlichen Siebmachers wurde Peter Wust am 28. August 1884 in dem Dörfchen Rissenthal bei Merzig im Saargebiet geboren. Allzeit hat er es als ein Zeichen besonderer Fügung angesehen, daß sein Geburtstag zugleich auch der Tag des Gedenkens an die Geburt Goethes und an den Tod des Augustinus war. Dieser Umstand mag dazu beigetragen haben, daß Wust sich sein Leben lang diesen beiden Großen besonders verbunden fühlte.

Im Elternhaus herrschte bittere Not. Der karge Lebensunterhalt wurde durch die Fertigung von Sieben bestritten, bei der die ganze Familie mitzuhelfen hatte; vorweg natürlich Peter als der älteste, der seinen Vater auch begleitete, wenn dieser als Hausierer die Produkte der Heimarbeit in der Umgebung zum Verkauf anbot.

Für Peter kam eine weitere Not hinzu, die ihm immer mehr zusetzte: der tief eingeborene Hunger nach Wissen. „Studieren wollte ich; studieren um jeden Preis. Dieser Gedanke beherrschte mich völlig" (Gestalten, 97).

Schließlich fand diese Not doch noch ihr Ende. Peter Wust, der nach seiner Volksschulzeit neben seiner Arbeit im Elternhaus auch noch als Hütejunge des Dorfes tätig war, erhielt Lateinunterricht vom Dorfpfarrer Braun, der das Talent des Knaben erkannt hatte. Als Sechzehnjähriger bestand Wust die Aufnahmeprüfung für die Quarta des Friedrich-Wilhelm-Gymnasiums in Trier, das er bis zum Abitur 1907 besuchte.

In der Familie galt es als ausgemacht, daß er Priester werden sollte. Doch schon auf den Oberklassen des Gymnasiums hatten Kinderglaube und Christentum in ihm dem Bekenntnisniveau eines Goethe und seines idealistischen Humanismus Platz machen müssen. Der Gedanke an den Priesterberuf wich der Überlegung um die Laufbahn des Gymnasiallehrers. Das führte zur Entfremdung mit den Eltern, die in ihm von nun an den „Abtrünnigen" und den „Verlorenen Sohn" sahen. Peter Wust begann sein Philologiestudium in Berlin. Warum gerade dort? War es die Folge der Entfremdung? War es der Ruf des Philosophen und Pädagogen Friedrich Paulsen? Wust selbst beschränkt sich auf die fragmentarische Andeutung, daß „irgendwelche Umstände" für die Wahl Berlins gesprochen hätten (Gestalten, 243).

Er studierte Anglistik und Germanistik, dazu Philosophie. „Hunger und Not, aber ich sitze zu Füßen Friedrich Paulsens. Die Lockungen der Philosophie beginnen. Kampf zwischen Goethe und Platon" (Brief Wusts an seinen Landsmann Josef Antz).

Da Paulsen damals bereits schwer erkrankt war und seine Vorlesungen deshalb immer häufiger ausfielen, siedelte Wust Ostern 1908 nach der seiner Heimat näher gelegenen Universität Straßburg über. „Dort klammerte ich mich in der Philosophie mit ganzer Seele an die Vorlesungen Clemens Baeumkers" (Gestalten, 244). Juli 1910 bestand Wust in Straßburg sein philologisches Staatsexamen. Das Ende seiner materiellen Not zeichnete sich ab. Im gleichen Jahre, am 20. September, heiratete Wust in Püttlingen an der Saar, dem Wohnort seiner Großeltern, Käthe Müller. Aus der Ehe gingen drei Kinder hervor, Sohn Benno und die Töchter Else und Lotti.

Peter Wust war insgesamt 20 Jahre, von 1910 bis 1930, im höheren Schuldienst tätig, und zwar in Berlin, Neuß, Trier und Köln. Zu Höhepunkten dieser Jahre wurden seine Promotion Januar 1914 bei Oswald Külpe in Bonn über „John Stuart Mills logische Grundlegung der Geisteswissenschaften"; seine Freundschaft mit Max Scheler in Köln von 1921 bis 1928 und seine Reise nach Paris, wo es zur Begegnung mit führenden Männern des „Renouveau Catholique" kam. Herbst 1930, am 14. Oktober, erhielt Wust die Berufung auf einen Lehrstuhl für Philosophie an der Universität Münster. Acht Jahre später erkrankte er an Oberkieferkrebs, der ihn zum Ende des Wintersemesters 38/39 zwang, seine Lehrtätigkeit aufzugeben. Peter Wust starb am 3. April 1940 in Münster, noch keine 56 Jahre alt.

2. Wegbereitung und Entfaltung

Um eine knappe Übersicht über das Gesamtwerk Peter Wusts zu gewinnen und im Zusammenhang damit seine philosophie- und problemgeschichtliche Position aufzuzeigen, sollten wir uns vorweg an eine Aussage erinnern, die er über sich selbst in „Gestalten und Gedanken" (92) gemacht hat: „Ich verspürte schon in jungen Jahren so etwas wie eine hemmungslose Wollust des Wissenstriebes; und diese Erkenntnisleidenschaft ist dann für Jahrzehnte ein gewisser dämonisch-unseliger Urtrieb geblieben, dem ich unter Umständen alles, vielleicht sogar die höchsten Werte, zum Opfer gebracht hätte, wenn ich eines Tages in die Notwendigkeit versetzt worden wäre, diesen Urtrieb zu unterdrücken. Jede noch so unbedeutende neue Einsicht brachte einen förmlichen Rausch der Freude über mich, und nur unter einem einzigen hatte ich in dieser Hinsicht Tag für Tag zu leiden, nämlich unter dem Mangel an Büchern."

Es ist gewiß nicht zu gewagt, in dieser unkritischen Empfängnisbereitschaft des jungen Wust für neue Ideen und Erkenntnisse den Wurzelgrund für seine spätere geistige Entfaltung und Gestaltung zu entdekken. Für Karl Pfleger, seit 1935 Peter Wust in lebhaftem Briefwechsel freundschaftlich verbunden, war „dieser Urtrieb der Erkenntnisleidenschaft das allererste Element in Wusts persönlichem Philosophieren. Und dies Urelement ist eine sehr gefährliche, zweideutige Mitgift, die nicht nur eine persönliche und soziale Quelle von Licht und Heil, sondern ebenso leicht von Irrtum, Trug und Unheil werden kann. Daß Wust sich dessen so schmerzlich deutlich bewußt war oder bald bewußt wurde, offenbart, welch authentischer Denker er war. Das Wissen und Erkennen ist an sich dem Menschen ein guter Engel. Aber der Erkenntnistrieb, der nicht genügend gebändigte, nicht bis in die Wurzel gereinigte, kann zum unselig machenden ‚Dämon' werden" (Geleitwort zu „Im Sinnkreis des Ewigen", 30).

Zudem sollten wir bedenken, daß der jugendliche Wust, wie jeder junge Mensch seines Alters, den mehr oder minder leidvollen Gärungsprozeß der geistigen Pubeszenz durchzumachen hatte, bevor diese Zeit der Turbulenz vom ruhigeren Zustand einer zunehmenden Klärung abgelöst wurde. Ist es daher vermessen zu vermuten, daß Wust bei seiner ausgeprägten Sensibilität und dem ihm von Natur her eigenen Lebensernst diese Jahre seiner Entwicklung und ihre Kriterien besonders deutlich zu spüren bekommen hat? Daß er zu Ostern 1905 die bergende, wenn auch engherzige Atmosphäre des bischöflichen Konvikts verließ und sich für die restlichen beiden Jahre bis zum Abitur mit Privatstunden den nun kärglichen Lebensunterhalt verdiente, darf gewiß als Bestätigung für seine damalige seelisch-geistige Verfassung gewertet werden. Aber auch als Beweis dafür, daß er lieber Not und Entbehrung auf sich nahm und eher die Entfremdung von den Eltern und den Verlust des Elternhauses wagte („Die Ferien verlebte ich vom Sommer 1907 ab im Hause der Großeltern in Püttlingen an der Saar"; Gestalten, 243), als daß er von dem nach seiner Meinung als richtig erkannten Wege abließ. Wie sah es mit der Beschaffenheit dieses Weges aus? Als Wust 1910 in den Schuldienst eintrat, da lebte er „schon jahrelang in der Finsternis des Aufklärungsgeistes" (Brief Wusts vom 16.3.37 an Carl Muth, Gründer und Herausgeber des „Hochland"). Denn „von etwa 1905 ab hatte ich dem christlichen Glauben ziemlich passiv gegenüber gestanden. Ich zerriß zwar nicht die Fäden, die mich äußerlich noch an die Kirche knüpften, aber ich hatte im Grunde den Glauben verloren. Diese Tatsache war für mich keineswegs gleichgültig. Ich litt furchtbare Seelennot unter dem jahrelangen Fernsein von der Kirche" (V, 252).*

---

* Die Band- u. Seitenzahlen beziehen sich auf „Gesammelte Werke", Münster 1963 ff.

„In der Philosophie war ich nach dem Abschluß der Millstudie ganz in die Netze des Neukantianismus geraten, der damals als seine Hauptthese verkündete, das Sein sei kein Gegenstand der Philosophie, sondern nur das seinsfremde, schattenhafte Gelten" (V, 249).

Da traten zwei Ereignisse ein, die den weiteren Weg Wusts entscheidend beeinflussen und seine philosophische Einstellung radikal verändern sollten: „Bei Gelegenheit einer Tagung in Unterrichtsfragen", so berichtet Wust selbst (V, 252 f.) „war ich am 4. Oktober 1918 zu dem berühmten Religionsphilosophen Ernst Troeltsch, mit dem ich damals im Briefwechsel stand, zu einer kurzen Aussprache unter vier Augen eingeladen worden. Tief erschüttert von der Situation der Zeit, versuchte Troeltsch damals neue Kräfte des Glaubens in mir aufsteigen zu lassen. ‚Diese äußere Niederlage ist nur die konsequente Folge jener inneren Niederlage, die wir bereits seit dem Tode Hegels dauernd erleiden, insofern wir den großen alten Väterglauben an die souveräne Macht des Geistes aufgegeben haben.‘ Wie ein Blitzstrahl", so berichtet Wust dann weiter über jene denkwürdige Unterhaltung mit Troeltsch, „durchzuckten diese Worte in jenem Augenblick meine Seele, und nun fügte Troeltsch anspielend auf meine Glaubensnöte, die ich ihm brieflich geschildert hatte, noch die Mahnung hinzu: ‚Sie sind noch jung. Wenn Sie noch etwas für die Kräfteerneuerung unseres Volkes tun wollen, dann kehren Sie zurück zum uralten Glauben der Väter und setzen sich in der Philosophie ein für die Wiederkehr der Metaphysik gegen alle müde Skepsis einer in sich unfruchtbaren Erkenntnistheorie‘".

Einige Zeit später, im Mai 1921, hatte Wust dann ein Erlebnis ganz anderer Art, das aber nicht weniger Nachwirkung bei ihm hervorrief. Darüber berichtete er unter dem Titel „Ungewißheit und Wagnis als metaphysische Lebenskategorien" (Augsburger Postzeitung, Nr. 5 vom 1. Febr. 1930, Sonntagsbeilage) wie folgt: „Eines Tages traf es sich, daß ich auf ein ganz unscheinbares Geschichtchen des Dichters Heinrich von Kleist stieß. Es war überschrieben: ‚Über das Marionettentheater‘. Vor den Dichtern hatte ich mir von jeher eine ganz besondere Ehrfurcht bewahrt. Zwar hatten die Kantianer auch vor diesen geistigen Heroen, die ihnen ihr Kampffeld immer etwas zu bedrohen schienen, gewisse begriffliche Schranken gesetzt. Dichtung, bloße Dichtung! Wie ja auch die Metaphysik als Begriffsdichtung aus dem Bereich der ‚wissenschaftlichen‘ Philosophie herausgewiesen wurde. Illusion, so lautete das immer bereite Schlagwort, mit dem alle ernsten Fragen beiseite gedrängt wurden. Trotzdem, wenn ich Goethe las oder Shakespeare oder auch die Tragiker der Alten, dann horchte ich zuweilen auf. Standen da nicht seltsame, tiefsinnige Gedanken, die mir nicht schlecht zu meiner Frage

zu passen schienen? Und gerade die Dichter schienen mir dann auch die
besten Philosophen zu sein. Etwas naiv freilich, wie Platon ja auch. Aber
doch auch Philosophen. Keine zwar, denen man einen Lehrstuhl hätte
anbieten können. Denn dazu fehlte ihnen zu sehr der höhere Adel der
Wissenschaft. Vor allem hielten sie zu wenig auf die technischen Begriffe. Sie schufen lieber intuitiv ihre Werke, und sie fädelten intuitiv ihre
Gedanken über den Sinn des Lebens hinein. Dabei ließen sie es dann
bewenden. Aber ich konnte es nicht leugnen: zuweilen gaben diese
Dichter mir recht bedenkliche, recht besinnliche Antworten auf meine
Fragen, in die ich nun einmal verbohrt war. Und meist waren es Antworten, die denen der etwas veralteten vorkantischen Denker sehr ähnlich sahen, den Antworten etwa, wie sie Platon, Augustin, Thomas, Ma-
lebranche gegeben hatten. Kurz und gut, ich bewegte mich als Philosoph recht gern und recht häufig in ihrer Gesellschaft. So kam ich denn
also auch eines Tages über die Werke des Heinrich von Kleist und entdeckte das Geschichtchen vom Marionettentheater.
Da fiel es mir wie Schuppen von den Augen. Ich erschrak über mich
selbst, und ich erschrak über die Tiefen der Welt. Zunächst war es mir
unmöglich, alles auf einmal zu fassen. Ich mußte wiederholt zu dieser
kleinen Geschichte zurückkehren. Wahrhaftig, da stand ja auf etwa
zehn Seiten die ganze Philosophie vom Wesen des Menschen. Freilich,
nicht begrifflich verklausuliert, sondern eingehüllt in einen ganz un-
scheinbaren dichterischen Gehalt; aber so tief, zum Erschrecken tief,
daß man nicht glauben konnte, daß so etwas möglich sei. Das Seltsam-
ste aber war: Etwas eigentlich Neues stand nicht bei Kleist. Es war so
ungefähr das, was man in anderer Form bei Platon las und bei manchen
Dichtern. Aber es war so eigenartig gesagt, daß der alte Inhalt doch ur-
plötzlich wie eine neue Vision sich darstellte.
Ich ging langsam daran, diese Gedanken Heinrich von Kleists mir Wort
für Wort zu überlegen und in die Sprache der philosophischen Begriffe
wie in die Sprache meiner Problematik zu übersetzen. Von jenem Tage
an war bei mir der Bann des modernen Denkens gebrochen. Kant trat
zurück; die Weisen der vorkantischen Zeit wurden wieder in ihre
Rechte eingesetzt."

Auferstehung der Metaphysik

„Ostern 1920 lag das Buch ‚Die Auferstehung der Metaphysik' auf
meinem Pult als die Frucht jener ernsten Aussprache mit Ernst
Troeltsch", so berichtet Wust (Gestalten, 256) und fährt dann fort: „Es
war der erste schwere Stoß der Gnade, den ich an jenem Nachmittag

empfangen hatte. Er hörte nicht mehr auf zu wirken, bis er mich in den Ostertagen von 1923 unversehens wieder ganz heimführte in die Arme der ,Una Sancta Ecclesia'. Seit jenem Tag war alle müde Skepsis hinweggefegt. Ich war wieder gläubig wie ein Kind."

Die eigentliche Aufgabe der „Auferstehung der Metaphysik" sah Wust darin, „die große Achsendrehung des Geistes vom Subjekt zum Objekt zu verfolgen" (Vorwort). Dabei beschränkte er sich allerdings nicht, wie man vermuten könnte, auf getreuliches, im übrigen aber unkritisches Vermerken von Anzeichen und Aussagen in der Philosophie jener Jahre, die ein neues metaphysisches Zeitalter erhoffen ließen. „Unser Ziel", so sagte er weiter, „war überhaupt nicht eigentlich referierender, auch nicht bloß kritisch referierender Natur, es war vielmehr eine Wegbereitung für die Metaphysik der kommenden Generation."

Wust kam es also primär nicht auf eine Auseinandersetzung mit der neukantianischen Ideenwelt an. Wenn das dennoch, gleichsam nebenbei, allerdings lebhaft und gründlich, entsprechend seinem Naturell geschah, so aus der Erkenntnis und Überzeugung heraus, daß diese Wegbereitung nicht möglich wäre, ohne daß nicht zuvor, um beim Bilde zu bleiben, reine Bahn gemacht würde. Und diese vorauslaufende Arbeit bestand für ihn, wie er im Vorwort berichtet, in der Absage an die triumphierende Vernunft, die alles aus sich erzeugen zu können glaubt, und in der Hinwendung zur beschämenden und demütig verehrenden Vernunft, einer Umkehr also „vom Vernunftsstolz zur schweigend anerkennenden Ehrfurcht."

Die Reaktion der Kantianer war entsprechend. Sie verfolgten das Buch mit Haß, während es die jüngere Generation wie eine Erlösung begrüßte (Gestalten, 252).

Die weitere Entwicklung sollte Wust recht geben; denn nun wandten sich viele von denen, die sich in Deutschland offiziell oder inoffiziell mit der Philosophie beschäftigten, der Metaphysik zu, „und es ist beinahe komisch zu sehen, wie selbst Positivisten und Erkenntnistheoretiker, die himmelweit von jeder Möglichkeit der Metaphysik entfernt sind, nun Metaphysik treiben" (Fritz Heinemann, Neue Wege der Philosophie, Leipzig 1929, 8).

Naivität und Pietät

Peter Wust schloß „Die Auferstehung der Metaphysik" mit den Worten: „Die höchste Aufgabe der Philosophie besteht nicht darin, einem vorwitzigen Wissenstrieb exakte Begriffe als Nahrung vorzusetzen. Die Philosophie hat ihre Aufgabe dann schon reichlich erfüllt, wenn sie den

Menschen an die Seinsgründe unmittelbar heranführt. Dort mag er sich dann schaudernd über die dunkle, rätselschwangere Tiefe beugen und staunen und schweigen." Das der „Auferstehung" nachfolgende Werk „Naivität und Pietät", 1925, greift den hier angesprochenen Gedanken auf und vertieft ihn zum eigenen Thema und eigentlichen Anliegen dieses Buches: dem im metaphysischen Tiefengrund wurzelnden Wesen des Menschen. Dabei wird die Naivität verstanden als der kindliche Urzustand des Menschen, die Pietät als die im Lebenskampf errungene Ruhelage der Weisheit. „Zwei Worte jedoch aus dem Gedankenschatz zweier großer Metaphysiker, die mich kurz hintereinander mit einer geradezu erschütternden Gewalt in die Seele getroffen hatten, führten mich wie zwei Leitsterne auf diesen neuen Weg der Spekulation. Das eine Wort war das bekannte Augustinuszitat aus den Confessiones (I. Buch, 1. Kap.): ,Du hast uns für Dich erschaffen, und unser Herz ist unruhig, bis es ruhet in Dir.' Das andere Wort, das dieses augustinische durch einen besonderen Unterton des modernen Geistes ergänzte, kam mir aus einem Briefe Fichtes entgegen, den er 1795 an Friedrich Jakobi gerichtet hatte: ,Wir fingen an zu philosophieren aus Übermut und brachten uns dadurch um unsere Unschuld; wir erkannten dann unsere Nacktheit, und seitdem philosophieren wir aus Not für unsere Erlösung'" (II, 31).

Mit „Naivität und Pietät" ist Wust vorgedrungen zur eigentlichen Wurzel christlicher Anthropologie. Das Buch ist „durchglüht von anthropologischem, menschenbildnerischem und existenzerhellendem Bemühen" (Leenhouwers, in: II, 12).

Die Dialektik des Geistes

Mit Recht bemerkt Robert H. Schmidt (16), daß alle Schriften Wusts ineinandergreifen und nie einheitlich sind. So werden in der „Auferstehung der Metaphysik" auch bereits die Grundlinien zur Geschichtsphilosophie der Schrift „Die Dialektik des Geistes", erschienen 1928, gezogen. Gegenstand aller Fragestellung in diesem umfänglichen Werk ist der Geist des Menschen – seine Geschaffenheit, sein Verhalten, seine Ruhelosigkeit; dagegen im Vergleich die erhabene Geistruhe Gottes. Und Wust fragt: „Gibt es vielleicht einen metaphysischen Leitfaden, der uns hindurchgeleiten könnte durch das tausendfältig verschlungene Labyrinth der Dialektik?" (III$_1$, 33).

Was Wust bewogen hat, „Die Dialektik des Geistes" abzufassen, das ist nachzulesen in einem Brief vom 12.6.24, den er an Graf Keyserling, den Gründer der „Schule der Weisheit", gerichtet hat: „(In Auswirkung der

Schriften Kleists und Maine de Birans) geriet ich immer tiefer in das Staunen über die gemischte Mittelnatur des Menschen, über die Mischung von ‚Es' und ‚Ich' in ihm hinein, und von daher ergab sich mir das Thema: Die Dialektik des Geistes, d.h. die Deklinationsphänomene des endlichen Geistes bei seiner Stellung zwischen ‚Es' und ‚Ich'. Das Weitere kam dann von selbst. Denn was soll man sagen, wenn man plötzlich in den Offenbarungsdokumenten des Christentums in naivster Form die gleiche Metaphysik des Geistes entdeckt, die man mühsam auf spekulativem und also recht dornigem Denkwege gefunden hat?" (VIII, 34).

Ungewißheit und Wagnis

Die letzte größere Veröffentlichung Wusts, „Ungewißheit und Wagnis", 1937, neun Jahre nach der „Dialektik des Geistes" erschienen, ist nicht nur das bekannteste und meistgelesene seiner Bücher, sondern die knappste und eindrucksvollste Zusammenfassung seiner wesentlichen philosophischen Gedanken und abermals als sein Versuch anzuerkennen, sich auf dem Boden der alten Seinsmetaphysik dem Bewußtsein der Endlichkeit des Menschen zu stellen.

Dabei findet das Kernstück der Gedanken Wusts, seine christliche Anthropologie des Geistes, in diesem letzten Buch wohl seinen reichsten Ausdruck, wie er auch selbst noch 1939 „Ungewißheit und Wagnis" vor allen seinen anderen Büchern hochschätzte und als sein geistiges Vermächtnis ansah (VIII,367).

3. Christliche Selbstverwirklichung

Karl Pfleger, vom persönlichen Format her wie auch aus seiner langjährigen Geistesfreundschaft mit Peter Wust wohl berechtigt, über ihn und sein Werk ein wertendes Wort zu sagen, schrieb im Geleitwort zum „Sinnkreis des Ewigen" (26 ff) dies: „Es gibt eine sehr im Formalen verbleibende Gesamtcharakteristik, welche die Philosophen in Erkenntnis- und Bekenntnisphilosophen unterscheidet. Hätte Wust sie gelten lassen? Er würde sagen: Der Philosoph, der nur Bekenner ist, ist kein Philosoph, eben weil er nicht auch Erkenner ist; und der Philosoph, der nur Erkenner ist, wird, wenn er kein Bekenner zu sein wagt, niemals zu jenen Philosophen gehören, welche die Menschheit unbedingt nötig hat. Was die Eigenart des Wust'schen Denkens betrifft, so liegt sie eben dar-

in, daß in ihm der Erkenner und der Bekenner in unzertrennbarer Einheit verschmolzen sind."
Das bedeutet aber, daß man keines dieser Wesenselemente zugunsten des anderen verkleinern oder gar ausschalten darf. Und wenn er es selber tut, darf man ihn nicht auf solche Selbstbeurteilungen festlegen. Erst recht nicht, wenn diese Selbstbeurteilungen zu Selbstverurteilungen werden. Denn der Intellektuelle, der Wust in stärkstem Maße war, wurzelte tief im seelischen Bereich, und große Erschütterungen in diesem verursachten immer im geistigen Bereich seines Selbst- und Weltverständnisses ein feststellbares Erdbeben. Er war zweifellos wesentlich ein Intellektueller, ein vom Geist aus zur Ausschließlichkeit neigender Erkenntnismensch. „Ich wurde Philosoph, um Mensch zu werden", sagte er rückblickend. Und dies mit einer Ausschließlichkeit, daß er dem Ideal des selbstherrlichen Denkens den Glauben opferte.
Wir wissen, daß diese Krise nur von kurzer Dauer war. Als der Fortschritt seiner schauerlichen Krankheit ihm den Tod immer unausweichlicher nahrückte, war er umgekehrt versucht, das seiner Not und Angst gegenüber so ohnmächtige Denken dem Glauben zu opfern. „Mir ist, als seien alle Kategorien des Denkens durcheinander geraten. Ich komme mir vor, als sei ich in ein Irrenhaus geraten. Sollte es vielleicht doch so sein, daß ein alogischer Rest den eigentlichen Grundkern des Seins ausmacht?" (Dialog mit Peter Wust, 268).
Ein Halbjahr später kritzelte er mir mit zitterndem Bleistift auf eine Postkarte das für einen berufenen Denker katastrophale Wort: „Alle Philosophie ist ein kostbarer Luxus – sub specie crucifixi". Und in seinem „Abschiedswort" will er seinen Studenten, bevor er sie verläßt, einen Zauberschlüssel übergeben, „der ihnen das letzte Tor zur Weisheit des Lebens erschließen könnte. Und dieser Zauberschlüssel ist nicht die Reflexion, wie Sie es von einem Philosophen vielleicht erwarten könnten, sondern das Gebet".
Sind solche Worte im Munde Wusts die feierliche Bankrotterklärung der menschlichen Erkenntnisarbeit, ein Dementi seiner Philosophenlaufbahn? Schon ein Minimum von Einfühlungsgabe macht klar, daß es sich hier um die bei einem guten Christen ganz selbstverständliche Option für das eine Notwendige im Angesicht des Todes handelt. Und für einen Philosophen vom Schlage Wusts, dessen Denken ununterbrochen um „das Mysterium, das wir Leben nennen", kreist, ist es erst recht selbstverständlich, daß er seinen letzten Schritt ins Mysterium nicht denkerisch tut, sondern existentiell als einen Akt des Glaubens und der Liebe, als einen Akt totaler Hingabe.
Wust hat sehr früh sein Denken und seine Erkenntnisleidenschaft auf

die Ideale der Weisheit und Heiligkeit hin orientiert als die absoluten Ziele menschlicher Vollendung. Wust hat niemals den Erkenner in sich verleugnet; er hat ihn nur sachte immer mehr in einen gleichzeitigen Bekenner umgearbeitet. Er ist den gleichen Weg gegangen wie Henri Bergson, während der von ihm so heiß bewunderte und beklagte Max Scheler den umgekehrten Weg eingeschlagen hat, den tragischen Weg einer glaubens- und hoffnungslosen Erkenntnis, der in die unaufhellbare Urnacht des Seins zurücksinkt.

Wir müssen uns also mit der Tatsache abfinden, daß Wust Erkenner und Bekenner in einem ist. Wollen wir aber zum richtigen Verständnis dieser Einheit kommen, so müssen wir von dem ausgehen, was sie im Falle Wusts ermöglicht und ihr das besondere Wust'sche Gepräge gibt. Und das ist seine ausgesprochene intellektuelle Veranlagung. Er war nun einmal ein geborener und zum Geschäft des strengen philosophischen Räsonierens berufener Denker. Nicht nur ein glänzender Anwalt von Geist und Gott, wie es große Schriftsteller und Romanciers immer gewesen sind, von Tolstoi und Dostojewski über Bloy, Chesterton, Bernanos bis zu Franz Werfel und Graham Greene. Aber im Grunde sind solche Geister, so unentbehrlich und unschätzbar sie für den geistigen, ethischen und religiösen Haushalt der Menschheit sein mögen, doch immer nur und zu allererst Bekenner. Es muß im Haushalt des geistigen Kosmos jedenfalls Menschen geben, die das Erkennen in einem so reinen, strengen Sinn ausüben, daß es – unter bestimmten Voraussetzungen natürlich – beweisend ist. Mag der temperamentvolle Gottesstreiter Bloy mit einem Faustschlag auf den Tisch die Philosophie als „eine nutzlose, wenn nicht gar verdammte Beschäftigung" bezeichnen, der gleichfalls temperamentvolle Wust versichert sein ganzes Leben lang – ausgenommen die Tage vor seinem Heimgang, die dem unmittelbar dringenden Heilsgeschäft gewidmet waren –, „daß die Philosophie für den Menschen, da ihm der Geist nun einmal gegeben sei, der allererste und unerläßliche Weg zur Wahrheit sei. Sein ganzes Leben lang!"

Zugegeben, Karl Pfleger kam mit dieser Aussage über Peter Wust ausgedehnt zu Wort. Zu ausgedehnt? Wohl kaum. Man muß wissen, daß Wust ein leidenschaftlicher Briefschreiber gewesen ist. Sein Sohn schätzt, daß er weit über 2000 Briefe geschrieben hat. Ein Großteil ist verloren gegangen, hauptsächlich durch Kriegseinwirkung. Das betrifft beispielsweise die Briefe an Theodor Litt und Eduard Spranger, aber auch Briefe an Robert d'Harcourt, einen der französischen Freunde Wusts im Renouveau Catholique (Näheres dazu: IX, 514). Diese Briefe wurden bei Haussuchungen durch die Gestapo beschlagnahmt und vernichtet; drei von gewiß zahlreichen weiteren bekannten oder nicht bekannt gewordenen Beispielen. In jedem Falle ein herber, für die Wust-Forschung beklagenswerter Verlust.

Wert und Bedeutung des ausgedehnten Pflegerschen Zitats aber bestehen darin, daß in ihm Fragen und Probleme angesprochen werden — wenn auch häufig nur angedeutet oder unentfaltet —, die in Wusts geistiger Welt einen besonderen Rang eingenommen und auf Inhalt und Aussagen seiner Philosophie eine mitgestaltende Wirkung ausgeübt haben. Dazu gehören seine Vorstellungen von Erkennen und Bekennen, von Wissen und Glauben, von Ungewißheit und Wagnis, von den Formen der Pietät, von Kind und Kindsein, vom „verlorenen Sohn", von Person und Persönlichkeit, vom Geist und den Formen des Geistes, von der Wahrheit und der Wahrhaftigkeit, von den personalen Geistesakten, von Staunen und Ehrfurcht, von Schuld und Reue, von Gemeinschaft und Gesellschaft, von Kultur und Zivilisation, von Gedächtnis und Gewissen, von Wort und Sprache — Kriterien, aus denen im folgenden einige eingehender dargestellt werden sollen, getreulich der Deutung und Wertung, die ihnen Wust zugedacht hat.

Dazu noch eine Bemerkung mehr privater Natur: Die nachfolgenden Ausführungen stützen sich weitgehend auf Vorlesungen, die der Verfasser von 1936 bis 39 als Student bei Peter Wust gehört und mitgeschrieben hat.

Personale Geistesakte

Von Goethe stammt das Wort: „Nicht das macht uns frei, daß wir nichts über uns anerkennen wollen, sondern eben, daß wir etwas verehren, das über uns ist. Denn indem wir es verehren, heben wir uns zu ihm hinauf." Der Dichter spricht hier die übervitale Funktion der menschlichen Vernunft an, die nur aus einer besonderen Bindung des Menschen an eine absolute Wertregion erklärt werden kann. Diese Bindung der menschlichen Vernunft wird uns in ihrem besonderen Wesen erst verständlich, wenn wir gewisse personale Geistesakte näher betrachten, die entweder aus der Selbstharmonie oder aus dem Selbstkonflikt der menschlichen Person bestehen.

Wir nennen sie personale Geistesakte, weil sie den Charakter einer Stellungnahme aufweisen, die ein personales Gegenüber zur Voraussetzung hat, dem sich der Mensch in diesem Falle in geradezu einzigartiger Weise verpflichtet fühlt.

Die erste Gruppe dieser personalen Akte bringt das harmonische Verhältnis des Menschen zu jener übervitalen Macht zum Ausdruck, an die er sich gebunden weiß. Zu dieser Gruppe gehören hauptsächlich der

Uraffekt von Staunen und Ehrfurcht, der Hingabeakt in allen seinen Formen, das Schamgefühl des Menschen, das Erlebnis der reinen geistigen Freude, das sich von dem Erlebnis der sinnlichen Lust grundsätzlich unterscheidet. Die zweite Gruppe dieser personalen Akte deutet hin auf den Zwiespalt des Menschen mit sich selbst. Aber gerade in diesem Selbstkonflikt legt der Mensch ohne sein Wissen und gegen seinen Willen das Geständnis ab von seiner metaphysischen Gebundenheit an ein höheres Wesen. In diese zweite Gruppe der personalen Akte gehören hauptsächlich die verschiedenen Reaktionsformen des Gewissens, die mannigfaltigen Formen der Verzweiflung, des Lebensekels und des absoluten Daseinsnihilismus.

Staunen und Ehrfurcht

Zur Gruppe jener personalen Geistesakte, die aus dem harmonischen Verhältnis des Menschen mit der vitalen, absoluten Wertregion erwirkt werden, gehört vorrangig der Uraffekt von Staunen und Ehrfurcht. Dieser Uraffekt ist der Aufbruchsakt des menschlichen Geistes aus dem unbewußten Seelengrunde. Er ist ein geistiger Doppelakt der Verwunderung und der Bewunderung. Die Verwunderung ist der Ausdruck des geistigen Klarheitserlebnisses; die Bewunderung ist die unwillkürlich entstehende Ehrfurcht vor dem erkannten Objektiven.

Dieser Urakt des Geistes ist aber auch ein personaler Akt. Unser Geist bezieht sich in ihm unbewußt und spontan auf den personalen Urgrund aller objektiven Seinsordnung. Das kommt besonders deutlich zum Ausdruck in dem mit dem Staunensakt unmittelbar verbundenen Ehrfurchtsakt. In diesem Ehrfurchtsakt spricht sich zugleich eine gewisse Dankes- und Liebesgesinnung des dumpf erkennenden Subjekts aus.

„Mit dem Staunen hat es für die philosophische Besinnung des Menschen eine besondere Bewandtnis. Das wurde von jeher in der Philosophie zum Ausdruck gebracht. So weist schon Platon im „Theätet" auf das Staunen als Grundwurzel alles Philosophierens hin, und Aristoteles schließt sich ihm an mit einer Bemerkung über diesen Punkt im ersten Buch seiner Metaphysik.

Mit dem Staunen vollzieht sich plötzlich ein Riß zwischen zwei völlig verschiedenen metaphysischen Regionen. Zurück bleibt die dunkle Nacht der blinden Naturnotwendigkeit, und voraus schimmert die Helle der reinen Geistigkeit auf. Im Staunensaffekt wird also die latente Geistigkeit der zu sich selbst erwachenden Seele in das Anfangsstadium der Aktualität hineingestoßen. Mit ihm vollzieht sich das Erwachen und die Geburt des schlummernden menschlichen Geistes. Und so ist das

Staunen, als erstes Anheben des Klarheitstriebes in der Seele, zunächst vor allem ein Akt der Grenzsetzung zwischen den metaphysischen Regionen von Natur und Geist. Es ist ein Akt der beginnenden Abscheidung des Geistes von bloßer Objektgebundenheit. Es ist das erste Morgengrauen des anbrechenden Geistestages und das allmähliche Verdämmern jener schlaftrunkenen Nacht, in der alle außergeistigen Wesen zu ewiger Wesensruhe erstarrt sind. Und so ist denn auch das Staunen die Geburt des Gedächtnisses und der Beginn der unruhigen Oszillation der Freiheit.

Das Staunen ist aber auch ein ganz spezifischer Akt des nur menschlichen Geistes. Nur die Partikularität seines endlichen Geistes macht es für den Menschen möglich aber auch notwendig zu staunen. Denn nur der endliche Geist staunt, zum einen, weil er Geist ist, zum anderen, weil er endlicher Geist ist. Die Natur entbehrt jeder Spur von subjektiver Geistesklarheit. Sie folgt ihrem objektiven Ordnungsdrang in völlig blindem Gehorsam. Da also keine Spur von Personalität in ihr ist, kann sie auch nicht staunen. Und wenn zuweilen gesagt wird, Gott selbst staune über die unergründlichen Tiefen seines eigenen innergöttlichen Wesens, so ist das nur eine anthropomorphistische Wendung für unsere endliche Gottesauffassung. Gott wohnt in absoluter Klarheit, und absolute Klarheit schließt jede Spur von Potentialität und damit auch jede Spur des Staunens aus. Die glücklich-unglückliche Dumpfheitsatmosphäre, die das Staunen wie mit einem Nebel umhüllt, ist daher auch ein besonders charakteristisches Merkmal für die Zwiespältigkeit der zwischen Nacht und Tag angesiedelten menschlichen Geistseele. Weil der Mensch staunen kann, ist er weder Tier noch Gott, sondern eben Mensch und als solcher ein zwischenregionales Wesen mit oszillatorischer Unruhe." (Wust, Sinnkreis, 152 ff)

Mit dem Staunen engstens verbunden ist die Ehrfurcht; denn sie ist die sinngemäße Vollendung des Staunens, wie andererseits das Staunen Voraussetzung und Grundlegung der Ehrfurcht ist. Daher gilt: keine Ehrfurcht ohne vorausgehendes Staunen; kein echtes Staunen ohne folgende Ehrfurcht. Damit wird die Abhängigkeit beider Verhaltensformen voneinander offenbar. Dennoch ist Ehrfurcht mehr als Staunen. Dafür lassen sich mehrere Begründungen anführen.

Zunächst aus dem Begriff Ehrfurcht selbst. In ihm ist zwar auch von Furcht die Rede, jedoch nicht in dem heute fast ausschließlich gemeinten Sinne der Furcht „vor" etwas. Furcht als Bestandteil des Terminus Ehrfurcht dagegen ist zu verstehen in dem heute schon fast vergessenen Sinn von Furcht „um" etwas. Das bedeutet also, sich angelegentlich zu sorgen und zu kümmern um Bestand und Erhalt der Ehre dessen, der hier gemeint ist. Zum zweiten gilt es, sich daran zu erinnern, daß Staunen sich im Verwundern vollzieht, Ehrfurcht dagegen sich im Bewundern bestätigt; d. h. aus dem Aufbruchsakt wurde ein Zustand, aus dem Ahnen ein Wissen, aus dem Erkennen ein Anerkennen, aus der sittlichen Indifferenz ein sittliches Bekunden.

Und schließlich zum dritten: in der Ehrfurcht tritt zum Staunen die verehrende, die liebende Hingabe; allerdings eine Hingabe besonderer Art, die sich einerseits auswirkt in „frommer" Scheu und zum anderen in „heiligem Verlangen".

Staunen und Ehrfurcht, so sagten wir, sind ein Doppelaffekt. Nicht nur, daß das Staunen die Voraussetzung für die Ehrfurcht ist, sondern die Ehrfurcht auch als die Vollendung des Staunens zu sehen ist. Darüber hinaus gehören beide auch noch zusammen wegen ihrer gemeinsamen Grundstruktur: Dem staunenden Geist geht ahnend auf die Erkenntnis von der Größe des Seins und dem, woraus es gehalten wird; der ehrfürchtige Geist ist zudem durchdrungen von dem Wissen um die Größe des Seins, seine Beschaffenheit und seine Herkunft. Er bezeugt dieses Wissen durch seine Gesinnung und seine Verhaltensweise.

Wir können daher sagen, daß das Staunen eröffnenden und vorbereitenden Charakter hat, daß es ein aktuelles Verhalten ist, dessen Ergebnis das Erkennen ist. Die Ehrfurcht hingegen hat vertiefenden und bewahrenden Charakter. Sie ist ihrem Wesen nach ein habituelles Verhalten, das sich ausdrückt im Anerkennen.

Auch hier wird deutlich, daß die Ehrfurcht mehr ist als das Staunen. Während nämlich das Staunen zu verstehen ist als ein partieller Aufbruchsakt des Menschen – partiell im Sinne einer Aktualisierung seines Intellekts, dem das Wissen um das Sein oder Teile des Seins und seiner letzten Zusammenhänge ahnend aufgeht – ist die Ehrfurcht Ausdruck und Bestätigung einer ganzheitlichen menschlichen Haltung. Der Aufruf an den Menschen im Akte des Staunens, das Sein anzuerkennen, ist unterdessen befolgt worden. Er hat sich vom Teilbereich des menschlichen Intellekts ausgebreitet auf den ganzen Menschen, und der ganze Mensch antwortet nun in der Ehrfurchtshaltung bestätigend, zustimmend und bezeugend auf diesen Anruf. Daher kann man auch sagen, daß das Staunen die Besinnung des Menschen provoziert, die Ehrfurcht dagegen der Ausdruck seiner Gesinnung ist.

Eine letzte Frage verlangt noch nach klärender Antwort: Welches ist das Objekt der Ehrfurcht? Albert Schweitzers Forderung: „Habt Ehrfurcht vor allem Sein!" könnte als eine solche Antwort verstanden werden. Und als eine zeitlich vorgezogene Präzisierung dieser Forderung könnte Goethes Aussage von der dreifachen Ehrfurcht gedeutet werden: Ehrfurcht vor dem, was unter uns ist; Ehrfurcht vor dem, was neben uns ist, und Ehrfurcht vor dem, was über uns ist.

Läßt man diese Unterscheidung gelten, so darf man daraus folgern, daß es Intensitätsgrade innerhalb der Ehrfurchtshaltung gibt. Diese Grade der Intensität entsprechen grundsätzlich den verschiedenen Bereichen des Seins, und zwar derart, daß wir dem höchsten Seinsbereich die größte Ehrfurcht entgegenbringen. Dabei zeigt sich, daß diese Folgerung nicht nur das Ergebnis logischen Denkens ist, sondern auch die Folge einer rechten Schau des Seins.

Anders ausgedrückt: durch den Staunensakt wird offensichtlich das Auge des Geistes geschärft. Das bestätigt sich im nachfolgenden Ehrfurchtsakt. Als Beweis hierfür darf gelten, daß sich die Ehrfurchtshaltung nur in einem Falle vor ihrem Objekt zufrieden gibt: vor dem Letzten und Höchsten, vor dem summum bonum. Alle anderen Objekte der Ehrfurcht werden gleichsam von ihr durchschritten.

Mit anderen Worten: Nähert sich der Mensch dem geschöpflichen Sein in Ehrfurcht, so dankt ihm dieses Sein gleichsam mit der ganzen Fülle seiner Aussage. Und zu dieser Aussage gehört nicht zuletzt auch der Verweis der Kreatur über sich hinaus auf den Kreator. Peter Wust unterließ es nie, in diesem Zusammenhang auf das bewegende Beispiel hinzuweisen, das Augustinus in den Confessiones, Buch X, Kap. 6 hierfür gegeben hat.

So gesehen, ist vielleicht der Schluß erlaubt, daß der Weg aller Ehrfurcht vorgezeichnet ist. Daß sie letztlich vor dem Letzten, mehr noch: im Letzten, im Allerletzten mündet. Das meinte wohl Bonaventura, einer jener betenden Denker des hohen Mittelalters, dem offensichtlich die Sympathie Wusts gehörte, als er einem seiner trefflich aufgebauten, sinntiefen Bändchen den Titel gab: „Itinerarium mentis in Deum – Pilgerbüchlein des menschlichen Geistes in (!) Gott hinein".

„Edelste Auswirkung und feinste Blüte aller Humanität", so nennt Wust (Sinnkreis, 161) die Pietät, von der er überzeugt ist, daß sie als Anlage jedem Menschen von Natur her jederzeit innewohnt, wenngleich sie zu Beginn und zur Neige seines Lebensweges am deutlichsten erkennbar und wirksam ist.

Als pietas prima ist sie Ausdrucksform der vorreflektorischen Lebensphase des Kindes und die eigentliche Ursache für jene kindliche Glaubenstiefe, die in dieser Vorbehaltlosigkeit in den nachfolgenden Lebensabschnitten nie mehr erreicht wird.

Als pietas secunda kann sie noch einmal das Verhalten des Menschen an seinem Lebensabend durchwirken. Nun aber nicht mehr mit jener lückenlosen Selbstverständlichkeit, wie sie als donum naturae dem Kinde eigen ist. Der alternde Mensch hat die Turbulenzen seines Lebens hinter sich, kommt zunehmend zur abklärenden Ruhe und erlebt nun immer mehr den Wert der Stille. So erfährt er die Pietät als Geschenk der Gnade, für das er sich seinerseits nur willentlich offen und bereit halten kann. Pietas wird ihm zum donum gratiae et hominis voluntatis.

Cicero hat die Pietät mit Recht als das Fundament aller Tugenden bezeichnet. Eine bewundernswerte Erkenntnis heidnischen Denkens! Aber die Pietät ist darüber hinaus nicht nur Ausdruck grenzenlosen Vertrauens in den tiefsten Mittelpunkt des Seins. Sie ist auch das deutliche Zugeständnis der eigenen innersten Hilfs- und Anlehnungsbedürftigkeit an diesen personalen Seinsmittelpunkt (Wust, Sinnkreis, 161). So erweist sich die bewußt gelebte Pietät als die schönste Bestätigung und edelste Frucht rechter Ehrfurcht. (Weitere, eingehende Darstellung der Pietät in „Naivität und Pietät").

Gewissen und Gewissensreaktionen

Sprachgeschichtlich allein verweist das Wort „Gewissen" noch nicht ohne weiteres auf die Existenz eines ausdrücklich sittlich angelegten Lebewesens. Zunächst gehört Gewissen, sprachlich gesehen, zu jener Gruppe von Begriffen, die ein Kollektivum, eine Sammlung und Ansammlung von Dingen gleicher Art meinen, wie z. B. Gesträuch, Gebell, Geläut. Demnach besagt sprachgeschichtlich „Gewissen" zunächst nicht mehr als eine Ansammlung von Wissen. Aber hier beginnt bereits eine deutlich empfundene und auch seit je anerkannte Unterscheidung: Nicht eine x-beliebige Ansammlung von Wissen repräsentiert schon ein Gewissen. So hat z. B. erlernbares und abfragbares Wissen kaum oder gar nicht die Chance, zum Gewissensbestand zu werden. Gewissen konstituiert sich vielmehr ausdrücklich und ausschließlich aus jenen Wissensbereichen, die dem Menschen seine sittliche Grundanlage bewußt machen. Sittliche Grundanlage, das heißt hier die Fähigkeit, zu wissen oder zumindest zu ahnen, wie ich mich in einer jeweiligen Situation, der Entscheidungscharakter innewohnt, verhalten müßte (häufig im Gegensatz zu dem, wie ich mich verhalten möchte). Daher ist es verständlich, daß man Gewissen häufig als sittliche Norm in uns definiert, deren Aufgabe darin besteht, die Diskrepanz zwischen dem idealen Ich, wie also der Mensch sein sollte, und dem realen Ich, wie der Mensch gleichsam als Alltagswesen ist, möglichst zu mindern oder gar zu beseitigen.

Alle diese Erlebnisformen haben nicht verhindern können, daß immer wieder die Behauptung aufgestellt wurde, die Überzeugung von der Existenz des persönlichen Gewissens sei eine Selbsttäuschung. Tatsache ist, daß damit weniger die Existenz des Gewissens an sich in Frage gestellt wird, als vielmehr darauf verwiesen wird, daß die Gewissensexistenz überaus verschieden erfahren werden kann, auch was den Klarheits- und Bewußtseinsgrad betrifft. Das beste Argument für die Existenz des wirksamen Gewissens liefert zudem, wie wir noch sehen werden, jene Gruppe von Menschen, die sie am liebsten leugnen möchten. Zu bestreiten ist auch nicht, daß Menschen, die in bestimmten Situationen aufgewachsen sind und zu leben haben, auch in ihrer Gewissensreaktion von dieser Situation mitbestimmt werden. Ohne viel Wagnis darf man jedoch sagen, daß das Gewissen die begrifflich faßbare Bestätigung dafür ist, daß der Mensch ein sittlich angelegtes Lebewesen ist.

Das Gewissen, die sittliche Norm in uns! Das darf allerdings nicht, wie es gelegentlich in religiösen Unterweisungen geschieht, zu der Schlußfolgerung verleiten, daß das Gewissen die Stimme Gottes in uns sei. Goethe irrte, wenn er vom Gewissen vermutete, daß es die leise Stimme des stillen Gottes in unserer Brust sei. Wenn das so wäre, dann dürfte es kein irrendes Gewissen geben. So bleibt also die Annahme, daß das persönliche Gewissen als das sittliche Forum in uns zu verstehen ist; daß es in seinem sittlichen Wert höher zu veranschlagen ist, als irgendetwas sonst an uns – daß andererseits aber auch das Gewissen eine menschliche Wirklichkeit ist, die, wie die Vernunft auch, mit der beginnenden Existenz des Menschen als Anlage vorgegeben ist und dann, wie diese, der pflegerischen Aktualisierung bedarf; ein Vorgang, der uns aus der Pädagogik als Gewissensbildung geläufig ist.

Wir sagten: Der Mensch ist Träger seines Gewissens. Das bedeutet, daß dieses Gewissen, bei aller Anerkennung seiner einmaligen Rolle, auch unübersehbar menschliche, also endliche, daher begrenzte Qualitäten hat. Von einem vollkommenen Gewissen kann darum bei keinem Menschen die Rede sein. Von einer Seite seiner Endlichkeit, der Irrtumsmöglichkeit, wurde schon gesprochen. Ebenso gilt, daß der Grad des intakten Gewissens stets auch abhängig ist von der Fähigkeit des einzelnen Menschen, in die Sinnzusammenhänge einzudringen. Je klarer er die Zusammenhänge erkennt, desto besser nicht nur, sondern auch desto seinsgerechter kann er darauf gewissentlich reagieren.

Ebenso kann unbestritten angenommen werden, daß Gedächtnis und Gewissen in einem bestimmten Grundbezug zueinander stehen. Denn das Gedächtnis ist die Voraussetzung für das Gewissen; das Gewissen aber ist in diesem Zusammenhang auch als das sittliche Gedächtnis zu definieren. Daher mutet es zwar als ein Bonmot an, ist aber in Wirklichkeit ein Erfahrungsfaktum, wenn man behauptet, daß ein gutes Gewissen häufig nur die Folge eines schlechten Gedächtnisses ist. Nebenbei: beide genannten Formen, Gedächtnis und Gewissen, pflegen wir in der philosophischen Ethik zusammenfassend zu bezeichnen als das geistige Gedächtnis und damit als ein Privileg des Menschen. Daneben sprechen wir noch vom sinnlichen Gedächtnis, auch empirisches Gedächtnis genannt; diese Form von Gedächtnis ist Mensch und Tier gemeinsam. Vielleicht hat niemand gründlicher und anspruchsvoller über das Gewissen meditiert als Augustinus. Er unterscheidet zwischen dem homo exterior, dem weltzugewandten Menschen, der stets in der Gefahr steht, sich an diese Welt zu verlieren und dadurch seine eigene Existenz zu gefährden – und dem homo interior, dem wesentlichen Menschen, dessen Wesenskern für Augustinus im beharrenden Seelengrunde, in der memoria interior gegeben ist. Schon hier, um 400 nach Christus, weist also dieser erste moderne Mensch, wie Wilhelm Dilthey ihn genannt hat, auf jenes Problem der unauflöslichen Beziehung von Gedächtnis und Gewissen hin, mit dem noch die gegenwärtige Tiefenpsychologie zu tun hat. Obgleich von ihm memoria interior, wörtlich also „innerer Gedächtnisgrund" genannt, sieht Augustinus in diesem Grunde auch den unveränderlichen Personkern des Menschen, das intimum hominis, die beständige Regenerationsstätte des Menschen, die nach Augustinus zu verstehen ist als das Einbruchstor Gottes in den Menschen, wo Gott dem Menschen näher ist als der Mensch sich selbst (Mehr zur Gewissenslehre des Augustinus in seinen „Confessiones", Buch 10, und in „De Trinitate", Buch 9–15).

Augustinus hat zwar Anspruchsvolles über das Gewissen gesagt, vor allem deshalb, weil er auf den metaphysischen Tiefengrund verwies, in den das persönliche Gewissen eingewurzelt ist. Das heißt aber nicht, daß nicht andere auch schon vor ihm bereits Großartiges zur gleichen Frage gesagt haben, selbst wenn uns deren Aussagen heute häufig nur noch fragmentarisch vorliegen. So Heraklit, um 600 vor Christus, also bereits 1000 Jahre vor Augustinus: „Du magst alle Straßen der Welt durchwandern, die Straßen deiner Seele wanderst du nie aus, denn unauslotbar tief ist ihr Grund." Oder die ältere Stoa, etwa 300 Jahre später. Sie entwickelte so etwas wie eine frühe Psychologie, deren Kerngedanke die Lehre vom sogenannten Hegemonikon war. Darunter verstand sie ein Seelenteilchen, das beschaffen war, wie man sich die Gottheit selbst vorstellte, nämlich feurig, und dem wegen dieser Gottähnlichkeit die Hegemonie, also die Führungsrolle im Menschen zufiel. Seither ist in der Vorstellung vom sittlich angelegten Lebewesen Mensch die Zusammengehörigkeit von Gewissen und Feuer immer wieder nachzuweisen. Das ist auch deshalb naheliegend, weil unter den vier klassischen Elementen das Feuer augenscheinlich stets eine Sonderrolle gespielt hat. Während Luft, Wasser und Erde selbstverständlich Teile des Diesseits zu sein scheinen, ist das Feuer offensichtlich erdflüchtig, lodert nach oben, also weg von der Erde, dorthin, wo die Menschheit sich seit je den Sitz des Göttlichen vorstellt.

Auch die weit verbreitete und auffällig übereinstimmende Überzeugung in alten Mythologien, wie auch in untergegangenen oder noch lebenden Religionen, nach der das Weltende im Feuer geschieht – ob wir dabei an die altägyptische Sage vom Vogel Phönix denken, an die Ekpyrosis-Lehre der frühen Griechen, an das 3. Kapitel des 2. Petrusbriefes oder an den Brand der Muspillische in der germanischen Mythologie als Zeichen des Weltuntergangs – ist ein deutliches Zeichen für die Anerkennung des Feuers in seiner Sonderrolle seit dem Beginn des menschlichen Denkens.

Es darf daher nicht verwundern, daß die Vorstellung vom wirkenden Feuer auch die Schilderung von Verhaltensformen des Gewissens begleitet. Das Gewissensfeuer brennt oder glost. Nur eines wird nicht geschehen: es erlischt nie. Gewissen-los im strengen Sinne wird ein Mensch also niemals sein. Darauf hat vor allem Meister Eckehart hingewiesen, der dem Gewissen den Namen scintilla animae, d.h. Seelenfünklein, gegeben hat. Und er lehrte, daß der Mensch sein Gewissen zwar verschütten und verdecken kann, aber selbst dann glost es noch unter der Asche weiter; denn es ist unauslöschbar.

Diese Festellung weist zu einem weiteren personalen Geistesakt, dem bipolaren Akte von Schuld und Reue.

Schuld und Reue

Schuld kann man verstehen als die Folge der vom Menschen willentlich gesetzten Umkehrung der Wertordnung. Die Auswirkung solchen Verhaltens ist Verstockung und Isolierung, die dahin führen kann, daß dieses Empfinden selbst dann wirkend vorherrscht, wenn rein äußerlich solches Isolieren und Aussondern gar nicht möglich ist.

Pädagogisch bietet sich hier die gute Gelegenheit, den ursprünglichen Sinngehalt von „Sünde" zu erläutern. „Sünde" kommt, begriffsgeschichtlich gesehen, von „sondern", der gestorbenen Grundform heute noch gängiger Begriffsderivate, nämlich „aussondern" und „absondern". Schuld als Auswirkung und Bestätigung sündigen Verhaltens stößt aus der Gemeinschaft aus und erwirkt das bedrückende Erleben der Isolierung, selbst wenn der Schuldige sich heftig gegen diese Tatsache wehren sollte.

Reue dagegen hebt diese Verstockung auf und führt in die Gemeinschaft zurück. Daher ist verständlich, daß Schuld und Reue zusammengehören, wie auch einsichtig ist, daß die wertvolle Verhaltensweise der Reue niemals möglich ist ohne vorausgehende Schuld. Natürlich ist es völlig verfehlt, wenn man darauf aus wäre, Schuld zu provozieren, um Reue zu erwirken; wie auch Reue sich nicht befehlen läßt, wohl aber der Wille dazu.

Weitere Fragen drängen sich auf: Welche Funktion im Haushalt der menschlichen Seele kommt der Reue zu? Welche Bedeutung besitzt sie im Gesundungsprozeß der menschlichen Seele? Zweierlei wird durch die Reue offenbar:

1) Reue ist ein Zeichen für den akuten Selbstkonflikt in der menschlichen Seele, und

2) Reue bedeutet den Anfang der seelischen Gesundung des in Schuld geratenen Menschen. Das aber ist der Beginn der Wiederherstellung der Selbsteinheit der Person. Der bestehenden Schuld wird der vergiftende Charakter genommen. Der Wille wendet sich im Reueakte einem neuen Leben zu, und das Auge des Geistes erhält eine neue klare Sicht über den sittlichen Gesamtzustand der Seele.

Entscheidend ist das Motiv, das der Reue zugrunde liegt und sie bestimmt. Eine Reue im Sinne einer bloßen knechtischen Furcht ist für die sittliche Gesundung der Seele völlig wertlos. Dagegen ist eine Reue zwar nicht wertlos, aber doch noch unvollkommen, in der selbstische Furcht und selbstlose Liebe um die Vorherrschaft ringen. Wie dagegen eine vollkommene Reue beschaffen sein muß, ist wohl erklärlich: sie muß ausschließlich und total bestimmt sein von der wirklichen Liebe. Ein anderes ist es, ob ein Mensch je dazu ganz in der Lage ist, eine solche Reue zu leisten.

Zusammenfassend läßt sich zu Schuld und Reue als personalen Geistesakten, die den religiösen Grundbezug des Menschen deutlich machen, dies sagen: Der besondere Charakter der Gewissensregungen kommt beim schuldigen Menschen zunächst zum Ausdruck in dem Bewußtsein der sogenannten ontischen Verlassenheit.

Sein Schuldbewußtsein isoliert ihn gegenüber der Gemeinschaft und treibt ihn in die äußerste Einsamkeit. Aber diese soziale Isolierung hat ihren tiefsten Grund in der metaphysischen Isolierung des schuldig Gewordenen gegenüber dem absoluten sittlichen Willen.

Mit diesem Erlebnis der ontischen Verlassenheit verbindet sich das Erlebnis einer ganz besonderen Unrast und Unstetigkeit des Schuldbeladenen. Die Flucht des Orest vor den Erinnyen bezeugt das ebenso wie die Situation Kains, der nach dem Brudermord dauernd auf der Flucht vor sich selbst begriffen ist. Diese beiden Erscheinungen dürfen jedoch nicht dahin gedeutet werden, als habe das Gewissen seinen tiefsten Sinn in der Verwüstung des Schuldigen durch das Gewicht der Schuld. Auch das „böse" Gewissen hat als strafendes und rächendes Gewissen letzten Endes noch den positiven Sinn, die Heilung herbeizuführen.

Wohl kann der Druck des „bösen" Gewissens unter Umständen zur Selbstzerstörung in der Verzweiflung treiben, aber der tiefere Sinn der Gewissensregungen liegt in der Herbeiführung jenes fruchtbaren Reueaktes, durch den die Seele wieder frei wird von der Last der Schuld. In beiden Erscheinungen jedoch, in der Gewissensangst und in der Gewissensverzweiflung, sowie auch in der fruchtbaren Reue erlebt der Mensch am unmittelbarsten sich selbst als identisch beharrende Person, die in Schuld und Sühne erhaben ist über alle Natur, weil sie sich an einen über die Natur erhabenen absoluten Willen der reinen sittlichen Norm gebunden weiß.

Wie steht es mit dem hier angesprochenen Zweifel und seiner äußersten Ausweitung, der Verzweiflung?

Verzweiflung

Wie sah Wust sie? Welche Bedeutung legte er dem Zweifel und der Verzweiflung bei? Mit Beginn der Neuzeit gewann der Zweifel als Ausgangsebene des Philosophierens erhebliche Bedeutung. Er löste damit das bis dahin vom Staunen und von der Bereitschaft zum Anerkennen ausgegangene Philosophieren ab. Da aber der Zweifel als Mittel des Philosophierens kaum geeignet ist, außer dem Erkenntnisgewinn auch den dadurch sittlich engagierten Menschen zu erwirken, versteht sich, daß Wust den Zweifel und seine Auswüchse besonders kritisch beurteilte. Dabei sagte er u. a.: „Bei der Frage nach Sinn und Berechtigung des Zweifels muß selbstverständlich zwischen dem methodischen und dem radikalen Zweifel unterschieden werden. Der methodische Zweifel hat insofern einen Sinn, als er nur ein vorläufiger Zweifel ist, der im Dienst der Wahrheitsfindung steht. Er bedeutet eine berechtigte Vorsicht gegenüber unserer subjektiven Irrtumsmöglichkeit.

Ganz anders steht es mit dem prinzipiellen oder radikalen Zweifel. Denn im Grunde bedeutet der radikale Zweifel eine Ehrfurchtslosigkeit gegenüber dem Sein. Aber selbst dieser äußerste Zweifel kann noch eine positive Bedeutung für das Leben haben, dann nämlich, wenn er nur eine vorübergehende Krise darstellt, nach deren Überwindung der Mensch eine ganz andere Stellung gegenüber der Wahrheit gewinnt, als er sie vor dem Zweifel hatte. Allerdings berechtigt diese Tatsache nicht dazu, den Zweifel geradezu experimentierend zu suchen. Denn niemand kann wissen, ob er den Zweifel, den er planmäßig experimentierend gesucht hat, auch glücklich überwinden wird. Alle glückliche Überwindung des Zweifels ist letztlich eine Sache der Gnade. Und kein Mensch kann sich berechnend auf die Gnade einstellen, da sie ein Geschenk ist, das nur dem zuteil wird, der sich ohne Vorbehalt ihr überläßt."

Bei der Standortbestimmung und Beurteilung der Verzweiflung folgte Wust weitgehend den Gedankengängen Soeren Kierkegaards, wie dieser sie in seinem Werke „Die Krankheit zum Tode" entwickelt hatte. Danach ist die Verzweiflung Ausdruck eines Mißverhältnisses im menschlichen Selbst. Das menschliche Selbst aber ist als eine dreifach geschichtete Seinsrelation zu verstehen, wobei die erste Relationsschicht aus der Seinssynthese von Natur und Geist, d. h. Leib und Seele besteht. Die zweite Relationsschicht ist gegeben in der Möglichkeit des Menschen, sich zu dieser Seinssynthese von Leib und Seele so oder so zu verhalten. Das bedeutet Freiheit der (rechten oder unrechten) Entscheidung. Mit anderen Worten: in dieser Möglichkeit des freien Verhaltens drückt sich der spezifische Geistcharakter des Selbst aus. Die dritte Relationsschicht liegt in der Beziehung des menschlichen Selbst zu der Macht, die es gesetzt hat. In dieser dritten Relationsschicht ist der religiöse Charakter des menschlichen Selbst zu erkennen.

Aus den verschiedenen Störungsmöglichkeiten dieses Relationsgefüges ergeben sich dann die verschiedenartigsten entsprechenden Formen der Verzweiflung. Dabei ist zu unterscheiden zwischen versteckter und offener Verzweiflung. Die versteckte Verzweiflung kommt dem Menschen nicht zu Bewußtsein. Der Mensch dieser versteckten (oder auch unbewußten) Verzweiflung lebt daran vorbei, daß er ein Selbst ist und als solches Selbst eine ewige Aufgabe zu erfüllen hat. Er ist stets auf der Flucht vor sich selbst, indem er sich an niedere Werte oder Güter verliert. Bei der offenen (oder auch bewußten) Verzweiflung ist zu unterscheiden zwischen Verzweiflung aus Schwachheit und Verzweiflung aus Bosheit. Bei der Verzweiflung aus Schwachheit ist der Mensch zwar sich seiner selbst und seiner ewigen Aufgabe bewußt, aber er hat nicht die Kraft, gegen sein niederes Ich erfolgreich anzugehen. Er fällt dem Niederen in sich zum Opfer. Bei der Verzweiflung aus Bosheit (oder Trotz) lehnt sich der Mensch bewußt auf gegen die übervitale Bindung und gegen die ihm gestellte ewige Aufgabe. Diese Verzweiflung steigert sich gelegentlich bis zum Gotteshaß. Dieser Gotteshaß ist das dunkelste Geheimnis unseres Menschentums. In diesem Mysterium der Bosheit findet der religiöse Charakter der menschlichen Natur einen geradezu unheimlichen Ausdruck.

Wissen und Glauben

Mit Recht hat Robert H. Schmidt darauf hingewiesen, daß alle Schriften Peter Wusts „ineinandergreifen"; daß sie in Bezug zueinander stehen, daß sie sich entfalten, daß sie weiterführen. Wohin? Und zu welchem Ziel?

Karl Pfleger hat Peter Wust einmal einen „erkennenden Bekenner" genannt (Sinnkreis, 37). Gewiß zurecht; denn er kannte ihn. Um aber dahin zu kommen, um das zu werden und zu sein, bedurfte es eines weiten, eines heute ganz und gar unüblichen Weges. Wie ist das zu verstehen?

Dazu muß man bedenken, daß der Mensch mit Hilfe seiner funktionierenden Vernunft zur Wesensschau befähigt ist und zur Erkenntnis von Sinnzusammenhängen gelangen kann. Das Ergebnis der Vernunftarbeit ist daher das Wissen vom Wesen einer Sache, die Kenntnis von der Beschaffenheit eines Dinges.

Nun ist unbestreitbar, daß der Mensch einer Sache, die er kennengelernt hat, über die er also jetzt Bescheid weiß, anders gegenübersteht als vorher. Denn indem er sie in ihrer Beschaffenheit kennengelernt hat, ist ihm zugleich auch deren Wertgehalt einsichtig geworden. Erkenntnistheoretisch ausgedrückt: das Ergebnis einer erfolgreichen Erkenntnisbemühung bestätigt sich nicht nur im Aufbau einer Seins-, sondern auch einer Wertordnung. Was folgt daraus? Daß am Ende eines abgeschlossenen Erkenntnisaktes nicht nur der besser informierte Mensch zu stehen hat. Das zu wissen, ist gerade in unseren Tagen des hemmungslosen Informationsverlangens und maßlosen Wissensstrebens bedeutsam! Denn Wissen und Information, auch in den wichtigen Bereichen, sind, für sich allein genommen, sittlich indifferent. Wird dagegen ein Erkenntnisakt mit allen Konsequenzen durchgeführt, dann steht am Ende nicht nur der wissende, der bestens informierte, der geistig eigenständige, zu kritischem Urteil fähige, sondern darüber hinaus der vom Appell zu sittlichem Engagement aufgerufene, also der sittlich verpflichtete Mensch, der sich einer erkannten Sache gegenüber in dem Maße anerkennend verhält, wie es dem Ausmaß des ihr innewohnenden Wertes entspricht. Auf eine kurze Formel gebracht: Dem Erkennen folgt vollendend das Anerkennen nach. Anders ausgedrückt: Jedes Erkennen, dem kein von der Sache bestimmtes und dem Wert dieser Sache gemäßes Anerkennen nachfolgt, bleibt ein Torso.

Am Beispiel des heute gängigen Unterrichtsverfahrens sei das erläutert.

Jeder Unterricht läuft darauf hinaus, den Gegenstand einer Unterrichtsstunde derart darzustellen, daß an deren Ende jeder Unterrichtete informiert ist und Bescheid weiß. Ziel eines solchen Unterrichts ist also
der mittels erfolgreich besorgter Wissensvermittlung bestens informierte, mit abfragbaren Kenntnissen über den jeweiligen Unterrichtsgegenstand trefflich ausgestattete, im übrigen aber in sittlicher Indifferenz
existierende junge Mensch. Der Gedanke, daß sich dem Erkennen bestätigend das Anerkennen und schließlich gar das Bekennen zuzugesellen hat, ist heute weitgehend verloren gegangen. Das Erkennen genügt
sich selbst. Es ist eine ausschließlich szientifische Angelegenheit geworden, der das Verlangen nach soteriologischer Bestätigung und Vollendung abgeht.

Wie sah und wertete Peter Wust diesen Komplex von Erkennen und
Wissen, von Wissen und Glauben? Für ihn, den „erkennenden Bekenner", haben auch diese Verhaltensformen des Menschen ihren tiefsten
Wurzelgrund im Staunen und in der Ehrfurcht. Sie sind zwar nicht mehr
unmittelbare Ausdrucksform der personalen Geistesakte, sind aber, um
sie in ihrer ganzen Bedeutung auszuloten, ohne sie nicht zu verstehen.
„Seit längerer Zeit bereits", so gesteht Wust (Sinnkreis, 151 f.), „quälte
mich fortwährend der Gedanke, daß die Doppelbewegungstendenz der
Geschichte: die Polarität von Wissen und Glauben, irgendwie im Zusammenhang stehen müsse mit einem ungewöhnlich komplizierten
Doppelaffekt der menschlichen Natur, der sie mit innerer Notwendigkeit sowohl von der Seinsregion unter ihr wie auch von der Seinsregion
über ihr unterscheidet. Und je mehr ich mich in das wunderbare Wesen
dieses ausgesprochen metaphysischen Affektes versenkte, umso mehr
verstärkte sich bei mit der Eindruck, daß wir es hier mit dem eigentlichen Uraffekt des Menschen zu tun hätten, durch den und in dem ihm
das Auge des Geistes allererst geöffnet und hinterher immer weiter aufgetan werde. Es handelt sich um das komplexe Phänomen von Staunen
und Ehrfurcht, in dem sich, wie mir scheint, die Öffnung des Vitalauges
und demgemäß also der Durchbruch des Geistes für den Menschen
fortwährend wie ein wunderbares Geheimnis vollzieht. Dieser Affekt
aber enthüllt sich uns deshalb als ein spezifisch menschliches Phänomen, weil wir ihn bei strenger Einstellung auf das Wesen des Geistes
weder der unterreflexiven natürlichen noch der überreflexiven göttlichen Region zuerkennen können.

Die Korrelation von Wissen und Glaube ist also, das sei die These, der
Reflex einer Spannung im Menschengeist selbst, die in dem Doppelphänomen von Staunen und Ehrfurcht ihren ersten und auffälligsten
Ausdruck findet."

Halten wir also fest, daß Wust Wissen und Glaube als Folgeerscheinungen von Staunen und Ehrfurcht versteht. Zur näheren Bestimmung beider Verhaltensformen jedoch bedarf es genauerer Ausdeutung. Das betrifft verständlicherweise vor allem den Begriff des Glaubens, der nach Wust in einem doppelten Sinne fungiert (vgl. Sinnkreis, 171 ff.). Einmal nämlich hat er einen ganz allgemeinen und weiteren, dann aber hat er auch einen besonderen und engeren Sinn. Ohne Rücksicht auf diese Unterscheidung wird man vorerst das Wesen des Glaubens ganz allgemein dahin definieren müssen, daß mit ihm ein wesentlich praktisches, und zwar positives Verhältnis des ganzen Menschen zu Gott in einem doppelten Aufstieg vollzogen werden kann. Es gibt eine niedere und eine höhere Glaubensstufe, und diese beiden Glaubensstufen stehen zueinander in einem besonderen Abhängigkeitsverhältnis. Es ist nämlich nicht unbedingt durch die Natur der Sache gefordert, daß die niedere Glaubensstufe für einen jeden zu der höheren Glaubensstufe hinaufführt. Es ist jedoch unmöglich, zu der höheren Stufe emporzusteigen, ohne die niedere zu beschreiten und zu überschreiten. Mit anderen Worten, die natürliche Religion bildet das Fundament aller positiven Religion. Aber die natürliche Religion muß nicht unbedingt für den einzelnen die positive Religion aus sich heraus entfalten.

Hält man sich an diese Unterscheidung einer niederen und einer höheren Glaubensstufe, dann besteht der Satz zu Recht, daß der Glaube alles klare Wissen fundiert. Was ist damit gesagt? Offenbar dasselbe, was beim fundierenden Liebesgesetz des Doppelaffektes von Staunen und Ehrfurcht gilt. Dort steht die metaphysische Liebestiefe der geistigen Person mit der Aufschließung des Vitalauges und mit seiner Umwandlung zum Geistesauge im engsten Zusammenhang. Allerdings kommt für das Wesen der niederen Glaubensstufe noch ein besonderes Moment hinzu. Denn der natürliche Glaube ist schon ein Anfang der Gott bejahenden Aktivität in der Menschenseele. Der natürliche Glaube tritt in dem Augenblick ein, wo der dumpf bewußt werdende natürliche Hindrang der Seele sich in eine erste Aktualität der subjektiven Bejahung umsetzt. Diese noch naive Bejahung des universalen Ordnungs- und Liebestriebes alles Seins auf seinen ruhenden Zentralpunkt hin steckt aber auch bereits in der vollwertigen und naiven Form des Uraffektes. Sie bildet den natürlichen und gesunden Optimismus, von dem einmal Goethe das tiefe Wort gesagt hat: „ Es ist offenbar ein Zeichen von Wahrheitsliebe, die Welt schön zu finden." Und nun kann man ohne Verwegenheit das Wort wagen: Ohne diesen naiven Glauben, der nichts anderes ist als das ursprüngliche, intellektuell praktische Harmonieverhältnis zwischen Ich und Welt, zwischen der objektiven Ordnungstendenz des gesamten Seins und der subjektiven Zustimmung zu ihr in der Seele, gibt es überhaupt kein eidetisch reines Wissen. Und noch weiter: ohne dieses natürliche Harmonieverhältnis gibt es überhaupt keine sich aufwärts entwickelnde Kultur.

Aber das Fundierungsgesetz der Liebe gilt nun auch dort, wo der objektive Ordnungsdrang mit dem subjektiven Willen in ein Disharmonieverhältnis gerät. Denn in diesem Falle sinkt das Wissen infolge der inneren Verwirrung der seelischen Proportionen in jene Verfallsform eines bloß zersetzenden Scheinwissens herab, das im Prozeß der Kulturentwicklung seine substanzauflösenden Wirkungen geltend macht. Dieses Wissen führt, weil es in seiner Wurzel glaubenslos und ehrfurchtslos ist, in die Anarchie des Subjektivismus und in die Anarchie der Weltordnung, von der uns das 19. Jahrhundert ein so belehrendes Bild gegeben hat.

Schwieriger gestaltet sich nun allerdings die Frage, wenn wir das Fundierungsverhältnis von Wissen und Glauben dort betrachten, wo der Glaube von der niederen zur höheren Stufe emporgestiegen ist. Es ist nämlich keineswegs ausgemacht, daß dieser höhere Glaube sich unmittelbar an das aus dem Staunensaffekt in seiner ganzen Breite sich entwickelnde Wissen anlegen muß. Es ist ja bekannt genug, daß die Mehrzahl der Menschen den höheren Glauben durch die kulturelle Macht der Gemeinschaft und der Tradition empfängt. Allerdings beruht auch dann der Glaube nicht bloß auf dem Moment der aus dem Staunen hervorbrechenden Ehrfurcht; ein Minimum von Wissen als natürlicher Geistigkeit ist auch da stets gegeben und gefordert.

Dieser höhere Glaube ruht eben auf dem niederen Glauben, und dieser niedere Glaube ist die wesentliche praktisch gerichtete Totalentfaltung der metaphysischen Liebesanlage im Menschenherzen.

Führt jedoch den reflektierenden Menschen die Problemnot des Seins oder auch die Verwirrung des Herzens einmal von jener höheren Glaubensstufe herab, dann kann schließlich das Wissen, wenn es mit Ernst und aller gebührenden Ehrfurcht betrieben wird, auch den Glauben der höheren Stufe wieder zurückgewinnen helfen. Und das wird besonders überall da der Fall sein, wo der Mensch von vornherein durch sein Schicksal auf die natürliche Glaubensstufe beschränkt worden ist. Hier also kann das Wissen bis zu einem gewissen Grade den Glauben fundieren helfen. Es kann den Zugang für die wirkende Gnade von oben her öffnen. Aber das wird nur dann der Fall sein, wenn es schon auf dem Fundament des niederen Glaubens aufruht. Wird nun aber mit Hilfe des Wissens der im Uraffekt entbundene Liebesdrang des Menschen zu Gott auch zu jener höheren Glaubensstufe emporgebildet, dann kann sich und wird sich das Fundierungsverhältnis wieder umkehren. Denn nun wird die aus dem Kontingenzerlebnis des Wissens freigewordene Kraft des Glaubens eine neue und höhere Evidenz bewirken, die den Menschengeist unter Mitwirkung der göttlichen Gnade über das bloße Vernunftwissen hinaustreibt und ihn den tieferen übervernünftigen, aber nicht widervernünftigen Wahrheitsgehalt der Offenbarung mitergreifen läßt. Dann vollendet also jener Glaube der höheren Stufe mit rückwirkender Kraft das Wissen, das vorher ehrfurchtsvoll suchend der Region des Glaubens entgegengedrängt hatte. So umschließen denn die alten und so oft belächelten Formeln des ,,intelligo, ut credam" wie des ,,credo, ut intelligam" einen tiefverborgenen Sinn jenes korrelativen Geistesbezugs, der nur im Falle seelischer Disproportionen sich zu einem erbitterten Zweikampf der beiden Kulturaktionsweisen auswächst.

Wenn nun dabei im allgemeinen das Wissen als die analytische und substanzauflösende Kraft, der Glaube aber umgekehrt als die substanzbildende synthetische Kraft der Kultur dargestellt wird, so liegt darin ein Nachklang fideistischer Wissensächtung und übrigens mehr eine dumpfe Ahnung als eine richtig geklärte Auffassung von dem Wirkungszusammenhang, der zweifellos zwischen Kulturaufstieg und Glaube besteht. Es ist klar, daß der Glaube sowohl der niederen wie der höheren Stufe, falls es ein echter Glaube ist, kulturaufbauend wirken muß. Denn er bedeutet ja, daß der objektive Gottesdrang und sein objektives Widerspiel in der Menschenseele sich in lauterer Harmonie befinden. Diese Harmonie entbindet aber alle positiv schaffenden Kräfte der Seele.

Ein in der Wurzel durch Ehrfurchtslosigkeit vergiftetes Wissen treibt die Kultur in Verfall hinein, während jede ehrfurchtsvolle und naturgläubig optimistische Betätigung der Seelenkräfte, wie sie vor allem in einem echten Glauben hervortritt, kulturaufbauend wirkt.

Demnach also wirkt die wahre wurzelhafte Einheit von Glauben und Wissen in demselben metaphysischen Boden ursprünglicher Liebe, aus dem auch der Doppelaffekt von Staunen und Ehrfurcht heraufstößt. Und der Doppelprozeß von Glauben und Wissen gerät nur dann in Zwiespalt und führt zur Kulturdekadenz, wenn zwischen der objektiven und subjektiven Liebesrichtung eine Spannung entsteht, die darauf zurückzuführen ist, daß die Einzelmomente des Uraffekts aus ihren proportionalen Maßverhältnissen herausgedrängt worden sind.

Das feine Zusammenspiel von Wissen und Glauben, von Glauben und Wissen kann den Menschen allmählich auf immer höhere Glaubensstufen emporführen, von der rein natürlichen Stufe der allgemeinmenschlichen Naturreligion bis zur Stufe der christlichen Absolutreligion. Für diesen Zweck aber ist es unbedingt erforderlich, daß der Geist mit seiner stolzen Geisteshybris bricht, da die Wissensmagie sich immer wie eine Schranke zwischen ihn und Gott legt. Er muß seine Vernunft vor den eigentlichen Geheimnissen des Göttlichen in Demut beugen, da er als reiner Gnostiker niemals bis zu den Mysterien des Glaubens, niemals bis in das Innere der Religion vordringen kann. Pascal hat Recht, wenn er sagt: „Der letzte Schritt der Vernunft ist die Erkenntnis, daß es unendlich Vieles gibt, was über unsere Vernunft hinausliegt."

Wissen ist wohl stets mit Tugend vereint. Aber das Maß des Wissens allein entscheidet noch lange nicht über das Maß der Tugend. Das haben stets die Aufklärungszeitalter zu beachten vergessen. Der an Wissen noch so bescheidene Geist kann an Ehrfurcht über einen Geistesriesen bei weitem hinausragen. Und doch kann auch wieder die höchste Stufe geistiger Bewußtheit zugleich den Höchstgrad der Ehrfurcht hervortreiben. Höchstes Wissen endet oft in schweigendem Gebet. Hier entscheidet also offenbar die Qualität des Klarheitsfaktors.

Vielleicht ist es doch nicht zuviel gesagt, wenn man den Satz aufstellt, daß es keine Wissensnöte ohne Heilsnöte gibt und keine Heilsnöte ohne Wissensnöte. Warum? Weil Wissen und Glauben aus der ontologischen Liebestiefe des ganzen Menschen hervorgehen und weil dieser objektive Liebesdrang und Liebeszwang die Zentralquelle ist für die ganze Kontingenznot des Menschenherzens.

Es gibt also keine Wissensnöte ohne Heilsnöte; denn selbst da, wo das Wissen anscheinend aus rein biologischen Antrieben und Zwecknöten hervorgeht, wirkt noch immer etwas von der metaphysischen Liebesunterströmung mit, die das religiöse Staunen und alles weitere zur Folge hat, was an Kontingenzerlebnissen überhaupt mit ihr in Zusammenhang steht. Der Mensch kann gar nicht rein biologisch an irgendein Wissensgeschäft herantreten, eben weil er ein tiefer fundiertes metaphysisches Wesen ist. Ein Minimum von aus der Tiefe heraufdringenden seelischen Motiven wirkt auch noch beim nüchternsten Zweckforscher mit. Dieses Minimum von geistiger Kontingenznot mag nicht immer so leicht sichtbar werden. Es mag vielleicht auch nur intermittierend in stärkerer Aktualitätsform auftreten. Aber es schläft dauernd als Wahrheits- und Ordnungsdrang und dementsprechend auch als Erlösungssehnsucht im Untergrunde eines jeden nach Wissen strebenden Geistes. Deshalb gibt es dann auch keine wahrhaft irreligiöse Philosophie, wie auch ein perfekter Atheismus dem Menschengeiste versagt ist.

Umgekehrt gibt es auch keine Heilsnöte ohne Wissensnöte. Ehrfurcht, die aus Heilsnöten hervorwächst, ist immer an ein Minimum von Bewußtsein gebunden. Bewußtsein aber schließt, wo sie, wie beim Menschen, kontingentes Bewußtsein ist, allemal auch irgendein Minimum von Problemnot in sich.

Weisheit und Heiligkeit

Zu den Gestalten der Geistesgeschichte, denen Peter Wust stets besondere Aufmerksamkeit und Achtung entgegenbrachte, gehören Augustinus und Bonaventura. Augustinus – das ist irgendwie verständlich. Seelenverwandtschaft? Vielleicht. Wust sah in Augustinus sein Vorbild, sein Leitbild; in ihm sah er sich bestätigt in seinem Fragen und Suchen, seinen Wegen und Irrwegen. Es war eine Augustinusvorlesung, in der Wust das Wort sagte: „Diejenigen, die glauben, an Gott zu scheitern, scheitern am Ende in Gott hinein."

Und Bonaventura? Man schaue sich sein „Itinerarium mentis in Deum" an: seinen Aufbau, sein Anliegen, und man wird bald entdecken, daß dieses Bändchen als Vorlage und Entwurf für jene Gedankengänge gedient hat, die Wust eingehend und anschaulich in seinen personalen Geistesakten entfaltet und aufgebaut hat, ausgehend vom Staunen als dem Aufbruchsakt des menschlichen Geistes bis schließlich hin zur höchstmöglichen Aufgipfelung besten Menschentums in Weisheit und Heiligkeit.

„Zwei im Grunde ganz schlicht anmutende Erscheinungen stellen das Höchste dar, wonach es menschliche Herzen in geheimnisvoller Sehnsucht immer wieder hinzieht", sagt Peter Wust (Sinnkreis, 291 f.), und fährt dann fort: „Und diese beiden Gestalten sind der Weise und der Heilige. Es mag sein, daß dabei die eine Kulturepoche mehr das eine, die andere Epoche mehr das andere dieser beiden Humanitätsideale ausschließlich verehrt; es mag auch sein, daß manche Zeitalter sie beide zugleich nebeneinander gelten lassen. Sieht man aber genauer zu, dann ist es doch so, als ob man auch jeder einzelnen dieser beiden Gestalten Züge der anderen beizumischen bestrebt wäre, wenn man sich einer von ihnen einseitig hingegeben hat. Aus dieser meist unbemerkt vollzogenen Synthese aber gewinnt man den Eindruck, als ahnte die Menschheit, von einem feinen Instinkt angetrieben, daß sich die eidetischen Richtlinien dieser beiden Wesensbesonderungen der Humanitätsidee irgendwo im Unendlichen in einer konkreten Totalität schneiden müssen. So ist es z. B. das Verdienst der im übrigen fragwürdigen Metaphysik Schopenhauers, daß er den Bau seiner Welt- und Lebenslehre mit diesen beiden Hochbildern der Humanität gekrönt und irgendwie unbewußt nach den verborgenen Zusammenhängen geforscht hat, die in der Tiefe unserer Menschennatur oder auch in den Tiefen des Seins zwischen Weisheit und Heiligkeit zu bestehen scheinen. In gleicher Weise hat auch Kant schon in seiner ‚Kritik der praktischen Vernunft' dieses geheimnisvollste Problem der Ethik umkreist und dabei an einer bedeutsamen Stelle, wo er das epikureische und das stoische Weisheitsideal mit dem christlichen vergleicht, mit einer sehr tiefen Bemerkung unmittelbar an das Tor der christlichen Geistesmetaphysik angepocht, vor dem ja doch eigentlich die Philosophie des deutschen Idealismus sonst immer haltgemacht hat oder geradezu umgekehrt ist. Schaut man dann aber noch weiter rückwärts in die Vergangenheit, und zwar nicht etwa ins Mittelalter oder in die Antike, sondern noch viel weiter rückwärts in die asiatische Kulturwelt, dann gewahrt man mit dem größten Erstaunen, wie auch das orientalische Denken schon in der tiefen Weltschau Buddhas an den Zusammenhang dieser beiden Phänomene von Weisheit und Heiligkeit rührt und wie es dabei sein sicherlich erhabenes Weisheitsideal so auffällig nach dem Pol der Heiligkeit hingravitieren läßt, daß man bis heute noch nicht imstande ist, die Frage endgültig zu entscheiden, ob nun der buddhistische Weise in Wirklichkeit nur ein Weiser ist oder ob dieser Weise nicht vielmehr als ein Heiliger zu gelten hat, und die weitere Frage, ob Buddhas Lehre eigentlich nichts weiter sei als philosophische Gnosis, oder ob sie nicht doch so etwas wie natürliche Religion darstelle.

Wenn nun im Entwicklungsgang der Menschheit wieder und wieder diese beiden Hochbilder der Humanität, sei es nun als gesonderte, sei es als nebeneinander gestellte oder gar als innerlich ineinander übergreifende Ideale auftreten, dann ist das ein Zeichen dafür, daß in dem Doppelphänomen von Weisheit und Heiligkeit der ewige Selbsttranszendierungsdrang der Menschheit auf den allerletzten Höhepunkt menschlich möglicher Fortentwicklung überhaupt abzielt. Und man wird sich also einmal ernstlich die Frage vorlegen müssen, warum denn nun gerade diese beiden Idealbilder der Humanität bald in dieser auffälligen einseitigen Besonderung, bald auch in dieser eigenartigen oder wirklichen Vertauschung ihrer Wesensgewänder durch alle Jahrtausende hindurch stets so bedeutsam und überragend im Blickfeld menschlicher Ewigkeitssehnsucht zum Vorschein kommen."

Wie nun sind sie vor diesem kulturgeschichtlichen Hintergrund im einzelnen zu verstehen, die Weisheit und die Heiligkeit? Weisheit ist Wissen, könnte man sagen. Aber ist Weisheit nicht eben doch ein ganz besonders gesteigertes Wissen, so daß dadurch der herkömmliche Wissenscharakter wieder verloren geht?, fragt Wust, um dann fortzufahren (Sinnkreis, 293 f.): „In Liebesunbefangenheit tritt der Mensch als Kind bereits in die Natur ein. Es ist seine primäre, ihm von der Natur verliehene Naivität. Das Leben aber mit all seinen den Geist zur Eigensichtigkeit und Eigenwilligkeit verlockenden Widersprüchen, reißt uns mehr oder weniger aus dieser Unbefangenheit heraus. Schon unser hartnäckiges Deutenwollen aller Widersprüche ist eigentlich nur ein Zeichen des Vertrauensverlustes. Das Kind kennt diese Skepsis noch nicht, soweit es Kind geblieben ist. Es staunt, aber es zweifelt noch nicht. In der ständigen Frage: ‚Was ist das?‘, liegt die selbstverständliche Anerkennung der ewigen Seinsvorgeordnetheit noch mit eingeschlossen. Erst im Zweifel tritt die Indifferenzhaltung ein, die es in der Schwebe lassen will, ob letztlich Ordnung oder Chaos im Sein herrsche. Je mehr aber der Mensch sich von diesem krankhaften Argwohn in der Fortentwicklung seines Wesens wieder zu befreien vermag, um so mehr kehrt er zu jener kindlich-reinen Liebesunbefangenheit zurück, mit der er ins Dasein getreten ist. Diese dem Leben wieder herausgekämpfte Liebesunbefangenheit des unschuldigen Kindes aber ist im Grunde dasjenige, was wir als Weisheit zu bezeichnen haben. Sie ist der Liebesblick des aus der ernsten Erfahrung des Lebens emporgereiften Menschen, der jetzt erst recht die Dinge, trotz einiger, unserem schwächeren geistigen Vermögen nicht ganz deutbaren Risse und Sprünge, in ihrer wunderbar abgerundeten Schönheit sich zum Ganzen weben sieht. Die Weisheit ist also der Habitus des unschuldigen Kindes in uns, nach dem wir alle wieder zurückstreben, wenn wir ihn verloren haben, angetrieben von den natürlich-gesunden Liebesurtriebkräften, die ohne Unterlaß aus dem Untergrunde unserer personalen Tiefendimension heraufwirken. Oder, noch anders ausgedrückt: die Weisheit ist nichts anderes als eine im Kampf mit dem Dämon des Mißtrauens oder des metaphysischen Argwohns erkämpfte zweite Naivität. Auf den Weisen bezogen: Der Weise legt, soweit er ein wahrhaft Weiser ist, Zeugnis ab für die Tatsache, daß der Mensch sich schon ‚in statu viatoris‘, wie die mittelalterlichen Denker zu sagen pflegten, mit Hilfe seiner natürlichen Anlagen jener weihevollen Zone zu nähern vermag, die wir als das ‚Sanctum‘ bezeichnen. Diese fromme Scheu vor dem Geheimnis des Seins, die sich in der Haltung des Weisen ausdrückt, die kindliche Vertrauenssicherheit zum Weltgrunde, der ihm als der gütige Lenker der Weltenschicksale sichtbar wird, seine Aufgeschlossenheit für die ganze Fülle des Seins und für die unendlich abgestufte Ordnung des Seienden, die Reinheit seiner liebenden, verzeihenden, glaubenden, immer auf Hilfsbereitschaft eingestellten Seele, das immer bewegliche Anpassungsvermögen seines Geistes, das, ohne relativistisch sich aufweichen zu lassen, sich der überall anders geformten Situation der Erscheinungen anzuschmiegen versteht, das alles scheint das Wesen des Weisen in die Nähe des Heiligen zu rükken. Indessen, so nahe auch Weisheit und Heiligkeit sich in diesem oder jenem Punkte berühren mögen, und so sehr sie auch in ihrem Wesensbestande immer aufeinander angewiesen sind – Heiligkeit ist ohne Weisheit nicht denkbar, wie auch Weisheit immer in sich etwas vom übernatürlichen Glanz der Heiligkeit aufleuchten läßt –, es bleibt trotz dieser Wechselfundierung der beiden Werte im Wesen der Heiligkeit etwas Übergewichtiges bestehen, das nach der metaphysischen Seite hin die Weisheit der Heiligkeit ein- und unterordnet. Denn der Heilige hat nicht bloß sein Wissen in die Schranken der religiösen Ehrfurchtshaltung gezwungen, sondern er hat seinen ganzen Lebenswillen in letzter kindlicher Hingabe opfernd in Gottes Hände gelegt."

Scheint es dennoch nicht so, als sei die Wesensbestimmung des Heiligen dem Wesen des Weisen so nahe, daß eigentlich alle Unterschiede sich verwischten? Daß also Weisheit und Heiligkeit sich schließlich zu einer reinen Identität verbänden? Auf das Wesen des Kindlichen lief ja in beiden Fällen alles hinaus, so daß wir jetzt sagen könnten, der Weise wie der Heilige seien am Ende doch nichts weiter als die ganz schlichten, großen, reifen Kinder, und überall sei schließlich das Kindliche die feinste Blüte des Humanitätsideals. „In der Tat muß es denn wohl auch das Kindliche sein, was die beiden Phänomene von Weisheit und Heiligkeit, trotz ihrer überall fühlbaren Wesensinkongruenz, in der Tiefe miteinander verbindet und so sehr verbindet, daß man sagen kann, immer sei der wahre Weise auch schon irgendwie ein Heiliger und immer sei der Heilige schon als Heiliger zugleich auch ein Weiser."

Was ist es dann aber, was trotzdem der Heiligkeit ihr Übergewicht gibt? „Die Weisheit stützt sich ihrem Wesen nach noch auf das Wissen. Sie sucht ihr Ziel auf diesem besonderen Wege zu erreichen, und sie muß es, weil sie eben Weisheit und nicht Heiligkeit ist. Das Wissen aber hat im endlichen Geiste stets die Gefahr der Hybris in seinem Wesen; es hat immer einen Zug zur prometheischen Genialität, die stets als der extremste Gegenpol zur Heiligkeit zu betrachten ist. Soweit also die Weisheit noch auf dem Moment des Wissens aufruht, soweit bleibt sie von der Heiligkeit eidetisch immer streng getrennt. Soweit sie aber auf der Liebe ruht, nähert sie sich deutlich der Heiligkeit an, ohne im endlichen Geiste jemals ganz in sie übergehen zu können. Und so ist die Liebe, die im kindlichen Habitus immer am reinsten zur Darstellung gelangt, dasjenige Substrat, das beide Phänomene in der Tiefe ihres Wesens aneinander bindet."

„ . . . und wenn Sie mich nun fragen sollten, bevor ich jetzt gehe und endgültig gehe, ob ich nicht einen Zauberschlüssel kenne, der einem das letzte Tor zur Weisheit des Lebens erschließen könne, dann würde ich Ihnen antworten: ‚Jawohl.‘ Und zwar ist dieser Zauberschlüssel nicht die Reflexion, wie Sie es von einem Philosophen vielleicht erwarten möchten, sondern das Gebet ... Die großen Dinge des Daseins werden nur den betenden Geistern geschenkt.“ So Peter Wust im „Abschiedswort“ an seine Hörer, wenige Wochen vor seinem Tode.

Nicht Reflexion sondern Devotion! Also Preisgabe der Philosophie durch Kapitulation vor der Theologie? Vor der Religion? Nein; und schon gar nicht im Verständnis und in der Vorstellung Wusts, der bereits früher bekannt hatte: „Nicht der Reflexionsakt des Philosophen macht den Menschen selig, sondern erst der wahrhafte Devotionsakt des Heiligen kann vollenden, was im Menschen als sein Menschlichstes angelegt ist. Nicht eine falsche Beunruhigung ist das höchste Ziel des philosophischen Reflexionsaktes, sondern das ist gerade ihre höchste, ihre wahrhaft menschliche Aufgabe, den Menschen in die tiefe Ruhe zu führen, die unser wahrheitshungriger Geist nur in der Evidenz der Wahrheit finden kann. In der Philosophie selbst also ist jener Devotionsakt schon implicite angelegt und enthalten, der im wahrhaft religiösen Devotionsakt explicite seine klassische Gestalt erhält. Als ein die Wahrheit Suchender sowohl als auch ein die Wahrheit Findender muß der Philosoph niederknien vor dem Altar der Wahrheit. Denn ohne diesen Akt der Devotion wird all sein Suchen nur ein eitles und vergebliches Suchen sein“ (Der Mensch und die Philosophie, in: ‚Glaube und Gegenwart‘, Freiburg 1933, Heft 3).

Fragen bleiben: Warum wurde die Gedankenwelt Wusts dargestellt, wie es hier geschehen ist? Warum wurde nicht aufzuzeigen und auszudeuten versucht, wodurch er bekannter geworden und auch geblieben ist: seine Vorstellung von der Ungewißheit und dem Wagnis, die jedem wirklich gelebten Glauben innewohnen – ein Thema, das Wust zum Anliegen seines Hauptwerkes gemacht hat? Warum wurde nicht näher eingegangen auf die Wirkung und Auswirkung des Renouveau Catholique, insbesondere des Gabriel Marcel, auf Wusts weitere Entwicklung? Und warum wurde nicht genauer erläutert und begründet, welchen beträchtlichen Einfluß die Begegnung mit Scheler auf ihn gehabt hat?

Fragen, die berechtigt sind. Dennoch, sie betreffen Details. Doch nirgendwo wird Wust in seiner ganzen Tiefe zugänglicher und in seinem beständigen Anliegen, dem Menschen zu zeigen, wie er ist, wie er sein könnte, wie er sein sollte, einsichtiger, als in den personalen Geistesakten und den vielfältigen Formen ihrer Entfaltung.

„Menschwerdung, ewige Menschwerdung! Es ist ein Thema, für das ich alle meine Lebensjahrzehnte bis jetzt geopfert habe. Zuerst versuchte ich es mit der grenzenlosen Wißbegier und dann stürzte ich aus der Nacht des anfänglichen Kinderglaubens in die so ganz andere Nacht des Zweifels. Ich wurde Philosoph, um Mensch zu werden. Aber eines Tages entdeckte ich dann, daß man erst Mensch werden müsse, um überhaupt Philosoph werden zu können" (Menschenwerdung und Menschheitsentwicklung, ‚Der deutsche Weg‘, Nr. 13/14, Dezember 1930).

Literaturverzeichnis

Die *Schriften Peter Wusts* sind als *Gesammelte Werke* (hrsg. v. Wilhelm Vernekohl) 1963 bis 1969 in Münster/Westf. erschienen. Dabei enthalten
Band I „Die Auferstehung der Metaphysik"
Band II „Naivität und Pietät"
Band III/1 und
Band III/2 „Die Dialektik des Geistes"
Band IV „Ungewißheit und Wagnis" und „Der Mensch und die Philosophie"
Band V „Die Rückkehr des deutschen Katholizismus aus dem Exil" und „*Gestalten* und Gedanken"
Band VI „Weisheit und Heiligkeit" und „Vorträge und Aufsätze"
Band VII „Aufsätze und Briefe"
Band VIII „Leben und Werk"; „Biographische Notizen;" „Die Philosophie-Biographie"
Band IX „Briefe von und nach Frankreich"
Band X „Vorlesungen und Briefe"; „Register"

Nach dem Tode Peter Wusts erschienen außerdem als Schriften:
Der Mensch und die Philosophie; Einführung in die Hauptfragen der Existenzphilosophie. Münster 1946.
Im Sinnkreis des Ewigen; Graz/Wien/Köln 1954. (In Neuauflage unter dem Titel „Existenz vor Gott". Berlin/Schleswig i. Holst. 1971).
Briefwechsel mit Frankreich; ein deutsch-französisches Gespräch. Münster 1968.
Ein Abschiedswort. Münster [11]1984. *(Bibl.)*
Am Tor aller Geheimnisse; Aphorismen aus den Werken Wusts. Münster 1978.
Philos. Lesebuch (ausgew. v. W. Rest), Münster 1984.
Ungewißheit und Wagnis. München [8]1986.

Sekundärliteratur

Pfleger, Karl: Dialog mit Peter Wust. Briefe und Aufsätze. Heidelberg 1949.
„Ich befinde mich in absoluter Sicherheit". Gedenkbuch der Freunde für Peter Wust. Münster 1950.

Vernekohl, Wilhelm: Der Philosoph von Münster. Münster 1950.

Cleve, Walter Theodor: Peter Wust, ein christlicher Existenzphilosoph unserer Tage. Speyer 1950.

– (Hrsg.): Wege einer Freundschaft. Briefwechsel Peter Wust – Marianne Weber. Heidelberg 1951.

– Denken und Erkennen. Ein Weg in die Philosophie nach Peter Wust. Emsdetten 1952.

Marcel, Gabriel: Der Begriff der Pietät bei Peter Wust. In: ders.: Das große Erbe. Münster 1952.

„Briefe an Freunde" von Peter Wust, hrsg. v. W. Vernekohl. Münster 1955.

„Unterwegs zur Heimat" Briefe und Aufsätze von Peter Wust, hrsg. v. W. Vernekohl. Münster 1956.

Delahaye, Karl: Christliche Anthropologie. Eine Einführung in das Denken Peter Wusts. Münster 1967.

Huning, Alois: Edith Stein und Peter Wust. Münster 1969.

Scherer, Bernhard: Ein moderner Mystiker. Begegnung mit P. Wust. Würzburg ²1973.

Keller, Peter C. (Hrsg.): Begegnung mit Peter Wust. Saarbrücken 1984.

Dissertationen über Peter Wust

Metzger, Stefan: Insecuritas humana und Erziehung. München 1954.

Schmidt, Robert H.: Peter Wust. Gesamtdarstellung seiner Philosophie als Dialektik des Geistes. Saarbrücken 1954.

Millan, Ismael: La antropologia metafisica de Peter Wust. Rom 1957.

Höfling, Othmar: Insecuritas als Existential. Eine Untersuchung zur philosophischen Anthropologie Peter Wusts. München 1963.

Leenhouwers, Albuinus: Ungesichertheit und Wagnis. Die christliche Weisheitslehre Peter Wusts in ihrer philosophischen und existentiellen Bedeutung. Essen 1964.

Günter, Dieter: Der Beitrag Peter Wusts zur Philosophie der Erziehung. Aachen 1977.

Nach dem Tode des Verfassers (1988) wurde die Bibliographie durch den Herausgeber ergänzt.

Gabriel Marcel:
Die Metaphysik der schöpferischen Treue

Von Vincent Berning, Aachen

1 Einleitung

1.1. Grundprobleme oder metaproblematische, im Sein gründende Fragestellung (le statut ontologique de questionner – Marcel, MC 266)

Gabriel Marcel hätte große Schwierigkeiten, die Grundzusammenhänge seines Philosophierens unter das Leitthema „Grundprobleme" der Philosophie oder der großen Philosophen zu stellen. Für ihn hat die Philosophie nicht die Aufgabe, Probleme zu analysieren. Für ihn bedeutet das „Problem" diejenige Fragestellung des Denkens, die nach den Bedingungen des Funktionierens von wirklichen oder vermeintlichen Zusammenhängen forscht und damit eine scheinhafte Sicherheit der Rationalität im endlosen Hin und Her der Gegenstände zu gewinnen sucht. Antworten auf Sinnfragen dagegen werden nur in einer Lebenssituation existentieller, gnadenhaft empfangener Teilhabe am Sein gewährt. Sie verlangen ein Herausspringen aus dem lediglich „Problematischen" ins „Metaproblematische" – im Sinne einer Annäherung an das personale Seinsmysterium (vgl. Marcel: MC, 263).

1.2 Der Zusammenhang von Biographie und Philosophie bei Marcel

Biographie und denkerische Entwicklung gehören bei einem Denker wie Marcel zusammen, welcher der Tradition des französischen Spiritualismus (Maine de Biran, F. Ravaisson-Mollien, Ch. Secrétan, É. Boutroux, H. Bergson, aber auch M. Blondel, R. Le Senne, L. Lavelle, E. Mounier) näher stand als etwa dem französischen Existentialismus (hierzu: Berning, Wagnis, 335–343; Berning, Marcel, 402–408).

1.2.1 Marcel im Verhältnis zum französischen Spiritualismus und Existentialismus

Marcel lehnte konsequent das Etikett „christlicher Existentialist" für sich ab, weil es suggeriert, in ihm einen christlichen Transformator der Sartreschen Philosophie zu sehen. Dies ist völlig falsch. Marcel ist einer der eigenständigsten französischen Philosophen dieser Zeit. In den dreißiger Jahren dieses Jahrhunderts übte er auf die französische Philosophie einen großen geistigen Einfluß aus. So gibt es keine Abhängigkeiten Marcels von J.P. Sartre, wohl aber eine wichtige partielle Sartres von Marcel. Das trifft in geringerem Maße sogar für M. Merleau-Ponty zu (Spiegelberg II, 423; II, 522; Berning, Wagnis, 363–365; 368–370). Im Sinne philosophischer Seinserfahrung des Spiritualismus ist der strukturale Dreiklang der Marcel'schen Philosophie: Denkende Seinserfahrung, schöpferischer Vollzug und personale Treue, an die phänomenologische Analyse der konkreten Lebenssituation und an die schöpferischen Eingebungen gebunden, die sich in den potenzierenden Sprüngen über die Unstetigkeiten verdinglichter und verräumlichter (Bergson) Lebensabschnitte zur metaphysischen Dauer ewigen Seins des geheimnisvollen göttlichen Du als Anrufung zur Umkehr in die Treue offenbaren. Durch diese Umkehr wird die in Gegenständlichkeiten zersplitterte Situation des Ich zur verleiblichten, inkarnierten Existenz vor dem Angesichte des allwissenden Gottes erhoben, der dem Drama des Existierens durch seine Anrufung die Richtung gibt.

Die Philosophie Marcels ist im strengen Sinne aus der persönlichen Erfahrung hervorgegangen, die sich ständig am ebenso kritisch wie dankbar verarbeiteten Kontext der europäischen und nordamerikanischen Philosophie konturierte. Andererseits ist sie in ihren Aussagen zu einer wesenhaft metaphysischen Wegweisung der Seinsteilhabe erwachsen und damit grundlegend mehr als persönlicher Ausdruck nur auf das eigene Selbst begrenzter Erfahrungen: Sie versteht sich – aus der eigenen Existenz entfaltet – als grundtypische Auslegung menschlicher Daseinssituationen im Lichte und auf dem Wege zu der Teilhabe am unbewahrheitbaren (mystère invérifiable, Marcel: JMdt., 50; JM, 32; FPh, 90–92) Geheimnis des göttlichen Du. Diese Auslegung und Zusammenfassung des menschlichen Existenz-Dramas fordert durch ihre Erhellung zu Umkehr und Mitvollzug auf und zwar in einer Weise, die an die „indirekte Mitteilung" Kierkegaards erinnert, von dem Marcel im Unterschied zu allen anderen „Existenzphilosophen" nicht beeinflußt ist, wenn man von F. Rosenzweig einmal absieht.

1.2.2 Das Problem der Darstellung

Die adäquateste Methode, die Grundstrukturen Marcel'schen Philosophierens darzulegen, wäre die Darstellung ihrer elementaren Zusammenhänge im Zuge des Berichts seiner biographisch-geistigen Entwicklung bei gleichzeitiger Interpretation seiner Dramen. Das ist an diesem Ort nicht zu leisten. Es kann hier nur darum gehen, die rein philosophischen Strukturzusammenhänge der schöpferischen Seinstreue offenzulegen. Um den beträchtlichen Schwierigkeiten der Darstellung (vgl. dazu z. B. Bocheński, 189) Herr zu werden, gliedere ich meinen Beitrag in vier Teile: 1. Einleitung, 2. Geistige Biographie, 3. Übersicht über die Entwicklung seiner Philosophie in ihrer Grundstruktur, 4. Die Struktur der schöpferischen Seinstreue und ihres metaphysischen Wagnisses in der Zusammenschau.

2. Zur geistigen Biographie Marcels

Gabriel Marcel wurde 1889 in Paris geboren. Er war der Sohn eines Diplomaten und Staatsrates und späteren Direktors an der Ecole des Beaux-Arts, der zugleich leitende Funktionen für die Bibliothèque Nationale und die französischen Nationalmuseen innehatte. Durch die gesellschaftliche Stellung und den weiten Horizont seines Vaters kam Marcel frühzeitig in Paris mit wichtigen Strömungen und geistigen Peränlichkeiten seiner Zeit in Berührung. Während sein Vater einen ästhetischen Positivismus vertrat, wurde Marcel von seiner Stiefmutter im Sinne einer strengen, aber liberalen nichtchristlichen Ethik erzogen. Er hatte seine leibliche Mutter im Alter von vier Jahren verloren. Die Erinnerung an deren lebendige und fröhliche Liebe wurde für ihn zum Ausgangspunkt, schon während der Jugend in dramatischen Entwürfen familiäre Konflikte darzustellen und zu reflektieren. Es war die Spannung zwischen rationalem Problembewußtsein und schöpferischer Begegnungssituation, in der sich ihm ein ersehntes, rational nicht erreichbares, allenfalls musikalisch ausdrückbares Mysterium als jenseitige Ganzheit offenbarte.

In den Jahren 1906–1910 studierte er an der Sorbonne und überwand in sich selber den zeitgenössischen neukantianischen Idealismus und das Systemdenken hegelscher und nachhegelscher Entwürfe. Wie schon für Ch. Péguy und J. Maritain wurde H. Bergson, den er 1908–1910 am Collège de France hörte, zu einem Wendepunkt. Was er von diesem als Anregung aufnahm, war die schöpferische Intuition der Dauer, die er in kritischem Rückgriff auf die Spätphilosophie Schellings als überrationale Erfahrungsphilosophie der „zweiten Reflexion" einer negativen, rationalen Begriffsphilosophie der „ersten Reflexion" gegenüberstellte. Diese positive schöpferische Philosophie, welche er im Gegensatz zu Bergson in einer „intellektuellen Intuition" gründen ließ, vertiefte er zu einem existentiellen Personalismus. Für diesen stellte ihm der englische Neuhegelianismus F. H. Bradleys (1846–1924) und B. Bosanquets (1848–1923), aber vor allem der

idealistische Personalismus der nordamerikanischen Philosophen J. Royce
(1855–1916) und W. E. Hocking (1873–1966) einige wichtige Kategorien bereit. Er verarbeitete sie zu einer spiritualistischen Metaphysik der Teilhabe und
Treue, die in sich bereits auf das Heilige der Religion ausgerichtet war. Noch
während des Studiums trat er 1909 durch J. Rivière in Beziehung zu A. Gide und
der Zeitschrift „Nouvelle Revue Française", die zur Keimzelle der neuen französischen Literatur des 20. Jh. wurde. Er machte nicht nur die Bekanntschaft mit P.
Claudel, sondern mit den wichtigsten Autoren seiner Zeit. 1910 schloß er sein
Studium als Agrégé der Philosophie ab.

Er blieb nur für kurze Zeit und mit Unterbrechungen in seinem Beruf als Philo-
sophiedozent an mehreren Lyzeen. Stattdessen wurde er Lektor verschiedener
Pariser Verlage und Mitarbeiter an literarischen und philosophischen Zeitschrif-
ten. Wichtig wurde für ihn die Lebensfreundschaft mit Ch. Du Bos, welcher der
Mittelpunkt des französischen Renouveau Catholique und gleichzeitig ein Ken-
ner der europäischen Geistesgeschichte und insbesondere ein Vermittler zwischen deutscher und französischer Geistigkeit war. Seine unabhängige Annäherung an christliche Auffassungen führte ihn 1929 zur Konversion zum katholischen Glauben. Die Eigenständigkeit seiner christlichen, zum Thomismus in Distanz bleibenden Philosophie gab er nicht auf, die, nachdem er zuerst als Drama-
tiker bekannt geworden war, in seinem „Journal métaphysique" (geschrieben
1914–1923) 1927 erstmals für die Öffentlichkeit greifbar wurde. Dieses Werk
wies Marcel als unabhängigen und bedeutenden Denker aus und hatte einen beträchtlichen Einfluß für die Wegbereitung der Phänomenologie und Existenzphilosophie in Frankreich. Neben den ferneren philosophischen Werken, die meist
in Tagebuchform erschienen, verfaßte er zahlreiche Dramen, in denen sich existentielle Konflikte mit ihren metaphysischen Hintergründen konkret vollzogen.
Doch lehnte er es im Unterschied zu Sartre ab, philosophische Thesenstücke zu
schreiben. Erst nach dem 2. Weltkrieg wurde Marcel über Frankreich hinaus bekannt. Seine philosophischen Werke wurden in zahlreiche Sprachen übersetzt.
Für sein literarisches Gesamtwerk erhielt er u. a. 1949 den Grand prix national
de la littérature de l'Académie française, 1958 den Grand prix national des Lettres, 1964 den Friedenspreis des Deutschen Buchhandels. Seit 1952 war er Mitglied des Institut Français. An zahlreichen europäischen und außereuropäischen
Universitäten hielt er Gastvorlesungen, die ebenso wie seine Vorträge in zahlreichen Büchern gesammelt erschienen. Er starb, bis zuletzt trotz einer Sehbehinde-
rung aktiv, 1973 im Alter von fast 84 Jahren.

3. Die Entwicklung der Marcel'schen Philosophie in ihrer Grundstruk-
tur: Der ontologische Teilhabegedanke und die schöpferische Treue

3.1 Der unsystematische Charakter des Philosophierens

Marcels Philosophieren ist seiner inneren Form nach unsystematisch.
Nach ihm offenbart sich dem Menschen die ewige Wirklichkeit des Sei-

enden in und durch die sich wandelnden Strukturen der raumzeitlichen Existenz in immer neuen Konkretionen, denen die substanzhafte Konsistenz fehlt. Die allenfalls dialektisch-bewegt gedachten Substanzen (Marcel: ME II, 62; HV, 31; 199) haben Anteil an der sich im Transzendenten ewig vollziehenden Akthaftigkeit absoluter und göttlicher Personalität. Statische Naturen, wie sie von den undialektischen Metaphysikern wie Platon, Aristoteles, Thomas von Aquin angenommen werden, sind streng genommen nur Abstraktionen. Teilhabe am überzeitlichen, sich im Wandel treu bleibenden Akt des Seins ist nur den stets wegen ihrer Kontingenz zu wiederholenden, spirituellen Akten möglich. Sie wagen unter den unsteten Bedingungen ihrer Verleiblichung in dialektischer Selbstüberschreitung den Sprung in das zugleich Andere und doch ursprünglich Vertraute und Gleichbleibende.

3.1.1 Philosophie auf dem Wege

Daher muß das der Wirklichkeit nachspürende und reflektierende Denken immer wieder neu anheben, um die Phänomene des sich inkarnierenden Seienden in ihrer Reinheit zu durchlichten. Im Strom raumzeitlicher Veränderung aller Situationen ist der ontologische Sinngehalt des jeweils Gegebenen auf dem Wege annähernder Erfassung zu verdeutlichen. Marcels Denken versteht sich also als „auf dem Wege" (Marcel: HV, 202). Es durchschreitet ununterbrochen neue Regionen bei gleichbleibendem Ziel: Kontinuität in der Diskontinuität, treues Durchhalten des Ontologischen in der Veränderlichkeit und Gegensätzlichkeit konkreter Situationen. Das heißt, daß es keine Denkergebnisse im Sinne festumgrenzter Thesen und Grundrisse hervorbringen mochte. Alle Aussagen sind nur vorläufig, also überholbar und korrigierbar. Die Bedeutung besteht in seinem Hinweischarakter auf jenen transzendierenden Seinsakt, dem sich das Denken auf konkrete Weise zu öffnen hat (approches concrètes – Marcel: PA, 45 f.). Nicht die Widerspruchsfreiheit bewahrheitbarer (verifizierbarer) Formulierungen, sondern allein dieser Hinweischarakter auf den absoluten Akt des Seins ist der Maßstab ihrer Würdigung. So ist das Philosophieren Marcels nicht auf eine bestimmte zeitliche Phase festzulegen.

3.1.2 Der metasystematische Zusammenhang

Für die Interpretation ergibt sich zunächst ein immanentes Verfahren: das der nachzeichnenden Verfolgung des Denkweges in seinen unterscheidbaren Etappen. Dabei erhebt sich die Frage, ob Marcels Denken nicht der Sache nach auf konvergente, sich nicht widersprechende Ord-

nungszusammenhänge, die immer wieder aus dem Hintergrund hervortreten, bezogen bleiben muß. Solche Ordnungszusammenhänge würden sich nicht ändern. Sie sind nur in der Zeit auszuschreiten. Dies ist
die eine Schwierigkeit der Interpretation. Die andere erweist sich in der
Unmöglichkeit, in einem Anlauf den vielfältigen und ständig sich weiter
verzweigenden Reflexions- und Meditationsbahnen wirklich gerecht zu
werden. Natürlich gravitieren sie in ununterbrochenen Annäherungen
auf die Fixsterne seiner spontanen Metaphysik hin, welche sie umkreisen. Der fließende Gesamtzusammenhang der Marcel'schen Gedankenwelt ist in immer neuen thematischen Ansätzen – entsprechend den
Grundlinien ihrer Entwicklung – aufzuhellen. Diesem fließenden Gesamtzusammenhang mit seiner offenen Diskontinuität steht eine eher
geheimnisvolle Ordnung der Teilhabe und Treue gegenüber, die nicht
systematisch und rational, sondern durch eine schöpferische Potenzierung des Denkens über die Gegenständlichkeit hinweg in die sprachlich
nicht ausdrückbare „An-dacht" (Marcel: EA, 41) der intellektuellen Intuition vergegenwärtigt werden kann. S. Foelz hat diesen aus der Verborgenheit sich eröffnenden Gesamtzusammenhang in einer glücklichen Formulierung als „metasystematisch" bezeichnet. Nicht mehr eine
Idee oder ein Prinzip werde gefragt, sondern die geheimnisvolle Einheit
zwischen *meinem* Denken und *meiner* inkarnierten Existenz, die sich
nur durch das Offensein zum Du im Intersubjektiven erhalte: „Das su-
chende und fragende Denken hat keinen begrifflichen Anhalt, keine logischen Prinzipien, sondern wird zurückgeworfen auf ein wesentlich
Unfaßbares, auf ein konkret Unerschöpfliches" (Foelz, 189). Dazu muß
sich das Denken auf dem Weg begeben, und auf den Etappen dieser
Wanderung (Marcel, HV, 177, 202) zeigt sich etwas von der Struktur
der im Seinsmysterium geborgenen Ganzheit durch Teilhabe meines
Selbst auf ein Du hin.

3.2 Die Entwicklungsstufen auf dem Wege zu einer Metaphysik der Treue

Im Werk Marcels lassen sich verschiedene philosophische Wegstrecken
herausarbeiten. Zu ihrem Verständnis ist es von Bedeutung, die ursprünglichen Motive der Marcel'schen Denkbewegung zu beleuchten,
die schon im jugendlichen Alter erkennbar waren. Dabei schließen wir
uns der Auffassung Marcels an, daß sich häufig schon in der Kindheit
die Wege der späteren schöpferischen Entwicklung auf die zarteste
Weise eröffnen. Sehr viel mehr als jeder selbst annimmt, sind die Wurzeln späterer Sinn- und Seinsreflexion in fundamentalen Erfahrungen

der Kindheit gegeben (Marcel: Rückblick, in CE). Doch muß man sich vor der Annahme hüten, diese ursprünglichen Impulse und Regungen seien unabänderliche Fixierungen. Marcel sieht sie eher als schicksalhafte Anstöße und Herausforderungen, auf welche der Mensch die schöpferische Antwort seines Lebens geben oder auch verweigern kann.

3.2.1 Die Bedeutung seiner Kindheit für die Reflexion Marcels

An dieser Stelle soll aus der Biographie der Kindheit Marcels, die wir andernorts dargestellt haben (Berning, Wagnis, 23–28), nur ein Fazit gezogen werden, um die für das spätere Philosophieren wesentlichen Strukturen seiner kindlichen Erfahrungen herauszuarbeiten.

Die frühe Kindheit, als seine Mutter noch lebte, bedeutete für ihn die tiefe Geborgenheit in der familiären Ganzheit. Die später nach dem Tode der Mutter fragende Erinnerung gelangte zu einer kindlichen Ahnung von der Bedeutung der Familie, die schon im vorläufigen Sinne als Symbol einer hintergründigen und metaphysisch ursprünglichen Welt universaler Personalität verstanden wurde. In dieser Lebensstruktur versteht sich die Welt als Geschenk und Eröffnung für das geliebte Wesen, das sich entfalten soll. Die Welt der Eltern ist für das Kind der Hort unablässig gewährter glücklicher Augenblicke, die in sich nach Dauer verlangen. Die Familie ist ein Garten der Hoffnung auf Überdauerndes, dessen sich die sich weiter entfaltende Vergegenwärtigung durch die Erinnerung immer wieder neu vergewissert. In dieser Welt ist Nähe und zugleich Heimweh nach den liebenden Wesen, die sich auch entziehen können.

Der Tod der Mutter, den Marcel als vierjähriges Kind erfahren mußte, führte die Sehnsucht zu dem unsichtbar Gewordenen, das im unmittelbar Hiesigen als gegenwärtig gewünscht und auch erfahren wurde. Die Welt der Mutter symbolisierte die Auflösung der Gegensätze in eine ungreifbare Kontinuität des verborgenen Seins.

Dieses Anteilhaben an verborgenen Kraftquellen, welches die Vergangenheit in den Erinnerungen als ewig bleibende Möglichkeit offenhält, ist durch Marcels Vater und die Stiefmutter in die nüchterne Vernünftigkeit starker, sich abgrenzender Persönlichkeiten gestellt, denen ein schöpferisch-wesentliches Eigenleben keineswegs fehlt. Aus diesem Spannungsverhältnis ergaben sich Dissonanzen. Sie konzentrierten sich vor allem auf die Erziehungsmaßnahmen, die gegenüber den inneren kindlichen Erfahrungen die Rationalität allgemeingültig postulierter Muster und Regeln nachdrücklich zur Geltung bringen, wie sie teilweise der Zeitauffassung zu Beginn des Jahrhunderts entsprachen.

Die Ganzheit privater und menschlicher Gebundenheit in der Familie kann nur erfahren werden in der Verantwortlichkeit für die konkreten Menschen und ihre Gegensätze. Gerade die Liebe ist realistisch und verwirft die Flucht in bloße Wunschbilder. Teilhaben an der ersehnten und unnennbar im Wesen der verstorbenen Mutter symbolisierten Ganzheit der Welt bedeutet zugleich die Bejahung des Menschen in seiner wirklichen Personalität als Forderung der Treue auch mit seinen zerreißenden Dissonanzen – mit den Mitteln verantwortlichen Begreifens und Reflektierens.

In die Wurzel dieses Reflektierens ist die Möglichkeit potenzierender und transzendierender Befreiung eingesenkt. Das Konkrete und Individuelle der raumzeitlichen Existenz findet sich durch seinshafte Fügung auf geheimnisvolle Weise mit dem Universalen versöhnt – aber auf einer potenzierten Ebene. Im Denkakt selbst vollzieht sich als dessen äußerste Möglichkeit die ahnende Gewahrung gnadenhaft sich zuwendender Personalität. Das hier nur schwer Umschreibbare wird vom jugendlichen Marcel in der musikalischen Intensität Proustscher Intentionen und Empfindungen erfahren und spirituell verarbeitet.

Natürlich können diese Motive und Impulse kindlicher Wirklichkeitserfahrung nicht in ihrer unmittelbaren Reinheit nachgezeichnet werden. Ihre Struktur kann nur durch eine Interpretation zu Wort gebracht werden, die sich der später reflektierenden Sprache Marcels bedienen muß. Dies gehört zu den Schwierigkeiten eines Nachvollzugs, der sich nur auf das indirekt Mitteilbare stützen kann (Marcel: ME, I, 144). Das Einbringen dieser Erfahrungen in eine philosophische Sprache geschah erst später. Die Philosophie war weder die erste, noch die einzige Form der Verarbeitung. Die interpersonale Verhaltenswelt wurde dramatisch erfahren und primär szenisch ausgedrückt. Davon zeugen die ersten kindlichen Theaterstücke. Doch entstanden sie aus einer suchenden und fragenden Haltung, die unmittelbar zur Philosophie führen mußte.

3.2.2 Die erste Phase des Denkens: Die Überwindung der idealistischen Systematik des absoluten Wissens durch den Teilhabegedanken.

Als Gymnasiast und dann als Student wurde Marcel zunächst mit den zeitgenössischen Formen des Idealismus, insbesondere mit dem Neukantianismus, bekannt. Über diesen hinaus stieß er vor zu Kant, Fichte und Hegel (Berning, Wagnis, 62–75). In ihren Systemen suchte er die logische Einheit für die gegensätzlichen, aber auch zusammengehörigen Elemente seiner Wirklichkeitserfahrungen: Individualität des Personalen und Privaten in der Zeit und zugleich die überzeitliche Dauer in ihrem Eigensein, ihre Einbeziehung in das unsichtbare Universale des Seins. Gerade von Hegel erwartete Marcel zunächst viel. In dessen Lehre vom Konkret-Allgemeinen des Begriffs und vom absoluten Wissen, wie sie sich vor allem in der „Phänomenologie des Geistes" niedergeschlagen hat, sah er nicht nur die Kristallisation des spinozistischen Rationalismus, sondern auch das Modell jeder logischen Ordnungsphilosophie. (Später rückte er auch den Thomismus eines R. Garrigou-Lagrange und eines J. Maritain in die Nähe dieses Rationalismus. Die in diesem Sinne unzulässige Gleichsetzung von Hegel und Thomas hat Marcel stets beibehalten, trotz späterer Anerkennung wesentlicher Unterschiede; Berning, Wagnis, 151–160). Jedoch als junger Student kam Marcel zu dem Ergebnis, daß seine Fragestellung mit einem systematischen Rationalismus idealistischer Art nicht zu vereinbaren war. Das Hauptproblem des Idealismus sah Marcel in der Schwierigkeit, wie das konkrete Seiende in der Kontingenz gleichzeitig am Standpunkt des Absoluten teilhaben könne. Sobald nämlich der Begriff des Unendlichen real gesetzt wird, bleibt das Unendliche ausgeschlossen, denn dieses kann nicht als ein aus endlichen Erkenntnissen und Wahrheiten zusammengesetztes Sein gedacht werden. Und doch setzt die Idee des absoluten Wissens dieses Umfassen des Endlichen voraus. Die Idee des absoluten Wissens enthält also einen Widerspruch. In der Absolutsetzung des Endlichen wird gleichzeitig das Unendliche negiert (Marcel: FPh, 25).

Die vielfältigen Reflexionen Marcels in der Auseinandersetzung mit den verschiedenen Denkern des deutschen und angloamerikanischen Idealismus (Marcel: FPh; Coleridge; Royce; Hocking; vgl. Berning, Wagnis, 62–133) gelangen zu dem Ergebnis, daß das Problem des Teilhabeverhältnisses raumzeitlicher Verfaßtheit, oder anders formuliert, der individuellen Existenz menschlich-personaler Inkarniertheit in der Geschichte, mit der Absolutheit eines ewigen Seins durch eine rationale Dialektik nicht bewältigt werden kann. Daraus folgt für Marcel jedoch nicht die ontologische Unmöglichkeit dieses Teilhabeverhältnisses, sondern die Unmöglichkeit, dieses mit den Mitteln des rationalen Denkens zu fassen und auszusprechen. Das Rationale vermag nur die allgemeine Gesetzlichkeit, nicht aber die Vollzugserfahrung des inkarnierten Wesens in seinem Daseinsakt auszudrücken. Insofern führt das abstrahierende Aufsteigen vom Einzelnen zum Allgemeinen nicht weiter. Diese abstrahierende Ordnungsphilosophie gründet für ihn in einer „ersten Reflexion", deren Unzulänglichkeit ihm durch ein Schlüsselerlebnis in aller Schärfe klar wurde. Marcel wurde während des Ersten

Weltkrieges, wegen seiner schwachen Gesundheit für den Einsatz an der
Front untauglich, zum Ersatzdienst beim französischen Roten Kreuz
einberufen. Er leitete das Auskunftsbüro für die Angehörigen vermißter
Soldaten. Als tief Betroffener war es ihm nicht möglich, an dem erschütternden Leid und der Verzweiflung der Familien vorüberzugehen. Der
krasse Gegensatz zwischen den kargen Daten der Personalkartei und
der menschlichen Realität mit ihren Zweifeln, Hoffnungen, ihrer unbe-
zwinglichen Liebe, aber auch ihrer Gleichgültigkeit stießen ihn zur ver-
tieften Reflexion über die Wirklichkeit des Personalen und die menschliche Dimension gegenüber der sachlichen Rationalität der Verwal-
tungsorganisation.

3.2.3 Die Forderung einer „zweiten Reflexion"

In der folgenden Periode seines Denkens wird sich Marcel positiv klar,
daß die Teilhabe von der Einseitigkeit der rationalen, objektivierenden
Reflexion, die er im Unterschied von einer zweiten zu fordernden „intuitiven Reflexion" (Marcel, EA, 141) „erste Reflexion" nennt, wegen
ihres unvermittelbaren Elementes nur als diskontinuierlich verstanden
werden kann. Sie vermag nur in immer neuen Annäherungen durch das
Denken vergegenwärtigt zu werden, indem dieses – sich selbst begren-
zend – den Sprung in das Unbegreifliche wagt. Dabei geht es nicht um
die Negierung der Reflexion als solcher, sondern um die Akzeptierung
ihrer Grenzen gegenüber dem Unbewahrheitbaren des eigentlichen
Seins. Insofern zielt Marcel auf den Vollzug einer Teilhabe am dialektisch verstandenen Akt des Seins (Marcel: FPh 23–67; vgl. L. Lavelle,
317) nicht auf die Subsumption eines Begriffes, – nehme er auch fälschlich Konkretheit in Anspruch (Hegel) – durch die absolute Idee
(Marcel: FPh, 52).
Letzteres würde bedeuten, daß sich die Gehalte des Denkens in strenger
Distanz zum Objekt vergegenständlichen ließen. Eine zwanzig Jahre
später formulierte These von Karl Jaspers (Marcel: FPh, 49; Jaspers,
17) vorwegnehmend, bleibt für ihn das Band zwischen Subjekt und Objekt unauflöslich. Teilhabe ist nur möglich, wo in der engagierten Bindung des Subjekts an die leibliche Situation die neutrale, diskursive
Welt der Zerreißung von Subjekt und Objekt überstiegen wird. Das
Faktum der Teilhabe des konkreten „Ich-bin" wird dem Menschen
durch einen Akt klar, der nur als ein schöpferischer, stets neu beginnen-
der Vollzug des Glaubens umschrieben werden kann. Dieser Glaube basiert auf dem ontologischen Verlangen, das in der Selbsterfahrung des
sich selbst als Existenz annehmenden, leiblichen Ichs hervorbricht. Die

phänomenologische, bei den Sinnen und der Sensibilität der leibgeistigen Selbstempfindung anhebende Betrachtung des Selbst weist auf das
begrifflich nur negativ zu umschreibende Verhältnis der Immanenz des
transzendenten Seins in der inkarnierten Existenz hin.

Dieses Teilhabeverhältnis bleibt daher in seiner Wurzel geheimnisvoll,
trotz aller in der Tiefe erhellender Vorstöße der Betrachtung entzogen
und doch von fesselndem Interesse. Man kann von einer tiefverwurzel-
ten Neugier des Menschen auf die vielfältigen Formen der Inkarnation
sprechen. Die Frage nach dem Sein ist die Frage nach der Totalität, die
allen Entschlüssen vorausgeht. Und hier erlangt die ontologische Fragestellung eine entscheidende Bedeutung: Wenn man sich zwingt, über
diesen Tatbestand zu reflektieren, gerät man in einen *Zirkel* ohne Ende,
denn bevor man fragt, indem das Ich diesen endlosen Zirkel durch-
schaut, transzendiert es ihn. Es begreift sich, mühsam nachvollziehend,
in einer unauflöslichen Verbindung der Teilhabe am Sein. Es ist schon,
bevor es fragt (Marcel: PA, 56).

Dies macht das Heimatliche des ontologischen Lebensaktes aus, dessen
sich der inkarnierte Mensch in seiner verborgenen Herkünftigkeit refle-
xiv bewußt wird. Hier vollzieht sich ein Wiederfinden der eigenen Identität als von jeher bejaht. Die Erinnerung an das, was der Mensch vom
Ursprung her ist, vergleicht Marcel mit der platonischen *Anamnesis*. Es
ist die Wiedererinnerung an das wahre Wesen des Seienden bei Gewahren
des sich in der Geschichte entbergenden Seins. Die kindliche Heimweh-
erfahrung, die für Marcel ein Wesentliches dieser metaphysischen Teilhabe symbolisiert, wird in die Deutung der platonischen Wieder-
erinnerungslehre einbezogen. Der reife Marcel versteht sich als „*neoso-
kratischen* Denker" (Marcel: ME I, 5; vgl. Tilliette, 405; Berning, Wagnis, 58).

Das Denken vollzieht sich im Akt der Teilhabe unmittelbar als im Er-
kenntnislicht gegenwärtig. Damit ist eine höhere Ebene der Intelligibilität erreicht, die Marcel als „*intellektuelle Intuition*" (Marcel: EA, 141)
bezeichnet. Das erkennende Subjekt, welches sich aus der rationalen
Dialektik zu intellektueller Intuition erhebt und sich in seiner wahren,
seinshaften Identität als reines Subjekt unter Subjekten (Intersubjektivität) und eingeborgen in das Universum des *Mitseins* versteht (P. Claudel: Kosmische Universalverwandtschaft durch das Miteinanderwer-
den – „co-naissance" – aller Dinge, in: Ars poetica mundi, 123), hat
sich aus der widersprüchlichen Entäußerung an die Objektwelt zu sich
selbst und zur ontologischen Teilhabe befreit. Es erlöst sich zur reinen,
ungestörten Freiheit überbegrifflicher, geistiger Intuition. In diesem Akt
des Transzendierens in die Befreiung der Seinsteilhabe wird die *schöpfe-*

rische Potenzierung des Subjektes deutlich. Aus der Isolierung der raumzeitlichen Faktizität wird das Person-Ich in die intersubjektive Dimension der Seinsganzheit erhoben. Sie ermöglicht ihm einen schöpferischen Neuanfang. Die schöpferische, intellektuelle Intuition schenkt ihm blitzartig diese aus ewiger Absolutheit sich enthüllende Ganzheit in ihrer Sinnführung und Rhythmisierung menschlicher Schicksalsgestaltung. Das vollzieht sich vergleichsweise so, wie der schöpferische Hörer von Musik aus zuvor isolierten Tönen und Rhythmen die Ganzheit der Melodie erfährt (Marcel: JMdt., 375; Bergson, 76).

Ihre bereite Offenheit (disponibilité) ist die Voraussetzung für eine mögliche Glaubens- und Gnadenerfahrung, deren ständig geforderte Antwort die schöpferische Treue ist.

3.2.4 Die dritte Phase des Denkweges: die göttliche, universale Intersubjektivität ermöglichende, Personalität als Mitte des Seinsmysteriums

In der dritten Phase der denkerischen Entwicklung Marcels wird deutlich, daß sich im dialektischen Vollzug der Partizipation das reflexive Denken Schritt für Schritt der schöpferischen Mitte des Seinsmysteriums zuwendet. In ihm offenbart sich ein ontologisches Verhältnis absoluter Personalität Gottes zur Vielheit endlicher Mitseiender.

Die selbstkonstituierende Erfahrung des Ich[1] ist nur möglich durch eine Rückkehr zu sich selbst. Diese Rückkehr bedeutet die Aufhebung der Entfremdung des an das Gegenständliche, Objektivierte verlorenen Ichs. Die Inhalte unserer konkreten und individuellen Erfahrung sind für das Denken nicht einfach objektiv und zufällig. Jeder Mensch muß diese Inhalte als von einer höheren Kraft gewollt ansehen, wenn er sein Leben als eine einheitliche Form erfassen will. Der Gläubige versteht unter dieser Notwendigkeit den göttlichen Willen. Der Glaube an Gott bedeutet folglich die frei gewollte Annahme seiner konkreten Existenz als etwas ihm Gegebenes, das aus dem freien Willen Gottes entspringt. Es ist seine dramatische Szene, die nur von der Omnipräsenz des allwissenden (Royce, World, II 143 f.) und mich liebenden Gottes her als einheitliches Element einer zielgerichteten Anrufung verstanden werden kann. Teilhabe aktualisiert sich in der Anrufung, die sich zugleich auf

---

[1] Eine solche Formulierung halten wir für bedenklich, auch wenn Marcel sie nicht im Sinne des Fichteschen subjektiven Idealismus versteht, sondern meint, daß sich in der Seinspartizipation erst die *Erfahrung* der Identität des Ich konstituiert. Das Ich als Sein wird bereits vorausgesetzt.

das Mitsein der Mitmenschen bezieht. Im schöpferischen Akt personaler Selbstaffirmation setzt sich das Ich frei zu brüderlich-lebendiger Anteilnahme mit den anderen Individuen (Hocking, 299 f.). Intellektuelle Intuition mündet in die Liebe ein, insofern sie schöpferische Interpretation der Intersubjektivität innerhalb des ontologischen Teilhabeverhältnisses ist.

Die Liebe realisiert sich in der seinshaften Treue zum Du. Die Treue ist Teilhabe an der schöpferischen Dauer der Intersubjektivität über Raum und Zeit hinweg. Die Treue will die Kontinuität der personalen Beziehungen in der Teilhabe an der göttlichen Liebe. Das absolute Sein ist die schöpferisch treue Gegenwart der Liebe. In ihr enthüllt sich die unendlich beglückende Wahrheit, wie man sie vergleichsweise bei einer musikalischen Improvisation erfahren kann.

4. Die Struktur der schöpferischen Seinstreue und ihres metaphysischen Wagnisses in der Zusammenschau

Wie oben dargelegt wurde, ist Marcels Philosophie metasystematisch, d. h. ihre Wurzeln und ihr ganzheitlicher Horizont erschließen sich erst durch ein Überspringen der objektivierenden, rationalen Ordnung. Deshalb kann man Marcel nicht angemessen interpretieren, wenn man versucht, seine Philosophie in eine folgerichtiges Ordnungsschema zu bringen. Auf die Schwierigkeit dieser Forderung wurde bereits hingewiesen. Ich bin ihr bisher dadurch entgangen, daß ich die Hauptmotive durch das Nachzeichnen seines Denkweges dargestellt habe. Um mit der Grundstruktur des Marcel'schen Denkens bekannt zu werden, bleibt es jedoch unerläßlich, die Ergebnisse und Einsichten des Denkweges sich *zusammenfassend* zu vergegenwärtigen. Dieser Zusammenhang muß freilich strukturell offen, unabgeschlossen gedacht werden. Man hat sich also vor der Versuchung zu hüten, Verbindungslinien zu ziehen, welche die Grundstrukturen seines Denkens nach dem Gesichtspunkt logischer Folgerichtigkeit klassifizieren, etwa mit dem Ziel systematischer Nomenklatur seiner Grundgedanken. Wenn man es auch für berechtigt, ja für notwendig halten sollte, wie der Verfasser, anders als Marcel, dessen Einsichten in einen folgerichtigen Ordnungszusammenhang einzubringen, darf dies hier nicht geschehen, weil die vorliegende Darstellung den Intentionen Marcels unverfälscht gerecht werden möchte. Die zusammenfassende Schau der Strukturen einer spontanen (Marcel JMdt., 395) Metaphysik der schöpferischen Treue will daher auf alle Verbindungslinien verzichten, die bei Marcel nicht selbst grundgelegt sind. Doch muß es gelingen, die kreisend-ganzheitlichen Perspektiven der Marcel'schen Philosophie in einer offenen Zusammenfassung sichtbar werden zu lassen. Das Ziehen der Verbindungslinien, zu dem Marcel seine Leser selbst ausdrücklich auffordert (Marcel, PAdt., 5), muß nicht notwendig eine erweiternde Aneignung für den Mitdenkenden selbst bedeuten, die dann über die Aussagen der Marcel'schen Philosophie verändernd hinausginge. Freilich ist der Leser wiederum für seinen Teil eingeladen, durch Marcel angeregt und mitdenkend, sich selbst auf den Weg zu begeben, um das Abenteuer des Philosophierens zu erfahren – auch über Einsichten Marcels hinaus, denn für diesen ist die Metaphysik der Treue wegen der Unerschöpflichkeit der intellektuellen Erfahrungen in der Teilhabe des Denkens am Sein immer neu überbietbar.

Generell kann man die Philosophie Marcels als ein Denken kennzeichnen, für das als Grundbedingung des Existierens in der Hoffnung die Treue zum endlichen und göttlichen Du zu fordern ist. Schöpferisch ist diese Treue, weil sie sich einläßt auf das Nichtobjektivierbare, auf das, wessen ich nicht habhaft werden kann, d.h., auf das, was sich mir gewährt. Darin liegt auch ihr Wagnis, weil sie sich aus Liebe heute dem Du auf morgen und in die Zukunft verspricht, ungeachtet aller raumzeitlichen Veränderungen, im Vertrauen auf die Treue des Du. Nur aus dem Mut dieser Treue ist in den mitmenschlichen Beziehungen und in der sinntragenden Liebe zu Gott und der Schöpfung als dem Geschenk seiner Liebe für die Universalität der brüderlich Verbundenen ein steter, alles neuschaffender Anfang möglich.

4.1 Die einseitige Welt des Begriffs und die Erste Reflexion

Marcel setzt bei der unmittelbaren Bewußtseinserfahrung des Subjektes an, das sich durch sein Verkörpertsein als angreifbar und für die Gesellschaft manipulierbar erfährt. Dadurch bedingt sucht es nach rettenden Vergewisserungen, zu denen sich nur ein Zugang eröffnet, wenn sich das Subjekt seiner Situation stellt. Realistisch besteht die ständige Versuchung im Gegenteil, in der Zuflucht (die in Wahrheit eine Flucht ist!) in den Funktionskreis einer scheinbar abgeschlossenen, ordnende Sicherheit gewährenden Welt des Begriffs. Dabei wird es ebenso auf sich zurückgeworfen wie sich entfremdet. Die Vordergründigkeit des Versuchs, die schicksalhafte Fragestellung, die sich aus der zerrissenen und bedrängten Faktizität des leiblichen Ich ergibt, durch eine ordnende Bestandaufnahme zu lösen, zeigt sich darin, daß die Erfahrung des Infrage-Gestellt-Seins immer wieder durchbricht und keine wahre Beruhigung zuläßt. Indem ich mich selbst als Problem in einem Problemzusammenhang objektivierend einzuordnen trachte, verliere ich mich in einer entäußernden Wende zu Verallgemeinerungen, die auf mich keinen befreienden Bezug haben.

Ich fasse mich selbst und die Subjekte der Mitmenschen, wie auch die mir entgegentretende, vordergründig widerstehende Faktizität des raumzeitlichen Weltzusammenhangs unter die Kategorie der dritten Person. Mich und den Anderen und den und umgebenden, scheinbar sich als Körperzusammenhang präsentierenden Horizont des umfassend Faktischen nehme ich nur als ein „ES". Ich bin unfähig, mein Selbst in seiner identischen Wurzel zu erfassen und es zugleich dem Anderen in einer die Zeitabschnitte überdauernden Freundschaft zu öffnen. Tiefer als der Versuch einer begrifflich-kategorialen Umfassung der Schwierigkeiten des faktischen Ichs, der sich in einem unendlichen Fragehorizont verliert, bleibt in mir eine mit mir selbst in der Tiefe verbundene, geistig empfindende Sensibilität (im englischen – vgl. Bradley, 201 – und im nordamerikanischen Hegelianismus, vgl. Hocking, 67 f., findet sich dafür der Terminus „feeling", der bereits im englischen Empirismus eine Tradition hat) meines Selbst und seiner sich selbst überschreitenden Strebungen, die sich als ein „Hunger nach Sein" (exigence ontologique, Marcel; JM, 290 f.) bewußt machen läßt.

Die falsch ausgerichtete Suche nach einem Verstehen durch methodisches Problematisieren führt in die mechanische Leichtigkeit reiner Funktionalität, die als theoretisches Ideal das einzig mögliche Ordnungsprinzip des Positivismus sein kann. Die geistig empfindende Wahrnehmung aus der Tiefe meines Daseins weist dagegen die Gesprungenheit und Zerrissenheit meiner faktischen, alltäglichen Lebenswelt auf. Dies wird besonders deutlich in dem Marcel'schen Drama „Le Monde cassé" (Marcel: MC dt., 100) ausgesagt.

4.1.1 Die Bedeutung der objektivierenden Wissenschaften und ihre Grenzen

Für Marcel fällt der Gegenstandsbereich der Wissenschaft mit der strukturalen Reichweite des Begrifflichen zusammen. Das Ziel der Wissenschaften besteht darin, das erfahrbare Reale durch logische Umgreifung und Definition transparent zu machen und insofern zu bewältigen. Von Hypothesen ausgehend und durch Beweise abgesichert, werden logische Zusammenhänge als für das Reale grundlegende Gesetzmäßigkeiten erfaßt, die sich in ihrem einzelnen Hervortreten und ihrem systematischen Aufbau sowohl verifizieren wie als falsch erweisen lassen sollten. Mit Hilfe des analysierenden Intellekts gewinnt die Wissenschaft eine unbestreitbare Macht im Bereich des räumlich und zeitlich Quantifizierbaren unserer Lebenswelt. Diese wird vor allem dort offenkundig, wo sie z. B. mit den Mitteln chemiko-physikalischer, medizinischer oder allgemein technischer Organisationsmethoden die von den stofflichen Gegebenheiten ausgehenden Bedrohungen für das körperliche Dasein des Menschen abwehrt. Insofern kann man ihr eine faktische Schutzfunktion nicht absprechen. Die kritischen Äußerungen Marcels über die objektivierenden Wissenschaften dürfen nicht mißverstanden werden: In einer vorläufigen und unabgeschlossenen Weise bieten sie für das menschliche Dasein einen ebenso notwendigen wie hilfreichen Schutz. Solange das Denken (auf einer unteren Stufe) nicht im Sinne eines Funktionskreises einlinig in sich selbst zurückkehrt und offenbleibt für die eigentliche Teilhabe an einem Umgreifenden (Jaspers, 13 f.; Marcel verwendet, ähnlich wie Jaspers den Begriff des „Umgreifenden", aber früher und unabhängig von diesem, den Terminus „omniprésence": EA, 49) kommt ihm eine instrumental dienende, aber vorläufige Ordnungspotenz zu.

Doch bleibt es notwendig, auf deren einseitige Struktur zu verweisen, da sie in objektivierender Absicht die ontologisch vorgegebene Bindung an das Subjekt abschneidet und daher, wenn ihr das Bewußtsein für diese Einseitigkeit verloren gegangen ist, zu einem in sich abgeschlossenen Gegenstandsbereich tendiert, in dem die grundlegenden Fragen des hoffenden und sich ängstigenden Menschen zwischen Geburt und Tod verdrängt werden. Die Gefahr des Begrifflichen besteht darin, sich schon zu einem vermeintlichen Ganzen zusammenzuschließen, das doch nur ein aus dem Zusammenhang isolierter Teilbereich ist, nicht Welt, sondern wenn sie sich so zu verstehen beginnt, dennoch nur eine Scheinwelt darstellt. Wenn man der Neigung nachgibt, gegenüber den chaotischen Einflüssen der unberechenbar auf den Menschen hereinstürzenden Katastrophen, seien sie naturhaft oder durch das Handeln des Menschen selbst verursacht, seine Zuflucht in der vermeintlichen Sicherheit der immer fortschreitenden Wissenschaften zu nehmen, verfällt man einer fatalen Wissenschaftsgläubigkeit. Dieser Glaube verleiht seinerseits wieder dem irrigen Anspruch der Wissenschaften eine unangemessene und geradezu gefährliche Macht.

4.1.2 Totalitäre Herrschaftsformen des Begriffs: Die Bürokratie und die Verwaltung des Unmenschen

Der hypertrophierte Wissenschaftlichkeitsanspruch versucht mit den Mitteln der Organisation nicht nur die Faktizität stofflich-wirtschaftlicher Vorgänge, sondern schließlich den Menschen selbst mit seiner Angst und seiner Hoffnung, seinen Befürchtungen und Wünschen entlastend zu verwalten. Marcel ist sich völlig klar darüber, daß es eine Verwaltung nicht *des* sondern *für den* Menschen geben muß. Die Verwaltung für den Menschen setzt sich verantwortungsbewußt reflektierte Grenzen, sie ordnet im Sinne einer rationalen Ermöglichung die äußeren Freiräume personaler Gemeinschaft und Entfaltung und verdient insofern auch aus metaphysischen Gründen die ihr in ihren Grenzen gebührende Anerkennung. Leider trägt die bloß funktional verengte Rationalität der Verwaltung in sich die unbewußte oder bewußte Zielsetzung, sich absolut zu nehmen und zur *Bürokratie* zu werden. In deren Auswüchsen sieht Marcels unablässiges Warnen und Aufrütteln – darin ist für ihn das Wächteramt des Philosophen gegeben (Marcel: PT, 50) – die Wurzeln des revolutionären Totalitarismus von Rechts und Links. Doch ist zu beachten, daß dieser sich nicht erst in den vollendeten Diktaturen findet, sondern auch in den modernen Massendemokratien in unterschiedlicher und in gefährlicher, weil verdeckter Weise wirksam ist. Die zum furchtbaren Stigma unserer Zeit gewordene Perversion der Bürokratie sieht Marcel in den Konzentrations- und Straflagern – nicht nur der Vergangenheit. Die Konsequenz des bürokratischen Denkens ist die brutale Behauptung der *Unbrauchbarkeit* des Menschen. Bürokratisches Denken tritt stets mit dem rigorosen, besser: unerbittlichen Anspruch eines Pseudomoralismus auf, mit der Forderung nach dem neuen, brauchbaren Menschen, der das Resultat einer in den Grund gehenden, erzwungenen Änderung des geschichtlich auftretenden Humanums wäre – eine Utopie der Gewaltherrschaft, die vor der sich in der tatsächlichen Geschichte offenbarenden, transzendenten Seinsmacht nichtig ist (Marcel: HCH, passim).

4.1.3 Leiblichkeit und Begriff, Rationalismus und Idealismus

Die begriffliche Ordnung hat nur insoweit einen Aussagewert, als sie sich nicht autonom setzt und in sich selbst abgeschlossen zirkuliert, sondern sich offenhält, für eine Denkebene, die deren Reflexionsniveau um eine nicht einholbare Dimension transzendiert. Die Logik des Rationalen bleibt gegenüber den eigentlichen Seinsfragen notwendig negativ. Die Grenze der wissenschaftlichen Vergegenständlichung und die

Einseitigkeit ihres Ansatzes ist in der Verfaßtheit des Menschen begründet. Nach Marcel ist dieser eine leibgeistige Ganzheit, welche die Trennung in Subjekt und Objekt übersteigt. Die Übertreibung der objektivierenden Begriffskonstruktionen bezeichnet Marcel als Rationalismus, der entweder in der Form des *objektiven* oder des *subjektiven Idealismus* auftritt. Dieser ist in jedem Fall das Ergebnis eines falschen *Leibverständnisses*. Der Leib wird gegenüber der Subjektivität des Ichs als objektiv Gegebenes gesetzt. Der Rationalismus vergegenständlicht den Leib, indem er ihn aus der Integration mit dem subjektiven Ich herauslöst. Er verdinglicht ihn als eine greifbare Sache, die als austauschbar und vergleichbar gedacht wird. In diesem Sinne ist die Objektivierung des Leibes Vorbild für das Begriffsdenken. Der Begriff ist der Versuch, sich der konkreten unwiederholbaren Wirklichkeit zu bemächtigen, indem man sie nach dem Muster des objektiv genommenen Leibes zu einer austauschbaren, allgemeingültigen, in gewisser Weise auch gleichgültigen, Strukturgesetzlichkeit in Beziehung setzt. Die transzendentalen Voraussetzungen unseres Wahrnehmens und Erkennens in ihrer unaufhebbaren Teilhabe an der Wirklichkeit werden übersehen oder gar geleugnet (Berning, Wagnis 306).

Der universale Anspruch des *Rationalismus* in seinen von Marcel gesehenen Formen muß in jedem Falle scheitern, denn nach dem Vorbild des vergegenständlichten und verdinglicht aufgefaßten Körpers scheidet der räumlich vergleichende Begriff jede in der Subjektivität gründende Individualität aus, da er sie nicht erfassen kann. Vergleich- und Wiederholbarkeit sind jedoch die Grundlage für die Projektion einer universalen Gesetzmäßigkeit. Das Scheitern eines Anspruches auf Seinsadäquatheit allgemeingültiger Klassifikationen erweist sich daran, daß diese die transzendentale Prädetermination der bewußten Subjektivität stets voraussetzen muß, obwohl sie sie ausdrücklich negiert. Das gilt auch vom objektiven Rationalismus in seiner dialektischen Form: Das Bemühen, die Phänomene des Realen mit seinen Unterstrukturen kategorial so zu setzen, daß sie innerhalb der Systemidentität zu einer dialektischen Synthese kommen, führt zu einem doppelten Widerspruch (vgl. dazu auch Bradley, 110), zu einem horizontalen und einem vertikalen.

Der horizontale Widerspruch erweist sich in der unvermittelten Entgegensetzung von Universalem und konkretem Sein. Einerseits wird eine vergleichbare und identifizierbare Pluralität vorausgesetzt, der andererseits die begrifflich nicht faßbare Singularität entgegengestellt ist. Das abstrakte Universale läßt sich nicht mit dem individuell Einzelnen vermitteln und umgekehrt.

Vertikal gesehen zeigt sich für Marcel die Widersprüchlichkeit zwischen dem absoluten Begriff des Konkret-Allgemeinen und der kontingent genommenen empirischen Einzelwirklichkeit. Wenn man das Konkret-Allgemeine im Sinne eines transzendierenden Seinsbegriffes faßt, schließt man die Realität der kontingenten Singularität aus. Es gilt auch das Umgekehrte.

Marcel macht zwischen objektivem Rationalismus und objektivem Idealismus, zu dem er irrigerweise auch den Thomismus, aber auch den Platonismus rechnet, keinen grundlegenden Unterschied mehr. Außerdem stehe der objektivierende Rationalismus (zumindest in seiner radikalen Ausprägung) wegen seiner stofflich-verdinglichenden Tendenz auf der Schwelle zum Materialismus. Analoge Widersprüchlichkeiten ergeben sich auch dann, wenn man vom subjektiven Idealismus ausgeht. Die transzendentale Deduktion des empirischen Ichs im Sinne einer subjektiven Identifikation des Anderen im absoluten Ich muß scheitern. Dieser Widersprüchlichkeit entgeht übrigens auch nicht der *cartesianische* Ansatz, dem Prini (32) Zwiespältigkeit (ambiguité du „cogito") zuspricht. Die deduktive Reflexion universaler, klar und deutlich abgrenzbarer Ideen und begrifflicher Relationen rückt die Welt des Unpersonalen, der reinen Objekte, in den Vordergrund. Diesem nach dem Vorbild der Geometrie abgeleiteten Reich der denkenden und ausgedehnten Substanzen sieht sich das vom Unendlichen und Endlich-Konkreten isolierte Ich gegenüber. In seinem faktischen Sein findet es sich ohne eine Teilhabe am transzendierenden Sein vor. Gott als dessen höchst gedachte Vollkommenheit wird das Dasein als aus dem bloßen Begriff folgend zugesprochen und muß gegen den methodisch zulässigen Zweifel, ob er als Schöpfer gar ein Betrüger sei, in Schutz genommen werden. Der cartesianische Dualismus macht den Versuch, beide Seiten des Verhältnisses in einem bestimmten Gleichgewicht zu halten. Wenn beide Gesichtspunkte auseinanderfallen, bleibt einerseits ein rationaler Objektivismus und andererseits ein antimetaphysischer Subjektivismus. Für Marcel ist klar, daß jede Art des Rationalismus notwendig von der Annahme eines Dualismus zwischen Leib und Seele ausgeht, welcher abzulehnen ist (Berning, Wagnis 307–308).

Trotz der Ablehnung eines anthropologischen Dualismus darf, phänomenologisch gesehen, die leib-geistige Einheit des Menschen nicht undifferenziert gefaßt werden. Sie strukturiert sich einerseits in der Perspektive meiner Leiblichkeit, die mir teilweise und vorläufig als ein gegenständliches Etwas entgegentritt, doch gerade wieder daran scheitert, daß mein subjektives Selbst vor aller Scheidung mit dem Leib seinshaft eins ist. Demgemäß ist eine objektivierende, rationale Sicht des Wirklichen in einem vorläufigen, aber negativen Sinne (Schelling, 302; Marcel: Schelling fut-il un précurseur de la philosophie de l'existence, 74) nicht nur möglich, sondern auch erforderlich, wenn sie sich, sobald sie ihre Zusammenhänge weiter ausschreitend reflektiert, an ihrer Grenze selbst aufhebt, d. h.: negiert zugunsten der ganzheitlichen, ontisch vorgegebenen Teilhabe an dem, was sie transzendiert. Diese analysierende Reflexion hat ihr Recht vor den Grenzen der Selbstaufhebung zugunsten einer ganzheitlichen, superrationalen, ebenso intellektuellen wie gleichzeitig intuitiven, versöhnenden Reflexion. Die innerhalb von Grenzen analysierende Reflexion nennt Marcel *„Erste Reflexion"*, die andere, auf positive Seinsteilhabe hin transzendierende Reflexion *„Zweite Reflexion"*.

Die Erste Reflexion ist also eine rationale Dialektik. Sie ist mit dem strukturalen Moment unserer *leiblichen Konditionierung* gegeben, die auch die *Sprache* und das *Denken* bestimmt. Sie ist ein notwendiges Mittel der Analyse aller Funktionen und räumlichen Bedingungen der Weltstruktur, an der wir mit unserem Leib Anteil haben. Die Erste Reflexion der Wissenschaften ist eine vergleichende Abstraktion, die durch Zergliederung und Auflösung eines Ganzen zu objektivierten Problemstellungen, in Widersprüche fällt und somit aus ihrer Krise (und Verzweiflung) durch freie, ethisch geforderte Umkehr (nicht durch einen dialektischen Automatismus) eine zweite transzendierende Reflexion der versöhnenden Seinsteilhabe herbeiruft. Die negative Rationalität steht der schöpferischen Stiftung andauernder Verhältnisse treuer Partizipation nicht im Wege, sondern sie ist innerhalb ihrer zu transzendierenden Grenzen auf dem Wege zu ihr.

4.2 Die Zweite Reflexion als positiver Weg einer Philosophie der Treue

Für Marcel ist mit der Zweiten Reflexion der Weg zu einer positiven Philosophie eröffnet. Die Summierung der objektivierenden Strukturen, die dem Denken in der Ersten Reflexion zugänglich sind, bleibt – bezogen auf die Möglichkeit einer Sprengung der Horizonte – negativ. Das Positive offenbart sich aus einem letzten geheimnisvollen Bereich, der sich jenseits der Subjekt-Objekt-Spaltung auflichtet. Aus diesem Grunde bleibt die Gewahrung des positiven Seins ungegenständlich. Der Zugang zum Geheimnis der Seinsteilhabe ist eine Gegebenheit der Erfahrung, welche Subjektivität und Objektivität in unteilbarer Einheit übersteigt. Die menschliche Wahrnehmungsfähigkeit ist in ihrer Tiefe ungegenständlich auf das innere Sein der Phänomene ausgerichtet. Dessen ist sich der in das Denken Einkehr haltende Mensch gewiß. Diese Gewißheit gründet jedoch nicht in der Distanz der objektivierenden Entgegensetzung, sondern im Betroffensein durch Teilhabe am Sein. Diese Teilhabe vollzieht sich erst in zweiter Linie als ein Akt des Denkens. Sie ist primär ein Teilnehmen durch Empfangen. Marcel hat dies in seinem Werk „Être et avoir" (Marcel: EA, 41) an der Unterscheidung zwischen „penser" = im Sinne von „etwas Gegenständliches Erkennen" und „penser à" verdeutlicht. Das letztere bedeutet etwas ganz anderes. Marcel bedient sich zur Klärung deutscher Ausdrücke. Für ihn heißt „penser à" soviel wie „an etwas denken", schließlich „andenken" oder „Andacht". Wie Marcel im Anschluß an Royce's „Trialismus" (vgl. Berning, Wagnis, 126 f.) formuliert, haben wir es dann mit einem dyadischen (Marcel: JM, 274,175), d. h., mit einem Zweier- oder Dialogverhältnis zu tun. So wird das rechte Denken an Gott durch das Gebet vollzogen. Aus dem „neutralen" gegenständlichen Denken in der dritten Person wird aus der Kraft der Gnade und des Glaubens die freie Umwendung zur personalen Andacht an das göttliche Du.

In diesem Sinne ist die Zweite Reflexion ein *personaler* Akt und zugleich ein bestimmter Modus des Lebens selbst (Marcel: EA dt., 119). Sie ist nicht auf die Identität des Selbst gerichtet, die sich dann, gegen Anderes unterscheidend, in dialektischer Differenz bestimmend setzt, sondern eine Weise des phänomenologisch empfindenden Bewußtwerdens und Bedenkens der immer schon gegebenen und vorgefundenen Verbindung mit dem Sein, das dem Ich in rational nicht auflösbarer Dialektik zugleich immanent ist und es transzendiert.

Die Lösung dieser Fragestellung liegt für Marcel im umgreifenden Charakter des Seins. Es ist – ich wiederhole es – die Immanenz des Seins im Denken und gleichzeitig die Transzendenz des Seins für das Denken: In dem Augenblick, da sich die Reflexion über den ihr immanenten Charakter der Selbsttranszendenz (Marcel: EA, 40) klar wird, wandelt sie sich schlagartig in die Zweite Reflexion um. Insofern dringt sie in die Tiefe meines Selbst ein und transzendiert es zugleich. Dieses Transzendieren führt nicht ins Objektive, sondern in das *Intersubjektive*, in das co-esse, insofern sich die Eröffnung der Transzendenz *stets* in *dialogischer* Form vollzieht. Sie betrifft nicht nur das menschliche Mitsein, sondern das Geheimnis der vom göttlichen Du gestifteten universalen Intersubjektivität, deren aus der Tiefe unseres Selbst emporsteigende Anrufung zur Umkehr und Andacht ein zeichenhaftes Ereignis der Gnade ist.

4.2.1 Zweite Reflexion und schöpferische Intuition

Unter dem Einfluß von H. Bergson, den Marcel als Student intensiv hörte und dessen grundlegendes Werk „Essai sur les données immédiates de la conscience" er durcharbeitete, wandte er sich der Phänomenologie der Bewußtseinszustände zu. In den grundlegenden Ansätzen seines „Journal métaphysique" untersuchte er die weit verzweigte Welt der inneren Erfahrung. In ihrer Tiefe erkannte er wie Bergson eine vorgegebene Kontinuität des seelischen Vollzugs, die sich von der Zerstreuung und Zersplitterung räumlich und bildlich fixierter Assoziationsketten deutlich abhebt. Wir nehmen in uns Zustände wahr, deren Eigenart nicht mit einer mehr oder weniger starken Intensität mechanischer Irritationen zu tun hat. Sie scheinen sich selbst zu genügen wie die Freude, Traurigkeit oder die Passionen des reflektierenden Gemütes (Bergson, 6). Diese Zustände lassen sich nicht statisch festlegen oder räumlich abgrenzen. Sie sind unmittelbare Gegebenheiten, die im dauernden Strom des Bewußtseins auftauchen als Ganzheiten, die sich nicht als Summe der aufeinander folgenden Bildverknüpfungen erklären lassen. Für das sich im Gedächtnis verinnerlichende Ich wachsen die Stationen erlebter Vergangenheit mit der Gegenwart zu einer immer mächtiger strömenden Symphonie zusammen. Sie werden als eine Ganzheit aufgefaßt, deren Dauer keine mechanische Abgrenzung der Zeiten kennt. Indem das Ich in der Gegenwart die auf mich zukommende Zukunft frei realisiert und als Dauer mit der Vergangenheit verschmilzt, bleibt die Vergangenheit in die schöpferische Gestaltung durch mein Ich einbezogen, in der als Möglichkeit auch die Treue als gewollte Dauer gegeben ist (Berning, Wagnis 135–137).

Diese Ganzheit ist *sprachlich* nicht adäquat auszudrücken, da die Begriffe, deren die Sprache sich bedient, von der verräumlichenden Objektivierung des Leiblichen abgeleitet sind. Darin stimmt Marcel mit Bergson überein. Im Gegensatz zu M. Buber, aber wiederum in Übereinstimmung mit S. Kierkegaard (von dem er völlig unbeeinflußt ist), sieht er das Letzte und Tiefste der geistigen Erfahrung: die Empfindung der ontologisch-intersubjektiven Teilhabe, als unsagbar an. An der Schwelle zum Überbegrifflichen beginnt das Schweigen gewissermaßen als das Hören der Urmelodien des Seins. Die Ganzheiten, für Marcel Ausdruck der Seinsteilhabe, können nur – um mit Bergson zu sprechen – durch eine schöpferische *Intuition* wahrgenommen werden.

Im Unterschied zu Bergson bestreitet Marcel jedoch die Möglichkeit, *allein* intuitiv diese Ganzheiten zu erkennen. Über dessen Phänomenologie des Bewußtseinsstromes schreitet er zur Metaphysik vor. Der Begriff der Dauer reicht nicht aus, die Überzeitlichkeit des Seinsmysteriums zum Ausdruck zu bringen.

J. Royce hat Marcel einige Anregungen gegeben, wie er seine ontologischen Vorstöße über den Bereich psychischer Erfahrungsräume erfassen kann: Wir unterscheiden die Strukturen des Nacheinanders der Vergangenheit, die wir vom Augenblick der Gegenwart und der im Voraus erharrten Zukunft abheben. Sie sind zunächst nur zeitliche Abfolgen. Ganzheitliche Dauer im Sinne von Überzeitlichkeit werden sie erst, wenn sie durch ein Bewußtsein in absichtlicher, d. h.: *finaler* Formung in eine Gestaltstruktur einbezogen werden. Wenn wir ein Gedicht oder ein Musikstück hören, verstehen wir es als ein wohl gegliedertes Ganzes: Töne als Melodien, Worte als Verse. Sie vergehen in unablässigen Sukzessionen. Dennoch fasse ich sie in Einem als ein mir präsentes Ganzes (Royce, World, II 120). Diese Beispiele wählt Royce, um die Möglichkeit aufzuweisen, wie man eine ewige Welt konzipieren kann. Die Vielschichtigkeit des kontingenten Seins besteht aus komplementären Ganzheiten, die sich zu einem unendlichen Totum des Seins ergänzen. Diese absolute Ganzheit ist ewige Person. Sie ist absolute Gegenwart, an der wir relativ partizipieren. In Gott kann es keine Sukzession geben, nur Ewigkeit. Indem sich Royce auf Thomas von Aquin beruft, verwendet er für die Ewigkeit Gottes als des „Allknower", des allwissenden Bewußtseins, die Formel: „totum simul" (Royce, World, II 143). Marcels Formulierung von der „Ewigkeit als dem einzigartigen Akt der Aufmerksamkeit gegenüber dem Universum" (Marcel: JM, 230) entspricht diesem Gedankengang. Ebenso klar, wie Marcel den personalistischen Monismus von Royce durchschaute und ablehnte, stimmt er mit ihm darin überein, daß Ganzheiten ontologisch gefaßt werden müssen, daß sie nur in der Seinsteilhabe wahrgenommen werden. Hier wird klar, daß die Partizipation des Denkens am Sein – ist sie auch intuitiv – doch zugleich ein intellektueller, reflektierend zusammenfassender Akt sein muß, der auf Finalität zielt und damit in letzter Transzendierung auf das Sein des absoluten Du Gottes, das den endlichen Subjekten die Teilhabe am Sein gewährt.

Nur so konnte Royce den Begriff der „*Loyalität*" einbringen (Royce, Loyalty, 15 f.), dem Marcel seinen selbständig entfalteten Begriff der Treue gegenüberstellte: als die intellektuelle und zugleich in der Tiefe beabsichtigte Vergegenwärtigung meiner Liebe zum Du im Sieg über die Zeit und den Tod.

Die personalen Akte gründen in der Seinsteilhabe, für die sich die Zweite Reflexion, eine Intuition einschließend, bereit macht. Diese Intuition muß durch die Reflexion gereinigt und geklärt werden. Reflexion und Intuition sind in dem Sinne aufeinander angewiesen, daß sie im Akt der Teilhabe des Denkens zu einer potenzierten Einheit geführt werden, die Marcel *„reflexive Intuition"* nennt (Marcel: EA, 141; vgl.: Les conditions dialectiques de la philosophie de l'intuition, 652).

Die Reflexion trägt in sich eine Beziehung zur unmittelbaren Intuition des Seinsganzen. Diese Beziehung besteht in der das Denken transzendierenden ontischen Vorgegebenheit. Auf der anderen Seite enthält die Intuition nach Marcel in sich eine Beziehung zu der ihr äußerlichen Notwendigkeit dialektischer Vermittlung durch eine Reflexion. Für die Reflexion bleibt dabei das überrationale (nicht irrationale) Sein ein Geheimnis. Der Schritt von der negativen Selbstbegrenzung begrifflicher Dialektik vollzieht sich durch den positiven Geistesakt der Bejahung oder der gläubigen Seinsannahme. Diese setzt wiederum eine Intuition voraus, die der Mensch ausübt, ohne unmittelbar zu „wissen", daß sie ihm inne ist. Diese Intuition kann nicht in sich abgeschlossen bleiben. Sie ist reich und verströmt das wahrgenommene geheimnisvolle Sein, dem sie sich unmittelbar angenähert hat (keine monistische Einswerdung im ontischen Sinn!) im Sinne des neuplatonischen „diffusivum sui". Sie erfaßt sich nur in den Weisen von Erfahrungen, über die sie reflektiert und die sie durch Reflexion beleuchtet (Berning, Wagnis, 142).

Die durch die Intuition erhellte, bejahend zustimmende Reflexion ist also die Marcel'sche Zweite Reflexion. Sie steigt aus den phänomenologisch unmittelbar empfundenen Erfahrungen der Teilhabe auf. Damit eröffnet die Zweite Reflexion im Unterschied zum bloßen Dasein des Menschen den Weg zu seiner konkreten Existenz.

Existenz ist nur innerhalb der raumzeitlich dimensionierten Geschichtlichkeit möglich und damit nur dem Menschen. Insofern ist zwischen Sein und Existenz zu unterscheiden. Z.B.: Gott *ist*, er existiert nicht. Der Mensch existiert, weil er in und aus seiner konkreten Situation am Seinsmysterium teilhaben kann, wenn er in gläubiger, aber reflektierender Grundannahme Gott im Gebet als Du anspricht.

4.2.2 Phänomenologischer Zugang zur konkreten Existenz

Bestimmte Grunderfahrungen sind nur phänomenologisch zu erhellen. Da diese phänomenologischen Beleuchtungen von Grundbefindlichkeiten menschlicher Existenz ausgehen, ist mit ihnen stets der Übergang zur metaphysischen Reflexion der Seinsteilhabe verbunden. Die Phänomenologie legt die Gebundenheit menschlicher Grundvollzüge an das Sein offen. Damit weist sie methodisch die Notwendigkeit der Metaphysik auf. Daher gehören Phänomenologie und Zweite Reflexion zusammen.

Inwieweit und in welchem Sinne man das nachfolgende Marcel'sche Erforschen unserer Aktvollzüge „phänomenologisch" nennen kann, ist nicht unumstritten. Ein Schüler E. Husserls, J. Héring, billigt Marcel den Rang eines unabhängigen Phänomenologen zu, der die phänomenologische Methode bereits praktiziert habe, bevor er Husserl, M. Scheler und deren Schüler gekannt habe. Er geht sogar so weit zu behaupten, daß – wenn man einmal annehmen würde, die deutsche Phänomenologie wäre in Frankreich unbekannt geblieben – sich dank der Anregungen Marcels in Frankreich eine eigene phänomenologische Richtung gebildet hätte (Héring, 84 f.). Der Historiker der Phänomenologie, H. Spiegelberg, ist mit einigen Einschränkungen ähnlicher Meinung: in jedem Falle sei Marcel ihr Wegbereiter geworden (Spiegelberg II, 425). Dieser Meinung möchte ich mich anschließen – vor allem wenn ich an Parallelen in der Denkrichtung bei Husserl, Scheler, Heidegger und auch bei Merleau-Ponty denke (vgl. Berning, Wagnis, 331–335), – auch unter Berücksichtigung der kritischen Bemerkungen P. Ricoeurs zur „Phänomenologie" bei Marcel (Ricoeur, 53–70). Natürlich steht fest, daß er innerhalb der von Spiegelberg (II, 421–444) dargestellten phänomenologischen Bewegung gegenüber Husserls Denken eine erheblich andere Interessenrichtung vertritt.

Für Marcel besteht das phänomenologische Verfahren darin, die Struktur der im Bewußtsein unablässig auftauchenden Erscheinungen einer empirisch nachzeichnenden Reduktion auf den essentiellen Gehalt zu unterziehen, der weder objektivierbar ist, noch transzendental abgeleitet werden darf. Diese Reduktion umfaßt in ihrer methodischen Konsequenz die Ausklammerung der Unterscheidung von subjektivem Vollzug (Noesis) und objektivem Gehalt (Noema) des subjektiven Aktes und wendet sich gerade darin gegen Husserl, der das Eidos des Noema als streng Objektives sehen möchte, zumindest als etwas, das in seiner objektiven Erscheinung ernstgenommen werden muß. Für Marcel bedeutet diese Unterscheidung bereits eine begriffliche Konstruktion. Sie ist in der allein zu befragenden Bewußtseinserfahrung nicht begründbar. Das gilt ebenfalls von der Unterscheidung geistiger und körperlicher Erfahrung. Sie ist eine erst später hinzugefügte Differenzierung. Das reale Phänomen kann aus seiner strukturalen Integrität nicht herausgelöst werden. Zu diesen wahrnehmbaren Gegebenheiten gehört die Struktur des Mitseins. Die Vollzüge im gegebenen Erscheinungszusammenhang können wohl unterscheidend hervorgehoben werden, aber nicht herausgelöst werden.

Die Erscheinungsweise des Subjekts in seiner untrennbaren Verbindung zum ontisch Vorgegebenen ist nicht als einsame, insulare Binnenwelt zu sehen, sondern als ein Verhältnis des *umfassenden Umfaßtwerdens*. Insofern leistet die Phänomenologie die vorbereitende Erhellungsarbeit für die metaphysische Seinsteilhabe. Das Verhältnis von Immanenz und Transzendenz wird im Sinne des Umgreifenden schon im Bereich der konkreten Bewußtseinserfahrungen durch die phänomenologische Betrachtungsweise offengelegt, um dann durch den Schritt einer Zweiten Reflexion auf das Niveau der ontologischen Partizipation erhoben zu werden.

Der Grad der Teilhabe, der in den konkreten Phänomenen transparent wird, ist verschieden tief. Er reicht von der körperlichen Teilhabe bis zur Teilhabe am göttlichen Seinsmysterium durch Annäherung. Man kann diese hierarchische Aufstufung eine dialektische Potenzierung der Teilhabevollzüge nennen. Dieser Potenzierung korrespondiert das jeweils verschiedene Maß der schöpferischen Selbstaufhebung der Begrifflichkeit in der Zweiten Reflexion. Das verlorene Paradies der dunklen (im Sinne der platonischen Überhelle des Lichtes der Idee), für sich blinden Ur-Intuition der Teilhabe ist für die Zweite Reflexion in ihrem Sein unerreichbar, obwohl diese aus dialektischer Notwendigkeit immer wieder ansetzen muß, die Ur-Intuition in das begrenzte Licht des Begriffs zu halten (platonisch gesehen wäre dies die nie ganz erreichbare Vereinigung des diskursiven Denkens, dianoia, mit der intelligiblen Schau, theoria), doch wird dieses Ziel nie erreicht. Der empfundene Teilhabehorizont bleibt für das Denken immer etwas Vorausgegebenes, durch welches es zugleich unwiderstehlich angezogen wird (Berning, Wagnis, 321 f.). Die Phänomenologie der Teilhabe-Empfindung ist die Wurzel der sich dem Seinsmysterium annähernden Metaphysik der ontischen Partizipation.

In das Feld dieser phänomenologisch zu erhebenden Erfahrungen gehört das Ich im Vollzug seines Empfindens. Die Bedeutung des empfindenden Ichs für den Zugang zur konkreten Existenz liegt in der Unmittelbarkeit, mit der sich in dessen Sensibilisierung eine verborgene potentielle Gegenwärtigkeit offenbart, die der Analyse widerstrebt, da dieser der intentionale Gehalt fehlt. Die Empfindung ist mithin nicht auf ein Etwas bezogen, in ihr ist eine Einheit präsent, die nicht zur Sprache gebracht werden kann. Die Empfindung ist daher (wie etwa im Sinne einer mechanischen Vereinfachung) kein Übermittler von Nachrichten oder *Botschaften* etwa aus einer Sphäre jenseits meines Eigenseins. Die Unmittelbarkeit der Empfindung ist nicht nur vor jeder Subjekt-Objekt-Unterscheidung, sondern auch vor jeder dualistischen Aufspaltung von leiblicher und seelischer Erfahrung gegeben. So nimmt sich das Ich zunächst unmittelbar als Leib und nicht als abstraktes Subjekt-Ich wahr, dessen Seele der Leib als Objekt gegenüberstände. Erst wenn der phänomenale Leibhorizont des unmittelbaren Empfindens durch eine reflexive Dialektik, d. h. durch Gliederung scheinbar überstiegen wird, gerät das Ich in den Bereich der Mittel und Bezugsobjekte. Doch nur das Empfinden steht in unmittelbarer Teilhabe mit der konkreten Wirklichkeit. Marcel wird nicht müde, auf die *sensualistische* Grundlage seines Denkens zu verweisen (Marcel: JM, 261). Dieser Sensualismus ist so zu verstehen, daß er den leibsinnlichen Horizont nicht als Grundlage für ein abstraktes Reflexionsniveau ansieht, sondern als Ineinsfassung der spirituellen Erfahrung im ungeteilten Ursprung. In der leibgeistigen Einheit der Empfindungserregung offenbart sich eine latente, emporsteigende Gegenwärtigkeit, welche die Einheit des Ichs als Partizipation einer umfassenderen Einheit umgreift.

4.2.3 Phänomenologie des Habens: Haben und Sein

Die phänomenologischen Aussagen Marcels zur Unterscheidung von Sein und Haben (Marcel: EA, 230 f.), die sich mit einigen Aspekten berühren, die sich bei E. Fromm finden, der seinerseits wiederum von dieser Unterscheidung bei K. Marx angeregt ist (vgl. Fromm, 9,25, 73–108), gehören zu den zentralen Elementen seines Philosophierens überhaupt. Die Abgrenzung von Sein und Haben gegeneinander nimmt für seine Denkstruktur eine Schlüsselstelle ein.

Der Ausgangspunkt der Marcel'schen Betrachtungen über das Haben findet sich in folgender Beobachtung: Wenn man versucht, seine Empfindungen zu unterscheiden und gegeneinander abzugrenzen, so zeigt sich, daß sich eine Gefühlswahrnehmung umso klarer unterscheidbar herausheben läßt, je mehr sie auf einen äußeren Gegenstand bezogen ist. In dem Maße dagegen, wie sich die Beobachtung nach Innen wendet, wird die Differenzierung schwieriger. Die Akte sind, je mehr sie mir innerlich sind, in die Identität meines ursprungstiftenden Ichs einbezogen. Sie vergegenwärtigen, je weniger gegenständlich und je mehr nach innen fortschreitend, das was ich bin. Nach außen hin dagegen auf Gegenständliches bezogen, werden sie bestimmbar von einem Etwas, das ihnen gegenübersteht und über das sie, vom Ich nach außen hinstrebend, Verfügungsmacht haben. Diese Beziehung meiner Akte auf äußerlich objektivierbare Sachen ist ein Haben, im Unterschied zur Wahrnehmung der innerlichen Einheit von dem, was ich vollziehe und dem, was ich vor allen subjektiven Vollzügen immer schon *bin*. Phänomenologisch stoße ich von der umgreifenden Struktur meiner innerlichen Empfindung auf die Einheit meines Seins. Umgekehrt zeigt die phänomenologische Betrachtung der Beziehbarkeit meiner Akte auf äußere Objekte die Struktur des *Habens* und *Verfügens* über Objekte auf. Dagegen ist das, was das Ich ist, niemals Gegenstand des Habens. Aus diesem Grunde ist eine Metaphysik der Teilhabe immer ein bejahendes Bedenken des Seins. Das objektivierende Haben sowohl im Sinne des Besitzes von Sachen als auch des Verfügens über objektivierte abstrakte Sachverhalte entspringt einer einseitig vollzogenen Entgegensetzung. Die Relation des Habens setzt stets die Spannung von Innerlich und Äußerlich voraus, während diese Entgegensetzung in der im Denken und Handeln vollzogenen Seinsteilhabe aufgelöst ist und zur Ruhe kommt (Marcel: JM, 216).

Nach Marcel sind zwei Formen des Habens zu unterscheiden: Das *possessive* Haben bezieht sich auf ein gegenständliches Etwas, auf ein „Quid", das mit einem bestimmten „Qui" durch ein dialektisches Verhältnis verbunden ist. Marcel bezeichnet weiterführend dieses „Qui" als Mittelpunkt dieser Relation. Das „Qui" ist dem „Quid" übergeordnet, wie mein Ich im Bezug auf eine Sache dieses hat (Marcel: EA, 230). Mein Ich als Mittelpunkt eines Verfügungsverhältnisses über eine Sache, die ich habe und besitze, hat *grundtypische* Bedeutung für das *kategoriale* Erfassen aller Verhältnisse des Habens und des Besitzens. Das Haben anderer Personen ist eine Übertragung des Begriffs meines eigenen Habens. Beim *implizierenden* Haben wird das Verhältnis von Innesein und dem Ausgerichtetsein auf äußere Objekte analog auch auf materielle Gegenstände übertragen, insofern ein inneres Energiezentrum vorhanden ist.

Zwischen meiner Innerlichkeit und dem Äußeren besteht folgende Dialektik: Auch das, was ich für mich behalte, wie z. B. ein Geheimnis, ist nicht nur reine Innerlichkeit. Das Geheimnis ist nur kraft seiner dialektischen Bezogenheit auf das Außen, weil ich es verbergen, aber auch offenbaren kann. Das Haben ist immer das *Darlegbare*, weil es nach dem Vorbild meines zum Gegenstand genommenen Körpers über Objektivierbares und Analysierbares verfügen möchte. So ist auch das begriffliche Urteil auf Grund einer objektivierenden, verallgemeinernden Abstraktion eine Form des sich einer Sache bemächtigenden Habens, das mich vom Mitsein und der Seinsteilhabe *entfremdet* und mich zum ungetreuen Verräter am Du werden läßt, weil ich mich aus der intersubjektiven Seinsteilhabe ausschließe.

4.2.4. Ich bin mein Leib

Wir haben gesehen, daß für Marcel die Empfindung, die Sensibilität für ganzheitliche, ontisch vorgegebene Zusammenhänge unmittelbar in die Tiefe des Ichs eindringen kann, ohne den spaltenden Umweg der intentionalen Objektivierung zu gehen. Sie faßt das ungeteilte Sein des Ichs, das ich bin, nicht dasjenige, das ich habe. Zu meinem Selbst gehört die Leiblichkeit, die ich zugleich bin. Dieser mein Leib ist beseelt, weil sich das in ihm sich offenbarende Ich aus der Seinsteilhabe her erfaßt. Das schließt das Mitsein für andere ein. Der Seele entspringt das ontologische Verlangen, der Hunger nach Sein. Sie ist aber nicht vom Leib zu unterscheiden, weil sie der Sensibilisierung der unmittelbaren Erfahrung durch die leiblichen Sinne korrespondiert. Dem Leib, der ich bin, kommt eine Priorität der Aufmerksamkeit zu, weil ich ihn bewußt empfindend stets voraussetzen muß.

Der Leib wird nur zu leicht als Gegenstand des Habens mißbraucht. Der Modellfall des Habens (l'avoir-type; Marcel: EA, 237) ist das „Körperhaben". Diese Mißdeutung kann zur Gewalt werden. Wenn der Mensch der lasterhaften Versuchung verfällt, den Körper als Objekt der Lust zu besitzen, gerät er in eine ruinöse Dialektik: Marcel vergleicht sie mit der Dialektik zwischen Herr und Knecht in der Hegelschen „Phänomenologie des Geistes" (Hegel, 146–150). In dem Maße wie er ihn als etwas ihm Äußeres in Besitz nimmt, wird er umsomehr abhängig von ihm. Indem er ihn als Werkzeug seines Wollens zwingt, wird er selber zum Werkzeug des mißbrauchten Körpers. Das Ich vermag nur dann für sich und Andere da zu sein, wenn es sich der Identität seines Selbst in der Tiefe der unmittelbaren Empfindung umkehrend zuneigt und Einkehr hält in den ontischen Bereich des vor allem Bewußtsein vorgegebenen geheimnisvollen Umgriffenseins, – dort, wo jeder ist: Konversion des Menschen zum Sein (Marcel: FPh, 76).

4.2.5 Das verleiblichte Sein in der Situation als Existenz und der Horizont der Welt

Das Ich weiß sich seinshaft eins mit dem Leib, den es nicht zu transzendieren vermag. Doch bedeutet der Leibhorizont gerade nicht isolierende Grenze, sondern Eröffnung von Welt und Mitsein. Die Tatsache der *Inkarniertheit* des Ichs ist zugleich das Faktum seiner konkreten Existenz, wenn es sich – ohne Flucht in die veräußerlichte Beziehung des verallgemeinernden Habens – in und für seine *verleiblichte Situation* engagiert („s'engager", Marcel: JM, 184) durch Akzeptierung seiner Endlichkeit, durch Annahme seiner ontischen Grundverfassung. Existenz

ist daher verleiblichte Teilhabe an dem, was ich bin. Damit bedeutet sie
aber auch Mitsein mit allem Existierenden, da Existieren schon für mein
Ich bedeutet, in der Tiefe seines Seins mit dem Leib verbunden zu sein.
Das Verhältnis der Teilhabe, das mein Ich zu meinem Leib hat, ist das
grundtypische Modell, nach dem es entsprechend alles andere Seiende
als existierend gewahrt.

Die *Welt* als Dimension existiert nur insofern für mich als Zusammenhang der Teilhabe, als das Verhältnis, welches das Ich zu ihr hat, analog
zu dem empfunden wird, das es zu seinem Leib hat. Diese seine leibliche
Situation vollendet sich in der Ausdehnung der privaten Welt des Ichs
durch Verlängerung seines Leibes. Die Welt wird zum Ort seiner raumzeitlich geborgenen Situation, in dem das Ich sie in Analogie zu seinem
Leib als seinen erweiterten Leibhorizont empfindet. Durch Teilhabe der
Inkarnation vergegenwärtigt sich das Sein als übergreifende Einheit
meiner individuell-konkreten Situation. Sie erschließt meine Subjektivität durch den Welthorizont hindurch zum mitmenschlichen dialogischen Verhältnis, weil sich die Entsprechung meiner verleiblichten Situation als ein bewußtes, empfindendes Ich auf die mitmenschlichen
Subjekte erstreckt, deren inkarnierte Subjektivität sich meinem Verstehen als Anrufung vergegenwärtigt. Die Annahme meiner leiblich-kon-
tingenten Situation macht mich fähig zur Intersubjektivität, weil sie das
Engagement für die Liebe und Treue zur existentiellen, d. h. inkarnierten Konkretheit des mitmenschlichen Du einschließt (Vgl. Berning,
Wagnis, 316 f.).

4.2.6 *Von der Existenz zum Sein*

Das Ich muß seine Leiblichkeit als Aufgabe für sein Selbst übernehmen.
Solange der Mensch seine inkarnierte Situation nicht akzeptiert, ist er
auf der Flucht in eine unpersonale, abstrakte Scheinwelt. Wenn er aber
seine Situation bejaht, nimmt er sich als raumzeitlich existierendes Wesen an und damit als endliches Sein, das zwischen Geburt und Tod gestellt ist. Aber mit dem spirituellen Vollzug dieses Faktums taucht der
Mensch gewissermaßen in die vorgegebene Einheit seines Seins ein.
Marcel spricht in diesem Zusammenhang von der Selbstvermählung
der Person mit ihrer tiefsten Einheit, indem er einen Ausdruck von Lavelle heranzieht (Marcel: JM dt., 394). Damit meint er ein sich selbst
Gegenwärtigsein durch ein inneres geistiges Band, dessen Kontinuität
nicht selbstverständlich ist. Dieses innere Band, das sich nicht von seinem leiblichen Ausdruck trennen läßt, nennt Marcel die Seele. Zu ihr
gibt es keinen Weg begrifflicher Vergewisserung. Sie erfährt sich im Au-

genblick der vollzogenen Teilhabe an dem Sein, das in ihr ist und sie zugleich übersteigt. Die Seele ist kein substantielles Prinzip, sondern ein ständiger personaler Vollzug, der, von der raumzeitlichen Existenz des Menschen umschlossen, sich gleichzeitig auf ein höheres, ja letztlich final auf ein absolutes Prinzip erstreckt, jenseits raumzeitlicher Verleiblichung. Diesem absoluten Sein kann daher die Existenz nicht zugesprochen werden. In der Selbstvermählung der Person mit ihren endlichen, leiblichen Bedingungen und ihrer Erstreckung in die Transzendenz ist zugleich eine Ordnung der Teilhabe offenbar geworden. Das existentielle Sein der Person schließt daher die *Suche* nach dem Zugang zum absoluten Sein mit ein. Diese Suche ergibt sich daraus, daß das Ich in seiner transzendental vorgegebenen Seinsbefindlichkeit etwas ist, das ihm gewährt und geschenkt worden ist. Dieses Geschenk ist die Erfahrung eines Lichtes, das es in ein empfängliches Staunen versetzt. Es ist das Sein, das sich im Zentrum der existentiellen Situation als gegenwärtig und zugleich in absoluter Weise als transzendent erweist.

4.2.7 Das göttliche Du und das Sein der Intersubjektivität

Dieses absolute, transzendente und zugleich in mir immanent gegenwärtige Sein ist der Ursprung, der mein Ich gestiftet hat. Dieser Ursprung ist nicht verifizierbar, sondern ist ein Sein, das wir nur durch die Zweite Reflexion, welche eine Annäherung in intellektuell vollzogenem Glauben voraussetzt, erfahren können: Gottes Dasein ist ebensowenig beweisbar (Marcel: RI, 226–236) wie die personale Einheit des Menschen. Hier ist nur eine tiefere Annäherung möglich als die des objektivierenden Beweisens. Der Glaubensakt ist die durch den Willen herbeigeführte Entscheidung für die Erfahrung einer letzten umgreifenden Erleuchtung, die mein Selbst im existierenden Weltzusammenhang als von Ewigkeit her sinnvoll gewollt und angerufen offenbart. Der Ursprung dieser Anrufung kann kein letztes Abstraktum sein, sondern nur ein absolutes, konkretes Subjekt, ein allwissendes Du.

Damit erweist sich, daß die menschliche Existenz in ihrer raumzeitlichen Dimensionierung durch Seinsteilhabe in einen universalen *Dialog* hineingestellt ist. Dieser Dialog ist jedoch nicht etwas wie von selbst Gegebenes, sondern etwas zutiefst Gefährdetes. Er kann von seiten des Menschen verweigert werden, weil er der Versuchung durch eine Welt von begehrten Objekten, die er haben will, nachgibt. Doch dringt die Anrufung in der Stimme des Gewissens besonders in den menschlichen Krisen immer wieder ins Bewußtsein. Oft ist gerade die Verzweiflung das Tor zum Neuanfang.

Dennoch hat der Mensch die Freiheit zur endgültigen Verweigerung und des Verrats an seinem Heil. Die Geborgenheit, die sich aus dem Glauben ergibt, ist für den Menschen der raumzeitlichen Welt niemals etwas Endgültiges, sondern muß im Hinblick auf die Zukunft stets neu errungen werden und in lebendig sich erneuernder Treue bewahrt werden. Aus der Höhe des Dialogs mit dem Du Gottes bleibt der Absturz und der Verrat an sich selbst und Gott immer möglich. Doch führt die Bekehrung den Menschen an den Ursprung seines Lebens zurück. Sich Bekehren heißt den Sprung zurück zu wagen in die gegenwärtige Liebe des Du. Der Glaube unterliegt einer ständigen *Prüfung*, indem ich dem veräußerlichenden Haben, das mich sonst zu zerreißen droht, nicht nachgebe. Die Dauer und der Umfang der Prüfung weisen das Feld meiner Freiheit auf. Gerade in den Niederlagen erkenne ich den Wert meiner Treue, wenn sie sich behauptet angesichts dessen, was uns von Gott auferlegt wurde. So wie ich mich von dem Du Gottes gewollt erfahre, so möchte ich sein. Religiös sein heißt, in der Vergegenwärtigung des göttlichen Willens zu leben. „Meine Prüfung hat nur Sinn und sie kann nur bestanden werden, wenn ich sie von Dir und Deiner göttlichen Liebe gewollt annehme. In der Prüfung bewährt sich in mir das Kindschaftsverhältnis zu Gott" (Marcel: JM, 228 f.).

Der Dialog, welcher von der göttlichen Anrufung ausgeht und seine Erwiderung im Gebet findet, beschränkt sich nicht auf ein einsames Verhältnis des menschlichen Ichs zum göttlichen Du, sondern schließt die Begegnung mit den Mitmenschen ein. Die Liebe Gottes zu allem Seienden ruft zur antwortenden Liebe der Menschen auf, deren Möglichkeit er zuvor gnadenhaft gewährte. Meine Liebe zu Gott ist nur möglich, wenn sie die brüderliche Liebe zu allen Mitmenschen über den Tod hinaus einschließt. Jede Liebe, auch die zu den Geschöpfen, gründet letztlich in einem Teilhabeverhältnis der Annäherung an das göttliche Sein und erhält von dort die raum- und zeitüberschreitende Kraft der Vergegenwärtigung. Die Fähigkeit der Liebe, den Tod und alle raumzeitlichen Grenzen zu überschreiten als Ausdruck der Intersubjektivität des Universums, findet ihren tragenden und stabilisierenden Seinsgrund im göttlichen Du. Die schöpferische Seinsmacht göttlicher Personalität vollendet das Universum zur Seinsvielfalt auf allen Ebenen seiner Vergegenwärtigung. Gott ist seinsmäßig die urhebende Voraussetzung des universalen „Wir". In Gott erst finden sich die intelligiblen Wesen als „Wir" bestätigt, geborgen und frei, indem sie sich selbst in der Partizipation des Mitseins als gegenwärtig entdecken. Die Erfüllung des menschlichen Seinsverlangens (exigence ontologique) fließt aus der göttlichen Gnade, die sich entbirgt und verströmt.

Das göttliche Du transzendiert in absolutem Maße die Existenz, denn es *existiert nicht*, es *ist* (Berning, Wagnis, 320). Darum und wegen ihres objektivierenden Ausgreifens sind Gottesbeweise zu verwerfen. Ja, für Marcel ist der Versuch einer Theodizee, einer begrifflichen Lehre vom Dasein Gottes, bereits eine Form von Atheismus (Marcel: JM, 65). Wenn Gott auch nicht existiert, sondern in absoluter Weise ewige Gegenwart zusammenfaßt, offenbart er sich dennoch *in* der Existenz, indem er ihr im Inneren das Streben nach Gegenwärtigkeit schenkt, das sich nur in ihm als dem ewigen Sein nach dem Maße der Teilhabekraft erfüllen kann. Die Gemeinschaft aller Wesen nimmt den schöpferischen Ruf Gottes an die Schöpfer auf. Sie sind von Ewigkeit her in der Teilhabe mit ihm angesprochen, um zu ihm aufzusteigen.

In diesem Teilhabeverhältnis zeigt sich das Widerspiel zwischen göttlicher *Gnade* und menschlicher *Freiheit*. Gottes Liebe, die Marcel „universal parteiisch" nennt (Marcel: JM, 225), bewirkt einen Seinsraum der Freiheit, in dem die Individualität der brüderlich verbundenen Subjekte ihren schöpferischen Reichtum entfalten und in die Vielfalt der universalen Intersubjektivität einbringen kann. Der menschliche Ausdruck für die absolute Freiheit Gottes ist die Gnade, denn die Gnade entspringt seiner vollkommenen Freiheit, die sich immanent über die eingrenzenden Bedingungen von Raum und Zeit hinaus vergegenwärtigt und die ontischen Voraussetzungen für die Teilhabe der Berufenen stiftet. Ihr muß die menschliche Freiheit als entschiedener Wille zum Heil im anbetenden Glauben entsprechen. Doch übersteigt die absolute Freiheit – unabhängig vom Heilswillen der Menschen – Raum und Zeit unendlich. Das göttliche Du vergegenwärtigt das Neben- und Nacheinander in einem einzigen Akt der Aufmerksamkeit, in welchem Vergangenheit und Zukunft zusammenfallen. Insofern ist er der Garant meiner Fähigkeit, durch personale Akte Vergangenheit und Zukunft in potenzierender Form der Teilhabe in der Liebe, in der Hoffnung und in der Treue zu überwinden.

4.2.8 Der Tod und die Hoffnung

Der Tod gehört zur Kondition menschlicher Existenz. Er vermag nur die stoffliche Gestalt durch physische Eingriffe zu zerstören. Tod bedeutet nicht die Vernichtung des Leibes und das Überleben der Seele. Wie wir sahen, ist die leibseelische Einheit der menschlichen Existenz um eine grundlegende Dimension tiefer fundiert. Abgesehen vom Verlust der physischen Gestalt bleibt die leibseelische Einheit des Verstorbenen erhalten. Sie verliert nur die Möglichkeit, instrumental mißbraucht zu werden.

Im Tod gewinnt das Ich eine grundlegend tiefere Einheit seines Selbst mit seinem Leib. Der Tod bedeutet eine Befreiung. Das Ich verliert die Gebundenheit an einen bestimmten Raumpunkt und gewinnt damit die Möglichkeit, denen, die es liebt, über Raum und Zeit hinaus gegenwärtig zu sein. Die Verstorbenen sind uns näher als die Lebenden. Auch die Gott liebenden Toten gehören als von der stofflichen Gebundenheit Gelöste zu den Lebendigen in der ewigen Liebe Gottes. Sie gehören zum Universum bewußter und liebender Wesen, die Gott anbeten und verherrlichen. Für Marcel ist der Tod Hinübergang, Vollendung, Wanderung in das jenseitige Reich unendlicher Liebe. Der Tod eröffnet die geheimnisvolle Hoffnung auf Wiederbegegnung von Angesicht zu Angesicht, über welche die schöpferische Treue in einem immer neue Freundschaften stiftenden Wagnis voll Mut und Zuversicht ihre Flügel entfaltet (Vgl. Berning, Wagnis 323).

4.2.9 Das Wesen der Treue und ihr schöpferisches Zeugnis

Die seinsmäßige Grundlage der Treue ist in dem dynamischen Verhältnis eines jeden Subjekts vor dem absoluten Du verankert. Der Weg zum absoluten Du vollzieht sich durch die Einkehr in die ontische Tiefe des Selbst, indem das Du Gottes in der Stimme des Gewissens präsent ist. Das menschliche Selbst erwacht gewissermaßen vor dem Angesicht Gottes zu neuem schöpferischem Leben. Indem das Ich auf die Wurzeln seines Selbst zurückgeht, gewinnt es durch den Vollzug der Teilhabe an dem immer schon vorgegebenen Sein, das es ist, einen metaphysischen Halt, der es aus der Veränderlichkeit des Werdens und dem Nacheinander der Augenblicke heraushebt.

Es gewinnt einen Standort der Reflexion, der es ihm ermöglicht, sein Leben als eine sinnerfüllte *Geschichte* aufzufassen, die von Gott gestiftet ist. Im bleibenden, aus Freiheit angenommenen Verhältnis zu Gott ergibt sich überhaupt erst die Möglichkeit, Geschichte zu verstehen, denn Geschichte ist das Offenbarwerden personaler Vollzüge über die Zeiten hinweg, die im Ewigen kulminieren. Die Treue ist daher nicht nur ein personaler Akt, sondern ein ebenso gnadenhaft verliehenes wie ein frei bejahtes Teilhaben am ewigen Sein ohne Ende. Weil im göttlichen Du Vergangenheit und Zukunft in der Gegenwart als das Eine im Ganzen zusammenfallen, offenbart sich die göttliche Seinsverleihung und Gnade als Auflichtung der raumzeitlichen Existenz zum Sein. An dieser Immanenz der ewig-göttlichen Vergegenwärtigung kann der

Mensch als endliches Wesen abbildlich teilhaben. Marcel zitiert ein Wort F. Nietzsches von erhellender Bedeutung: Der Mensch sei das einzige Wesen, das Versprechungen mache (Marcel: EA, 16). Treue ist das Engagieren meiner Person für Dich über die Gefahren der Zeiten hinweg in die Zukunft hinein. Der Wert der Treue gründet auf der Unkenntnis des Zukünftigen. Dieses Versprechen für das Du über die Zeit bedeutet ein doppeltes Wagnis: einmal bezogen auf die Treue der göttlichen Sinnbestimmung meines Selbst, die ich verraten kann, zum andern im Hinblick auf Deine Treue als Bereitschaft und Offenheit (disponibilité, vgl. Marcel: RI, 56–80) Deines Selbst für mich über die Zeit und die Schicksalswendungen hinweg.

In Erkenntnis der menschlichen Schwäche und der realistisch zu erwartenden Wirrsale könnte der innere Anspruch des Treuegelöbnisses als Hochmut erscheinen. Die Treue kann dann nicht bewahrt, ja schon im Ansatz nicht vollzogen werden, wenn sie sich auf die bloßen Kräfte des Selbst gründen wollte. Ein Treueversprechen kann nur in realistischer Einschätzung der Lebensschwierigkeiten und der Schwachheit der eigenen Voraussetzungen gegeben werden. Dennoch kann und muß es in Demut auf das Du hin gewagt und mit hoffnungsvoller, immer wieder sich aufraffender Geduld vollzogen werden. Denn die Kraft, die das Wagnis des Versprechens ermöglicht, gründet auf einem inneren, gnadenhaften Ergriffensein durch Gott. Insofern ist das göttliche Du an jedem intersubjektiven Verhältnis der Ausdauer beteiligt. Die Treue ist die Antwort der Liebe auf die Anrufung des Du zu schöpferischem Lebensvollzug, der auf die Permanenz des Seins zielte. Weil dies so ist, besteht der Adel des Geistes darin, vom Gesichtspunkt der ewigen Dauer des göttlichen Du die scheinbare Abgeschlossenheit der Vergangenheit in der Gegenwart aufzuheben und mit der Hoffnung auf die Zukunft zu verschmelzen.

Das besondere Organ der Treue ist das *Gedächtnis*, weil es die verfestigte Faktizität vergangener Zeiträume im Strom des Bewußtseins ganzheitlich vergegenwärtigt. Die schöpferische Kraft der Erinnerung haucht der scheinbar abgestorbenen Vergangenheit die Lebensseele wieder ein. In diesem Sinne nennt Marcel das Gedächtnis ein Indiz des Seins (Marcel: EA, 140). Wie die bezeugende Treue ein Abbild des ewigen Lebens ist, so ist die Verweigerung des Mitseins ein Abbild des Todes: Die Gleichgültigkeit gegenüber dem benachbarten Du verfestigt und veräußerlicht die Tiefe des menschlichen Empfindens auf das objektivierte materielle Jetzt des Augenblicks, indem es den zeitüberschreitenden Horizont für die künftige Gegenwart eines unendlichen Du – und damit die Hoffnung schlechthin – verloren hat.

In diesem Ausspannen in die universale Intersubjektivität erweist sich, daß die Treue kein individueller Akt ist, sondern die Wirklichkeit der Gemeinschaft voraussetzt. Die Treue spielt in zwei Grundformen menschlicher Gemeinschaft eine exemplarische Rolle:

Das Geheimnis der Familie und die schöpferische Treue in der Ehe

Die Treue konstituiert für Marcel die Möglichkeit menschlichen Zusammenlebens überhaupt. Die *Familie* ist für ihn der grundlegende Bereich menschlichen Daseins, in dem sich die Treue für die Menschheit schöpferisch bewährt. Sie ist die kreative Grundlage menschlicher Kultur und Geschichte. Sie schafft den Grundbezirk der Ontisches widerspiegelnden Permanenz. Ihr schöpferisches Bewahren und Neugestalten gibt Stadt und Land die Grundform menschlicher Kultur. Der Zerstörung der Familie folgt die Verwüstung des menschlichen Lebensraumes. Da die Treue ein existentielles Versprechen ist, ist das die Ehe vollziehende Gelöbnis die menschliche Grundform des Treueversprechens. Die schöpferische Kraft der Ehe liegt in der Zeugung und Erziehung zum Sein erwachender Menschen. Die Familie mit ihrer verwandtschaftlichen Zugehörigkeit spannt somit ein intersubjektives Netz von liebender Zusammengehörigkeit, das sich in der Treue über den Tod hinaus bewährt, von der Kette der Vorfahren bis zu den Nachkommen. Die familiäre Liebe hält über den Tod hinaus an der Gegenwart ihrer Glieder fest. Das ist ihr Geheimnis in Kultur und Geschichte. Man kann den sittlichen Zustand eines Volkes daran ermessen, wie hoch es Ehe und Familie einschätzt.

Religion als Gemeinschaft der Bezeugung

Die Kirche ist die ständige Feier der Gegenwart Gottes und seiner Gnade. Die Liturgie und ihre Riten sind die Rhythmisierung der Treue. Ihre Form muß durch den ständig neu bezeugenden Vollzug lebendig gehalten werden. Die höchste religiöse Vollendung der Treue besteht im Martyrium. Für Marcel ist die Kirche, insofern sie an der Gemeinschaft der Heiligen mit Gott festhält, das vollkommenste geschichtliche Abbild der universalen, zeitüberschreitenden Intersubjektivität.

4.3 Das Sein ist der Ort der Treue

Indem wir die ewige Dauer des göttlichen Seins bezeugen, eröffnet sich uns selbst die Möglichkeit, Zeit und Geschichte zu transzendieren: in ständiger Pilgerfahrt zur Ewigkeit. Das ist der schöpferische Sinn der Treue (Marcel: EA, 173 f.).

Literaturverzeichnis

Für ein ausführliches *Schriftenverzeichnis* der Werke Marcels und der Sekundärliteratur verweise ich auf: R. Troisfontaines: De l'existence à l'être. La Philosophie de Gabriel Marcel, 2 Bde. Namur ²1968; Berning, Wagnis, 386–394; Foelz, XI–XVII.

Schriften Marcels (mit ihren in der Darstellung benutzten Abkürzungen)

A) Buchveröffentlichungen

Coleridge	Coleridge et Schelling. Paris 1971.
FPh	Fragments philosophiques 1909–1914. Intr. par L. A. Blain (Philosophies contemporains, textes et études 11) Louvain/Paris o. J. (1962).
	La Grâce. Schauspiel (geschrieben: März/April 1911). In: Le Seuil invisible. Paris 1914.
	Le Palais de Sable. Schauspiel (geschrieben: August/September 1913). In: Le Seuil invisible. Paris 1914.
Royce	La Métaphysique de Royce. Paris 1945 (geschrieben: 1915–1919).
	Le Quatuor en fa dièse. Schauspiel (geschrieben: 1916–1917). Paris 1925.
JM	Journal métaphysique (geschrieben: 1914–1923). Paris 1927.
JM dt.	Metaphysisches Tagebuch, übertr. von H. v. Winter. Wien/München 1955.
	Trois Pièces: Le Regard neuf; La Mort de Demain; La Chapelle ardente (geschrieben: 1916–1917). Paris 1925.
	Un Homme de Dieu. Schauspiel (geschrieben: 1922). Paris 1925.
MC	Le Monde cassé. Schauspiel. Paris 1933. Im Anhang der Essay: Position et approches concrètes du mystère ontologique, 262–266.
MC dt.	Die zerbrochene Welt. In: G. Marcel: Schauspiele I, 85–206, Nürnberg o. J.
PA	Position et Approches Concrètes du Mystère Ontologique. Dieser Essay erschien separat mit einer Einleitung von M. de Corte (Philosophies contemporains, textes et études 3). Louvain/Paris 1949, 45–56.
PA dt.	In deutscher Übersetzung ist er in dem Band: Das ontologische Geheimnis. Drei Essays. Stuttgart 1961, 7–59 enthalten.
EA	Être et Avoir (geschrieben: 1928–1934). Paris 1935, 16–49, 140–174, 230–237.
EA dt.	Sein und Haben, übers. u. Nachw. von E. Behler. Paderborn 1954, 116–120.

La Soif   Schauspiel. Paris 1938.
RI   Du Refus à l'Invocation. Paris 1940, 56–80, 226–236.
            Schöpferische Treue, übers. von U. Behler. Zürich 1961.
HV   Homo Viator. Prolégomènes à une métaphysique de l'espérance.
            Paris 1944.
            Homo Viator. Philosophie der Hoffnung, übers. von W. Rütte-
            nauer. Düsseldorf 1949 .
            Regard en Arrière, in: Existentialisme chrétien: Gabriel Marcel.
            Présentation par E. Gilson. Paris 1947.
CE   Rückblick. In: Christlicher Existentialismus: Gabriel Marcel,
            übers. von Ch. Horstmann. Warendorf 1951.
            Vers un autre Royaume: L'Emissaire; Le Signe de la Croix (Schau-
            spiele). Paris 1949.
ME. I u. II Le Mystère de l'Être.
ME. I   Réflexion et Mystère. Paris 1951, 5–24, 141–162.
ME. II   Foi et Réalité. Paris 1951, 53–68.
            Geheimnis des Seins, übers. von H. v. Winter. Wien 1952.
HCH   Les Hommes contre l'Humain. Paris 1951.
            Die Erniedrigung des Menschen, übers. von H. P. Schaad. Frank-
            furt a. M. ²1964.
            Das große Erbe. Münster 1952.
            Le Déclin de la Sagesse. Paris 1954.
            Der Untergang der Weisheit/Die Verfinsterung des Verstandes.
            Heidelberg 1960.
            L'Homme problématique. Paris 1955.
            Der Mensch als Problem, übers. von H. P. Schaad. Frankfurt a. M.
            ²1957.
            La Dimension Florestan. Comédie en trois actes avec une postface
            de l'auteur suivi d'un essai: Le crépuscule du sens commun, Paris
            1958.
            Die Komödie ist auch in Deutsch erschienen: Die Wacht am Sein,
            in: Französisches Theater des XX. Jahrhunderts, hrsg. von J.
            Schondorff, München 1960.
            Der Essay: Le crépuscule du sens commun wurde ins Deutsche
            übersetzt, in: Der Untergang der Weisheit/Die Verfinsterung des
            Verstandes, Heidelberg 1960.
            Théâtre et Religion, Lyon 1958.
            Présence et Immortalité (Journal métaphysique 1938–1943), Paris
            1959 (enthält einen Essay von 1951).
            Gegenwart und Unsterblichkeit, übers. von H. P. Schaad, Frank-
            furt a. M. 1961.
            L'Heure théâtrale. Chronique dramatique de Giraudoux à Jean-
            Paul Sartre, Paris 1959.
            Regards sur le théâtre de Claudel, Paris 1964 (geschrieben:
            1923–1959).

Die Stunde des Theaters, Giraudoux, Montherlant, Anouilh, Camus, Sartre, München 1961.

The Existential Background of Human Dignity, Cambridge, Mass. (USA) 1963.

Die Menschenwürde und ihr existentieller Grund, übers. von R. Prinz zur Lippe und H. Fischer-Barnicol, Frankfurt a. M. 1965.

Der Philosoph und der Friede. Die Verletzung des privaten Bereichs und der Verfall der Werte in der heutigen Welt, Frankfurt a. M., 1964.

Auf der Suche nach Wahrheit und Gerechtigkeit. Vorträge in Deutschland, hrsg. von W. Ruf, Frankfurt a. M. 1964.

PT   Paix sur la Terre, Deux discours, une Tragédie, Paris 1965 (enthält das Drama: Un Juste, geschrieben: Anfang 1918).

Die französische Literatur im 20. Jahrhundert. Acht Vorträge, Freiburg i. Br. 1966.

Paul Ricœur – Gabriel Marcel, Entretiens, Paris 1968.

Pour une Sagesse tragique et son au-delà, Paris 1968.

Dialog und Erfahrung. Vorträge in Deutsch, hrsg. von W. Ruf, Frankfurt a. M. 1969.

En chemin, vers quel éveil? Paris 1971.

Percées vers un ailleurs. Théâtre: L'iconoclaste, L'Horizon. Commentaires de l'abbé Marcel Belay. Suivis de: L'audace en Métaphysique de Gabriel Marcel, Paris 1973.

Reflexion und Intuition. Texte zur Teilhabe des Denkens, hrsg. v. V. Berning. Frankfurt/M. 1987.

Eine Sammlung ausgewählter Schauspiele Marcels in deutsch erschien in Nürnberg: Gabriel Marcel, Schauspiele in drei Bänden, Nürnberg o. J. Der dritte Band ist noch nicht erschienen.

B) *Aufsätze (kleine Auswahl)*

Les conditions dialectiques de l'intuition. In: Revue de Métaphysique et de Morale XX (1912), Nr. 5, 638–652.

W. E. *Hocking* et la Dialectique de l'instinct. In: Revue Philosophique de France et de l'Étranger 88 (1919), 7–8, 19–54.

Schelling, fut-il un précurseur de la philosophie de l'existence? In: Revue de Métaphysique et de Morale 62 (1957), 72–87.

C) *Werkausgabe*

Gabriel Marcel: Werkausgabe (hrsg. v. P. Grotzer/S. Foelz), 3 Bde. Paderborn 1991.

2. *Sekundärliteratur (Auswahl)*

Internationale Bibliographie:

Lapointe, F. H./Lapointe, C. C.: Gabriel Marcel and His Critics. An International Bibliography (1928–1976). New York/London 1977.

Berning, V.: Gabriel Marcel und Maine de Biran. Ein Vergleich. In: Theologie und Philosophie 47 (1972), 402–408.

–: Das Wagnis der Treue. Gabriel Marcels Weg zu einer konkreten Philosophie des Schöpferischen. Freiburg 1973.

Chenu, J.: Le théâtre de Gabriel Marcel et sa signification métaphysique. Paris 1948.

de Corte, M.: La philosophie de Gabriel Marcel. Paris ²1973.

Foelz, S.: Gewißheit im Suchen. Gabriel Marcels konkretes Philosophieren auf der Schwelle zwischen Philosophie und Theologie. Bonn 1980.

Gillman, N.: Gabriel Marcel on religious Knowledge. Washington DC 1981.

Gouhier, H. (ed.): Gabriel Marcel et la pensée allemande. Nietzsche, Heidegger, E. Bloch. Paris 1979.

Plourde, S.: Gabriel Marcel. Philosophie et témoin de l'espérance. Quebec 1975.

–: Gabriel Marcel et la phénoménologie. In: M. Belay / V. Berning / J. Chenu / H. Gouhier / J. Parain-Vial / R. Poirier / P. Ricoeur / B. Schwarz: Gabriel Marcel. Entretiens autour de Gabriel Marcel. Neuchâtel 1976.

Prini, P.: Gabriel Marcel et la méthodologie de l'invérifiable. Paris 1953.

–: Gabriel Marcel. Paris 1984.

Ricoeur, P.: Gabriel Marcel et Karl Jaspers, deux maîtres de l'existentialisme. Paris 1948.

Tilliette, X.: Gabriel Marcels christliche Sokratik. In: Dokumente 13 (1957) Nr. 5, 403–414.

Traub, D.T.: Toward a fraternal Society: a Study of Gabriel Marcels Approach to Being, Technology and Intersubjectivity. New York/Bern/Frankfurt a. M./ Paris 1988.

Wahl, J.: Vers le concret. Etudes d'histoire de la philosophie contemporaine. Paris 1932.

3. Sonstige zitierte Literatur

Bergson, H.: Essai sur les données immédiates de la conscience. Paris ²⁴1926, bes. 6 f., 76 f.

Bocheński, I.M.: Europäische Philosophie der Gegenwart, Bern ²1951, 188–191

Bradley, F.H.: Appearance and Reality. Oxford 1893, 110–205.

Claudel, P.: Ars poetica mundi. Hellerau o. J., 123 f.

Fromm, E.: Haben oder Sein. Die seelischen Grundlagen einer neuen Gesellschaft. Stuttgart 1976, 9–25, 73–108

Hegel, G.W.F.: Phänomenologie des Geistes. Hamburg (Meiner) ⁶1952, 146–150.

Héring, J.: La phénoménologie en France, in: M. Farber (Hg.): L'activité philosophique contemporaine en France et aux États-Unis, t. II: La philosophie française, Paris 1950, 76–95.

Hocking, W.E.: The Meaning of God in Human Experience, New Haven (USA) 1928, 67–280.

Lavelle, L.: De l'Acte. In: La Nouvelle Revue Française 1.2. (1938), 317. Vgl. auch das Buch: De l'Acte. Paris 1928.

Jaspers, K.: Existenzphilosophie, Berlin 1964, 13–26.

Royce, J.: The *World* and the Individual. New York und London, I (1900); II (1901), 120–145.

– The Philosophy of *Loyalty*. New York 1908, 15–20.

Schelling, F. W. J.: Darstellung des philosophischen Empirismus. In: Schelling, Sämtliche Werke in neuer Anordnung, hg. von M. Schröter, 5. Hauptband. München 1927, 197–323

Spiegelberg, Herbert: The Phenomenological Movement. 2 Bde. The Hague [3]1965.

Mitarbeiter dieses Bandes

BERNING, VINCENT, Dr. phil., geb. 1933. Prof. f. Philosophie a.d. TH Aachen. Wichtigste Veröffentl.: Das Denken Herman Schells (1964); Das Wagnis der Treue. Gabriel Marcels Weg zu einer konkreten Philosophie des Schöpferischen (1973); Gott, Geist und Welt. Herman Schell als Philosoph und Theologe (1978); Geschichtlichkeit im Hinblick auf das Problem der Erkenntnis, in: V. Berning/ P. Neuenzeit/ H.R. Schlette, Geschichtlichkeit und Offenbarungswahrheit (1964); Stichwort „Anthropologie", in: J. Speck/G. Wehle (Hrsg.), Handb. pädagogischer Grundbegriffe (1970); Sein und Gewissen. Philos. Überlegungen z. anthropolog. Grundlegung d. Ethik, in: Theologie u. Glaube, 3/1981; Herausg. (zus. m. H.R. Schlette) von: Studien z. franz. Philosophie d. 20. Jh. (1974 f.)

BIEMEL, WALTER, Dr. phil., geb. 1918; 1962 o. Prof. an der RWTH Aachen, 1976–83 o. Prof. a.d. Staatl. Kunstakademie Düsseldorf. Wichtigste Veröffentlichungen: Kants Begründung der Ästhetik und ihre Bedeutung für die Philosophie der Kunst (1959); Sartre (Rowohlts Monographien, 1964 u.ö.); Philosophische Analysen zur Kunst der Gegenwart (1968); Heidegger (1973; Zeitigung u. Romanstruktur. Philos. Analysen zur Deutg. d. mod. Romans (1985). Mitarbeit an der Husserl-Edition und der Heidegger-Edition. Zahlreiche Aufsätze zur Phänomenologie und zur Philosophie der Kunst.

HOGEMANN, FRIEDRICH, Dr. phil., geb. 1935. Seit 1973 Mitarbeiter des Hegel-Archivs der Universität Bochum. Wichtigste Veröffentlichungen: Das Problem der ‚perception' in der Phänomenologie Maurice Merleau-Pontys (1973); Rezensionen; Aufsätze zu Hegel und zur hermeneutischen Logik; Heideggers Konzeption der Phänomenologie in den Vorlesungen aus d. WS 1919/20 u. d. SS 1920. In: Dilthey-Jahrbuch, Bd. 4. Im Rahmen der Gesammelten Werke Hegels Mitherausgeber der Wissenschaft der Logik (1978, 1981, 1985) sowie der Schriften u. Entwürfe I (1990).

PÖGGELER, OTTO, Dr. phil., geb. 1928. 1966 Universitätsdozent in Heidelberg; 1968 Direktor des Hegel-Archivs der Ruhr-Universität Bochum und Prof. für Philosophie; Mitglied der Rheinisch-Westfälischen Akademie der Wissenschaften. Wichtige Veröffentlichungen: Hegels Idee einer Phänomenologie des Geistes (1973); Philosophie und Politik bei Heidegger (1972 und 1974); Dichtungstheorie und Toposforschung, Die Architektur und das Schöne, Zur Lyrik Paul Celans, Kontroverses zur Ästhetik Paul Celans, in: Zeitschrift für Ästhetik und allg. Kunstwissenschaft 1960, 1970, 1975, 1980;Fragen der Forschungspolitik (mit H. Breuer, 1980). Heidegger u. die hermeneutische Philosophie

(1983); Spur des Worts. Zur Lyrik Paul Celans (1986); Neue Wege mit Heidegger (1991). Herausgeber von: Hegel, Ges. Werke Band 4 (1968); Hegel. Einführung in seine Philosophie (1977).

SALAMUN, KURT, Dr. phil., geb. 1940, ao. Prof. für Philosophie an der Universität Graz. Wichtigste Veröffentlichungen: Ideologie. Herrschaft des Vor-Urteils (zus. mit E. Topitsch) (1972); Ideologie – Wissenschaft – Politik. Sozialphilosophische Studien (1975); Karl Jaspers (1985); Ideologie und Aufklärung (1988); (Hrsg.), Sozialphilosophie als Aufklärung. Festschrift für Ernst Topitsch (1979); (Hrsg.), Was ist Philosophie? Neuere Texte zu ihrem Selbstverständnis (UTB 1980, ²1986); (Hrsg.), Karl R. Popper und die Philosophie des Kritischen Rationalismus (1989); (Hrsg.), Aufklärungsperspektiven (1989); (Hrsg.); Moral und Politik aus der Sicht des Kritischen Rationalismus (1991); (Hrsg.); Karl Jaspers – Zur Aktualität seines Denkens (1991); (Hrsg. mit E. Hybasek); Jb. der Österr. Karl-Jaspers-Gesellschaft, Bd. 1 (1987) –.

WESTHOFF, HERMANN, Dr. phil., 1915–1988, o. Prof. für Philosophie an der Rheinisch-Westfälischen Technischen Hochschule Aachen. Wichtigste Veröffentlichungen: P. Wust, Im Sinnkreis des Ewigen (1954); P. Wust, Ges. Werke, Bd. 1, Die Auferstehung der Metaphysik (1963); Bd. 6, Weisheit und Heiligkeit (1966); P. Wust, ein katholischer Denker (1971); P. Wust, Existenz vor Gott (1975); P. Wust, Am Tor aller Geheimnisse (1978); Wider den pädagogischen Neopositivismus (1971); „und lehret sie alles halten", in Die Zukunft der Glaubensunterweisung (1971); Existenz und Religion (1973); Sterben, Tod – und was dann? (1973); Zufall, Schicksal oder Fügung? (1973); Leisten und Erziehen (1975); Der Mensch, das sittliche Wesen (1975); Sein Wort, unsere Antwort (1975); Evangelium und Politik (1977); Christliche Wertvorstellungen als Existenzmodelle des pluralen Europa, in Christen für Europa (1978); Bildung, kritische Analyse eines Begriffs, in Universität zwischen Bildung und Ausbildung (1980). – Aufsätze und Beiträge zu philosophischen, pädagogischen und anthropologischen Fragen.

Grundprobleme der großen Philosophen

Herausgegeben von Josef Speck   UTB (Uni-Taschenbücher)

Philosophie des Altertums und des Mittelalters

Sokrates – Platon – Aristoteles – Augustinus – Thomas von Aquin – Nikolaus von Kues. Beitr. v. A. Patzer, K. Bormann, E. Vollrath, F. Körner, W. Kluxen, K. Flasch. *4., durchges. u. teilw. neubearb. Aufl. 1990. 257 S., Kst. UTB 146*

Philosophie der Neuzeit I

Bacon – Descartes – Hobbes – Spinoza – Leibniz – Locke – Berkeley – Hume. Beitr. v. R. Brandt, L. Oeing-Hanhoff, A. Baruzzi, K. Hammacher, W. Schneiders, H. W. Arndt, W. Breidert, N. Hoerster. *2., durchges. Aufl. 1986. 278 S., Kst. UTB 903*

Philosophie der Neuzeit II

Kant – Fichte – Schelling – Hegel – Feuerbach – Marx. Beitr. v. G. Patzig, H. Jergius, W. E. Ehrhardt, O. Pöggeler, A. Schmidt, H. Fleischer. *3., durchges. Aufl. 1988. 269 S., Kst. UTB 464*

Philosophie der Neuzeit III

Schleiermacher – Bolzano – Schopenhauer – Kierkegaard – F. Brentano – Nietzsche. Beitr. v. M. Welker, J. Berg, A. Menne, H. Deuser, R. Kamitz, H.J. Schmidt. *1983. 243 S., Kst. UTB 1252*

Philosophie der Neuzeit IV

Lotze – Dilthey – Meinong – Troeltsch – Husserl – Simmel. Beitr. v. H. Johach, E. W. Orth, P. Simons, F. W. Graf, H. Ruddies, W. Künne, M. Schmid. *1986. 266 S., Kst. UTB 1401*

Philosophie der Neuzeit V

Comte – Mill – James – Peirce – Dewey – Mach. Beitr. v. I. Fetscher, R. Haller, E. Herms, K. Mainzer, L. Rössner, G. Schurz. *1991. 247 S., Kst. UTB 1623*

Philosophie der Neuzeit VI

Tarski – Reichenbach – Kraft – Gödel – Neurath. Beitr. v. R. Kamitz, A. Kamlah, A. Schramm, Chr. Thiel, F. Hofmann-Grüneberg. *1991. Ca. 224 S., Kst. UTB 1654*

Philosophie der Gegenwart I

Frege – Carnap – Wittgenstein – Popper – Russell – Whitehead. Mit einer Einführung »Die Sprache der Logik«. Beitr. v. Chr. Thiel, W. Stegmüller, U. Steinvorth, J. W. N. Watkins, W. Carl, M. Welker, W. K. Essler. *3., teilweise überarb. Aufl. 1985. 354 S., Kst. UTB 147*

Philosophie der Gegenwart II

Scheler – Hönigswald – Cassirer – Plessner – Merleau-Ponty – Gehlen. Beitr. v. M. S. Frings, G. Wolandt, K. Neumann, H. U. Asemissen, X. Tilliette und A. Métraux. *3., durchges. Aufl. 1991. 286 S., Kst. UTB 183*

Philosophie der Gegenwart III

Moore – Goodman – Quine – Ryle – Strawson – Austin. Beitr. v. N. Hoerster, F. v. Kutschera, W. K. Essler, A. Kemmerling, W. Künne, E. von Savigny. *2., durchges. Aufl. 1984. 251 S., Kst. UTB 463*

Philosophie der Gegenwart IV

Weber – Buber – Horkheimer – Adorno – Marcuse – Habermas. Beitr. v. J. Weiß, J. Speck, W. Post, R. Habermeier, L. Zahn, W. Ch. Zimmerli. *2., durchges. Aufl. 1991. 272 S., Kst. UTB 1108*

Philosophie der Gegenwart VI

Bloch – Benjamin – Fromm – Hartmann – Tillich – Guardini. Beitr. v. B. Schmidt, U. Schwarz, R. Funk, G. Wolandt, P. Steinacker, J. F. Schmucker-von Koch. *1984. 228 S., Kst. UTB 1308*

Vandenhoeck & Ruprecht · Göttingen/Zürich